记
号

真知　卓思　洞見

詩藪

精校本

[明] 胡應麟 ——— 撰

王國安 ——— 點校

北京科學技術出版社

圖書在版編目（CIP）數據

詩藪：精校本 /（明）胡應麟撰；王國安點校 . --
北京：北京科學技術出版社，2023.3（2023.12 重印）
　　ISBN 978-7-5714-2623-1

　　Ⅰ . ①詩… Ⅱ . ①胡… ②王… Ⅲ . ①詩歌史—中國
—古代 Ⅳ . ① I207.209

中國版本圖書館 CIP 數據核字（2022）第 191966 號

選題策劃：記　號
策劃編輯：馬　旭
特約編輯：毛若苓　張宇超
責任編輯：馬春華
責任校對：賈　榮
封面設計：李　響
圖文製作：劉永坤
責任印製：張　良
出 版 人：曾慶宇
出版發行：北京科學技術出版社
社　　址：北京西直門南大街 16 號
郵政編碼：100035
電　　話：0086-10-66135495（總編室）　0086-10-66113227（發行部）
網　　址：www.bkydw.cn
印　　刷：北京華聯印刷有限公司
開　　本：880 mm × 1230 mm 1/32
字　　數：230 千字
印　　張：11.5
版　　次：2023 年 3 月第 1 版
印　　次：2023 年 12 月第 2 次印刷
ISBN 978-7-5714-2623-1

定　　價：98.00 元

出版前言

　　胡應麟（一五五一～一六○二），字元瑞，又字明瑞，號少室山人、石羊生，浙江蘭溪人。明萬曆四年（一五七六）舉人，後久試不第，築室山中，購書四萬餘卷，從事著述。著有少室山房類稿、少室山房筆叢等。

　　詩藪是胡應麟所作的一部評論歷代詩歌的詩話，共二十卷。計內編六卷，分論古、近體詩；外編六卷，歷評周、漢、六朝、唐、宋、元各代詩歌；雜編六卷，主要談亡佚篇章、載籍，以及北朝三國（北魏、北齊、北周）、五代、南宋和金代詩；續編兩卷，闡述明洪武至嘉靖年間的作品。

　　詩藪存世版本頗多，其中以廣雅書局本流傳最廣，但無外編五、六兩卷及續編兩卷，其他舛誤闕漏亦復不少。一九五八年，中華書局上海編輯所據南京圖書館藏日本貞享三年（一六八六）重刊明本校補廣雅書局本，并排印出版。此後，復旦大學王國安先生以上海圖書館藏明萬曆十八年（一五九○）胡氏少室山房原刊本殘卷和朝鮮舊刊本校補中華書局本，又加以專名綫，於一九七九年由上海古籍出版社重排出版（下簡稱"上古本"）。

　　此次出版詩藪，在上古本的基礎上，參校以美國哈佛大學圖書館藏本，并參考了王明輝、侯榮川二位先生的研究成果。上古本爲豎排，爲便閱讀，特改爲橫排，保留專名綫；書中隨文注多改爲腳注，然部分注文過短，則仍保留原樣式。因底本情況複雜，爲避文冗詞煩，書中不另出校記。作者所引古詩句，有些與通行本存在差異，如"天似穹廬蓋四野""老去元知世事空"等，或因記誦有誤，或因有意省改，或因所據版本不同，除明顯錯訛外，一仍其舊。

　　又上古本、廣雅書局本、哈佛大學圖書館藏本等衆多傳本中，外編卷三"唐人自選詩"以下，至"唐人詩話今傳者絕少"段末計千餘字，於雜編卷二"唐集篇帙多者"段後重出，明顯當屬誤植，本書逕刪。讀者識之。

　　編者限於水平，疏漏在所難免，還望方家不吝賜教。

二〇二二年七月

目　錄

序

　　夫詩，心聲也。無古今，一也。顧體由代異，材以人殊，世有推遷，道有升降，說者以意逆志，乃爲得之。耳視則凡，目巧則詭，抑或取諸口給，而無所概於心，其無當，均也。元美雅多明瑞，來者此其先鳴。余既傾其橐於婁江，則信嫻於詩矣。乘舟接席，相與揚搉古今，核本支，程殿最。旦暮千古，以神遇之。我思古人，實獲我心，斯人之謂也。聞者或睨明瑞，若殆干盟主邪？吾兩人置弗聞也者，而心附之，姑俟論定。奄及五載，胥會嚴陵。明瑞出詩藪三編，凡若干卷，蓋將軼談藝，衍卮言，廓虛心，採獨見，凡諸毫倪妍醜，無不鏡諸靈臺。其世，則自商、周、漢、魏、六代、三唐以迄於今；其體，則自四言、五言、七言、雜言、樂府、歌行以迄律絕；其人，則自李陵、枚叔、曹、劉、李、杜以迄元美、獻吉、于鱗。發其櫝藏，瑕瑜不掩。即晚唐弱宋勝朝之籍，吾不欲觀，雖在糠粃，不遺餘粒。其持衡，如漢三尺；其握算，如周九章；其中肯綮，如

庖丁解牛；其求之邑相之外，如九皋相馬，末也。嚴羽卿、
高廷禮，篤於時者也，其所品選，亟稱其大有功。先是誦法
于鱗，未嘗釋手；推尊元美，兼總條貫，三百篇、十九首而
下一人。乃今抗論醇疵，時有出入。要以同乎己者正之也，
即羽卿、廷禮，不耐不同；以異乎己者正之也，即元美、于
鱗，不耐不異。無偏聽，無成心，公而生明，則自盡心始。
盡心之極，幾於無心。彼徒求之耳目心思，僅得一隅耳。吾
將以是質元美，無論聞者然疑之。萬曆庚寅春二月朔，新
都汪道昆序。

石羊生傳

胡元瑞者，名應麟，一字明瑞，嘗自號少室山人；已慕其鄉人黃初平叱石成羊事，更號曰石羊生。人亦曰："元瑞殆非人間人也，仙而謫者也。"遂呼之石羊生。元瑞父曰按察公僖，母宋宜人。按察公爲行絕類萬石君，而文藻過之。所至好行陰德，名位不甚稱。以雲南按察副使歸，今尙壯無恙。

元瑞爲兒時，肌體玉雪，眉目朗秀。五歲，按察公口授之書，輒成誦。見客，客使屬對，輒工。九齡，從里社師，日佔畢習經生業，而心厭之。俄悉胠按察公篋，得古文尙書、周易、國風、雅、頌、檀弓、左氏、莊、列、屈原、兩司馬、杜甫諸家言讀之。按察公奇其意，弗禁也。稍長，遂能爲歌詩，藉藉傳里中，而於經生業亦不廢。十五補博士弟子員，非其好也。會按察公拜尙書禮部郎，挾與俱渡錢塘，過吳閶，泛揚子，北歷齊、魯、趙、魏之墟，至燕市而止。
所經縣弔古即事，往往於詩歌發之。而是時南海黎惟敬、歐
禎伯、梁思伯，吳郡周公瑕，吳興徐子與，嘉禾戚希仲、
沈純父，永嘉康裕卿，先後抵燕，發元瑞藏詩覽之，咸嘖嘖
折行請交。至於琳宮梵宇，高會雅集，元瑞以齒坐末坐，片
語一出，無不恍然披靡自失也，曰："使用昔賢隸事奪席例，
吾曹無坐所矣。"臨淮小侯李惟寅慕元瑞甚，使客篆而致之
爲上賓，旬日不聽出，惟寅用是亦以詩名。而周宗正灌甫雅
自負風雅，有人倫之鑒，貽元瑞三十韻，首以北地、信陽相
屬。元瑞益自信。

　　尋以按察公外除，元瑞歸，從母里中。母患頭風甚劇，
元瑞委身醫藥間，日夜扶侍不休。母頭風良愈而身過勞，得
清羸疾矣。因逃匿金華山中，而會大司空萬安朱公衡還過
蘭溪，朱公故從燕見元瑞詩而驚賞者。至是發使山中，蹤
跡得元瑞，以書要之，而泊舟待三日，元瑞感其意，爲長歌
七百言以贈朱公。公袖示督學使者滕君伯輪，曰："天下奇
才也。"滕君輒超格檄受餼學宮，且趣入試。兩御史再試，
再爲諸生千人冠。已薦鄉書，上公車報罷。

　　元瑞意殊不在一第，其所游從，皆天下賢豪長者。然所
當心，獨余兄弟與李觀察于鱗、汪司馬伯玉、吳參政明卿。
會于鱗死，餘皆散處不相及。久之，意邑邑不自得。而余弟
敬美與觀察公同年，過蘭溪，謂觀察："吾欲就阿戎談，當
勝卿。"遂即元瑞劇語二夕皆申旦，臨別眷眷不忍釋曰："吾

於詩獨畏于鱗耳，已矣，今庶幾得足下。"又曰："幸與家中丞同世，胡不一及門，即卒然抱于鱗恨若何！"

時余方謝客曇陽觀，聞元瑞來，喜不自勝，力疾啓關，與爲十日飲。間出所著少室山房詩，余得而序焉，所以屬元瑞甚重，而用是頗有斷斷者，余二人俱弗顧。元瑞乃高臥山中，不復就公車。而蘭溪令喻邦相豪於詩，與元瑞意合，忘形爾汝，嘗偕過趙學士山房，倡和連日夕。元瑞之臥山中凡六載，而始上公車至都下，遇張觀察助甫。助甫，余兄弟友也，讀元瑞詩，擊節曰："二十年亡此調矣。"元瑞亦奇助甫詩，契密無間，且各自恨相遇晚。試復罷歸。時大司馬張公肖甫靖浙難，過元瑞里，元瑞避弗見。張公謂按察公："公兒佳甚，故知之，今難我，得非以使者惠文嶽嶽耶？爲我致之錢塘，請得具賓主禮。"元瑞乃强爲錢塘謁，張公果以上客客之。會伯玉來湖上，大將軍戚元敬繼至。伯玉數與元瑞相聞問，把臂劇歡。出元敬七絕句，詫之曰："大將軍健兒也，乃能作文，語不下沈太尉、曹竟陵，生亦能賦贈我乎？"元瑞援筆千餘言立就，奇思滾滾。既大將軍集，相向嘆賞不置。伯玉因曰："我欲之海上訪王元美兄弟，生復能從我乎？"元瑞曰："吾心也。"遂同過弇州園。伯玉道爲少室山房集序，其重不下余。時偕元瑞至者，伯玉弟仲淹、仲嘉，而張大司馬亦以内召，跡伯玉而來，尋先別去。余兄弟與伯玉、元瑞諸君，積日游弇中，甚樂也。

元瑞性孤介，時時苦吟沉思，不甚與客相當。至其揮塵尾，抆藝文，持論侃然，尤慎於許可。有莫生者，躁而貪，以品不登上中，側目元瑞甚。屬伯玉、元敬游西湖，故遍詈坐客爲閧端，元瑞夷然弗屑也。及在弇，仲淹被酒狃元瑞，元瑞拒弗受。客謂元瑞曩湖上之役，胡以異兹？元瑞徐曰："莫生者，庸詎足校也！仲淹，司馬公介弟，吾儕當愛之以德，獨奈何成人過耶？"客乃服。

元瑞自髫髫厭薄榮利，餘子女玉帛聲邑狗馬服玩諸好一切泊然，而獨其嗜書籍自天性。身先後所購經史子集四萬餘卷，手鈔集錄幾十之三，分別部類，大都如劉氏七略而加詳密，築室三楹貯之。黎惟敬大書其楣曰"二酉山房"，而屬予爲記。旦夕坐臥其間，意翛如也。恒自笑蠹魚去人意不遠，又謂我故識古人，恨古人乃不識我。其託尙如此。好稱說前輩風節，嘗怪其郡若梁劉孝標之介、唐駱賓王之忠，而世僅僅以文士目之，當由作史者盲於心故。且史第知有狄梁公、宋廣平賢，皆頫首而從周裸將，以視賓王，何徑庭也。上之採風使者蘇君禹，君禹雅敬信元瑞，趣下其事，賓王得以鄉賢祀郡城，而孝標亦暴顯。

元瑞所著：詩有寓燕、還越、計偕、巖棲、臥游、抱膝、三洞、兩都、蘭陰、畸園等集二十餘卷；詩藪内編、外編十二卷；他撰述未行世者，有六經疑義二卷、諸子折衷四卷、史蕞十卷、筆叢十卷、皇明詩統三十卷、皇明律範十二卷、古樂府二卷、古韻考一卷、二酉山房書目六卷、交游紀略二卷、兜玄國志十卷、酉陽續俎十卷、隆萬新聞二卷、隆

萬雜聞四卷、駱侍御忠孝辨一卷、補劉氏山棲志十二卷；蒐
輯諸書，有群祖心印十卷、方外遐音十卷、考槃集十卷、談
劍編二卷、采真游二卷、會心語二卷；類萃諸書，有經籍
會通四十卷、圖書博考十二卷、諸子彙編六十卷、虞初統集
五百卷。蓋生平於筆硯未嘗斯須廢去。

元瑞壯未有子，邇始舉二子。戊子冬，復以按察公命赴
公車，至瓜洲而病，病積久不愈，慨然曰："吾其殆乎！"
謂余"知應麟者唯子，幸及吾之身而傳我，使我有後世，後
世有我也"。

王子曰：元瑞年三十有八耳，神清而意甚舒，即偶犯霜
露，何恙不已，而慮至此也。夫以元瑞之生僅三十年，而著
作充斥乃爾，過此以往，所就當又何如耶？元瑞於他文無所
不工，績學稱是。顧不以自多，而所沾沾獨詩，彼固有所深
造也。元瑞才高而氣雄，其詩鴻巹瑰麗，迥絕無前，稍假以
年，將與日而化矣。至勒成一家之言，若所謂詩藪者，則不
啻遷史之上下千載，而周密無漏勝之；其刻精則董狐氏、韓
非子也。吾長於元瑞二紀餘，姑爲傳以慰之。且謂元瑞：子
後當竟傳我。

内編卷一

古體上　雜言

　　四言變而<u>離騷</u>，<u>離騷</u>變而五言，五言變而七言，七言變而律詩，律詩變而絕句，詩之體以代變也。三百篇降而騷，騷降而<u>漢</u>，<u>漢</u>降而<u>魏</u>，<u>魏</u>降而六朝，六朝降而<u>三唐</u>，詩之格以代降也。上下千年，雖氣運推移，文質迭尚，而異曲同工，咸臻厥美。<u>國風</u>、<u>雅</u>、<u>頌</u>，溫厚和平；<u>離騷</u>、<u>九章</u>，愴惻濃至；<u>東</u>、<u>西二京</u>，神奇渾璞；<u>建安</u>諸子，雄贍高華；六朝俳偶，靡曼精工；唐人律調，清圓秀朗，此聲歌之各擅也。<u>風雅</u>之規，典則居要；<u>離騷</u>之致，深永爲宗；古詩之妙，專求意象；歌行之暢，必由才氣；近體之攻，務先法律；絕句之構，獨主風神，此結撰之殊途也。兼哀總挈，集厥大成；詣絕窮微，超乎彼岸。軌筏具存，在人而已。

　　曰<u>風</u>、曰<u>雅</u>、曰<u>頌</u>，<u>三代</u>之音也。曰歌、曰行、曰吟、曰操、曰辭、曰曲、曰謠、曰諺，<u>兩漢</u>之音也。曰律、曰排律、曰絕句，唐人之音也。詩至於唐而格備，至於絕而體窮。故宋人不得不變而之詞，元人不得不變而之曲。詞勝而詩亡矣，曲勝而詞亦亡矣。明不致工於作，而致工於述；不求多於專門，而求多於具體，所以度越元、宋，苞綜漢、唐也。

　　優柔敦厚，周也；樸茂雄深，漢也；風華秀發，唐也。三代政事俗習，亦略如之。魏繼漢後，故漢風猶存；六代居唐前，故唐風先兆。文章關世運，詎謂不然！

　　裂周而王者，七國也；閏漢而統者，六朝也；竊唐而君者，五代也。七國所以兆漢，六朝所以開唐，五代所以基宋。然七國、六朝，變亂斯極，而文人學士挺育實繁。屈、宋、唐、景，鵲起於先，故一變爲漢，而古詩千秋獨擅。曹、劉、陸、謝，蟬連於後，故一變爲唐，而近體百世攸宗。五季亂不加於戰國，變不數於南朝，而上靡好文，下曠學古，故自宋至元，歷年三百，莫能自拔。非天開明德，宇宙其無詩哉！

　　文章非末技也，權侔警蹕，功配生成，氣運視以盛衰，塵劫同其悠遠。語其極至，則源委於六經，溯洑於七國，浩瀚於兩都。西京下無文矣，非無文，文之至弗與也。東京後無詩矣，非無詩，詩之至弗與也。

　　孔曰："草創之，討論之，修飾之，潤色之。"千古爲文之大法也。孟曰："不以文害辭，不以辭害意，以意逆志，是爲得之。"千古談詩之妙詮也。

世謂三代無文人，六經無文法。吾以爲文人無出三代，文法無大六經。彖、象、大傳，一何幽也；誥、頌、典、謨，一何雅也。春秋高古簡嚴，禮樂宏肆浩博。謂聖人無意於文乎，胡不示人以璞也？夫周之所尙，孔之所修，四教所先，四科所列，何物哉！

詩三百五篇，有一字不文者乎？有一字無法者乎？離騷，風之衍也；安世，雅之纘也；郊祀，頌之闡也。皆文義蔚然，爲萬世法。惟漢樂府歌謠，採摭閭閻，非由潤邑。然質而不俚，淺而能深，近而能遠，天下至文，靡以過之。後世言詩，斷自兩漢，宜也。

周、漢之交，實古今氣運一大際會。周尙文，故國風、雅、頌皆文，然自是三代之文，非後世之文。漢尙質，故古詩、樂府多質，然自是兩漢之質，非後世之質。

文質彬彬，周也。兩漢以質勝，六朝以文勝。魏稍文，所以遜兩漢也；唐稍質，所以過六朝也。

國風、雅、頌，并列聖經。第風人所賦，多本室家、行旅、悲歡、聚散、感嘆、憶贈之詞，故其遺響，後世獨傳。楚一變而爲騷，漢再變而爲選，唐三變而爲律，體格日卑，其用於室家、行旅、悲歡、聚散、感嘆、憶贈，則一也。雅頌閎奧淳深，莊嚴典則，施諸明堂清廟，用既不倫；作自聖佐賢臣，體又迥別。三代而下，寥寥寡和，宜矣。

琴曲虞舜至文王，猶閣帖蒼頡至大禹，皆後人僞作無疑。

四言之瞻，極於韋孟。五言之瞻，極於焦仲卿。雜言之瞻，極於木蘭。歌行之瞻，極於疇昔、帝京。排律之瞻，極於岳州、夔府諸篇。雖境有神妙，體有古今，然皆敘事工絕。詩中之史，後人但知老杜，何哉！

晉四言，惟獨漉篇詞最高古。如"獨漉獨漉，水深泥濁。泥濁尚可，水深殺我""空牀低帷，誰知無人？夜行衣繡，誰知假真""猛虎斑斑，游戲山間。虎欲齧人，不避豪賢"，大有漢風，幾出魏上。然是樂府語，非四言本色也。

四言短章效三百，長篇倣二韋，頌體間法唐、鄒，變調旁參操、植，晉以下無論矣。

四言典則雅淳，自是三代風範；宏麗之端，實自離騷發之。

紓回斷續，騷之體也；諷諭哀傷，騷之用也；深遠優柔，騷之格也；宏肆典麗，騷之詞也。

自聖門學詩，大者興觀群怨，次則多識草木鳥獸之名。然國風、雅、頌，篇章簡古，詠嘆悠長，或一物而屢陳言，或片語而三致意，蓋六經之文體要當爾。屈原氏興，以瑰奇浩瀚之才，屬縱橫艱大之運，因牢騷愁怨之感，發沉雄偉博之辭。上陳天道，下悉人情，中稽物理，旁引廣譬，具綱兼羅，文詞鉅麗，體制閎深，興寄超遠，百代而下，才人學士，追之莫逮，取之不窮，史謂爭光日月，詎不信夫！

昔人云：詩文之有騷賦，猶草木有竹，禽獸有魚，難以分屬。然騷實歌行之祖，賦則比興一端，要皆屬詩。近之若荀卿成相、雲、禮諸篇，名曰詩賦，雖謂之文可也。屈、宋諸篇，雖遒深閎肆，然語皆平典。至淮南招隱，疊用奇字，氣象雄奧，風骨棱矰，擬騷之作，古今莫迨。昭明獨取此篇，當矣。

“餐秋菊之落英”，談者穿鑿附會，聚訟紛紛，不知三閭但託物寓言。如“集芙蓉以爲裳”“紉秋蘭以爲珮”，芙蓉可裳，秋蘭可珮乎？然則菊雖無落英，謂有落英亦可。屈雖若誤用，謂未嘗誤亦可。以爾雅、釋名讀北山、雲漢，則謬以千里矣。余爲此論，祇足供曲士一笑。質之曠代，當有知言。〔一〕

“沅有芷兮澧有蘭，思公子兮未敢言。恍忽兮遠望，觀流水兮潺湲”，唐人絕句千萬，不能出此範圍，亦不能入此閫域。

“嫋嫋兮秋風，洞庭波兮木葉下”，形容秋景入畫；“悲哉秋之爲氣也，憀慄兮若遠行，登山臨水兮送將歸”，模寫秋意入神，皆千古言秋之祖。六代、唐人詩賦，靡不自此出者。

“王孫兮不歸，春草生兮萋萋。歲暮兮不自聊，蟪蛄鳴兮啾啾”，漢“凜凜歲云暮，蟪蛄夕鳴悲”、齊“春草秋更綠，公子未西歸”咸自此。選出於騷，往往可見。

“美人出，游九河”，全用騷詞。“江有香草目以蘭，黃

〔一〕王介甫“黃菊飄零滿地金”，此卻有病。屈乃寓言，王則詠物也。

鵠高飛離哉翻"，亦本騷格。賈、馬諸賦，不必言矣。

　　騷與賦句語無甚相遠，體裁則大不同：騷複雜無倫，賦整蔚有序；騷以含蓄深婉爲尙，賦以誇張宏鉅爲工。

　　和平婉麗，整暇雍容，讀之使人一唱三嘆者，九歌等作是也。惻愴悲鳴，參差繁複，讀之使人涕泣沾襟者，九章等作是也。九歌託於事神，其詞不露，故精簡而有條。九章迫於戀主，其意甚傷，故總集而無緒。

　　騷盛於楚，衰於漢，而亡於魏。賦盛於漢，衰於魏，而亡於唐。

　　以反騷視離騷，以九懷視九辨，以宓妃視神女，以景福視靈光，無論作述，優劣較然。求騷於漢之世，其招隱乎？求賦於魏之後，其三都乎？

　　漢詩、文、賦皆極至，獨騷不逮。然大風之壯，小山之奇，冠絕千古，故不在多。

　　四言盛於周，漢一變而爲五言。離騷盛於楚，漢一變而爲樂府。體雖不同，詞實并駕，皆變之善者也。

　　世之有戰國也，文之有左、莊也，騷之有屈、宋也，其時周之後，漢之先也；其業周之下，漢之上也。

　　三言之工，蓋莫過於練時日、天馬徠等篇。自後遞相祖述，若繆襲、韋昭、傅玄輩，第得其章句，神奇奧眇處，頓爾懸絕。漢人事事不可及，庸詎五言！

　　郊祀歌練時日、天馬、華燁燁、五神、象載瑜、赤蛟六章，三言；日出入、天門、景星三章，雜言；餘皆四言。雖語極古奧，倘潛心讀之，皆文從字順，旨趣瞭然。惟雜言難通，計中必有脫誤，不可考矣。

　　鐃歌曲句讀多訛，意義難繹，而音響格調，隱中自見。至其可解者，往往工絕。如卮言所稱"駕六飛龍，四時和"等句是也。然以擬郊祀，則興象有餘，意致稍淺。

　　漢三言中可法者："靈之車，結玄雲，駕飛龍，羽旄紛。""牲繭栗，粢盛香，尊桂酒，賓八鄉。""衆嫭并，綽奇麗，顏如荼，兆逐靡。""天馬來，龍之媒，歷閶闔，觀玉臺。""月穆穆，以金波，日華耀，以宣朗。""百君禮，六龍位，勺椒漿，靈已醉。""靈殷殷，爛揚光，延壽命，永未央。""游石關，望諸國，月支臣，匈奴服。""巫山高，高以大；淮水深，難以逝。""芝爲車，龍爲馬，覽遨游，四海外。""聖人出，陰陽和；美人出，游九河。""泰山崔，百卉殖。民何貴？貴有德。"

　　郊祀鍊辭鍛字，幽深無際，古雅有餘。鐃歌陳事述情，句格崢嶸，興象標拔。惜中多不可解。今人安世等篇，多不點目，寧暇此乎？

　　鐃歌朱鷺、思悲翁、艾如張，語甚難繹，而意尚可尋。惟石流篇名詞義，皆漫無指歸，後人臆度紛紛，終屬訛舛。翁離一章有脫簡，非全首也。

　　郊祀多近房中，奧眇過之，和平少乏。鐃歌多近樂府，峻峭莫并，敍述時艱。漢人詩文，率明白典雅，惟此稍覺不類，亦猶書之盤庚、易之太玄耳。

　　元李孝先云："郊祀若頌，鐃歌鼓吹若雅，琴曲雜詩若
國風。"此就樂府言之耳。若通舉一代，則唐山諸篇於頌，
韋孟諸篇於雅，枚、李諸篇於風，體制格調尤近。

　　鐃歌詞句難解，多由脱誤致然，觀其命名，皆雅緻之
極。如戰城南、將進酒、巫山高、有所思、臨高臺、朱鷺、
上陵、芳樹、雉子斑、君馬黃等，後人一以入詩，無不佳
者。視他樂府篇目，尤爲過之。意當時製作，工不可言。今
所存意義明了，僅十二三耳，而皆無完篇，殊可惜也。石
流、上耶等篇名，亦當有脱誤字，與諸題不類。

　　漢四言自有二派：安世、諷諫、自劾等篇，典則淳深，
商、周之遺軌也；黃鵠、紫芝、八公等篇，瑰奇風藻，魏、
晉之前驅也。

　　唐山後，東平武德歌；韋孟後，傅毅勵志詩，皆典實
不浮，差可紹響。然高古渾噩，大弗如也。

　　秦嘉述昏，語雖簡短，而和平雅則，諷詠有餘。白狼三
章，太淺無味；明堂五章，太質無文，皆出此下。

　　高帝鴻鵠歌，是"月明星稀"諸篇之祖，非雅、頌體
也。然氣概橫放，自不可及。後惟孟德"老驥伏櫪"四語，
奇絶足當。若"山不厭高"及仲達"天地開闢"等句，雖規
模宏遠，漸有蹊徑可尋。

　　子建責躬一章，詞義高古，幾并二韋。應詔贍而不冗，
整而有序，得繁簡文質之中，絶可師法。朔風稍露詞人腳
手，格調在漢、魏間。"來日大難"是樂府，非風、雅體也。

　　魏陳思下仲宣數章，間有稗語，而典則雅馴，去漢未遠。子桓篇什雖衆，雅、頌則微。公幹諸人，寥寥絕響。至嵇、阮乃復大演，而四言又一變矣。

　　臨淄矯志，大類銘箴。邯鄲答贈，無殊簡牘。薛瑩獻主，章疏之體。晉人獨瀛，樂府遺風。皆非四言本色，甚矣合作之難也。

　　四言，漢多主格，魏多主詞，雖體有古近，各自所長。晉諸作者，浮慕三百，欲去文存質，而繁靡板垛，無論古調，并工語失之。今觀二陸、潘、鄭諸集，連篇累牘，絕無省發，雖多奚爲！

　　傅毅迪志詩，亦法二韋，典則近之，高古不逮。然東京整贍，獨見此章。叔夜幽憤，抑又下矣。

　　叔夜送人從軍至十九首，已開晉、宋四言門戶。然雄辭彩語，錯互其間，未令人厭。至士龍兄弟，泛瀾靡冗，動輒千言，讀之數行，掩卷思睡。說者謂五言之變，昉於潘、陸，不知四言之亡，亦晉諸子爲之也。宋、齊，顏、謝，遞相祖述，遂成有韻之文。梁、陳、隋氏，棄而不講。風雅湮沒，匪朝夕矣。

　　晉以下，若茂先勵志，廣微補亡，季倫吟嘆等曲，尚有前代典刑。康樂絕少四言，元亮停雲、榮木，類其所爲五言。要之叔夜太濃，淵明太淡，律之大雅，俱偏門耳。

　　四言句法高古者，已經前人採擷。自餘精工奇麗，代有名篇，雖非本色，不可盡廢，漫爾筆之。仲長統："乘雲無彎，驂風無足。沆瀣當餐，九陽代燭。"竇玄妻："煢煢白兔，東走西顧。衣不如新，人不如故。"秦嘉："皎皎明月，皇皇列星。嚴霜慘凄，飛雪覆庭。"魏武："山不厭高，海不厭深。周公吐哺，天下歸心。""月明星稀，烏鵲南飛。繞樹三匝，無枝可依。""老驥伏櫪，志在千里。烈士暮年，壯心不已。"文帝："丹霞蔽日，采虹垂天。山谷潺潺，葉落翩翩。""上山採薇，薄暮苦飢。溪谷多風，霜露沾衣。""芙蓉含芳，菡萏垂榮。朝採其實，夕珮其英。"東阿："昔我初遷，朱華未稀。今我旋止，素雪雲飛。""月落參橫，北斗闌干。親交在門，飢不及餐。""子好芳草，豈忘爾貽。榮華將茂，秋霜瘁之。"晉宣帝："天地開闢，日月重光。肅清萬里，總齊八方。"叔夜："目送飛鴻，手揮五絃。俯仰自得，游心太玄。"步兵："青陽曜靈，和風容與。明月映天，甘露被宇。"士衡："來日苦短，去日苦長。今我不樂，蟋蟀在房。"右諸語，或類古詩，或類樂府，或近文詞，較之雅、頌則遠，皆四言變體之工者。典午以後，即此類不易得矣。

上古四言，"明良""喜起"無論。若康衢、擊壤，後之識者，疑信相參。然語大類典、謨，非周末所能偽也。次則穆滿二章，亦自淳雅。紫玉一歌，實開後世情感之祖，而語不甚類春秋，如"故見鄙姿，逢君輝光。身遠心近，何能暫忘"，酷似東京樂府。恐漢人取高帝鴻鵠歌擬作也。晉樂府四言，有絕似漢人者，如獨漉篇全章逼近。又隴頭謠"隴頭之水，流離四下。嗟我行役，飄然中野"，安東平"凄凄

烈烈，北風爲雪。船道不通，步道斷絕”，皆相去不遠。齊、
梁後，此調不復覯矣。

魏武短歌行二篇，其一“對酒當歌”末四語，含寄已自
不淺。其一亦四言，首言西伯，次齊桓，又次言晉文，則終
篇皆挾天子令諸侯，三分天下之意，而猶以尊王攘寇、臣節
不墜爲盛德。噫！孟德之心，不待分香賣履而後見矣。

魏武“對酒當歌”，子建“來日大難”，已乖四言面目，
然漢人樂府本色尚存。如“明明如月，何時可掇？憂從中
來，不可斷絕”“自惜袖短，內手知寒。親交在門，飢不
及餐”之類。至嗣宗、叔夜，一變而華贍精工，終篇詞人
語矣。

太白云：“興寄深微，五言不如四言，七言又其靡也，
況束之以聲調俳優哉！”唐人能爲此論，自是太白。然李集
四言甚稀，如百憂、雪讒、來日大難等篇，以較漢、魏遠
甚。要之李五言不能脫齊、梁，則所稱四言，亦非雅、頌之
謂也。

老杜無四言詩。然羌村“崢嶸赤雲西”、出塞“朝進上
東門”二篇，實得風、騷遺意，惜不盡脫唐調耳。

太白獨漉篇“羅幃卷舒，似有人開。明月直入，無心可
猜”四語獨近。又公無渡河長短句中，有絕類漢、魏者，至
格調翩翩，望而知其太白也。

退之琴操、子厚鼓吹，銳意復古，亦甚勤矣。然琴操
於文王列聖，得其意不得其詞；鼓吹於鐃歌諸曲，得其調不

得其韻，其猶在晉人下乎？

“臣罪當誅，天王聖明”，意則美矣，然語非商、周本色。

“明月清風，良宵會同。星河易翻，歡娛不終”“玉尊翠杓，爲君斟酌。今夕不飲，何時歡樂”，雖出唐人小說，“月明星稀”之後，實僅見此。蘇、黃謂非子建、太白不能。然太白不如此閒雅，頗類子建“來日大難”中語。

世以樂府爲詩之一體，余歷考漢、魏、六朝、唐人詩，有三言、四言、五言、六言、七言、雜言、近體、排律、絕句，樂府皆備有之。練時日、雷震震等篇，三言也；箜篌引、善哉行等篇，四言也；雞鳴、隴西等篇，五言也；烏生、雁門等篇，雜言也；姜薄命等篇，六言也；燕歌行等篇，七言也；紫騮、枯魚等篇，五言絕也，皆漢、魏作也。挾瑟歌等篇，七言絕也；折楊柳、梅花落等篇，五言律也，皆齊、梁人作也。虞世南從軍行、耿湋出塞曲，五言排律也；沈佺期“盧家少婦”、王摩詰“居延城外”，七言律也，皆唐人作也。五言長篇，則孔雀東南飛；七言長篇，則木蘭歌。是樂府於諸體，無不備有也。

漢樂府多於古詩，六朝相半，盛唐前尚三之一。中、晚而下，至於宋、元，律詩日盛，古體且寥寥矣，況樂府哉！樂府三言，須模倣郊祀，裁其峻峭，劑以和平；四言，當擬則房中，加以舂容，暢其體制；五言，熟習相和諸篇，愈近愈工，無流艱澀；七言，間效鐃歌諸作，愈高愈雅，毋墮卑陋；五言律絕，步驟齊、梁，不得與古體異；七言律絕，宗唐初盛，不得與近體同。此樂府大法也。

三百篇薦郊廟，被絃歌，詩即樂府，樂府即詩，猶兵寓於農，未嘗二也。詩亡樂廢，屈、宋代興，九歌等篇以侑樂，九章等作以抒情，途轍漸兆。至漢郊祀十九章，古詩十九首，不相爲用，詩與樂府，門類始分，然厥體未甚遠也。如"青青園中葵"，曷異古風；"盈盈樓上女"，靡非樂府。魏文兄弟崛起，建安擬則前規，多從樂府。唱酬新什，更創五言，節奏既殊，格調夐別。自是有專工古詩者，有偏長樂府者。梁、陳而下，樂府、古詩變而律絕，唐人李、杜、高、岑，名爲樂府，實則歌行。張籍、王建，卑淺相矜；長吉、庭筠，怪麗不典。唐末、五代，復變詩餘。宋人之詞，元人之曲，製作紛紛，皆曰樂府，不知古樂府其亡久矣。

取樂府之格於兩漢，取樂府之材於三曹，以三曹語入兩漢調，而渾融無跡，會於騷、雅。噫！未易言也。

樂府之體，古今凡三變：漢、魏古詞，一變也；唐人絕句，一變也；宋、元詞曲，一變也。六朝聲偶，變唐之漸乎？五季詩餘，變宋之漸乎？

唐歌曲如水調歌、涼州、伊州之類，止用五七言絕。近體間有採者，亦截作絕。歌至五七言古，全不入樂矣。

古樂府近代寥寥者，房中、郊祀，典奧難入；鐃歌、橫吹，艱詰難通；相和、雜謠，悃質難會。後人讀郊祀、鐃

歌，則見以爲太深；讀相和、清平，則見以爲太淺，故二者
茫無入手。其病皆在習近體不習古風，熟唐音不熟漢語耳。
若爛讀上古歌謠及三百篇、兩漢諸作，溯其源流，得其意
調，一旦悟入，真有手舞足蹈，樂不自支者。

熟參國風、雅、頌之體，則郊祀、房中若建瓴矣；熟讀
白雲、黃鵠等辭，則相和、清平如食蔗矣。

詩與文判不相入，樂府乃時近之。安世歌多用實字，如
"慈""孝""肅""雍"之類，語之近文者也；鼓吹曲多用
虛字，如"者""哉""而""以"之類，句之近文者也。相
和諸曲，雁門、折楊柳等篇，則純是文詞，去詩反遠矣。

郊祀用實字，愈實愈典；鐃歌用虛字，愈虛愈奇，皆妙
於用文者也，而源流實本三百篇。蓋雅、頌語多典實，虛字
助語，則全詩所同，但鐃歌下得更奇耳。

雁門太守行通篇皆贊詞，折楊柳通篇皆戒詞，名雖樂
府，實寡風韻。魏武多有此體，如度關山、對酒行，皆不必
法也。

樂府自魏失傳，文人擬作，多與題左，前輩歷有辨論。
愚意當時但取聲調之諧，不必詞義之合也。其文士之詞，亦
未必盡爲本題而作，陌上桑本言羅敷，而晉樂取屈原山鬼
以奏。陳思"置酒高堂上"，題曰箜篌引，一作野田黃雀行，
讀其詞皆不合，蓋本公讌之類，後人取填二曲耳。其最易見
者，莫如唐樂府所歌絕句，或節取古詩首尾，或截取近體半
章，於本題面目，全無關涉。細考諸人原作，則咸自有謂，

非緣樂府設也。今欲擬樂府，當先辨其世代，核其體裁。郊祀不可爲鐃歌，鐃歌不可爲相和，相和不可爲清商；擬漢不可涉魏，擬魏不可涉六朝，擬六朝不可涉唐。使形神酷肖，格調相當，即於本題乖迕，然語不失爲漢、魏、六朝，詩不失爲樂府，自足傳遠。苟不能精其格調，幻其形神，即於題面無毫髮遺憾，焉能有亡哉！

樂府大篇必倣漢、魏，小言間取六朝，近體旁參唐律。用本題事而不失本曲調，上也；調不失而題小舛，次也；題甚合而調或乖，則失之千里矣。近代詩流，率精於證題，而疏於合調。漫發此論。

董逃行實緣董卓作，然本曲已全無此意。至魏武乃言長生，陸機則感時運，傅玄復託夫婦，咸自足傳；玄詩遂爲六言絕唱。唐元稹、張籍，競用本事，而卑弱靡瑣，了無發明。余謂擬魏、晉樂府，盡仍其誤不妨，乃反有古色。正如二王字，律之六書，有大謬者，後人皆故學之。近時諸公，自是正論，余恐面目愈合，形神愈離，復闡兹義，第難爲拘拘者道也。〔一〕

漢古八變歌，文繁於質，景富於情，恐是曹氏弟兄作。漢人語亦有甚麗者，然文蘊質中，情溢景外，非後世所及也。

晉樂府奏子建"明月照高樓"詩，中四句云："北風行

〔一〕明李、何樂府，董逃、秋胡亦止用本調。彼非不知事實者，政恐離去耳。

蕭蕭，烈烈入吾耳。心中念故人，淚墮不能止。"陳王本辭所無，殊類魏武語也。

左延年秦女休行，敍事真樸，黃初樂府之高者。

傅玄龐烈婦，蓋效女休作者，辭義高古，足亂東、西京。樂府敍事，魏、晉僅此二篇。

繁欽定情，氣骨稍弱陳思，而整贍都雅，宛篤有情。同聲之後，此作爲最。

漢郊祀歌十九章，以爲司馬相如等作，而青陽、朱明四章，史題鄒子樂名。按四章體氣如一，皆四字爲句，辭雖淳古，而意極典明，當出一人之手，是爲鄒作無疑。前有帝臨一章，與四篇絕類，章法長短正同。蓋五篇共序五帝，亦鄒作無疑，史缺文耳。餘練時日等篇，辭極古奧，意至幽深，錯以流麗。大率祖騷九歌，然騷語和平，而此太峻刻。至天門、景星篇中，間有句讀難定、文義眇通處。日出入一篇，絕與鐃歌相類，又與郊祀體殊，大率非一人作，未可據爲長卿也。

練時日，騷辭也；維泰元，頌體也，二篇章法絕整。練時日，三言之極奇者；維泰元，四言之極典者。一則贍麗精工，一則淳質古雅。後人擬郊祀者，當熟讀爲法。華燁燁、赤蛟二章，類練時日。青陽四章，短體之工者，亦當熟參。

鐃歌十八章，漫不得其所自。郊祀，則全樂首尾具存。練時日，迎神也；帝臨五篇，五帝也；維泰元，元精也；天地、日出入，三大也；天馬、景星、靈芝、白麟、赤雁，諸

瑞也；赤蛟，送神也。〔一〕

　　擬郊祀，須得其體氣典奧處；擬鐃歌，須得其步驟神奇處。雖詰屈幽玄，必意義可尋，愈玩愈古乃佳。若牽強生澀，辭旨不通，而以爲漢，匪所知也。

　　鐃歌十八章，說者咸謂字句訛脫及聲文混淆，固然；要亦當時體制大概如此。如郊祀歌日出入、象載瑜，樂府烏生八九子等篇，步驟往往相類，豈皆訛脫混淆耶？又魏繆襲、吳韋昭、晉傅玄，皆有擬鐃歌辭。當時去漢未遠，諸人固應見其全文，而所擬辭，節奏意度，亦絕與今所傳漢詞相類。推此論之，鐃歌體制，概可見矣。

　　鐃歌如上之回、巫山高、戰城南三篇，皆首尾一意，文義瞭然，間有數字艱詰耳。君馬黃一篇，章法尤爲整比，斷非訛脫也。而有所思一篇，題意語詞，最爲明了，大類樂府東門行等。上邪言情，臨高臺言景，并短篇中神品，無一字難通者。“妃呼豨”“收中吾”二句，或是其音，當直爲衍文，不害全篇美也。上陵一篇，尤奇麗，微覺斷續，後半類郊祀歌，前半類東京樂府，蓋羽林郎、陌上桑之祖也。

　　餘篇，若“山有黃雀亦有羅，雀以高飛奈雀何”〔二〕“駕六飛龍四時和”〔三〕“拉沓高飛暮安宿”〔四〕“何用葺之蕙與

─────────────────

〔一〕天門開亦當是時事，后皇、五神亦當是諸所祀神，或一時有所徵應，故列天馬後也。
〔二〕艾如張語。
〔三〕聖人出。
〔四〕思悲翁。

蘭",〔一〕皆此體之筌蹄，魏、晉諸人極力彷彿者，讀繆襲、傅玄辭可見。今徒取其字句訛脫不通處以擬鐃歌，此非口舌可爭，第取魏晉諸人製作讀之，自當以余爲獨見也。〔二〕

芳樹一篇，不甚可解，而"君有他心，樂不可禁"二語，殊爲妙絕。然是樂府四言所自出，亦曹、李諸人之祖，非風、雅體也。

郊祀、鐃歌諸作，凡結語，率以延齡益算爲言。蓋主祝頌君上，蔭庇神休，體故當爾。樂府諸作，亦有然者，意致率同，後學或以爲漢人套語，非也。甄后塘上行，末言"從軍致獨樂，延年壽千秋"，本漢詩遺意，而注家以爲婦人纏綿忠厚，由不熟東、西京樂府耳。

樂府尾句，多用"今日樂相樂"等語，至有與題意及上文略不相蒙者，舊亦疑之。蓋漢、魏詩皆以被之絃歌，必燕會間用之。尾句如此，率爲聽樂者設，即郊祀延年意也。讀古人書有不得解處，能多方參會，當自瞭然。

漢仙詩，若上元、太真馬明，皆浮豔太過，古質意象毫不復存，俱後人僞作也。漢樂府中如王子喬及"仙人騎白鹿"等，雖間作麗語，然古意浡鬱其間。次則子建五游、升天諸作，詞藻宏富，而氣骨蒼然。景純游仙，體格頓衰，尚多致語。下此無論矣。

〔一〕翁離。
〔二〕餘章法、句法、字法，悉在前條所舉諸篇中，熟讀自得之。

　　思王野田黄雀行，坦之云：“詞氣縱逸，漸遠漢人。”昌
穀亦云：“錐處囊中，鋒穎太露。”二君皆自卓識，然此詩實
倣“翩翩堂前燕”，非十九首調也。第漢詩如爐冶鑄成，渾
融無跡。魏詩雖極步驟，不免巧匠雕鐫耳。

　　樂府長短句體亦多出離騷，而辭大不類。樂府入俗語則
工，離騷入俗字則拙。如“沅有芷兮澧有蘭，思公子兮未敢
言”“山有木兮木有枝，心悅君兮君不知”，句格大同，工拙
千里。蓋榜枻實風謠類，非騷本色也。

　　“波滔天，堯咨嗟。大禹湮百川，兒啼不窺家。其害乃
去，茫然風沙”，太白之極力於漢者也，然詞氣太逸，自是
太白語。“兔絲附蓬麻，引蔓故不長。嫁女與征夫，不如棄
路傍”，子美之極力於漢者也，然音節太亮，自是子美語。

　　史游急就篇第三十二章云：“漢地廣大，無不容盛。萬
方來朝，臣妾使令。邊境無事，中國安寧。百姓承德，陰陽
和平。風雨時節，莫不滋榮。災蝗不起，五穀熟成。賢聖并
進，博士先生。長樂無極，老復丁。”右與漢郊祀歌青陽、
朱明等章絕類。至雜置白狼樊木三章，殆不可辯。楊用修、
馮汝言俱未拈及，錄其全文於此，以諗好古者。〔一〕

　　又三十四章云：“山陽過魏，長沙北地，馬飲漳鄴及清
河，雲中定襄與朔方，代郡上谷右北平，遼東濱西上平岡，

―――――――――――

〔一〕王長公云：“馮汝言採古詩無所不備，第易林、千文等皆四言遺法。”
余謂全章近似，莫如此篇。

酒泉強弩與燉煌。居邊守塞備胡羌，遠近還集殺胡王，漢土興隆中國康。”此章亦甚類雁門太守等行。

　　又第三十三章末云：“與天相保無終極，建號垂統解怫鬱。四民康寧，咸來服集，何須念慮合爲一。”亦類郊祀。又三十六、二十七二章，俱頗近雜樂府詞。〔一〕

　　王元美藝苑卮言云：“柏梁體中，‘枇杷橘栗李梅桃’雖極可笑，然亦有所自，蓋宋玉招魂篇中語也。”余戲謂此句遂爲急就一書所自出，諸篇中皆此體也。

　　文章自有體裁，凡爲某體，務須尋其本色，庶幾當行。柴桑歸去來辭，說者謂雖本楚聲，而無其哀怨切蹙之病。不知不類楚辭，正坐阿堵中。如停雲、“採菊”諸篇，非不夷猶恬曠，然第陶一家語，律以建安，面目頓自懸殊，況三百篇、十九首耶？

　　唐人諸古體，四言無論。爲騷者太白外，王維、顧況三二家，皆意淺格卑，相去千里。若李、杜五言大篇，七言樂府，方之漢、魏正果，雖非最上，猶是大乘。韓琴曲、柳鐃歌，彷彿聲聞階級，此外蔑矣。

〔一〕折楊柳之類。

内編卷二

古體中　五言

　　四言簡質，句短而調未舒；七言浮靡，文繁而聲易雜。折繁簡之衷，居文質之要，蓋莫尚於五言。故三代而下，兩漢以還，文人藝士，平生精力，咸萃斯道。至有以一篇之善，半簡之工，名流華貊，譽徹古今者。曰雕蟲小技，吾弗信矣。

　　五言盛於漢，暢於魏，衰於晉、宋，亡於齊、梁。漢，品之神也；魏，品之妙也；晉、宋，品之能也；齊、梁、陳、隋，品之雜也。漢人詩，質中有文，文中有質，渾然天成，絕無痕跡，所以冠絕古今。魏人贍而不俳，華而不弱，然文與質離矣。晉與宋，文盛而質衰；齊與梁，文勝而質滅；陳、隋無論其質，即文無足論者。

　　無意於工，而無不工者，漢之詩也。有意於工，而無不工者，漢之賦。有意於工，而不能工者，漢之騷。

魏之氣雄於漢，然不及漢者，以其氣也。晉之詞工於漢，然不及漢者，以其詞也。宋之韻超於漢，然不及漢者，以其韻也。

四言風、雅，七言離騷，五言兩漢，圓不加規，方不逾矩矣。〔一〕

四言不能不變而五言，古風不能不變而近體，勢也，亦時也。然詩至於律，已屬俳優，況小詞豔曲乎！宋人不能越唐而漢，而以詞自名，宋所以弗振也。元人不能越宋而唐，而以曲自喜，元所以弗永也。

詩文固係世運，然大概自其創業之君。漢祖大風雄麗閎遠，鴻鵠惻愴悲哀。魏武沉深古樸，骨力難侔。唐文綺繪精工，風神獨暢。故漢、魏、唐詩，冠絕古今。宋、元二祖，片語無聞，宜其不競乃爾。

漢稱蘇、李，然武帝，蘇、李儔也。魏稱曹、劉，然文帝，曹、劉匹也。唐稱李、杜，然玄宗，李、杜流也。三君首倡，六子并驅，盛絕千古，非偶然也。

古詩浩繁，作者至衆。雖風格體裁，人以代異，支流原委，譜系具存。炎劉之製，遠紹國風。曹魏之聲，近沿枚、李。陳思而下，諸體畢備，門戶漸開。阮籍、左思，尚存其質。陸機、潘岳，首播其華。靈運之詞，淵源潘、陸。明遠之步，馳驟太沖。有唐一代，拾遺草創，實阮前蹤；太白縱

〔一〕騷本雜言，舉其重者；詩亦不專四言也。

橫，亦鮑近孅。少陵才具，無施不可，而憲章祖述漢、魏、六朝，所謂風雅之大宗、藝林之正朔也。

古詩軌轍殊多，大要不過二格。以和平、渾厚、悲愴、婉麗爲宗者，即前所列諸家；有以高閒、曠逸、清遠、玄妙爲宗者，六朝則陶，唐則王、孟、常、儲、韋、柳。但其格本一偏，體靡兼備，宜短章，不宜鉅什；宜古選，不宜歌行；宜五言律，不宜七言律。歷考前人遺集，靡不然者。中惟右丞才高，時能旁及；至於本調，反劣諸子。餘雖深造自得，然皆株守一隅。才之所趨，力故難强。

五言古，先熟讀國風、離騷，源流洞徹。乃盡取兩漢雜詩、陳王全集，及子桓、公幹、仲宣佳者，枕藉諷詠，功深日遠，神動機流，一旦吮毫，天真自露。骨格既定，然後沿回阮、左，以窮其趣；頡頏陸、謝，以採其華；旁及陶、韋，以澹其思；博考李、杜，以極其變。超乘而上，可以掩跡千秋；循轍而趨，無忝名家一代。

擬詩於文，則東、西二京，先秦、戰國也；魏，西漢也；晉，東都也。六代文如其詩，唐人詩勝於文。

準古於律，則安世、房中，唐之初也；枚、李、張、蔡，唐之盛也；晉、宋，唐之中也；梁、陳，唐之晚也；魏，中、盛之交也；齊，中、晚之界也。

統論五言之變，則質漓於魏，體俳於晉，調流於宋，格喪於齊。

兩漢之詩，所以冠古絕今，率以得之無意。不惟里巷歌謠，匠心信口，即枚、李、張、蔡，未嘗鍛鍊求合，而神聖工巧，備出天造。今欲爲其體，非苦思力索所辦，當盡取漢人一代之詩，玩習凝會，風氣性情，纖悉具領。若楚大夫子身處莊岳，庶幾齊語。建安、黃初，纔涉作意，便有階級可尋，門戶可入。匪其才不逮，時不同也。

兩漢諸詩，惟郊廟頗尚辭，樂府頗尚氣。至十九首及諸雜詩，隨語成韻，隨韻成趣，辭藻氣骨，略無可尋，而興象玲瓏，意致深婉，真可以泣鬼神，動天地。魏氏而下，文逐運移，格以人變。若子桓、仲宣、士衡、安仁、景陽、靈運，以詞勝者也；公幹、太沖、越石、明遠，以氣勝者也；兼備二者，惟獨陳思。然古詩之妙，不可復覩矣。

詩不易作者五言古，尤不易作者古樂府。然樂府貴得其意。不得其意，雖極意臨摹，終篇剿襲，一字失之，猶爲千里；得其意，則信手拈來，縱橫佈置，靡不合節，正禪家所謂悟也。然殊不易言矣。

嚴氏以禪喻詩，旨哉！禪則一悟之後，萬法皆空，棒喝怒呵，無非至理。詩則一悟之後，萬象冥會，呻吟咳唾，動觸天真。然禪必深造而後能悟，詩雖悟後，仍須深造。自昔瑰奇之士，往往有識窺上乘、業阻半途者。

古詩自質，然甚文；自直，然甚厚。“上山採蘼蕪”“四坐且莫喧”“翩翩堂前燕”“洛陽城東路”“長安有狹邪”等，皆閭巷口語，而用意之妙，絕出千古。建安如應璩三叟，殊愧雅馴；阮瑀孤兒，畢露筋骨。漢、魏不同乃爾。

　　樂府至詰屈者，朱鷺、臨高臺等篇；至峻絕者，烏生、東門行等篇。然學者苟得其意，而刻鵠臨摹，則亦無大相遠。故曹氏父子，往往近之。至古詩和平淳雅，驟讀之極易；然愈得其意，則愈覺其難。蓋樂府猶有句格可尋，而古詩全無興象可執，此其異也。

　　詩之難，其十九首乎！畜神奇於溫厚，寓感愴於和平；意愈淺愈深，詞愈近愈遠；篇不可句摘，句不可字求。蓋千古元氣，鍾孕一時，而枚、張諸子，以無意發之，故能詣絕窮微，掩映千古。世以晚近之才，一家之學，步其遺響，即國工大匠，且瞠乎後，況其餘者哉！

　　“世人但學蘭亭面，欲換凡骨無金丹”，魯直詩也。“古人遺墨，率有蹊徑可尋，惟禊帖則探之莫得其端，測之莫窮其際”，光堯語也。二君所論書法耳，然形容十九首，極為親切。非沉湎其中，不易知也。

　　郊廟、鐃歌，似難擬而實易，猶畫家之於佛道鬼神也。古詩、樂府，似易擬而實難，猶畫家之於狗馬人物也。

　　東、西京興象渾淪，本無佳句可摘，然天工神力，時有獨至。蒐其絕到，亦略可陳。如：“相去日以遠，衣帶日以緩。浮雲蔽白日，游子不顧返。”“枯桑知天風，海水知天寒。入門各自媚，誰肯相為言？”“青青陵上柏，磊磊澗中石。人生天地間，忽如遠行客。”“南箕北有斗，牽牛不負軛。良無盤石固，虛名復何益。”“河漢清且淺，相去復幾許？盈盈一水間，脈脈不得語。”“所遇無故物，焉得不速老？奄忽

隨物化，榮名以爲寶。”“浩浩陰陽移，年命如朝露。萬世更
相送，賢聖莫能度。”“去者日以疏，來者日以親。白楊多悲
風，蕭蕭愁殺人。”“生年不滿百，常懷千歲憂。晝短苦夜長，
何不秉燭游！”“上言長相思，下言久離別。置之懷袖中，
三歲字不滅。”皆言在帶袵之間，奇出塵劫之表，用意警絕，
談理玄微，有鬼神不能思、造化不能秘者。

　　“東城高且長，逶迤自相屬。回風動地起，秋草萋已
綠”“回車駕言邁，悠悠涉長道。四顧何茫茫，東風搖百
草”“文彩雙鴛鴦，裁爲合歡被。著以長相思，緣以結不
解”“朱火然其中，青煙颺其間。從風入君懷，四坐莫不
歡”“明月皎夜光，促織鳴東壁。玉衡指孟冬，衆星何歷
歷”“穆穆清風至，吹我羅衣裾。青袍似春草，長條隨風
舒”“冉冉孤生竹，結根泰山阿。與君爲新婚，兔絲附女
蘿”“燕趙多佳人，美者顏如玉。被服羅裳衣，當戶理清曲”
等句，皆千古言景敍事之祖，而深情遠意，隱見交錯其中。
且結構天然，絕無痕跡，非大冶鎔鑄，何能至此？

　　古詩正與檀弓類，蓋皆和平簡易。而其敍致周折，語意
神奇處，更千百年大匠國工，殫精竭力不能恍惚。

　　嚴羽卿論詩，六代以下甚分明，至漢、魏便鶻突。由此
處勘核未破，黃蘗所謂融大師橫說豎說，尚未得向上關捩子
也。昌穀始中要領，大暢玄風。

　　秦嘉夫婦往還曲折，具載詩中。真事真情，千秋如在，
非他託興可以比肩。

曹、劉、阮、陸之爲古詩也，其源遠，其流長，其調高，其格正。陶、孟、韋、柳之爲古詩也，其源淺，其流狹，其調弱，其格偏。

"步出城東門，遙望江南路。前日風雪中，故人從此去"，雖旨趣深婉，音節鮮明特甚。作唐絕，則千古妙倡；爲漢體，乃六代先驅。

初讀"君子防未然"，以爲類曹氏兄弟作，及觀子建集中亦載此首，則非漢人信矣。

蘇、李錄別，枚、蔡言情，嗣宗感懷，太沖詠史，靈運紀勝，雖代有後先，體有高下，要皆古今絕唱。爲其題者，不用其格，便非本色；一瓢其語，決匪名家。

古詩短體如十九首，長篇如孔雀東南飛，皆不假雕琢，工極天然。百代而下，當無繼者。

三曹，魏武太質，子桓樂府、雜詩十餘篇佳，餘皆非陳思比。

建安首稱曹、劉。陳王精金粹璧，無施不可。然四言源出國風，雜體規模兩漢，軌躅具存。第其才藻宏富，骨氣雄高，八斗之稱，良非溢美。公幹才偏，氣過詞；仲宣才弱，肉勝骨；應、徐、陳、阮，篇什寥寥，間有存者，不出子建範圍之內。晉則嗣宗詠懷，興寄沖遠；太沖詠史，骨力莽蒼，雖途轍稍歧，一代傑作也。安仁、士衡，實曰冢嫡，而俳偶漸開。康樂風神華暢，似得天授，而駢儷已極。至於玄暉，古意盡矣。

　　子建名都、白馬、美女諸篇，辭極瞻麗。然句頗尚工，語多致飾，視東、西京樂府，天然古質，殊自不同。

　　古詩降魏，雖加雄贍，溫厚漸衰。阮公起建安後，獨得遺響，第文多質少，詞衍意狹。東、西京則不然，愈樸愈巧，愈淺愈深。

　　步兵詠懷，其音響，漢與魏之間也；其語與格，則晉也。兹所以反不如魏歟？

　　何仲默云：“陸詩體俳語不俳，謝則體語俱俳。”可謂千古卓識。

　　仲默稱曹、劉、阮、陸，而不取陶、謝。陶，阮之變而淡也，唐古之濫觴也；謝，陸之增而華也，唐律之先兆也。

　　士龍文章，差亞乃昆，詩遠不如。中散不以詩名，然四言亦有佳處。

　　齊、梁、陳、隋，世所厭薄，而其琢句之工，絕出人表，用於古詩不足，唐律有餘。初學暫置可也，若終身不敢過目，即品格造詣，概可知矣。

　　子建雜詩，全法十九首，意象規模酷肖，而奇警絕到弗如。送應氏、贈王粲等篇，全法蘇、李，詞藻氣骨有餘，而清和婉順不足。然東、西京後，惟斯人得其具體。

　　魏文雜詩“漫漫秋夜長”，獨可與屬國并驅，然去少卿尚一綫也。樂府雖酷是本色，時有俚語，不若子建純用己調。蓋漢人語似俚非俚，此最難體認處。

　　怨歌行舊謂古辭，文章正宗作子建。今觀前“為君既不易”十餘語，誠然。至“皇靈大動變”等，不類子建，恐是漢末人作。

　　“人生不滿百，戚戚少歡娛”，即“生年不滿百，常懷千歲憂”也。“飛觀百餘尺，臨牖御欄軒”，即“兩宮遙相望，雙闕百餘尺”也。“借問嘆者誰？云是蕩子妻”，即“昔爲娼家女，今爲蕩子婦”也。“願爲比翼鳥，施翮起高翔”，即“思爲雙飛燕，銜泥巢君屋”也。子建詩學十九首，此類不一。而漢詩自然，魏詩造作，優劣俱見。

　　詩不可以一首得失概一人終身。詩家咸謂蒲生不如塘上，信矣。然可謂子建之才不如甄后耶？若余所舉數條，則彼此皆常語，而常語之中，具見優劣。且諸作多爾，非若楊用修品題李、杜，輿羽鈎金也。

　　漢人詩，無句可摘，無瑕可指。魏人詩，間有瑕，然尚無句也。六朝詩，較無瑕，然而有句也。

　　曹公“月明星稀”，四言之變也；子建名都、白馬，樂府之變也；士衡吳趨、塘上，五言之變也。

　　厄言謂子建譽冠千古，實遜父兄，論樂府也，讀者不可偏泥。

　　班姬團扇、文君白頭、徐淑“寶釵”、甄后塘上，漢、魏婦人，遂與文士并驅，六代至唐蔑矣。

　　“漢兵日夜至，四面楚歌聲。大王意氣盡，賤妾何聊生”，決非虞美人作。

　　“明月照高樓，想見餘光輝”，李陵逸詩也。子建“明月照高樓，流光正徘徊"，全用此句而不用其意，遂爲建安絕唱。少陵"落月滿屋梁，猶疑照顏色"，正用其意而少變其句，亦爲唐古崢嶸。今學者第知曹、杜二句之妙，而不知其出於漢也。

泛觀前三句，則子建魏詩之神，杜陵唐體之妙，而少卿不過漢品之能。若究竟言，則明月流光，雖神韻迥出，實靈運、玄暉造端。落月屋梁，頗類常建、昌齡，亦非杜陵本色。少卿雖平平，然自是漢人語。

鰕鮋篇，太沖詠史所自出也；遠游篇，景純游仙所自出也。"南國有佳人"等篇，嗣宗諸作之祖；"公子敬愛客"等篇，士衡群製之宗。諸子皆六朝鉅擘，無能出其範圍，陳思所以獨擅八斗也。

"明月照高樓，流光正徘徊"，謝靈運"清暉能娛人，游子憺忘歸"祖之；"凝霜依玉除，清風飄飛閣"，謝玄暉"金波麗鳷鵲，玉繩低建章"祖之。然明月高樓，去漢尚不遠；凝霜飛閣，不惟兆端齊、宋，抑且門戶梁、陳。

魏文"朝與佳人期，日久殊未來"，康樂"圓景早已滿，佳人猶未適"，文通"日暮碧雲合，佳人殊未來"，愈衍愈工，然魏、宋、梁體自別。

嚴謂建安以前，氣象渾淪，難以句摘，此但可論漢古詩。若"高臺多悲風""明月照高樓""思君如流水"，皆建安語也。子建、子桓工語甚多，如"丹霞夾明月，華星出雲間""秋蘭被長坂，朱華冒綠池"之類，句法字法，稍稍

透露。仲宣、公幹以下寂寥，自是其才不及，非以渾淪難摘
故也。

　　漢人詩不可句摘者，章法渾成，句意聯屬，通篇高妙，
無一蕪蔓，不著浮靡故耳。子桓兄弟努力前規，章法句意，
頓自懸殊，平調頗多，麗語錯出。王、劉以降，敷衍成篇。
仲宣之淳，公幹之峭，似有可稱，然所得漢人氣象音節耳，
精言妙解，求之邈如。嚴氏往往漢、魏并稱，非篤論也。

　　子建華贍精工類左、國，步兵虛無恬澹類莊、列，太沖
縱橫豪逸類子長。

　　魏三應：德璉諸作頗雅馴；璩、瑗各有雜詩，如"哲人
覷未形，愚夫闇明白""貧子語窮兒，無錢可把撮"之類，
皆鄙俚不詞之甚。不知者以爲近漢，此正毫釐千里者也。無
論三曹，視三謝便自霄壤，可以世代爲限耶？

　　世謂晉人以還，方有佳句。今以衆所共稱者，彙集於
此。太沖："振衣千仞岡，濯足萬里流。"士衡："和風飛清
響，纖雲垂薄陰。"景暘："朝霞迎白日，丹氣臨暘谷。"景
純："左挹浮丘袖，右拍洪崖肩。"休文："志士惜日短，愁
人知夜長。"正長："朔風動秋草，邊馬有歸心。"顏遠："富
貴他人合，貧賤親戚疏。"淵明："採菊東籬下，悠然見南
山。""日暮天無雲，春風扇微和。"康樂："清暉能娛人，游
子澹忘歸。""池塘生春草，園柳變鳴禽。"叔源："景昃鳴禽
集，水木湛清華。"延之："鸞翮有時鎩，龍性誰能馴？"玄
暉："金波麗鳷鵲，玉繩低建章。""餘霞散成綺，澄江淨如

練。”吴興："庭皋木葉下，隴首秋雲飛。""太液滄波起，長
楊高樹秋。"文通："日暮碧雲合，佳人殊未來。"梁武："金
風徂清夜，明月懸洞房。"明遠："繡薨結飛霞，璇題納行
月。""馬毛縮如蝟，角弓不可張。"仲言："枝横卻月觀，花
繞凌風臺。""露滋寒塘草，月映清淮流。"蕭慤："芙蓉露下
落，楊柳月中疏。"王籍："蟬噪林逾静，鳥鳴山更幽。"休
文："標峰彩虹外，置嶺白雲間。"王融："高樹升夕煙，層
樓滿初月。"皆精言秀調，獨步當時。六朝諸君子生平精力，
罄於此矣。〔一〕

　　"青青河畔草"，相傳蔡中郎作。中郎文遠遜西京，而此
詩之妙，獨絶千古。語斷而意屬，曲折有餘而寄興無盡，即
蘇、李不多見。

　　"青青河畔草"，斷而續，近而遠，五言之騷也；"昔有
霍家奴"，整而條，麗而典，五言之賦也；"孔雀東南飛"，
質而不俚，詳而有體，五言之史也。而皆渾樸自然，無一字
造作，誠爲古今絶唱。〔二〕

　　子建七哀、三良、觀鬥雞、贈徐幹，仲宣、公幹并賦，
而優劣自見。

　　今人律則稱唐，古則稱漢，然唐之律遠不若漢之古。漢
自十九首、蘇、李外，餘郊廟、鐃歌、樂府及諸雜詩，無非

〔一〕謝氏兄弟佳句尚多，此不備錄。
〔二〕歌行則太白多近騷，王、楊多近賦，子美多近史，然皆非三古詩比。

神境，即下者猶踞建安右席。唐律惟開元、天寶；元、白而後，寖入野狐道中。今人不屑爲者，往往而是，亦時代使然哉！

長篇孔雀東南飛，斷不可學。則李、杜二家，滔滔莽莽，其長亦不容掩。然大須酌量，勿得造次。

杜之北征、述懷，皆長篇敍事。然高者尙有漢人遺意，平者遂爲元、白濫觴。李之送魏萬等篇，自是齊、梁，但才力加雄，辭藻增富耳。

陳王古詩獨擅，然諸體各有師承。惟陶之五言，開千古平淡之宗；杜之樂府，掃六代沿洄之習。真謂自啟堂奧，別創門戶。然終不以彼易此者，陶之意調雖新，源流匪遠；杜之篇目雖變，風格靡超。故知三正迭興，未若一中相授也。

四傑，梁、陳也；子昂，阮也；高、岑，沈、鮑也；曲江、鹿門、右丞、常尉、昌齡、光羲、宗元、應物，陶也。惟杜陵出塞樂府有漢、魏風，而唐人本色時露。太白譏薄建安，實步兵、記室、康樂、宣城及拾遺格調耳。李于鱗云：“唐無五言古詩而有其古詩。”可謂具眼。

備諸體於建安者，陳王也；集大成於開元者，工部也。青蓮才之逸，幷駕陳王；氣之雄，齊驅工部，可謂撮勝二家。第古風既乏溫淳，律體微乖整栗，故令評者不無軒輊。

三百篇，非一代音也；十九首，非一人作也。古今專門大家，吾得三人：陳思之古，拾遺之律，翰林之絕。皆天授，非人力也。

　　唐初承襲梁、隋，陳子昂獨開古雅之源，張子壽首創
清澹之派。盛唐繼起，孟浩然、王維、儲光羲、常建、韋應
物，本曲江之清澹，而益以風神者也；高適、岑參、王昌
齡、李頎、孟雲卿，本子昂之古雅，而加以氣骨者也。

　　古詩自有音節。陸、謝體極俳偶，然音節與唐律迥不
同。唐人李、杜外，惟嘉州最合。襄陽、常侍雖意調高遠，
至音節時入近體矣。

　　孟五言不甚拘偶者，自是六朝短古，加以聲律，便覺神
韻超然，此其占便宜處。英雄欺人，要領未易勘也。

　　常侍五言古，深婉有致，而格調音節，時有參差。嘉
州清新奇逸，大是俊才，質力造詣，皆出高上。然高黯淡之
內，古意猶存；岑英發之中，唐體大著。

　　高、岑并工起語，岑尤奇峭，然擬之宣城，格愈下矣。

　　儲光羲閒婉真至，農家者流，往往出王、孟上。常建語
極幽玄，讀之使人泠然如出塵表，然過此則鬼語矣。

　　韋左司大是六朝餘韻，宋人目爲流麗者得之。儀曹清峭
有餘，閒婉全乏，自是唐人古體。大蘇謂勝韋，非也。

　　唐初五言古，殊少佳者。王、楊、沈、宋集中，一二僅
存，皆非合作。無論漢、魏，遠卻齊、梁。此時古意垂爐，
而律體驟開，諸子當強弩之末，鼎革之初，故自不得超也。

　　唐初惟文皇帝京篇，藻贍精華，最爲傑作。視梁、陳神
韻少減，而富麗過之。無論大略，即雄才自當驅走一世。然
使三百年中，律有餘，古不足，已兆端矣。

子昂感遇，盡削浮靡，一振古雅，唐初自是傑出。蓋魏、晉之後，惟此尚有步兵餘韻。雖不得與宋、齊諸子并論，然不可概以唐人。近世故加貶抑，似非篤論。第自三十八章外，餘自是陳、隋格調，與感遇如出二手。

審言集殊乏五言，僅亂石一二首。佺期間出，大概非長。之問篇什頗盛，意似規模三謝，第律語時時雜之。崔融有氣骨而未成就。薛稷郊陝之外，亡復他章。

仲默云：「右丞他詩甚長，獨古作不逮。」讀其集，大篇句語俊拔，殊乏完章；小言結構清新，所少風骨。孟五言秀雅不及王，而閒澹頗自成局。

高氣骨不逮嘉州，孟材具遠輸摩詰，然并驅者，高、岑悲壯爲宗，王、孟閒澹自得，其格調一也。

世多謂唐無五言古。篤而論之，才非魏、晉之下，而調雜梁、陳之際，截長絜短，蓋宋、齊之政耳。如文皇帝京之什，允濟廬岳之章，子昂感遇之篇，道濟五君之詠，浩然"疏雨"之句，薛稷郊陝之吟，太白古風、書懷，少陵羌村、出塞，儲光羲之田舍，王摩詰之山莊，高常侍之紀行，岑補闕之覽勝，孟雲卿古離別，王昌齡放歌行，李頎塞下曲，常建太白峰，韋左司郡齋，柳儀曹南澗，顧況棄婦，李端洞庭，昌黎秋懷，東野感興，皆六朝之妙詣，兩漢之餘波也。

樂府則太白擅奇古今，少陵嗣跡風、雅。蜀道難、遠別離等篇，出鬼入神，惝怳莫測。兵車行、新婚別等作，述情陳事，懇惻如見。張、王欲以拙勝，所謂差之釐毫；溫、李欲以巧勝，所謂謬於千里。

殷璠詩選，以常建爲第一。張爲句圖，以孟雲卿爲高古奧逸。蓋二子皆盛唐名家，常幽深無際，孟古雅有餘。常“戰餘落日黃，軍敗鼓聲死。今與山鬼鄰，殘兵哭遼水”，絕是長吉之祖。孟“朝日上高堂，離人怨秋草。少壯無會期，水深風浩浩”，劇爲東野所宗。

少陵不效四言，不倣離騷，不用樂府舊題，是此老胸中壁立處。然風、騷、樂府遺意，杜往往深得之。太白以百憂等篇擬風、雅，鳴皋等作擬離騷，俱相去懸遠；樂府奇偉高出六朝，古質不如兩漢，較輸杜一籌也。

楊用修謂中唐後無古詩，惟李端“水國葉黃時”、溫庭筠“昨日下西洲”，及劉禹錫、陸龜蒙四首。然溫、李所得，六朝緒餘耳。劉、陸更遠。惟顧況棄婦詞，末六句頗佳。

世多訾宋人律詩，然律詩猶知有杜。至古詩第沾沾靖節；蘇、李、曹、劉，邈不介意。若十九首、三百篇，殆於高閣束之。如蘇長公謂“河梁”出自六朝，又謂陶詩愈於子建，餘可類推。黃、陳、曾、呂，名師老杜，實越前規。歐、王、梅、蘇，間學唐人，靡關正始。南渡尤、楊、范、陸輩，近體愈繁，古風逾下。新安論鑒洞達，諸所製作，頗溯根源，然非詩人本色；其所宗法，又子昂也。宋末嚴儀卿識最高卓，而才不足稱；謝皋羽才頗縱橫，而識無足取。

禪家戒事理二障，余戲謂宋人詩，病政坐此。蘇、黃好用事，而爲事使，事障也；程、邵好談理，而爲理縛，理障也。

元名家稱趙子昂、虞伯生、楊仲弘、范德機、揭曼碩外，如元好問、馬伯庸、陳剛中、李孝光、楊廉夫、薩天錫、傅若金、余廷心、張仲舉輩，不下十數家。視宋人材力不如，而篇什差盛，步驟稍端。然高者不過王、孟、高、岑，最上李供奉、陳杜二拾遺耳。六代風流，無復染指，況漢、魏乎！國初季迪勃興衰運，乃有擬古樂府諸篇，雖格調未遒，而意象時近。弘、正迭興，大振風雅，天所以開一代，信不虛也。

由大曆而國初，五百餘載，中間歌行近體未嘗絕也，獨古體寥寥宇宙間。中興之績，信陽、北地斷不可誣。

古詩，杜少陵後，漢、魏遺響絕矣，至獻吉而始闢其源；韋蘇州後，六朝遺響絕矣，至昌穀而始振其步。故謂杜之後便有北地可也，謂韋之後便有迪功可也。

宋主格，元主調。宋多骨，元多肉。宋人蒼勁，元人柔靡。宋人粗疏，元人整密。宋人學杜，於唐遠；元人學杜，於唐近。國朝下襲元風，上監宋轍，故虞、楊、范、趙，體法時參；歐、蘇、黃、陳，軌躅永絕。

蕭統之選，鑒別昭融。劉勰之評，議論精鑿。鍾氏體裁雖具，不出二書範圍。至品或上中倒置，詞則雅俚錯陳，非蕭、劉比也。明則昌穀談藝，可并雕龍；廷禮正聲，無慚文選。

擬十九首，自士衡諸作，語已不倫；六朝而後，徒具篇
名，意態風神，不知何在。惟近仲默十八章，格調翩翩，幾
欲近之。樂府自晉失傳，寥寥千載，擬者彌多，合者彌寡。
至於嘉、隆，剽奪斯極。而元美諸作，不襲陳言，獨絜心
印，皆可超越唐人，追蹤兩漢，未可以時代論。

　　詩至五言古，五言古至兩漢，無論中才，即大匠國工，
履冰袖手。七言古即不爾，苟天才雄贍，而能刻意前規，則
縱橫排蕩，滔滔莽莽，千言不窮，點筆立就，無不可者。
然五言古才力不足，可勉而能；七言古非才力有餘，斷不
至也。

内編卷三

古體下　七言

　　七言古詩，概曰歌行。余漫考之，歌之名義，由來遠矣。南風、擊壤，興於三代之前；易水、越人，作於七雄之世；而篇什之盛，無如騷之九歌，皆七言古所自始也。漢則安世、房中、郊祀、鼓吹，咸係歌名，并登樂府。或四言上規風、雅，或雜調下倣離騷，名義雖同，體裁則異。孝武以還，樂府大演，隴西、豫章、長安、京洛、東西門行等，不可勝數，而行之名，於是著焉。較之歌曲，名雖小異，體實大同。至長、短、燕、鞠諸篇，合而一之，不復分別。又總而目之，曰相和等歌。則知歌者曲調之總名，原於上古；行者歌中之一體，創自漢人明矣。

　　今人例以七言長短句爲歌行，漢、魏殊不爾也。諸歌行有三言者，郊祀歌、董逃行之類；四言者，安世歌、善哉行之類；五言者，長歌行之類；六言者，上留田、妾薄命之類。純用七字而無雜言，全取平聲而無仄韻，則柏梁始之，燕歌、白紵皆此體。自唐人以七言長短爲歌行，餘皆別類樂府矣。

古歌謠惟皇澤、白雲，典質雅淳，即非周穆本辭，亦非西京後語。拾遺記所載皇娥、白帝等歌，浮麗纖弱，皆子年僞撰無疑。

甯戚白石歌，前一首當是本詞，後一首全類六朝、唐語，卒章又出附會，蓋贋作也。

越謠“君乘車，我戴笠，他日相逢下車揖。君擔簦，我跨馬，他日相逢爲君下”，辭義甚古，唐人歌行，多作如此起者。

白石歌渾樸古健，漢、魏歌行之祖也。易水歌遒爽飛揚，唐人歌行之祖也。

易水歌僅十數言，而淒婉激烈，風骨情景，種種具備。亘千載下，復欲二語，不可得。

項王不喜讀書，而垓下一歌，語絕悲壯。“虞兮”自是本色。屈子孤吟澤畔，尙託寄美人公子，羽模寫實情實事，何用爲嫌。宋人以道理言詩，故往往謬戾如此。

三侯類易水而氣概橫絕，“橫汾”出離騷而風範少頹。黃鵠麗而則，有雅、頌遺規，昭之所以中興；“青荷”豔而纖，爲齊、梁前導，靈之所以末造。

七言古樂府外，歌行可法者，漢四愁、魏燕歌、晉白紵。宋、齊諸子，大演五言，殊寡七字。至梁乃有長篇，陳、隋浸盛，婉麗相矜，極於唐始，漢、魏風骨，殆無復存。李、杜一振古今，七言幾於盡廢。然東、西京古質典刑，邈不可觀矣。

少卿五言，爲百代鼻祖，然七言亦自矯矯，如"徑萬里兮度沙漠"，悲壯激烈，渾樸真致，非後世所能僞。然較之易水、大風，則夷爽調適不如。蓋當是時，郊祀、鼓吹，并出七言，句法又一變矣。

平子四愁，優柔婉麗，百代情語，獨暢此篇。其章法實本風人，句法率由騷體，但結構天然，絕無痕跡，所以爲工。後人句模而章襲之，適爲厭飫之餘耳。

魏武度關山、"對酒"等篇，古質莽蒼，然比之漢人東西門行，音律稍艱，韻度微乏，其體大類雁門太守行。氣出唱三首類董逃，秋胡行二首類滿歌。董逃或作魏武，滿歌亦魏武辭，未可知，大概氣骨峻絕。惟陌上桑類陳思，且張永伎錄不載，恐非其作。子桓燕歌二首，開千古妙境。子建天才絕出，乃七言獨少大篇。

建安自曹氏外，殊寡七言。陳琳飲馬長城窟一章，格調頗古，而文義多乖。昌穀謂"意氣鏗鏘，非風人度"，其以是乎！公幹、仲宣，絕不復覩。惟繆熙伯鐃歌曲得西京體，左延年秦女休有東漢風，而名下應、徐遠甚。固知一代文人，冒濫湮沒，時不免也。

晉白紵辭，綺豔之極，而古意猶存。自後作者相沿，梁武之外，明遠、休文，辭各美麗。然明遠"池中赤鯉"一章，語意不類。梁武僅作小言。休文雖創四時之體，至後半篇五首盡同，亦七言絕耳。若晉人形容舞態婉轉，妙絕諸家，似未窺也。

白紵辭前一首，自"質如輕雲色如銀"下，當另爲篇。

休洗紅二章，調甚高古，而語頗類子夜、前溪，非漢末辭，即晉人擬作。如"新紅裁作衣，舊紅翻作裏。回黃轉綠無定期，世事反復君所知"，建安無此調也。

晉樂辭"今日牛羊上丘隴，當時近前面發紅"，絕似漢人語，但前四句不類。至"愛惜加窮袴，防閒託守宮"，則全是唐律矣。少陵"愼莫近前丞相嗔"出此。後二句楊用修以爲此老本色，何也？

木蘭歌世謂齊、梁作。齊人一代，絕少七言歌行，梁始作初唐體。此歌中，古質有逼漢、魏處，非二代所及也。惟"朔氣""寒光"，整麗流亮類梁、陳。然晉人語如"日下荀鳴鶴，雲間陸士龍""青松凝素髓，秋菊落芳英"，已全是唐律。至休洗紅、獨漉篇，其古質處又多近木蘭。齊、梁歌謠，亦有傳者，相去遠甚。余以爲此歌必出晉人，若後篇則唐作也。

晉明世，柔然社崙始稱可汗，此歌出晉人手，愈無可疑。蓋宋、齊以後，元魏入帝中華，柔然屛居大漠，與黃河黑山道里懸絕。惟東晉世，五胡擾亂，柔然、拓拔常相攻幽、冀間，故詩人歷敍及之。世之疑木蘭者，率指摘"可汗"二字，不知此歌得此證佐益明，亦一快也。

　　木蘭歌是晉人擬古樂府，故高者上逼漢、魏，平者下兆齊、梁。如"南市買轡頭，北市買長鞭"，尚協東京遺響；至"當窗理雲鬢，對鏡貼花黃"，齊、梁豔語宛然。又"出門見伙伴"等句，雖甚樸野，實自六朝聲口，非兩漢也。

　　"大姊聞妹來"三疊，是倣長安有狹斜體。至"磨刀霍霍向豬羊"，六朝面目盡露矣。此等最易辨，亦最不易辨也。

　　六代兄弟齊名者，晉爲最盛。二陸、二張、二傅。士衡、景陽，烜赫詞場，休弈名出其下遠甚。然張、陸自五言外，歌行概不多見。休弈"龐烈婦"雜言，繼躅東京；董逃行六言，獨暢典午；鐃歌諸作，亦在繆襲、韋昭間。惟五言剿襲雷同，絕少天趣，聲價不競，職此之由。〔一〕

　　元亮、延之，絕無七言。康樂僅一二首，亦非合作。歌行至宋益衰，惟明遠頗自振拔，行路難十八章，欲汰去浮靡，返於渾樸，而時代所壓，不能頓超。後來長短句實多出此，與玄暉五言，俱兆唐人軌轍矣。

　　齊、梁後，七言無復古意。獨斛律金敕勒歌云："敕勒川，陰山下，天似穹廬蓋四野。天蒼蒼，野茫茫，風吹草低見牛羊。"大有漢、魏風骨。金武人，目不知書，此歌成於信口，咸謂宿根。不知此歌之妙，正在不能文者，以無意發之，所以渾樸莽蒼，暗合前古。推之兩漢，樂府歌謠，採自

〔一〕傅玄，暇從兄弟。玄子咸，孫敷；暇子祇，孫暢，并有文名。

閭巷，大率皆然。使當時文士爲之，便欲雕繢滿眼，況後世
操觚者！

齊一代，遂無七言。以宣城材具，而篇什寥寥，他可
知已。王融擬"兩頭纖纖"歌，殊不成語，益見漢人製作
之工。

曹氏父子而下，六代人主，世有文辭者，梁武、昭明、
簡文，差足繼軌。七言歌行，梁武尤勝。河中之水、東飛伯
勞，皆寓古調於纖詞，晉後無能及者。簡文烏棲曲，妙於用
短；元帝燕歌行，巧於用長，并唐體之祖也。

建安以後，五言日盛。晉、宋、齊間，七言歌行寥寥無
幾。獨白紵歌、行路難時見文士集中，皆短章也。梁人頗尚
此體，燕歌行、搗衣曲諸作，實爲初唐鼻祖。陳江總持、盧
思道等，篇什浸盛，然音響時乖，節奏未協，正類當時五言
律體。垂拱四子，一變而精華瀏亮，抑揚起伏，悉協宮商，
開合轉換，咸中肯綮。七言長體，極於此矣。

燕歌初起魏文，實祖柏梁體。白紵詞因之，皆平韻也。
至梁元帝"燕趙佳人本自多，遼東少婦學春歌。黃龍戍北花
如錦，玄菟城頭月似娥"，音調始協。蕭子顯、王子淵製作
浸繁，但通章尚用平韻轉聲，七字成句，故讀之猶未大暢。
至王、楊諸子歌行，韻則平仄互換，句則三五錯綜，而又加
以開合，傳以神情，宏以風藻，七言之體，至是大備。要惟
長篇鉅什，敍述爲宜，用之短歌，紆緩寡態。於是高、岑、
王、李出，而格又一變矣。

齊、梁、陳、隋五言古，唐律詩之未成者；七言古，唐歌行之未成者。王、盧出，而歌行咸中矩度矣；沈、宋出，而近體悉協宮商矣。至高、岑而後有氣，王、孟而後有韻，李、杜而後入化。

六朝歌行可入初唐者，盧思道從軍行、薛道衡豫章行，音響格調，咸自停勻，體氣丰神，尤爲煥發。

初唐短歌，子安滕王閣爲冠；長歌，賓王帝京篇爲冠。李嶠汾陰行，玄宗劇賞，然聲調未諧，轉換多躓，出沈、宋下。薛君采初唐獨取此篇，非是。

王翰蛾眉怨、長城行，亦自愴楚，宜爲子美所重。

仲默謂：“唐初四子，雖去古甚遠，其音節往往可歌。子美詞雖沉著，而調失流轉，實詩歌之變體也。”此未盡然。歌行之興，實自上古，南山、易水，隱約數言，咸足詠嘆。至漢、魏樂府，篇什始繁。大都渾樸真至，既無轉換之體，亦寡流暢之辭，當時以被管絃，供燕享，未聞不可歌也。杜兵車、麗人、王孫等篇，正祖漢、魏，行以唐調耳。

李、杜歌行，擴漢、魏而大之，而古質不及；盧、駱歌行，衍齊、梁而暢之，而富麗有餘。

陳、杜歌行不概見。沈、宋厭王、楊之靡縟，稍欲約以典實而未能也。李、杜一變，而雄逸豪宕，前無古人矣。盛唐高適之渾，岑參之麗，王維之雅，李頎之俊，皆鐵中錚錚者。崔顥、儲光羲篇什不多，而婉轉流媚，亦有可觀。常建已開李賀，任華酷似盧仝，盛衰倚伏如此。

　　昌穀云："歌聲雜而無方，行體疏而不滯，引以抽其臆，吟以達其情。"此大概言之耳。漢、魏歌行吟引，率可互換。唐人稍別體裁，然亦不甚遠也。

　　自五言古律以至五七言絕，概以溫雅和平爲尚，惟七言歌行近體不然。歌行自樂府，語已峭峻，李、杜大篇，窮極筆力，若但以平調行之，何能自拔？七言律聲長語縱，體既近靡；字櫛句比，格尤易下。材富力强，猶或難之；清空文弱，可登此壇乎？

　　凡詩諸體皆有繩墨，惟歌行出自離騷、樂府，故極散漫縱橫。初學當擇易下手者，今略舉數篇：青蓮擣衣曲、百憂歌，杜陵洗兵馬、哀江頭，高適燕歌行，岑參白雪歌、別獨孤漸，李頎緩歌行、送陳章甫、聽董大彈胡笳，王維老將行、桃源行，崔顥代閨人、行路難、渭城少年，皆脈絡分明，句調婉暢。既自成家，然後博取李、杜大篇，合變出奇，窮高極遠。又上之兩漢樂府，落李、杜之紛華，而一歸古質。又上之楚人離騷，鎔樂府之氣習，而直接商、周。七言能事畢矣。

　　闔闢縱橫，變幻超忽，疾雷震霆，淒風急雨，歌也；位置森嚴，筋脈聯絡，走月流雲，輕車熟路，行也。太白多近歌，少陵多近行。

　　短歌惟少陵七歌等篇，雋永深厚，且法律森然，極可宗尚。近獻吉學之，置杜集不復辨，所當併觀。李之烏棲曲、楊叛兒等，雖甚足情致，終是斤兩稍輕，詠嘆不足。

太白蜀道難、遠別離、天姥吟、堯祠歌等，無首無尾，變幻錯綜，窈冥昏默，非其才力學之，立見顛躓。少陵公孫大娘、渼陂行、丹青引、麗人行等，雖極沉深橫絕，格律尙有可尋。

照鄰古意、賓王帝京，詞藻富者故當易至，然須尋其本色乃佳。

歌行兆自大風、垓下，四愁、燕歌而後，六代寥寥。至唐大暢，王、楊四子，婉轉流麗；李、杜二家，逸宕縱橫。獻吉專攻子美，仲默兼取盧、王，并自有旨。

大風千秋氣概之祖，秋風百代情致之宗，雖詞語寂寥，而意象靡盡。柏梁諸篇，句調太質，興寄無存，不足貴也。

唐五言古，作者彌衆，至七言殊寡。初唐四子外，惟汾陰、鄴都。盛唐李、杜外，僅高、岑、王、李。中唐劉、韋一二，不足多論。至元、白長篇，張、王樂府，下逮盧、李，流派日卑，道術彌裂矣。

李、杜二公，誠爲勁敵。杜陵沉鬱雄深，太白豪逸宕麗。短篇效李，多輕率而寡裁；長篇法杜，或拘局而靡暢。廷禮首推太白，于鱗左祖杜陵，俱非論篤。

太白幻語，爲長吉之濫觴；少陵拙句，實玉川之前導。集長去短，學者當先明此。

李、杜歌行，雖沉鬱逸宕不同，然皆才大氣雄，非子建、淵明判不相入者比。有能總統爲一，實宇宙之極觀。第

恐造物生材，無此全盛。近時作者，間能俱備兩公之體，至
鎔液二子之長，則未覩也。

　　唐七言歌行，垂拱四子，詞極藻豔，然未脫梁、陳也。
張、李、沈、宋，稍汰浮華，漸趨平實，唐體肇矣，然而未
暢也。高、岑、王、李，音節鮮明，情致委折，濃纖修短，
得衷合度，暢乎，然而未大也。太白、少陵，大而化矣，能
事畢矣。降而錢、劉，神情未遠，氣骨頓衰。元相、白傅，
起而振之，敷演有餘，步驟不足。昌黎而下，門戶競開，盧
仝之拙樸，馬異之庸猥，李賀之幽奇，劉叉之狂譎，雖淺深
高下，材局懸殊，要皆曲徑旁蹊，無取大雅。張籍、王建，
稍爲真澹，體益卑卑。庭筠之流，更事綺繪，漸入詩餘，古
意盡矣。

　　詩五言古、七言律至難外，則五言長律、七言長歌。非
博大雄深、橫逸浩瀚之才，鮮克辦此。蓋歌行不難於師匠，
而難於賦授；不難於揮灑，而難於蘊藉；不難於氣概，而難
於神情；不難於音節，而難於步驟；不難於胸腹，而難於首
尾。又古風近體，黃初、大曆而下，無可著眼。惟歌行則晚
唐、宋、元，時亦有之，故徑路叢雜尤甚。學者務須尋其本
色，即千言鉅什，亦不使有一字離去，乃爲善耳。

　　李、杜外，短歌可法者：岑參蜀葵花、登鄴城，李
頎送劉昱、古意，王維寒食，崔顥長安道，賀蘭進明行路
難，郎士元塞下曲，李益促促曲、野田行，王建望夫石、
寄遠曲，張籍節婦吟、征婦怨，柳宗元楊白花，雖筆力非

二公比，皆初學易下手者。但盛唐前，語雖平易，而氣象雍容；中唐後，語漸精工，而氣象促迫，不可不知。

　　王勃滕王閣、衛萬吳宮怨，自是初唐短歌，婉麗和平，極可師法。中、盛繼作頗多，第八句爲章，平仄相半，軌轍一定，毫不可逾，殆近似歌行中律體矣。

　　國秀集有太子司議薛奇童，似是人名。然唐又有蔣奇童，豈亦人名耶？詩話評薛五言律“禁苑春風起”云：“如此麗則，不謂奇童而何？”則不得爲名，審矣。薛又有雲中行七言古，在王勃、李嶠間；玉階怨五言絕，得太白、昌齡調。蓋初、盛之超然者，而名字湮沒不傳，可爲浩嘆。

　　張若虛春江花月夜，流暢婉轉，出劉希夷白頭翁上，而世代不可考。詳其體制，初唐無疑。崔顥雁門胡人詩，全是律體，強作歌行；黃鶴實類短歌，乃稱近體。

　　崔顥邯鄲宮人怨，敘事幾四百言，李、杜外，盛唐歌行無贍於此。而情致委婉，真切如見，後來連昌、長恨，皆此兆端。

　　韋楚老祖龍行，雄邁奇警，如：“黑雲障天天欲裂，壯士朝眠夢冤結。祖龍一夜死沙丘，胡亥空隨鮑魚轍。腐肉偷生五千里，僞書先賜扶蘇死。墓接驪山土未乾，赤光已向芒碭起。陳勝城中鼓三下，秦家天地如崩瓦。龍蛇撩亂入咸陽，少帝空隨漢家馬。”長吉諸篇全出此，而諸選皆不錄，漫載之。

　　衛萬吳宮怨：“吳王宮闕臨江起，不捲珠簾見江水。曉氣晴來雙闕間，潮聲夜落千門裏。句踐城中非舊春，姑蘇臺下起黃塵。祇今惟有西江月，曾照吳王宮裏人。”高華響亮，可與王勃滕王閣詩對壘。第末二句全與太白同，不知孰先後也。

　　庾信詩“地中鳴戰鼓，天上下將軍”，駱賓王蕩子從軍賦“隱隱地中鳴鼓角，迢迢天上出將軍”全用此。然二語非警策，駱蓋偶然耳。從軍賦近獻吉改爲歌行。考駱本辭，賦語實三之一，李但削去此類，餘皆仍其舊也。

　　元微之樂府古題序云：“自風、雅至於樂流，莫非諷興當時之事，以貽後世之人。沿襲古題，唱和重複，於文或有短長，於義咸爲贅賸，尚不如寓意古題，刺美見事，猶有詩人引古以諷之義。近代惟詩人杜甫悲陳陶、哀江頭、兵車、麗人等，凡所歌行，率皆即事名篇，無有倚傍。余少時與友人白樂天、李公垂輩謂是爲當，遂不復擬賦古題。”觀微之此序，則唐人亦自推轂少陵樂府。近時諸公多主斯說，而微之序人少知者，故特錄之。

　　仲默明月篇序云：“僕始讀杜子七言詩歌，愛其陳事切實，布辭沉著，鄙心竊效之，以爲長篇聖於子美矣。既而讀漢、魏以來歌詩，及唐初四子者之所爲而反復之，則知漢、魏固承三百篇之後，流風猶可徵焉；而四子者雖工富麗，去古遠甚，至其音節往往可歌。乃知子美辭固沉著，而調失流轉，雖成一家語，實則詩歌之變體也。”于鱗云：“七言歌行，惟杜不失初唐氣格，而縱橫有之。太白縱橫，往往強弩之末，間以長語，英雄欺人耳。"李論實出於何，而意稍不同。

杜七歌亦倣張衡四愁，然七歌奇崛雄深，四愁和平婉麗。漢、唐短歌，名爲絕唱，所謂異曲同工。

元和中，李紳作新樂府二十章，元稹取其尤切者十五章和之，如華原磬、西涼伎之類，皆風刺時事，蓋倣杜陵爲之者，今并載郭氏樂府。語句亦多倣工部，如陰山道、縛戎人等，音節時有逼近。第得其沉著，而不得其縱橫；得其渾樸，而不得其悲壯。樂天又取演之爲五十章，其詩純用己調，出元下。世所傳白氏諷諫是也。

太白遠別離舊是難處，范德機知其調之高絕，而不解其意所從來。近王次公獨謂太白晚年時事之作，深得之。所稱"幽囚""野死"，從古有此議論者。魏、晉以還，篡奪相繼，創爲邪說，劉知幾史通載之甚詳。

太白搗衣篇等，亦是初唐格調。蜀道難、夢游天姥吟、遠別離、鳴皋歌，皆學騷者。白頭吟、登高丘、公無渡河、獨漉諸篇，出自樂府。烏夜啼、楊叛兒、白紵辭、長相思諸篇，出自齊、梁。至堯祠、單父、"憶昔洛陽"之類，則太白己調耳。

題畫自杜諸篇外，唐無繼者。王介甫畫虎圖、蘇子瞻煙江疊嶂夜游圖、韓子蒼龍眠圖、虞伯生墨竹、楊廉夫青蓮像、薩天錫織錦圖，皆有可觀，而骨力變化，遠非杜比。惟李獻吉吳偉、林良等六詩，模寫精絕，而豪宕縱横，幾欲與杜并驅，真傑思也。

太白懷素草書歌，誠爲僞作，而校者不能删削，以無左驗故。今觀素師自敍，錢起、盧綸等句，無不備錄，顧肯遺太白？此證甚明。“天若不愛酒”，本馬子才詩。近又舉李墨跡爲證，尤可笑。詩可僞，筆不可僞耶？

“小麥青青大麥枯，誰當穫者婦與姑，丈夫何在西擊胡”，三語奇絶，即兩漢不易得。子美“大麥乾枯小麥黃，婦女行泣夫走藏，問誰腰鐮胡與羌”，纔易數字，便有唐、漢之别。杜尙難之，況其下乎！

“長安城中頭白烏，夜飛延秋門上呼。又向人家啄大屋，屋底達官走避胡”“車轔轔，馬蕭蕭，行人弓箭各在腰。爺娘妻子走相送，塵埃不見咸陽橋”，二起語甚古質，類漢人。終是格調精明，詞氣跌宕，近似有意。兩京歌謠，便自渾渾噩噩，無跡可尋。

初唐七言古以才藻勝，盛唐以風神勝；李、杜以氣概勝，而才藻風神稱之，加以變化靈異，遂爲大家。宋人非無氣概，元人非無才藻，而變化風神，邈不復覩。固時代之盛衰，亦人事之工拙耶？

古詩窘於格調，近體束於聲律，惟歌行大小短長，錯綜闔闢，素無定體，故極能發人才思。李、杜之才，不盡於古詩而盡於歌行。孟襄陽輩才短，故歌行無復佳者。

唐人歌行烜赫者：郭元振寶劍篇，宋之問龍門行、明河篇，李嶠汾陰行，元稹連昌辭，白居易長恨歌、琵琶行，

盧仝月蝕，李賀高軒，并驚絕一時。今讀諸作，往往不厭
人意，而盧、駱、杜陵、高、岑、王、李，大家正統，俱不
以是著稱。同時惟太白蜀道難等篇，爲世所慕，差不爽名
實耳。

　　元和間，樂天聲價最盛。當時挽詩云："孺子解吟長恨
賦，胡人能誦琵琶篇。"又一女子能誦白長恨歌，遂索值百
萬，其爲一代驚豔如此。少陵同谷作歌時，正拾橡栗隨狙
公，覓一飽不可得。詩固有遇不遇哉！

　　余嘗評宋人近體勝歌行，歌行勝古詩，至風雅樂謠，
二百年間幾於中絕。今詩家往往訾宋近體，不知源流既乏，
何所自來？

　　宋黃、陳首倡杜學。然黃律詩徒得杜聲調之偏者，其語
未嘗有杜也。至古選歌行，絕與杜不類，晦澀枯槁，刻意爲
奇而不能奇，真小乘禪耳。而一代尊之無上。陳五言律得杜
骨，宋品絕高，他作亦皆懸遠。

　　楊用修詩話所載洛春謠、夜歸曲，皆宋人七言古可
觀者。

　　勝國諸家，七言古篇什甚不乏，然自是元人歌行。擬
王、楊則流轉不足，攀李、杜則神化非儔，至於瑰詞綺調，
亦往往筆墨間，視宋人覺過之。

　　元末楊廉夫歌行，聲價騰湧。今讀之，大率穠麗妖冶，
佳處不過長吉、文昌，平處便是傳奇史斷。漢、魏風軌，未
覿藩籬，而一時傳賞楮貴，信識真未易也。

勝國歌行，多學李長吉、温庭筠者，晦刻濃綺，而真景真情，往往失之目前。盛唐則不然，愈近愈遠，愈拙愈工，讀王、岑、高、李諸作可見。

主拾遺，賓供奉，左中允，右嘉州，則沉雄秀逸，短什宏章，諸體悉備。至於千言百韻，取法盧、駱，什一爲之可也。

宋初諸子多祖樂天，元末諸人競師長吉。

玉川拙體非自創，任華與李、杜同時，已全是此調，特篇什不多耳。長吉險怪，雖兒語自得，然太白亦濫觴一二。馬異與盧同時，詩體正同。張碧差後長吉，亦頗相似。盧體不復傳，長吉則宋末謝皋羽得其遺意。元人一代尸祝，流至國初，尚有效者。

蘇子瞻定慧寺海棠、郭功父金山行等篇，亦尚有佳處，而不能盡脫宋氣。歐學韓，黃學杜，用力愈多，去道愈遠。

仲默論歌行，允謂前人未發。然特專明一義，匪以盡概諸方。王、楊四子，雖偏工流暢，而體格彌卑，變化未覩。唐人一代皆爾，何以遠過齊、梁？必有李、杜二公，大觀斯極。仲默集中，爲此體僅明月、帝京、昔游三數篇，他不盡爾，其意可窺。

國初季迪歌行，尚多佳作。弘、正特盛，李、何外，若昌穀、繼之、應登，皆有可觀。

退之桃源、石鼓，模杜陵而失之淺；長吉浩歌、秦宮，

傲太白而過於深。惟獻吉宗師子美，併奪其神；間作青蓮，
亦得其貌，然爲初唐則遠。仲默，李同調，氣稍不如。明
月、帝京，風神朗邁，遂過盧、駱。元美後起，併前諸子奄
而有之。千古宗工，五君而已。

内編卷四

近體上　五言

　　五言律體，兆自梁、陳。唐初四子，靡縟相矜，時或拗澀，未堪正始。神龍以還，卓然成調。沈、宋、蘇、李，合軌於先；王、孟、高、岑，并馳於後。新製迭出，古體攸分，實詞章改變之大機，氣運推遷之一會也。

　　五言律體，極盛於唐。要其大端，亦有二格：陳、杜、沈、宋，典麗精工；王、孟、儲、韋，清空閒遠。此其概也。然右丞贈送諸什，往往闌入高、岑。鹿門、蘇州，雖自成趣，終非大手。太白風華逸宕，特過諸人。而後之學者，才匪天仙，多流率易。唯工部諸作，氣象嵬峨，規模宏遠，當其神來境詣，錯綜幻化，不可端倪。千古以還，一人而已。

　　宏大，則“昔聞洞庭水”；富麗，則“花隱掖垣暮”；感慨，則“東郡趨庭日”；幽野，則“風林纖月落”；餞送，則"冠冕通南極"；投贈，則"斧鉞下青冥"；追憶，則"洞房環珮冷"；弔哭，則"他鄉復行役"等，皆神化所至，不似人間來者。

學五言律，毋習王、楊以前，毋窺元、白以後。先取沈、宋、陳、杜、蘇、李諸集，朝夕臨摹，則風骨高華，句法宏贍，音節雄亮，比偶精嚴。次及盛唐王、岑、孟、李，永之以風神，暢之以才氣，和之以真澹，錯之以清新。然後歸宿杜陵，究竟絕軌，極深研幾，窮神知化，五言律法盡矣。

盛唐句，如"海日生殘夜，江春入舊年"；中唐句，如"風兼殘雪起，河帶斷冰流"；晚唐句，如"雞聲茅店月，人跡板橋霜"，皆形容景物，妙絕千古，而盛、中、晚界限斬然。故知文章關氣運，非人力。

國朝仲默、明卿，亦是五言津筏，初學下手，所當并置座右。

近體先習杜陵，則未得其廣大雄深，先失之粗疏險拗，所謂從門非寶也。

曲江之清遠，浩然之簡淡，蘇州之閒婉，浪仙之幽奇，雖初、盛、中、晚，調迴不同，然皆五言獨造。至七言，俱疲薾不振矣。

晚唐有一首之中，世共傳其一聯，而其所不傳反過之者。如張祜"樹影中流見，鐘聲兩岸聞"，雖工密，氣格故不如"僧歸夜船月，龍出曉堂雲"也。如賈島"鳥宿池邊樹，僧敲月下門”，雖幽奇，氣格故不如“過橋分野色，移石動雲根”也。

張祜字承吉，刻本大半作“祐”，覽者莫辨。緣承吉字，祐、祜俱通耳。一日偶閱雜說，張子小名冬瓜，或以譏之，答云：“冬瓜合出瓠子。”則張之名祜審矣。

薛奇童“禁苑春風起”，全篇典麗精工，王摩詰無以加；李季蘭“遠水浮仙棹”二語，幽閒和適，孟浩然莫能過。寧可以婦人童子忽之？羽士若吳筠，盛唐翹楚；緇流若靈一，中唐共推，不在孟雲卿、皇甫冉下。

排律，沈、宋二氏，藻贍精工；太白、右丞，明秀高爽。然皆不過十韻，且體在繩墨之中，調非畦逕之外。惟杜陵大篇鉅什，雄偉神奇。如謁蜀廟、贈哥舒等作，闔闢馳驟，如飛龍行雲，鱗鬣爪甲，自中矩度；又如淮陰用兵百萬，掌握變化無方。雖時有險樸，無害大家。近選者僅取“沱水臨中坐”，以爲他皆不及，塗聽耳食，哀哉！

宋人學杜得其骨，不得其肉；得其氣，不得其韻；得其意，不得其象，至聲與色并亡之矣。如無己哭司馬相公三首，其瘦勁精深，亦皆得之百鍊，而神韻遂無毫釐。他可例見。

齊、梁、陳、隋句，有絕是唐律者，彙集於後，俾初學知近體所從來。簡文：“沙飛朝似幕，雲起夜疑城。”元帝：“疊鼓驚飛鷺，長簫應紫騮。”沈約：“山光浮水至，春色犯寒來。”江淹：“白日凝璃貌，明河點絳脣。”庾肩吾：“桃花舒玉洞，柳葉暗金溝。"吳均："白雲浮海際，明月落河濱。"何遜："野水平沙合，連山遠霧浮。"蕭鈞："雲峰初辨夏，麥氣已迎秋。"王筠："獻瑞依洛浦，懷珮似湘濱。"劉孝綽："翠蓋承朝景，朱旗曳曉煙。"劉孝威："浴童爭淺瀨，浣女戲平沙。""月麗姮娥影，星含織女光。"劉孝先："洞戶臨松徑，虛窗隱竹叢。""數螢流暗草，一鳥宿疏桐。"徐君倩："草短猶通屐，梅香漸著人。"江洪："夜條風淅淅，曉葉露淒淒。"王臺卿："瑤臺斜接岫，玉殿上凌空。"惠慕："馬邑迷關吏，雞鳴起戍人。"陳後主："水映臨橋樹，風吹夾路花。""日月光天德，山河壯帝居。""樓似陽臺上，池如洛水邊。"徐陵："竹密山齋冷，荷開水殿香。"張正見："飛棟臨黃鶴，高窗度白雲。""雨師清近道，風伯靜遙天。""雲棟疑飛雨，風窗似望仙。""清風吹麥隴，細雨濯梅林。"江總："繡柱擎飛閣，雕欄架曲池。""夜梵聞三界，朝香徹九天。""終南雲影落，渭北雨聲多。""玩竹春前筍，驚花雪後梅。"祖孫登："高葉臨胡塞，長枝拂漢宮。"煬帝："翠霞迎鳳輦，碧霧翼龍輿。""流波將月去，潮水帶星回。"盧思道："晚霞浮極浦，落景照長亭。"薛道衡："少昊騰金氣，文昌動將星。""暗牖懸蛛網，空梁落燕泥。"王冑："千門含日麗，萬雉映霞丹。"李巨仁："雲開金闕迥，霧起石梁遙。"蕭愨："朔路傳清警，邊風入畫旒。"王褒："鬥雞橫大道，走馬出長楸。"魏收："瀉溜高齋響，添池曲檻平。"庾信："春朝行雨去，秋夜隔河來。"皆端嚴華妙。精工者，啟垂拱之門；

雄大者，樹開元之幟。

用修集六朝詩爲五言律祖，然當時體制尚未盡諧，規以隱侯三尺，失粘、上尾等格，篇篇有之。全章吻合，惟張正見關山月及崔鴻寶劍、邢巨游春。又庾信舟中夜月詩四首，真唐律也。

薛道衡昔昔鹽等篇，大是唐人排律，時有失粘耳。孔德紹洪水一章，則字句無不合矣。

隋尹武別宋常侍詩："游人杜陵北，送客廣川東。無論去與住，俱是一飄蓬。秋鬢含霜白，衰顏倚酒紅。別有相思處，啼烏雜夜風。"絕類中唐後詩。

陰鏗安樂宮詩："新宮實壯哉，雲裏望樓臺。迢遞翔鶗仰，聯翩賀燕來。重檐寒霧宿，丹井夏蓮開。砌石披新錦，雕梁畫早梅。欲知安樂盛，歌管雜塵埃。"右五言十句律詩，氣象莊嚴，格調鴻整；平頭上尾，八病咸除；切響浮聲，五音并協，實百代近體之祖。考之陳後主、張正見、庾信、江總輩，雖五言八句，時合唐規，皆出此後。則近體之有陰生，猶五言之始蘇、李，而楊用修未及援引，曷在其好古耶？

陰又有夾池竹四韻云："夾池一叢竹，垂翠不驚寒。葉醒宜城酒，皮裁薛縣冠。湘川染別淚，衡嶺拂仙壇。欲見葳蕤色，當來兔苑看。"於沈法亦皆諧合。惟起句及五句拗二字，而非唐律所忌，第調與六朝徐、庾同。若安樂則通篇唐人氣韻矣。

六朝五言合律者，楊所集四首外，徐摛詠筆、徐陵鬥雞、沈氏彩毫，雖間有拗字，體亦近之。若陳後主"春砌落芳梅"，江總"百花疑吐夜"，陳昭昭君詞，祖孫登蓮調，沈烱天中寺，張正見對酒當歌、衡陽秋夜，何處士春日別才法師，王由禮招隱十餘篇，皆唐律，而楊不收。

唐人句律有全類六朝者，太宗："露凝千片玉，菊散一叢金。"虞世南："竹開霜後翠，梅動雪前香。"王勃："野花常捧露，山葉自吟風。"楊烱："伏檻排雲出，飛軒繞澗回。"盧照鄰："隴雲朝結陣，江月夜臨空。"駱賓王："晚風連朔氣，新月照邊秋。"韋承慶："山遠疑無樹，潮平似不流。"蘇味道："月華連晝色，燈影雜星光。"趙彥昭："宮樹千花發，階蓂七葉新。"李乂："行戈疑駐日，步輦若升天。"樊忱："十地祥雲合，三天瑞景開。"楊庶："寶鐸含飆響，仙輪帶日紅。"王景："重階青漢接，飛閣紫霄懸。"李嶠："御筵陳桂醑，天酒酌榴花。"宗楚客："湛露飛堯酒，薰風入舜絃。"袁暉："九旗雲際出，萬騎谷中來。"孫逖："漁父歌金洞，江妃舞翠房。"蘇頲："豐樹連黃葉，函關入紫雲。"張說："漢武橫汾日，周王宴鎬年。"張九齡："日御馳中道，風師卷太清。"陳子昂："鶴舞千年樹，虹飛百尺橋。"杜審言："啼鳥驚殘夢，飛花攬獨愁。"沈佺期："月明三峽曙，潮滿九江春。"宋之問："野含時雨潤，山雜夏雲多。"玄宗："春來津樹合，月落戍樓空。"右置梁、陳間，何可辨別？第人取其一，此類尚多。若唐初句格未諧者，自是六朝體，不復錄。

作詩不過情、景二端。如五言律體，前起後結，中四句，二言景，二言情，此通例也。唐初多於首二句言景對起，止結二句言情，雖豐碩，往往失之繁雜。唐晚則第三四句多作一串，雖流動，往往失之輕猥，俱非正體。惟沈、宋、李、王諸子，格調莊嚴，氣象閎麗，最爲可法。第中四句大率言景，不善學者，湊砌堆疊，多無足觀。老杜諸篇，雖中聯言景不少，大率以情間之。故習杜者，句語或有枯燥之嫌，而體裁絕無靡冗之病。此初學入門第一義，不可不知。若老手大筆，則情景混融，錯綜惟意，又不可專泥此論。

作詩最忌合掌，近體尤忌，而齊、梁人往往犯之，如以朝對曙、將遠屬遙之類。初唐諸子，尚襲此風，推原厲階，實由康樂。沈、宋二君，始加洗削，至於盛唐盡矣。

李夢陽云：“疊景者意必二，闊大者半必細。”此最律詩三昧。如杜“詔從三殿去，碑到百蠻開。野館濃花發，春帆細雨來”，前半闊大，後半工細也；“浮雲連海岱，平野入青徐。孤嶂秦碑在，荒城魯殿餘”，前景寓目，後景感懷也。唐法律甚嚴惟杜，變化莫測亦惟杜。

詩自模景述情外，則有用事而已。用事非詩正體，然景物有限，格調易窮，一律千篇，祇供厭飫。欲觀人筆力材詣，全在阿堵中。且古體小言，姑置可也，大篇長律，非此何以成章！

　　用事之工，起於太沖詠史。唐初王、楊、沈、宋，漸入精嚴。至老杜苞孕汪洋，錯綜變化，而美善備矣。用事之僻，始見商隱諸篇。宋初楊、李、錢、劉，愈流綺刻。至蘇、黃堆疊詼諧，粗疏詭譎，而陵夷極矣。

　　"荒庭垂橘柚，古屋畫龍蛇""錫飛常近鶴，杯渡不驚鷗"，杜用事入化處。然不作用事看，則古廟之荒涼，畫壁之飛動，亦更無人可著語。此老杜千古絕技，未易追也。

　　杜用事錯綜，固極筆力，然體自正大，語尤坦明。晚唐、宋初，用事如作謎，蘇如積薪，陳如守株，黃如緣木。

　　用事患不得肯綮，得肯綮，則一篇之中八句皆用，一句之中二字串用，亦何不可！婉轉清空，了無痕跡，縱橫變幻，莫測端倪，此全在神運筆融，猶斲輪甘苦，心手自知，難以言述。

　　杜用事門目甚多，姑舉人名一類。如"清新庾開府，俊逸鮑參軍"，正用者也；"聰明過管輅，尺牘倒陳遵"，反用者也；"謝氏登山屐，陶公漉酒巾"，明用者也；"伏柱聞周史，乘槎似漢臣"，暗用者也；"舉天悲富駱，近代惜盧王"，并用者也；"高岑殊緩步，沈鮑得同行"，單用者也；"汲黯匡君切，廉頗出將頻"，分用者也；"共傳收庾信，不比得陳琳"，串用者也。至"對棋陪謝傅，把劍覓徐君""侍臣雙宋玉，戰策兩穰苴""飄零神女雨，斷續楚王風""晉室丹陽尹，公孫白帝城"，鍛鍊精奇，含蓄深遠，迥出前代矣。

　　義山用事之善者，如題柏"大樹思馮異，甘棠憶召公"，亦可觀。至"玉壘""金刀"，便入崑調。一篇之內，法戒具存。世欲束晚唐高閣，患頂門欠隻眼耳，要皆吾益友也。

　　"錦瑟"是青衣名，見唐人小說，謂義山有感作者。觀此詩結句及"曉夢""春心""藍田""珠淚"等，大概"無題"中語，但首句略用錦瑟引起耳。宋人認作詠物，以適、怨、清、和字面，附會穿鑿，遂令本意懵然。且至"此情可待成追憶"處，更說不通。學者試盡屏此等議論，祇將題面作青衣，詩意作追憶，讀之當自踴躍。

　　初唐五言律，杜審言早春游望、秋宴臨津、登襄陽城、詠終南山，陳子昂次樂鄉，沈佺期宿七盤，宋之問扈從登封，李嶠侍宴甘露殿，蘇頲驪山應制，孫逖宿雲門寺，皆氣象冠裳，句格鴻麗。初學必從此入門，庶不落小家窠臼。

　　李白塞下曲、溫泉宮、別宋之悌、南陽送客、度荊門，孟浩然岳陽樓，王維岐王應教、秋宵寓直、觀獵，岑參送李大僕，王灣北固山下，崔顥潼關，祖詠江南旅情，張均岳陽晚眺，俱盛唐絕作。視初唐格調如一，而神韻超玄，氣概閎逸，時或過之。

　　劉長卿送李中丞、張司直，錢起秋夜對月，皇甫冉巫山高、和王相公，皇甫曾送李中丞華陰，司空曙別韓紳、送史澤，李嘉祐江陰官舍、秋夜寓直，韓翃送陳錄事李侍御，于良史冬日野望，李益別內弟，文皆中唐，妙境往往有不減盛唐者。

初唐五言律，"獨有宦游人"第一。盛唐，"昔聞洞庭水"第一。中唐，"巫峽見巴東"第一。晚唐，姚合早朝、許渾潼關、李頻送裴侍御，尚有全盛風流，全篇多不稱耳。

大曆以還，易空疏而難典贍；景龍之際，難雅潔而易浮華。蓋齊、梁代降，沿襲綺靡，非大有神情，胡能蕩滌？唐初五言律，惟王勃"送送多窮路""城闕輔三秦"等作，終篇不著景物，而興象婉然，氣骨蒼然，實首啓盛、中妙境。五言絕亦舒寫悲涼，洗削流調。究其才力，自是唐人開山祖。拾遺、吏部，并極虛懷，非溢美也。

盈川近體，雖神俊輸王，而整肅渾雄。究其體裁，實爲正始。然長歌遂爾絕響。盧、駱五言，骨幹有餘，風致殊乏。至於排律，時自錚錚。

接跡王、楊，齊肩沈、宋，則李嶠、蘇頲、張說、九齡最著。諸公才力，大都在魯、衛間。必求甲乙，則蘇、李之整嚴，略輸沈、宋；二張之藻麗，微遜王、楊。然唐世詩人，達者無出四君。當時諸子，胡能與較萬一！大丈夫吐氣生前，揚眉身後，各從所尚可也。

初唐無七言律，五言亦未超然。二體之妙，杜審言實爲首倡。五言則"行止皆無地""獨有宦游人"，排律則"六位乾坤動""北地寒應苦"，七言則"季冬除夜""毘陵震澤"，皆極高華雄整。少陵繼起，百代模楷，有自來矣。

子昂"野戍荒煙斷，深山古木平""城分蒼野外，樹斷白雲限"等句，平淡簡遠，王、孟二家之祖。審言"楚山橫

地出，漢水接天回”“飛霜遙度海，殘月迴臨邊”等句，閎
逸渾雄，少陵家法婉然。宋人掇其牽風紫蔓小語，以爲杜所
自出，陋哉！

　　子昂“古木生雲際，歸帆出霧中”，即玄暉“天際識歸
舟，雲中辨江樹”也。子美“薄雲巖際宿，孤月浪中翻”，
即仲言“白雲巖際出，清月波中上”也。四語并極精工，卒
難優劣。然何、謝古體，入此漸啓唐風；陳、杜近體，出此
乃更古意，不可不知。

　　審言“風光新柳報，宴賞落花催”，摩詰“興闌啼鳥換，
坐久落花多”，皆佳句也。然“報”與“催”字極精工，而
意盡語中；“換”與“多”字覺散緩，而韻在言外。觀此可
以知初、盛次第矣。

　　太白“人分千里外，興在一杯中”，達夫“功名萬里外，
心事一杯中”，甚類。然高雖渾厚易到，李則超逸入神。

　　“宿雲鵬際落，殘月蚌中開”“一葉兼螢度，孤雲帶雁
來”“勁風吹雪聚，渴鳥啄冰開”，皆奇絕語，能別此乃具眼。

　　二張五言律，大概相似。於沈、宋、陳、杜景物藻繪
中，稍加以情致，劑以清空。學者間參，則無冗雜之嫌，有
雋永之味。然氣象便覺少隘，骨體便覺稍卑。品望之雌，職
此故耶？

　　燕國如岳州燕別、深度驛、還端州，始興如初秋憶弟、
旅宿淮陽、豫章南還等作，皆沖遠有味。而格調嚴整，未離
沈、宋諸公，至浩然乃縱橫自得。

孟詩淡而不幽，時雜流麗；閒而匪遠，頗覺輕揚。可取者，一味自然。常建"清晨入古寺""松際露微月"，幽矣；王維"清川帶長薄""中歲頗好道"，遠矣。

右丞五言，工麗閒澹，自有二派，殊不相蒙。"建禮高秋夜""楚塞三江接""風勁角弓鳴""揚子談經處"等篇，綺麗精工，沈、宋合調者也。"寒山轉蒼翠""一從歸白社""寂寞掩柴扉""晚年惟好靜"等篇，幽閒古澹，儲、孟同聲者也。

王昌齡"樓頭廣陵近""遙林夢親友"二首，甚類浩然。

蘇州五言古優入盛唐，近體婉約有致，然自是大曆聲口，與王、孟稍不同。已上諸家，皆五言清淡之宗。才質近者，習以爲法，不失名家。

元微之云："太白模寫物象及樂府歌詩，誠有差肩子美者。若鋪陳始終，排比故實，大或千言，小猶數百，則李尙不能歷其藩籬，況闖奧乎！"白樂天云："杜詩最多。至貫穿古今，覼縷格律，盡善盡美，又過於李。"二公議論如此，蓋專以排律及五言大篇定李、杜優劣。然李所長，五七言絕亦足相當；而杜句律之高，在才具兼該，筆力變化，亦不專排比鋪陳，貫穿覼縷也。

李、杜才氣格調，古體歌行，大概相埒。李偏工獨至者絕句，杜窮變極化者律詩。言體格，則絕句不若律詩之大；論結撰，則律詩倍於絕句之難。然李近體足自名家，杜諸絕殊寡入彀。截長補短，蓋亦相當。惟長篇敍事，古今子美。

故元、白論咸主此，第非究竟公案。

　　唐人才超一代者，李也；體兼一代者，杜也。李如星懸日揭，照耀太虛；杜若地負海涵，包羅萬彙。李惟超出一代，故高華莫并，色相難求；杜惟兼總一代，故利鈍雜陳，鉅細咸畜。

　　李才高氣逸而調雄，杜體大思精而格渾。超出唐人而不離唐人者，李也；不盡唐調而兼得唐調者，杜也。

　　太白筆力變化，極於歌行；少陵筆力變化，極於近體。李變化在調與詞，杜變化在意與格。然歌行無常矱，易於錯綜；近體有定規，難於伸縮。調詞超逸，驟如駭耳，索之易窮；意格精深，始若無奇，繹之難盡。此其稍不同者也。

　　太白五言沿洄魏、晉，樂府出入齊、梁，近體周旋開、寶，獨絕句超然自得，冠古絕今。子美五言北征、詠懷，樂府新婚、垂老等作，雖格本前人，而調出己創。五七言律廣大悉備，上自垂拱，下逮元和，宋人之蒼，元人之綺，靡不兼總。故古體則脫棄陳規，近體則兼該衆善，此杜所獨長也。

　　盛唐一味秀麗雄渾。杜則精粗、鉅細、巧拙、新陳、險易、淺深、濃淡、肥瘦，靡不畢具，參其格調，實與盛唐大別。其能會萃前人在此，濫觴後世亦在此。且言理近經，敘事兼史，尤詩家絕覯。其集不可不讀，亦殊不易讀。

　　太白有大家之材，而局量稍淺，故騰踔飛揚之意勝，沉深典厚之風微。昌黎有大家之具，而神韻全乖，故紛拏叫噪之途開，蘊藉陶鎔之義缺。杜陵氏兼得之。

「飛星過水白，落月動沙虛」，吳均、何遜之精思。「春色浮山外，天河宿殿陰」，庾信、徐陵之妙境。「山河扶繡戶，日月近雕梁。碧瓦初寒外，金莖一氣旁」，高華秀傑，楊、盧下風。「冠冕通南極，文章落上台。詔從三殿去，碑到百蠻開」，典重冠裳，沈、宋退舍。「耕鑿安時論，衣冠與世同。在家常早起，憂國願年豐」，寓神奇於古澹，儲、孟莫能爲前。「片雲天共遠，永夜月同孤。落日心猶壯，秋風病欲蘇」，含闊大於沉深，高、岑瞠乎其後。「退朝花底散，歸院柳邊迷」「花動朱樓雪，城凝碧樹煙」，王右丞失其穠麗。「地平江動蜀，天闊樹浮秦」「日月低秦樹，乾坤繞漢宮」，李太白遜其豪雄。至「岸花飛送客，檣燕語留人」，則錢、劉圓暢之祖。「兩行秦樹直，萬點蜀山尖」，則元、白平易之宗。「兩邊山木合，終日子規啼」，盧仝、馬異之渾成。「山寒青兕叫，江晚白鷗饑」，孟郊、李賀之瑰僻。「凍泉依細石，晴雪落長松」，島、可幽微所從出。「竹齋燒藥竈，花嶼讀書牀」，籍、建淺顯所自來。「雨拋金鎖甲，苔臥綠沉槍」，義山之組織纖新。「圓荷浮小葉，細麥落輕花」，用晦之推敲密切。杜集大成，五言律尤可見者。

「山隨平野闊，江入大荒流」，太白壯語也，杜「星垂平野闊，月湧大江流」骨力過之。「九衢寒霧斂，萬井曙鐘多」，右丞壯語也，杜「星臨萬戶動，月傍九霄多」精彩過之。「氣蒸雲夢澤，波撼岳陽城」，浩然壯語也，杜「吳楚東南坼，

乾坤日夜浮"氣象過之。"弓抱關西月，旗翻渭北風"，嘉州
壯語也，杜"北風隨爽氣，南斗避文星"風神過之。讀唐諸
家至杜，輒令人自失矣。

　　詠物起自六朝。唐人沿襲，雖風華競爽，而獨造未聞。
惟杜諸作自開堂奧，盡削前規。如題月："關山隨地闊，河
漢近人流。"雨："野徑雲俱黑，江船火獨明。"雪："暗度南
樓月，寒深北浦雲。"夜："重露成涓滴，稀星乍有無。"皆
精深奇邃，前無古人，後無來者。然格則瘦勁太過，意則寄
寓太深。他鳥獸花木等多雜議論，尤不易法。

　　杜排律五十百韻者，極意鋪陳，頗傷蕪碎。蓋大篇冗
長，不得不爾。惟贈李白、汝陽、哥舒、見素諸作，格調精
嚴，體骨勻稱，每讀一篇，無論其人履歷，咸若指掌，且形
神意氣，踴躍毫楮。如周昉寫生，太史序傳，逼奪化工。而
杜從容聲律間，尤爲難事，古今絕詣也。

　　"力侔分社稷，志屈掩經綸"，歐、蘇得之而爲論宗。"江
山如有待，花柳更無私"，程、邵得之而爲理窟。"魯衛彌尊
重，徐陳略喪亡"，魯直得之而爲沉深。"白屋留孤樹，青天
失萬艘"，無己得之而爲勁瘦。"煙花山際重，舟楫浪前輕"，
聖俞得之而爲閒澹。"江城孤照日，山谷遠含風"，去非得
之而爲渾雄。凡唐末、宋、元人，不皆學杜，其體則杜集咸
備。元微之謂自詩人來，未有如子美者，要爲不易之論。至
輕俊學流，時相詆駮，纍亦坐斯，然益足見其大也。

　　唐以澹名者，張、王、韋、孟四家。今讀其詩，曷嘗脫

棄景物？孟如“日休採擷”三語，備極風華；曲江排律，綺
繪有餘；王、韋五言，秀麗可挹。蓋詩富碩則格調易高，清
空則體氣易弱。至於終篇洗削，尤不易言。惟杜登梓州城
樓、上漢中王、寄賀蘭二、收京、吾宗、征夫、可惜、有
感、避地、悲秋等作，通篇一字不粘帶景物，而雄峭沉著，
句律天然。古今能爲澹者，僅見此老。世人率以雄麗掩之，
余故特爲拈出。第肉少骨多，意深韻淺，故與盛唐稍別，而
黃、陳一代尸祝矣。

　　杜詩正而能變，變而能化，化而不失本調，不失本調而
兼得眾調，故絕不可及。國朝明卿得杜正，不得其變；獻吉
得杜變，不得其化。

　　杜五言律，規模正大，格致沉深，而體勢飛動。自宋
以來，學杜者但刻意深沉，如枯柄朽株，無復生意。惟獻吉
於杜體勢最親。所恨者陶冶未融，刻削時露，且於正大沉深
處反欠工夫耳。至句語偶爾相犯，豈足爲疵，觀其安身立命
可也。

　　杜五言律，自開元獨步至今；七言，則國朝入室分庭
者，往往不乏。然就杜論，七言亦微減五言。

　　論詩最忌穿鑿，“朝廷燒棧北，鼓角滿天東”，“燒”與
“滿”氣勢相應，而元晦以爲“漏天”；“關山同一照，烏鵲
自多驚”，“照”與“驚”偶儷相當，而用修以爲“一點”。二
君非不知詩者，朱乃偶爾失忘，楊則好尚新僻。

　　唐人賦興多而比少，惟杜時時有之。如“寒花隱亂草，

宿鳥擇深枝”“獨鶴歸何晚，昏鴉已滿林”之類。然杜所以
勝諸家，殊不在此。後人穿鑿附會，動輒笑端。余嘗謂千家
注杜，類五臣注選，皆俚儒荒陋者也。

　　劉文房“東風吳草綠，古木剡山深”“野雪空齋掩，山
風古殿開”，邑相清空，中唐獨步。郎君冑“春邑臨關盡，
黃雲出塞多”“河源飛鳥外，雪嶺大荒西”，句格雄麗，天寶
餘音。然劉集佳製甚多，郎二韻外，無可錄者。

　　司空曙“乍見翻疑夢，相悲各問年”，戴叔倫“一年將
盡夜，萬里未歸人”，一則久別乍逢，一則客中除夜之絕唱
也。〔一〕

　　嚴維“柳塘春水慢，花塢夕陽遲”，字與意俱合掌，宋
人擊節佳句，何也？秦系“流水閒過院，春風與閉門”，小
見幽楚，此外絕無足採。唐人謂勝劉長卿，時論不足憑如
此。滄浪謂戎昱濫觴晚唐，亦未然；戴叔倫尤甚。

　　楊巨源“爐煙添柳重，宮漏出花遲”，語極精工，而氣
復濃厚，置初、盛間，當無可辨。又“巖廊開鳳翼，水殿壓
鼇身”，奇麗不減六朝。此君中唐格調最高，神情少減耳。

　　晚唐句“日月光先到，山河勢盡來”“樹邑連關迥，河
聲入海遙”“水向昆明闊，山通大夏深”“朔邑晴天北，河源
落日東”“樹勢飄秦遠，天形到岳低”“大河冰徹塞，高岳雪

〔一〕李益“問姓驚初見，稱名憶舊容”，絕類司空；崔塗“亂山殘雪夜，
孤燭異鄉人”，絕類戴作，皆可亞之。

連空”“河勢崑崙遠，山形菡萏秋”，皆有盛唐餘韻。

沈、宋前，排律殊寡，惟駱賓王篇什獨盛。佳者，“二庭歸望斷”“蓬轉俱行役”“彭山折坂外”“蜀地開天府”，皆流麗雄渾，獨步一時。

初唐四十韻惟杜審言，如送李大夫作，實自少陵家法，杜八哀李北海云“次及吾家詩，慷慨嗣真作”是也。而注者懵然，可爲一笑。

賓王幽繫書情十八韻，精工儷密，極用事之妙。老杜多出此。如“地幽蠶室閉，門靜雀羅開”“日慘秦庭痛，誰憐楚奏哀”“爭縑非易辯，疑璧果難裁”“覆盆徒望日，蟄戶未驚雷”之類，皆少陵前所未有。

靈隱寺詩，舊傳賓王續成。卮言謂詳其格調，自當屬宋，最爲得之。然本事詩但稱“樓觀滄海日，門聽浙江潮”二句爲駱，末云“僧所贈句，乃一篇警策”，即餘皆宋作，甚明。“觀”“聽”二字，自是垂拱作法，駱果爲僧，未可知也。

沈七言律，高華勝宋；宋五言排律，精碩過沈。

七言排律，唐人僅數篇，而施肩吾乃有百韻者。其詩必不能佳，然亦異矣。

沈、宋本自并驅，然沈視宋稍偏枯，宋視沈較縝密。沈製作亦不如宋之繁富。沈排律工者不過三數篇，宋則遍集中無不工者，且篇篇平正典重，贍麗精嚴。初學入門，所當熟習。右丞韻度過之，而典重不如；少陵閎大有加，而精嚴略遜。

延清排律，如登粵王臺、虛氏村、禹穴、韶州清遠峽、法華寺等篇，敍狀景物，皆極天下之工。且繁而不亂，綺而不冗，可與謝靈運游覽諸作并馳，古今排律絕唱也。

排律自工部、考功外，雲卿酬蘇員外、塞北，必簡答蘇味道，伯玉白帝懷古，玄宗曉發蒲關，太白寄孟浩然、登揚州西靈塔、贈宋中丞，嘉州送郭僕射，摩詰玉霄公主山莊、送晁監、感化寺、悟真寺，皆一代大手筆、正法眼，學者朝夕把玩可也。

作排律先熟讀宋、駱、沈、杜諸篇，倣其布格措詞，則體裁平整，句調精嚴。益以摩詰之風神，太白之氣概，既奄有諸家，美善咸備，然後究極杜陵，擴之以閎大，濬之以沉深，鼓之以變化，排律之能事盡矣。

初、盛間五言古，陳子昂爲冠；七言短古、五言絕，王勃爲冠；長歌，駱賓王爲冠；五言律，杜審言爲冠；七言律，沈佺期爲冠；排律，宋之問爲冠。

初唐沈、宋外，蘇、李諸子，未見大篇。獨曲江諸作，含清拔於綺繪之中，寓神俊於莊嚴之內，如度蒲關、登太行、和許給事、酬趙侍御等作，同時燕、許稱大手，皆莫及也。

盛唐排律，杜外，右丞爲冠，太白次之。常侍篇什空澹，不及王、李之秀麗豪爽，而信安王幕府二十韻，典重整齊，精工贍逸，特爲高作，王、李所無也。

嘉州格調整嚴，音節宏亮，而集中排律甚稀。襄陽時得大篇，清空雅淡，逸趣翩翩。然自是孟一家，學之必無精彩。

杜贈李，豪爽逸宕，便類青蓮。如"筆落驚風雨，詩成泣鬼神"等語，猶司馬子長作相如傳也。

杜謁玄元皇帝廟十四韻，雄麗奇偉，勢欲飛動，可與吳生畫手，并絕古今。岷山圖詩氣象筆力，皆迴不侔。君采、用修舍此取彼，何耶？

凡排律起句，極宜冠裳雄渾，不得作小家語。唐人可法者，盧照鄰："地道巴陵北，天山弱水東。"駱賓王："二庭歸望斷，萬里客心愁。"杜審言："六位乾坤動，三微曆數遷。"沈佺期："閶闔連雲起，巖廊拂霧開。"玄宗："鐘鼓嚴更曙，山河野望通。"張說："禮樂逢明主，韜鈐用老臣。"李白："獨坐清天下，專征出海隅。"高適："雲紀軒皇代，星高太白年。"此類最爲得體。

讀盛唐時排律，延清、摩詰等作，真如入萬花春谷，光景爛熳，令人應接不暇，賞玩忘歸。太白軒爽雄麗，如明堂黼黻，冠蓋輝皇；武庫甲兵，旌旗飛動。少陵變幻閎深，如陟崑崙，泛溟渤，千峰羅列，萬彙汪洋。

品彙中排律補遺一卷，如朱延齡"雨洗高秋"，張良器"河出榮光"，陳羲"曲池晴望"，柴宿"日照華清"，徐敞"早寒青女"十數篇，雖無高絕處，而秀麗莊嚴，精工縝密，要非大曆後語。惜世次漫不可考。

唐大曆後，五七言律尙可接翅開元，惟排律大不競。

錢、劉以降，篇什雖盛，氣骨頓衰，景象既殊，音節亦寡。韓、白諸公，雖才力雄贍，漸流外道矣。

錢、劉諸子排律，雖時見天趣，然或句格偏枯，或音調屢弱，初唐鴻麗氣象，無復存者。獨楊巨源聖壽無疆詞十首，典贍精工，莊嚴律切，大有沈、宋風骨，第每篇不過六韻。要之中唐諸作，此最傑然。

楊又有長律四十韻，鴻贍典實，多得老杜句法，章法亦近。大曆後僅此一篇。

錢製作富而章法多乖，劉篇什鉅而句律時舛，盛之降而中也，二子實首倡之。間有一二，若皇甫冉送歸中丞、司空曙和常舍人、韓翃送王相公、常袞贈員將軍、顧況樂府、戎昱涇州等作，整齊閎亮，稍協前規。

劉長卿"地遠心難達，天高謗易成"、顧況"六氣銅渾轉，三光玉律調"二作，頗整贍，近老杜句格。

大概中唐以後，稍厭精華，漸趨澹淨，故五七言律清空流暢，時有可觀。至排律亦倣此，則躓矣。排律自楊、盧以至王、李，靡不豐碩渾雄，蓋其體制應爾。惟老杜大篇，時作蒼古。然其材力異常，學問淵博，述情陳事，錯綜變化，轉自不窮。中唐無杜材力學問，欲以一二致語撐拄其間，庸詎可乎！

洪景盧云："作詩至百韻，詞意既多，故有失於檢點者。如杜老夔府詠懷，前云'滿坐涕潺湲'，後又云'伏臘涕漣漣'。白公寄元微之云'無杯不共持'，又云'笑勸迂辛酒''華

樽逐勝移’‘觥飛白玉巵’‘飲訝卷波遲’‘歸鞍酩酊馳’‘酡
顏烏帽側，醉袖玉鞭垂’‘白醪供夜酌’‘嫌醒自啜醨’‘不飲
長如醉’。一篇之中，說酒者十一句。皆不點檢之過也。”按
洪說，作排律及長篇者，最所當知。第言酒，雖數聯并用，
駢比一處，自不妨。若前後相犯，即老杜所重字，亦詩家所
忌。白之十餘酒中語，尤不成章也。近王長公哭李于鱗詩至
百二十韻，而檢之無此病。余哭長公詩數幾倍之，雖筆力遠
不侔，乃勘點之功，亦靡敢自恕也。

內編卷五

近體中　七言

　　七言律於五言律，猶七言古於五言古也。五言古御彎有程，步驟難展。至七言古，錯綜開闔，頓挫抑揚，而古風之變始極。五言律宮商甫協，節奏未舒。至七言律，暢達悠揚，紆徐委折，而近體之妙始窮。

　　七言古差易於五言古，七言律顧難於五言律，何也？五言古意象渾融，非造詣深者，難於湊泊；七言古體裁磊落，稍才情贍者，輒易發舒。五言律規模簡重，即家數小者，結構易工；七言律字句繁靡，縱才具宏者，推敲難合。

　　楊用修取梁簡文、隋王勣、溫子昇、陳後主四章為七言律祖，而中皆雜五言，體殊不合。余遍閱六朝，得庾子山"促柱調絃"、陳子良"我家吳會"二首，雖音節未甚諧，體實七言律也，而楊不及收。[一]

〔一〕四詩載楊千里面談。又隋煬江都樂前一首尤近，楊亦未收。

七言律最難，迄唐世工不數人，人不數篇。初則必簡、雲卿、廷碩、巨山、延清、道濟，盛則新鄉、太原、南陽、渤海、駕部、司勳，中則錢、劉、韓、李、皇冉、司空。此外蔑矣。

唐古詩，如子昂之超，浩然之淡，如常建、儲光羲之幽，如韋應物之曠，皆卓然名家；近體尤勝。至七言律，遂無復佳者，由其材不逮也。

元和如劉禹錫，大中如杜牧之，才皆不下盛唐，而其詩迥別。故知氣運使然，雖韓之雄奇，柳之古雅，不能挽也。

七言律濫觴沈、宋。其時遠襲六朝，近沿四傑，故體裁明密，聲調高華，而神情興會，縟而未暢。"盧家少婦"，體格丰神，良稱獨步，惜頷頗偏枯，結非本色。崔顥黃鶴，歌行短章耳。太白生平不喜俳偶，崔詩適與契合。嚴氏因之，世遂附和，又不若近推沈作爲得也。

古詩之難，莫難於五言古。近體之難，莫難於七言律。五十六字之中，意若貫珠，言如合璧。其貫珠也，如夜光走盤，而不失回旋曲折之妙；其合璧也，如玉匣有蓋，而絕無參差扭捏之痕。綦組錦繡，相鮮以爲色；宮商角徵，互合以成聲。思欲深厚有餘，而不可失之晦；情欲纏綿不迫，而不可失之流。肉不可使勝骨，而骨又不可太露；詞不可使勝氣，而氣又不可太揚。莊嚴，則清廟明堂；沉著，則萬鈞九鼎；高華，則朗月繁星；雄大，則泰山喬嶽；圓暢，則流水行雲；變幻，則淒風急雨。一篇之中，必數者兼備，乃稱全美。故名流哲匠，自古難之。

七言律，壯偉者易粗豪，和平者易卑弱，深厚者易晦澀，濃麗者易繁蕪。寓古雅於精工，發神奇於典則，鎔天然於百鍊，操獨得於千鈞，古今名家，罕有兼備此者。

初唐七言律縟靡，多謂應制使然，非也，時爲之耳。此後若早朝及王、岑、杜諸作，往往言宮掖事，而氣象神韻，迥自不同。

王、岑、高、李，世稱正鵠。嘉州詞勝意，句格壯麗而神韻未揚；常侍意勝詞，情致纏綿而筋骨不逮。王、李二家和平而不累氣，深厚而不傷格，濃麗而不乏情，幾於色相俱空，風雅備極，然製作不多，未足以盡其變。杜公才力既雄，涉獵復廣，用能窮極筆端，範圍今古，但變多正少，不善學者，類失粗豪。錢、劉以還，寥寥千載。國朝信陽、歷下、吳郡、武昌，恢擴前規，力追正始。大要八句之中，神情總會者，時苦微瑕；句語停勻者，不堪穎脫。故世遂謂七言律無第一，要之信不易矣。

七言律，對不屬則偏枯，太屬則板弱。二聯之中，必使極精切而極渾成，極工密而極古雅，極整嚴而極流動，乃爲上則。然二者理雖相成，體實相反，故古今文士難之。要之人力苟竭，天真必露，非蕩思八荒，游神萬古，功深百鍊，才具千鈞，不易語也。

余嘗謂七言律，如果位菩薩三十二相，百寶瓔珞，莊嚴妙麗，種種天然，而廣大神通，在在具足，乃爲最上一乘。

數語自覺曲盡，未審良工謂爲然否？

　　七言律，唐以老杜爲主，參之李頎之神，王維之秀，岑參之麗；明則仲默之和暢，于鱗之高華，明卿之沉雄，元美之博大，兼收時出，法盡此矣。

　　盛唐七言律稱王、李。王才甚藻秀而篇法多重，“絳幘雞人”，不免服色之譏；“春樹萬家”，亦多花木之累。“漢主離宮”“洞門高閣”，和平閒麗，而斤兩微劣。“居延城外”甚有古意，與“盧家少婦”同，而音節太促，語句傷直，非沈比也。李律僅七首，惟“物在人亡”不佳。“流澌臘月”，極雄渾而不笨；“花宮仙梵”，至工密而不纖。“遠公遁跡”之幽，“朝聞游子”之婉，皆可獨步千載。岑調穩於王，才豪於李，而諸作咸出其下，以神韻不及二君故也。即此推之，七言律法，思過半矣。

　　達夫歌行五言律，極有氣骨。至七言律，雖和平婉厚，然已失盛唐雄贍，漸入中唐矣。

　　中唐句，若“曙色漸分雙闕下，漏聲遙在百花中”；晚唐句，如“未央樹色春中見，長樂鐘聲月下聞”，即王、李得意，無以過也。第求其全篇，往往不稱。

　　詩至錢、劉，遂露中唐面目。錢才遠不及劉，然其詩尚有盛唐遺響，劉即自成中唐與盛唐分道矣。

　　劉如“建牙吹角”一篇，即盛唐難之，然自是中唐詩。

　　唐七言律自杜審言、沈佺期首創工密，至崔顥、李白時出古意，一變也。高、岑、王、李，風格大備，又一變也。

杜陵雄深浩蕩，超忽縱橫，又一變也。錢、劉稍爲流暢，降
而中唐，又一變也。大曆十才子，中唐體備，又一變也。樂
天才具泛瀾，夢得骨力豪勁，在中、晚間自爲一格，又一變
也。張籍、王建略去葩藻，求取情實，漸入晚唐，又一變
也。李商隱、杜牧之填塞故實，皮日休、陸龜蒙馳騖新奇，
又一變也。許渾、劉滄角獵俳偶，時作拗體，又一變也。至
吳融、韓渥香奩脂粉，杜荀鶴、李山甫委巷叢談，否道斯
極，唐亦以亡矣。

初唐律體之妙者：杜審言大酺、應制，沈雲卿古意、
興慶池、南莊，李嶠太平山亭，蘇頲安樂新宅、望春臺、
紫薇省，皆高華秀贍，第起結多不甚合耳。

盛唐王、李、杜外，崔顥華陰，李白送賀監，賈至早
朝，岑參和大明宮、西掖，高適送李少府，祖詠望薊門，
皆可競爽。

中唐如錢起和李員外、寄郎士元，皇甫曾早朝，李嘉
祐登閣，司空曙曉望，皆去盛唐不遠。劉長卿獻李相公、
送耿拾遺、李錄事，韓翃題仙慶觀、送王光輔，郎士元贈
錢起，楊巨源和侯大夫，武元衡荊帥，皆中唐妙唱。

"家散萬金酬士死，身留一劍報君恩"，李端、韓翃之先
鞭。"漁陽老將多回席，魯國諸生半在門"，王建、張籍之鼻
祖。獨結語絕得王維、李頎風調，起語亦自大體。

"盧家少婦鬱金堂，海燕雙棲玳瑁梁""誰謂含愁獨不見，
更教明月照流黃"，同樂府語也，同一人詩也。然起句千古

驪珠，結語幾成蛇足，何也？學者打徹此關，則青龍疏抄可盡火矣。

　　唐七言律起語之妙，自"盧家少婦"外，崔顥"岧嶢太華俯咸京，天外三峰削不成"，王維"漢主離宮接露臺，秦川一半夕陽開"，賈至"銀燭朝天紫陌長，禁城春色曉蒼蒼"，李白"鳳凰臺上鳳凰游，鳳去臺空江自流"，李頎"朝聞游子唱離歌，昨夜微霜初度河"，杜甫"西北樓成雄楚都，遠開山岳散江湖""花近高樓傷客心，萬方多難此登臨""中天積翠玉臺遙，上帝郊居絳節朝""寺下春江深不流，山腰官閣迥添愁""萬里橋西一草堂，百花潭水即滄浪""兵戈不見老萊衣，嘆息人間萬事非"，皆冠裳宏麗，大家正脈，可法。

　　對起則杜之"風急天高猿嘯哀，渚清沙白鳥飛回"，實爲妙絕。而岑參"雞鳴紫陌""柳韝鶯嬌"二起，工麗婉約，亦可諷詠。右丞多仄韻對起，無風韻，不足多效。蓋仄起宜五言，不宜七言也。

　　有起句妙而接句不稱者，"東望望春春可憐""長安雪後似春歸""聞道長安似弈棋""建牙吹角不聞喧"是也。

　　中唐起句之妙有不減盛唐者，如錢起"未央月曉度疏鐘，鳳輦時巡出九重"，皇甫曾"長安雪後見歸鴻，紫禁朝天拜舞同"，司空曙"迢遞山河擁帝京，參差宮殿接雲平"，皇甫冉"北人南去雪紛紛，雁叫汀洲不可聞"，韓翃"仙臺初見五城樓，風物淒淒宿雨收"，韓愈"南伐旋師太華東，

天書夜到冊元功”，韓偓“星斗疏明禁漏殘，紫泥封後獨憑
欄”，皆氣雄調逸，可觀。

　　崔曙“漢文皇帝有高臺，此日登臨曙色開”，老杜“野
老籬前江岸回，柴門不正逐江開”“白帝城中雲出門，白帝
城下雨翻盆”“青娥皓齒在樓船，橫笛短蕭悲遠天”“霜黃
碧梧白鶴樓，城上擊柝復烏啼”，岑參“滿樹枇杷冬著花，
老僧相見具袈裟”，李頎“新加大邑綬仍黃，近與單車去洛
陽”，劉長卿“若爲天畔獨歸秦，對水看山欲暮春”，郎士元
“石林精舍虎溪東，夜扣禪扉謁遠公”，杜牧“江涵秋影雁初
飛，與客攜壺上翠微”，雖意稍疏野，亦自一種風致。

　　結句則杜審言“寄語洛城風日道，明年春色倍還人”，
沈佺期“兩地江山萬餘里，何時重謁聖明君”，崔顥“日暮
鄉關何處是，煙波江上使人愁”，王維“玉靶寶弓珠勒馬，
漢家將賜霍嫖姚”，高適“聖代祇今多雨露，暫時分手莫踟
躕”，岑參“莫向他鄉怨離別，知君到處有逢迎”，劉長卿
“白馬翩翩春草綠，邵陵西去獵平原”，姚合“誰得似君將雨
露，海東萬里灑扶桑”，大率唐人詩主神韻，不主氣格，故
結句率弱者多。惟老杜不爾，如“醉把茱萸仔細看”之類，
極爲深厚渾雄。然風格亦與盛唐稍異，間有濫觴宋人者，“出
師未捷身先死”之類是也。

　　唐五言律起句之妙者，“獨有宦游人，偏驚物候新”“春
氣滿林香，春游不可忘”“八月湖水平，涵虛混太清”“銀燭
吐青煙，金樽對綺筵”“柳暗百花明，春深五鳳城”“萬壑樹

參天，千山響杜鵑""風勁角弓鳴，將軍獵渭城""灞上柳枝黃，爐頭酒正香""犬吠水聲中，桃花帶雨濃""片雨過城頭，黃鸝上戍樓""駿馬似風飆，鳴鞭出渭橋""巫山十二峰，皆在碧空中"，或古雅，或幽奇，或精工，或典麗，各有所長，不必如七言也。

　　仄起高古者，"故鄉杳無際，日暮且孤征""士有不得志，棲棲吳楚間""人事有代謝，往來成古今""樓頭廣陵近，九月在南徐"，苦不多得。蓋初、盛多用工偶起，中、晚卑弱無足觀。覺杜陵爲勝，"嚴警當寒夜，前軍落大星""不識南塘路，今知第五橋""今夜鄜州月，閨中衹獨看""帶甲滿天地，胡爲君遠行""吾宗老孫子，質樸古人風""韋曲花無賴，家家惱殺人"，皆雄深渾樸，意味無窮。然律以盛唐，則氣骨有餘，風韻少乏。惟"風林纖月落""花隱掖垣暮"絕工，亦盛唐所無也。

　　唐五言多對起，沈、宋、王、李，冠裳鴻整，初學法門，然未免繩削之拘。要其極至，無出老杜。如"國破山河在，城春草木深""戰哭多新鬼，愁吟獨老翁""冠冕通南極，文章落上臺""死去憑誰報，歸來始自憐""城晚通雲霧，亭深到芰荷""秋月仍圓夜，江村獨老身""四更山吐月，殘夜水明樓""江漢思歸客，乾坤一腐儒""路出雙林外，亭窺萬井中""滿目悲生事，因人作遠游""寺憶曾游處，橋憐再渡時"之類，對偶未嘗不精，而縱橫變幻，盡越陳規，濃淡淺深，動奪天巧。百代而下，當無復繼。

　　結句之妙者，"玉關殊未入，少婦莫長嗟""今朝風日好，宜入未央游""君王多樂事，還與萬方同""升沉應已定，不必問君平""辭君向天姥，拂石臥秋霜""金吾不禁夜，玉漏莫相催""坐看霞色起，疑是赤城標""回看射雕處，千里暮雲平""聖朝無闕事，自覺諫書稀""君王好長袖，新作舞衣寬"。杜則"明朝有封事，數問夜如何""經過自愛惜，取次莫論兵""親朋滿天地，兵甲少來書""安危大臣在，不必淚長流""萬里黃山北，園陵白露中""無由覿雄略，大樹日蕭蕭"。唐人五言律，對結者甚少，惟杜最多。"無家問消息，作客信乾坤"之類，即不盡如對起神境，而句格天然，故非餘子所辦，材富力雄故耳。

　　杜語太拙太粗者，人所共知。然亦有太巧類初唐者，若"委波金不定，照席綺逾依"之類；亦有太纖近晚唐者，"雨荒深院菊，霜倒半池蓮"之類。

　　杜題桃樹等篇，往往不可解，然人多知之，不足誤後生。惟中有太板者，如"思家步月清宵立，憶弟看雲白日眠"之類；有太凡者，"朝罷香煙攜滿袖，詩成珠玉在揮毫"之類，若以其易而學之，爲患斯大，不得不拈出也。

　　近體盛唐至矣，充實輝光，種種備美，所少者曰大、曰化耳。故能事必老杜而後極。杜公諸作，真所謂正中有變，大而能化者。今其體調之正，規模之大，人所共知。惟變化二端，勘核未徹，故自宋以來，學杜者什九失之。不知變主格，化主境，格易見，境難窺。變則標奇越險，不主故常；化則神動天隨，從心所欲。如五言詠物諸篇，七言拗體諸作，所謂變也。宋以後諸人競相師襲者是，然化境殊不在此。

老杜字法之化者，如"吳楚東南坼，乾坤日夜浮""碧知湖外草，紅見海東雲"，"坼""浮""知""見"四字，皆盛唐所無也。然讀者但見其閎大而不覺其新奇。又如"孤嶂秦碑在，荒城魯殿餘""古牆猶竹色，虛閣自松聲"，"在""餘""猶""自"四字意極精深，詞極易簡，前人思慮不及，後學沾溉無窮，真化不可爲矣。句法之化者，"無風雲出塞，不夜月臨關""露從今夜白，月是故鄉明""江山有巴蜀，棟宇自齊梁""近淚無乾土，低空有斷雲"之類，錯綜震蕩，不可端倪，而天造地設，盡謝斧鑿。篇法之化者，春望、洞房、江漢、遣興等作，意格皆與盛唐大異，日用不知，細味自別。

七言如"錦江春色來天地，玉壘浮雲變古今""織女機絲虛夜月，石鯨鱗甲動秋風""香稻啄餘鸚鵡粒，碧梧棲老鳳凰枝""聽猿實下三聲淚，奉使虛隨八月槎"，字中化境也；"無邊落木蕭蕭下，不盡長江滾滾來""二儀清濁還高下，三伏炎蒸定有無""永夜角聲悲自語，中天月色好誰看""絕壁過雲開錦繡，疏松隔水奏笙簧"，句中化境也；"昆明池水""風急天高""老去悲秋""霜黃碧梧"，篇中化境也。

盛唐句法渾涵，如兩漢之詩，不可以一字求。至老杜而後，句中有奇字爲眼，才有此，句法便不渾涵。昔人謂石之有眼爲研之一病，余亦謂句中有眼爲詩之一病。如"地圻江帆隱，天清木葉聞"，故不如"地卑荒野大，天遠暮江遲"也。如"返照入江翻石壁，歸雲擁樹失山村"，故不如"藍水遠從千澗落，玉山高并兩峰寒"也。此最詩家三昧，具眼自能辨之。[一]

老杜用字入化者，古今獨步。中有太奇巧處，然巧而不尖，奇而不詭，猶不失上乘。如"孤燈然客夢，寒杵搗鄉愁"，則尖矣；"流星透疏木，走月逆行雲"，則詭矣。

大概杜有三難：極盛難繼，首創難工，遭衰難挽。子建以至太白，詩家能事都盡，杜後起集其大成，一也；排律近體，前人未備，伐山道源，爲百世師，二也；開元既往，大曆繼興，砥柱其間，唐以復振，三也。

曰仙、曰禪，皆詩中本色。惟儒生氣象，一毫不得著詩；儒者語言，一字不可入詩。而杜往往兼之，不傷格，不累情，故自難及。

杜七言律，通篇太拙者，"聞道雲安麴米春"之類；太粗者，"堂前撲棗任西鄰"之類；太易者，"清江一曲抱村流"之類；太險者，"城尖徑仄旌旆愁"之類。杜則可，學杜則不可。

李集贗者多，杜詩贗者極少。惟"酒渴愛江清"不類，是暢當作也。"道爲詩書重"稍近，然高仲武以爲杜誦，恐

〔一〕齊、梁以至初唐，率用豔字爲眼，盛唐一洗，至杜乃有奇字。

因同姓而訛。"虢國夫人"一首殊遠，張祜無疑。

"舜舉十六相，身尊道何高？秦時用商鞅，法令如牛毛""王侯與螻蟻，同盡隨丘墟。願聞第一義，回向心地初"，此等語雖是少陵句格，然識趣非漢以來詩人才子所及。

初唐體質濃厚，格調整齊，時有近拙近板處。盛唐氣象渾成，神韻軒舉，時有太實太繁處。中唐淘洗清空，寫送流亮，七言律至是，殆於無可指摘，而體格漸卑，氣運日薄，衰態畢露矣。

盛唐膾炙佳作，如李頎："朝聞游子唱離歌，昨夜微霜初度河。"頸聯復云："關城曙色催寒近，御苑砧聲向晚多。""朝""夜""曙""晚"四字重用，惟其詩工，故讀之不覺。然一經點勘，即爲白璧之瑕，初學首所當戒。又如右丞早朝詩，"絳幘""尙衣""冕旒""袞龍""珮聲"，五用衣服字；春望詩，"千門""上苑""雙闕""萬家""閣道"，五用宮室字；出塞詩，"暮雲空磧時驅馬""玉靶寶弓珠勒馬"，兩用"馬"字；郴州詩，"衡山""洞庭""三湘""夏口""溢城""長沙"，六用地名。雖其詩神骨泠然，絕出煙火，要不免於冗雜。高、岑即無此等，而氣韻遠輸。兼斯二美，獨見杜陵。然百七十首中，利鈍雜陳，正變互出，後來沾溉者無窮，詿誤者亦不少。

高、岑明淨整齊，所乏遠韻；王、李精華秀朗，時覺小疵。學者步高、岑之格調，含王、李之風神，加以工部之雄深變幻，七言能事極矣。

盛唐有偶落晚唐者，如李頎盧五舊居、岑參秋夕讀書之類，不必護其所短，亦不得掩其所長。又王昌齡、孟浩然俱有題萬歲樓作，而皆拙弱可笑，則以二君非七言律手也。

許渾題潼關五言、李頻樂游原七言，中四句居然盛唐，而起結晚唐面目盡露，余甚惜之。

老杜七言拗體，亦當時意興所到，盛唐諸公絕少。黃、陳偏欲法此，而不得其頓挫闔闢之妙，遂令輕薄子弟以學杜爲大戒。近獻吉亦坐此，然其才力雄健，合作處尚可并馳。時尚風靡，熊士選、鄭繼之、殷近夫輩，七言遂無一篇平整，皆賢者之過也。

老杜七言律全篇可法者，紫宸殿退朝、九日、登高、送韓十四、香積寺、玉臺觀、登樓、閣夜、崔氏莊、秋興八篇，氣象雄蓋宇宙，法律細入毫芒，自是千秋鼻祖。異時微之、昌黎，并極推尊，而莫能追步。宋人一概棄置，惟元虞伯生、楊仲弘得少分。至近日諸公，始明此義。

初唐王、楊、盧、駱，盛唐王、孟、高、岑，雖品格差肩，亦微有上下。惟陳、杜、沈、宋，不易優劣。

晉稱袁、伏，宏以爲恥。魏稱邢、魏，收殊不平。伏誠非袁比，魏於邢，魯、衛之政耳。惟楊盈川云：“吾愧在盧前，恥居王後。”此語絕無謂。而後人不加考核，至今狐疑。滕王閣序神俊無前，六代體裁，幾於一變。即“畫棟”“珠簾”四韻，亦唐人短歌之絕。五言諸律，靡不精工。楊渾天模倣三都，盧五悲趨步九辯。近體氣骨有餘，風華未極。賓王武氏一檄，足爲文人吐氣。諸排律沉雄富麗，沈、宋前鞭。以吾評，王爲最，駱次之，楊、盧次之。

唐應制諸首拔詩，宋之問三作外，餘皆未愜人意。如武平一“黃鶯未向林中囀，紅蕊先從殿裏開”、魏謨“八水寒光，千山霽邑”，及劉太真輩，率凡語耳，而橫被嗟賞。至場屋省題詩，竟三百年無一佳者，文苑英華中具載可見。就中傑出，無若錢起湘靈，然亦頗有科舉習氣。如“蒼梧來怨慕，白芷動芳馨”，與起他作殊不類。下此若李肱、李郢，益無譏矣。

又有最可笑者，楊汝士賦詩，自謂壓倒元、白。今所傳“文章舊價”“桃李新陰”二語，雖事實稍切，風格絕無足採，全篇尤爲塵陋。謂元、白動色，大誣。

早朝四詩妙絕今古。賈舍人起結宏響，其工語在“千條弱柳”一聯，第非作者所難也。工部詩全首輕揚，較他篇沉著渾雄，如出二手。“朝罷香煙”句，王道思大譏之，然是和舍人“衣冠身惹御爐香”意耳。賈此句顧華玉亦有近拙之評。王、岑二作俱神妙，間未易優劣。昔人謂王服邑太多，余以它句猶可，至“冕旒”“龍袞”之犯，斷不能爲詞。嘉州較似工密，乃“曙光”“曉鐘”，亦覺微纇。又“春”字兩見篇中，則二君之作，尚匪絕瑕之璧也。於戲，不易哉！

細校王、岑二作，岑通章八句，皆精工整密，字字天成。頸聯絢爛鮮明，早朝意宛然在目。獨頷聯雖絕壯麗，而氣勢迫促，遂至全篇音韻微乖，不爾，當爲唐七言律冠矣。

王起語意偏，不若岑之大體；結語思窘，不若岑之自然；頸
聯甚活，終未若岑之駢切。獨頷聯高華博大，而冠冕和平，
前後映帶，遂令全首改色，稱最當時。大概二詩力量相等，
岑以格勝，王以調勝，岑以篇勝，王以句勝；岑極精嚴縝
匝，王較寬裕悠揚。令上官昭容坐昆明殿，窮歲月較之，未
易墜其一也。

　　杜"風急天高"一章五十六字，如海底珊瑚，瘦勁難名，
沉深莫測，而精光萬丈，力量萬鈞。通章章法、句法、字法，
前無昔人，後無來學。微有說者，是杜詩，非唐詩耳。然此
詩自當爲古今七言律第一，不必爲唐人七言律第一也。[一]

　　黃鶴樓、"鬱金堂"，皆順流直下，故世共推之。然二作
興會適超，而體裁未密；丰神故美，而結撰非艱。若"風急
天高"，則一篇之中句句皆律，一句之中字字皆律，而實一
意貫串，一氣呵成。驟讀之，首尾若未嘗有對者，胸腹若無
意於對者；細繹之，則錙銖鈞兩，毫髮不差，而建瓴走坂之
勢，如百川東注於尾閭之窟。至用句用字，又皆古今人必不
敢道，決不能道者。真曠代之作也。然非初學士所當究心，
亦匪淺識所能共賞。

　　此篇結句似微弱者，第前六句既極飛揚震動，復作峭
快，恐未合張弛之宜，或轉入別調，反更爲全首之累。祇如

────────────

〔一〕元人評此詩云："一篇之內，句句皆奇；一句之中，字字皆奇。"亦
有識者。

此軟冷收之，而無限悲涼之意，溢於言外，似未爲不稱也。
"昆明池水"雖極精工，然前六句力量皆微減，一結奇甚，
竟似有意湊砌而成。益見此超絕云。

杜七言句壯而閎大者，"二儀清濁還高下，三伏炎蒸定
有無"；壯而高拔者，"藍水遠從千澗落，玉山高并兩峰寒"；
壯而豪宕者，"五更鼓角聲悲壯，三峽星河影動搖"；壯而
沉婉者，"三年笛裏關山月，萬國兵前草木風"；壯而飛動者，
"含風翠壁孤雲細，背日丹楓萬木稠"；壯而整嚴者，"江間
波浪兼天湧，塞上風雲接地陰"；壯而典碩者，"紫氣關臨
天地闊，黄金臺貯俊賢多"；壯而穠麗者，"香飄合殿春風轉，
花覆千官淑景移"；壯而奇峭者，"窗含西嶺千秋雪，門泊
東吳萬里船"；壯而精深者，"織女機絲虛夜月，石鯨鱗甲
動秋風"；壯而瘦勁者，"萬里悲秋常作客，百年多病獨登
臺"；壯而古淡者，"百年地僻柴門迥，五月江深草閣寒"；
壯而感愴者，"錦江春色來天地，玉壘浮雲變古今"；壯而悲
哀者，"雪嶺獨看西日落，劍門猶阻北人來"；結語之壯者，
"關塞極天惟鳥道，江湖滿地一漁翁"；疊語之壯者，"高江
急峽雷霆鬥，古木蒼藤日月昏"；拗字之壯者，"側身天地
更懷古，回首風塵甘息機"；雙字之壯者，"江天漠漠鳥雙去，
風雨時時龍一吟"。凡以上諸句，古今作者無出範圍也。

詩最貴麗，而麗非金玉錦繡也。晏同叔以"笙歌院落"
爲三昧，固高出至寶丹一等，然"梨花院落"，又待入小石
調矣。麗語必格高氣逸，韻遠思深，乃爲上乘。

　　宋人謂“老覺腰金重，慵便玉枕涼”爲乞兒語，而以
“樓臺側畔楊花過，簾幕中間燕子飛”爲富貴詩。至今無道破
者。不知此特詩餘聲口，景象略存，意味何在！杜集得一聯
云：“落花游絲白日靜，鳴鳩乳燕青春深。”穠麗雋永，頓自
不侔。至“香飄合殿”十四字，天然富貴。“楊花”“燕子”，
又不免作乞兒矣。

　　國朝一名公云：“蘇頲之‘輕花落觴’，豈不如羅隱之
‘天地同力’？岑參之‘柳拂旗露’，豈不如韋莊之‘萬古坤
靈’？”是固大言虛喝之鍼砭。然“飛花落觴”之前，即“下
見南山”“平臨北斗”之句也；“柳拂旗露”之前，即“曉鐘
萬戶”“仙仗千官”之句也。如四語者，亦可難以前說乎？
且蘇詩非前有“南山”“北斗”，則“飛花落觴”何殊六代？
岑詩非前有“萬戶曉鐘”，則“柳拂旗露”曷異初唐？李獻
吉云：“闊大者半必細。”二詩妙處正阿堵中，豈可獨舉一隅
耶？然此亦就二詩論耳，如欲以弱調爲七言，則斷斷未諭也。

　　七言律最宜偉麗，又最忌粗豪，中間豪末千里，乃近體
中一大關節，不可不知。今粗舉易見者數聯於後：宋人吳江
長橋觀月詩，鄭毅夫云：“插天蝃蝀玉腰闊，跨海鯨鯢金背
高。”楊公濟云：“八十丈虹晴臥影，一千頃玉碧無瑕。”蘇子
美云：“雲頭灩灩開金餅，水面沉沉臥彩虹。”三聯世所共稱。
歐陽獨取蘇句，而謂二子粗豪，良是。然蘇句苦斤兩稍輕，不
若子瞻“令嚴鐘鼓三更月，野宿貔貅萬竈煙”，自稱偉麗，蓋
庶幾焉。又不若老杜“三年笛裏關山月，萬國兵前草木風”，

以和平端雅之調，寓憤鬱淒悷之思，古今言壯句者難及此也。

趙嘏"一千里色中秋月，十萬軍聲半夜潮"，唐人稱壯而蘇以爲寒儉。楊蟠"八十丈虹晴臥影，一千頃玉碧無瑕"，宋人推壯而歐以爲粗豪。二公雖此道未徹，此等議論自具眼。然粗豪易見，寒儉難知，學者細思之。

宋藝祖"未離海底千山黑，纔到天中萬國明"，可謂宏爽，而意致淺俗，不足語詩。宣和帝"日射晚霞金世界，月臨天宇玉乾坤"，大似鮮華，而村陋逼人，去詩愈遠。合上八聯參之，璞鼠石燕、珷玞和璧辨矣。〔一〕

蘇長公詩無所解，獨二語絕得三昧，曰："作詩必此詩，定知非詩人。"蓋詩惟詠物不可汗漫，至於登臨、燕集、寄憶、贈送，惟以神韻爲主，使句格可傳，乃爲上乘。今於登臨則必名其泉石，燕集則必紀其園林，寄贈則必傳其姓氏，真所謂田莊牙人、點鬼簿、粘皮骨者，漢、唐人何嘗如此？最詩家下乘小道。即一二大家有之，亦偶然耳，可爲法乎！

崔顥黃鶴樓、李白鳳凰臺，但略點題面，未嘗題黃鶴、鳳凰也。杜贈李但云庾開府、鮑參軍、陰子堅，未嘗遠引李陵，近攀李嶠也。二謝題戲馬臺，則并題面不拈，但寫所見之景。故古人之作，往往神韻超然，絕去斧鑿。宋、元雖好用事，亦間有一二，未若近世之拘。

"清暉能娛人，游子憺忘歸"，凡登覽皆可用。"微雲淡

〔一〕藝祖亦題月，諸聯皆取詠月者。

河漢，疏雨滴梧桐”，凡燕集皆可書。“海日生殘夜，江春入舊年”，北固之名奚與？“天闕象緯逼，雲臥衣裳冷”，奉先之義奚存？而皆妙絕千古，則詩之所尚可知。今題金山而必曰金玉之金，詠赤城而必云赤白之赤，皆逐末忘本之過也。

權龍褒夏日詩“嚴霜白皓皓，明月赤團團”，誠可笑也。然自是其語可笑，非以不切故。使秋夜得此一聯，將遂謂佳句乎！如孟浩然“微雲淡河漢，疏雨滴梧桐”二語，本秋夜景，即夏日得此一聯，將不謂佳句乎！後世評詩者，謂吾不切則可，謂之不工不可。工而不切，何害其工？切而不工，何取於切？余夙持此論，俟大雅折衷之。

昔人云：“寧爲有瑕玉，不作無瑕石。”此猶落第二義。夫三身之論一源，九方之相千里，耳目口鼻，咸可相通；驪黄牝牡，悉置亡問。吾所知者上乘之禪、天下之馬而已，有瑕無瑕云乎哉！噫！未易爲拘拘者道也。

杜題柏：“霜皮溜雨四十圍，黛色參天二千尺。”說者謂太細長，誠細長也，如句格之壯何！題竹：“雨洗娟娟淨，風吹細細香。”說者謂竹無香，誠無香也，如風調之美何！宋人詠蟹：“滿腹紅膏肥似髓，貯盤青殼大於盃。”荔枝：“甘露落來雞子大，曉風吹作水晶團。”非不酷肖，畢竟妍醜何如？詩固有以切工者，不傷格，不貶調，乃可。

詠物著題，亦自無嫌於切。第單欲其切，易易耳。不切而切，切而不覺其切，此一關前人不輕拈破也。

漢、唐以後談詩者，吾於宋嚴羽卿得一“悟”字，於明李獻吉得一"法"字，皆千古詞場大關鍵。第二者不可偏廢，法而不悟，如小僧縛律；悟不由法，外道野狐耳。

作詩大要不過二端，體格聲調、興象風神而已。體格聲調有則可循，興象風神無方可執。故作者但求體正格高，聲雄調鬯；積習之久，矜持盡化，形跡俱融，興象風神，自爾超邁。譬則鏡花水月，體格聲調，水與鏡也；興象風神，月與花也。必水澄鏡朗，然後花月宛然。詎容昏鑑濁流，求覯二者？故法所當先，而悟不容強也。

何仲默謂："富於材積，使神情領會，天機自流，臨景結構，不傍形跡。"此論直指真源，最爲喫緊，於往代作家大旨初無異同。舍筏之云，以獻吉多擬則前人陳句，欲其一切舍去，蓋芻狗糟粕之謂，非規矩謂也。獻吉不忿，拈起"法"字降之。學者但讀獻吉書，遂以舍筏爲廢法，與何規李本意全無關涉，細繹仲默書自明。

劉昭禹云："五言律如四十賢人，著一屠沽不得。"王長公云："七言律如凌雲臺材木，必銖兩悉配乃可。"二譬絕類，銖兩語尤精密，習近體者當細參。

李駁何云："七言律若可剸二字，言何必七也？"此論不起於李，前人三令五申久矣。顧詩家肯綮，全不係此。作詩大法，惟在格律精嚴，詞調穩愜。使句意高遠，縱字字可剸，何害其工？骨體卑陋，雖一字莫移，何補其拙？如老杜"風急天高"，乃唐七言律第一首。今以此例之，即八句無不可剸作五言者。又如"江間波浪兼天湧，塞上風雲接地陰""五更

鼓角聲悲壯，<u>三峽星河影動搖</u>"等句，上二字皆可薨。亦皆
<u>杜</u>句最高者，曷嘗坐此減價？又如<u>王維</u>"漠漠水田飛白鷺，
陰陰夏木囀黃鸝"，<u>李嘉祐</u>薨爲"水田飛白鷺，夏木囀黃鸝"；
"九天閶闔開宮殿，萬國衣冠拜冕旒"，<u>老杜</u>薨爲"閶闔開黃
道，衣冠拜紫宸"，何害<u>王</u>句之工？即如<u>宋</u>人"爲看竹因來野
寺，獨行春偶過溪橋"，上下粘帶，不可動搖，而醜拙愈甚。
自詩家有此論，舉世無不謂然，甚矣獨見之寡也！

　　<u>唐</u>人知貢舉詩："梧桐葉落滿庭陰，鎖閉朱門試院深。
曾是當年辛苦地，不將今日負初心。"當時無名子削爲五言
以譏之。後人主前說者，輒引作話柄。不知此等詩即上二字
不可薨，亦成何語言？舉一廢百，可乎！

　　<u>何仲默</u>云："詩文有中正之則，不及者與及而過焉者，
均謂之不至。"至哉言也！然有以用功過而得者，有以用功
過而失者。<u>老杜</u>題雁："欲雪違胡地，先花別楚雲。"既改
云："見花辭漲海，避雪到羅浮。"愈細愈精。<u>魯直</u>題小兒
云："學語春鶯囀，書窗秋雁斜。"尚不失晚<u>唐</u>。既改云：
"學語囀春鳥，塗窗行暮鴉。"雖骨力稍蒼，而風神頓失，可
謂愈工愈拙。舉此二例，他可盡推。

　　<u>杜</u>"桃花欲共楊花語"，後改爲"細逐楊花落"，亦改者
勝。然不可據此爲案。如<u>李獻吉</u>少時題十六夜月云"清虧桂
闕一分影，寒落江門幾尺潮"，精絕之甚；晚年用意乃大不
及前，即<u>仲默</u>所謂過也。

　　<u>嚴羽卿</u>云："詩有別才，非關書也；詩有別趣，非關理

也。”十六字在詩家，即唐、虞“精一”語不過。惟杜老難以此拘。其詩錯陳萬卷亡論，至說理如“寂寂春將晚，欣欣物自私”之類，每被儒生家引作話柄。然亦杜能之，後人蹈此，立見敗缺。益知嚴語當服膺。

律詩全在音節，格調風神盡具音節中。李、何相駁書，大半論此。所謂俊亮沉著，金石鞞鐸等喻，皆是物也。

七言律開元之後，便到嘉靖。雖圭角巉巖，鋩穎峭厲，視唐人性情風致，尚自不侔；而碩大高華，精深奇逸，人驅上馵，家握連城，名篇傑作，布滿區寓。古今七言律之盛，極於此矣。

王次公云：“杜陵後能爲其調而真足追配者，獻吉、于鱗二家而已。”然獻吉於杜得其變，不得其正，故間涉於粗豪；于鱗於杜得其正，不得其變，故時困於重複。若製作弘多，體格周備，竟當屬之弇州。

王維氣極雍容而不弱，李頎詞極秀麗而不纖，此二君千古絕技。大曆後風格曠廢，至明乃一振之。

國朝仲默類王，整密過之，而閒遠自得弗如；于鱗類李，雄峭逾之，而神秀天然少讓。至於精華鴻麗，政自相當。數百年來直接二君，無出二君也。

國朝學杜，若袁景文、鄭繼之、熊士選，其表表者。要之所得聲音相貌耳，又皆變調。惟李觀察得其風神，王太常得其骨幹，汪司馬得其氣格，吳參知得其體裁。李之高華，王之沉實，汪之整健，吳之雄深，皆杜正脈法門，學者所當服習也。

　　世謂摩詰好用他人詩，如“漠漠水田飛白鷺”，乃李嘉
祐語，此極可笑。摩詰盛唐，嘉祐中唐，安得前人預偷來
者？此正嘉祐用摩詰詩。宋人習見摩詰，偶讀嘉祐集，得
此，便爲奇貨，訛謬相承，亡復辯訂。千秋之下，賴予雪
冤，摩詰有靈，定當吐氣。

　　老杜好句中疊用字，惟“落花游絲”妙絕。此外，如
“高江急峽”“小院回廊”，皆排比無關妙處。又如“桃花細
逐楊花落”“便下襄陽向洛陽”之類，頗令人厭。唐人絕少
述者，而宋世黃、陳競相祖襲。國朝獻吉病亦坐斯。嘉、隆
一洗此類并諸拗澀變體，而獨取其雄壯閎大句語爲法，而後
杜之骨力風格始見，真善學下惠者。

　　嘉、隆學杜善矣，而猶未盡。“遷轉五州防禦使，起居
八座太夫人”，本常語，而一時模尙。遂令大夫使者，填塞
奚囊；太尉中丞，類被差遣。至“不佞扶風漢大藩”之類，
亦後學之前車也。

内編卷六

近體下　絕句

　　五七言絕句，蓋五言短古、七言短歌之變也。五言短古，雜見漢、魏詩中，不可勝數，唐人絕體，實所從來。七言短歌，始於垓下，梁、陳以降，作者坌然。第四句之中，二韻互叶，轉換既迫，音調未舒。至唐諸子，一變而律呂鏗鏘，句格穩順，語半於近體，而意味深長過之；節促於歌行，而詠嘆悠永倍之，遂爲百代不易之體。

　　絕句之義，迄無定說，謂截近體首尾或中二聯者，恐不足憑。五言絕起兩京，其時未有五言律。七言絕起四傑，其時未有七言律也。但六朝短古，概曰歌行，至唐方曰絕句。又五言律在七言絕前，故先律後絕耳。

　　漢詩載古絕句四首，當時規格草創，安得此稱？蓋歌謠之類，編集者冠以唐題。

　　"步出城東門，遙望江南路。前日風雪中，故人從此去"，截漢人前四句。"自君之出矣，明鏡暗不治。思君如流水，無有窮已時"，截魏人中四句。然則絕謂之截亦可，但不可專指近體，要之非正論也。

漢樂府雜詩，自郊祀、鐃歌、李陵、蘇武外，大率里巷風謠，如上古擊壤、南山，矢口成言，絕無文飾，故渾樸真至，獨擅古今。自曹氏父子以文章自命，賓僚綴屬，雲集建安。然薦紳之體，既異民間；擬議之詞，又乖天造。華藻既盛，真樸漸漓。晉潘、陸興，變而排偶，西京格制，實始蕩然。獨五言短什，雜出閭閻閨閣之口，句格音響，尚有漢風。若子夜、前溪、歡聞、團扇等作，雖語極淫靡，而調存古質。至其用意之工，傳情之婉，有唐人竭精殫力不能追步者。余嘗謂相和諸歌後，惟清商等絕差可繼之。若曰流曼不節，風雅罪人，則端冕之談，非所施於文事也。

清商曲不專晉人，必雜有漢、魏之詞。如"黃鵠參天飛，半道鬱徘徊。腹中車輪轉，君知思憶誰"，決非東京後語。至後三首則淺弱無味，蓋宋、齊文士擬作，又晉所不爲矣。凡漢、魏、六朝詩，眼目分明，咸自歷歷，間有亂真，亦千百之一耳。

來羅曲："君子防未然，莫近嫌疑邊。瓜田不躡履，李下不正冠。"即君子行前半首，唐樂府刪節律詩蓋出此。

西洲曲，樂府作一篇，實絕句八章也。每章首尾相銜，貫串爲一，體制甚新，語亦工絕。如"鴻飛滿西洲，望郎上青樓。樓高望不見，盡日闌干頭""海水綠悠悠，君愁我亦愁。南風知我意，吹夢到西洲"，全類唐人。

品彙謂挾瑟歌、烏棲曲、怨詩行爲絕句之祖。余考烏棲曲四篇，篇用二韻，正項王垓下格。唐人亦多學此，如李長吉"楊花撲帳春雲熱"之類。江總怨詩卒章俱作對結，非絕句正體也；惟挾瑟一歌，雖音律未諧，而體裁實協。唐絕咸所自來，然六朝殊少繼者。〔一〕

唐初五言絕，子安諸作已入妙境。七言初變梁、陳，音律未諧，韻度尚乏。惟杜審言度湘江、贈蘇綰二首，結皆作對，而工緻天然，風味可掬。至張說"巴陵"之什，王翰出塞之吟，句格成就，漸入盛唐矣。

簡文烏棲曲四首，奇麗精工，齊、梁短古，當爲絕唱。如"郎今欲度畏風波"，太白橫江詞全出此；"可憐今夜宿娼家"，子安臨高臺全用此。至"北斗橫天月將落""朱脣玉面燈前出"，語特高妙，非當時纖詞比。餘人競擬皆不逮，惟江總"桃花春水木蘭橈"一首，差可繼之。

齊、梁并倡靡麗之軌，然齊尚有晉、宋風，間作唐短古耳。至律絕諸體，實梁世諸人兆端。

簡文春別詩"桃紅李白""別觀葡萄"，及題雁"天霜河白"三首，皆七言絕也。王筠元唱"銜悲掩涕"一首亦同。湘東"日暮徙倚渭橋西，正見浮雲與月齊。若使月光無遠近，應照離人今夜啼"，意度尤近，但平仄多同，粘帶時失

───────────────

〔一〕俟考。

耳。挾瑟歌，北齊魏收作，亦相先後。則七言絕體緣起，斷
自梁朝，無可疑也。〔一〕

　　齊湯惠休秋思行云：“秋寒依依風過河，白露蕭蕭洞庭
波。思君末光光已滅，渺渺悲望如思何！”梁以前近七言絕
體，僅此一篇，而未成就。

　　庾子山代人傷往三首，近絕體而調殊不諧，語亦未暢。
惟隋末無名氏：“楊柳青青著地垂，楊花漫漫攬天飛。柳條
折盡花飛盡，借問行人歸不歸？”至此七言絕句音律，始字
字諧合，其語亦甚有唐味。右丞“春草年年綠，王孫歸不
歸”祖之。

　　“白雪紛紛何所似”，七言三句體所自始也。岑之敬“明
月二八照花新”實祖此，謂岑作始者誤。

　　易水，二句爲一絕者。大風，三句爲一絕者。六朝尚多
此體。

　　楊用修云：“唐樂府本自古詩而意反近，絕句本自近體
而意反遠，蓋唐人偏長獨至，而後人力追莫嗣者也。擅場則
王江寧，偏至則李彰明，羽翼則劉中山，遺響則杜樊川。少
陵雖號大家，不能兼美。近世愛忘其醜者，并取效之，過
矣。”用修平生論詩，惟此精確。近世學杜，謂獻吉也。然
獻吉間有杜耳，多作盛唐。

　　唐五言絕，體最古。漢如“藥砧今何在”“枯魚過河

────────────

〔一〕俟考。

泣""南山一桂樹""日暮秋雲陰""兔絲隨長風"，皆唐絕也。
六朝篇什最繁，唐人多有此體，至太白、右丞，始自成家。

太白五七言絕，字字神境，篇篇神物。于鱗謂即太白不
自知，所以至也。斯言得之。

摩詰五言絕，窮幽極玄；少伯七言絕，超凡入聖，俱神
品也。

五言絕二途：摩詰之幽玄，太白之超逸。子美於絕句無
所解，不必法也。

五七言律，晚唐尚有一聯半首可入盛唐。至絕句，則
晚唐諸人愈工愈遠，視盛唐不啻異代。非苦心自得，難領
斯言。

"黃雀銜黃花，飛上金井欄。美人恐驚去，不敢捲簾看"，
晚唐郭氏奴作，殊有古意，與盛唐"打起黃鶯兒"同。

晚唐絕，如"清江一曲柳千條"，真是神品。然置之王、
李二集，便覺短氣。"一將功成萬骨枯"，是疏語；"可憐無
定河邊骨"，是詞語。少時皆劇賞之，近始悟前之失。

"數聲風笛離亭晚，君向瀟湘我向秦""日暮酒醒人已遠，
滿天風雨下西樓"，豈不一唱三嘆，而氣韻衰颯殊甚。"渭城
朝雨"，自是口語，而千載如新。此論盛唐、晚唐三昧。

"公道世間惟白髮，貴人頭上不曾饒""年年點檢人間事，
祇有春風不世情""世間甲子須臾事，逢著仙人莫看棋""雖
然萬里連雲際，爭似堯階三尺高""坑灰未冷山東亂，劉項
元來不讀書"，皆僅去張打油一間，而當時以爲工，後世亦

亟稱之。此詩所以難言。

“明月自來還自去，更無人倚玉闌干”“解釋東風無限恨，沉香亭北倚欄干”，崔魯、李白同詠玉環事，崔則意極精工，李則語由信筆，然不堪并論者，直是氣象不同。

杜陵、太白七言律絕，獨步詞場。然杜陵律多險拗，太白絕間率露，大家故宜有此。若神韻干雲，絕無煙火，深衷隱厚，妙協簫韶，李頎、王昌齡，故是千秋絕調。

古人作詩，各成己調，未嘗互相師襲。以太白之才，就聲律即不能爲杜，何至遽減嘉州？以少陵之才，攻絕句即不能爲李，詎謂不若摩詰？彼自有不可磨滅者，毋事更屑屑也。

仲默不甚工絕句，獻吉兼師李、杜及盛唐諸家，雖才力絕人而調頗純駁。惟于鱗一以太白、龍標爲主，故其風神高邁，直接盛唐，而五言絕寥寥，如出二手，信兼美之難也。張助父太和七十絕，足可于鱗并驅。

詩至五言絕，語極寂寥。而獻吉豪宕縱橫，往往有拔山力。至弇州諸作，牢籠百態，窮極萬變於二十字間。兩公才氣幾於頡頏太白。惟右丞一派尚覺寥寥。

唐五言絕，得右丞意者，惟韋蘇州，然亦有中、盛別。

中唐絕，如劉長卿、韓翃、李益、劉禹錫，尚多可諷詠。晚唐則李義山、温庭筠、杜牧、許渾、鄭谷，然途軌紛出，漸入宋、元。多歧亡羊，信哉！

初唐絕，“蒲桃美酒”爲冠；盛唐絕，“渭城朝雨”爲冠；

中唐絕，"回樂峰前"爲冠；晚唐絕，"清江一曲"爲冠。"秦時明月"在少伯自爲常調，用修以諸家不選，故唐絕增奇首錄之。所謂前人遺珠，茲則掇拾。于鱗不察而和之，非定論也。

樂府水調歌頭五疊、伊州歌三疊，皆韻格高遠，是盛唐諸公得意作，惜名姓不可深考。

盧弼邊庭四時詞，語意新奇，韻格超絕。品彙云時代不可考，余謂此盛唐高手無疑。

"野曠天低樹，江清月近人"，神韻無倫。"天勢圍平野，河流入斷山"，雄渾絕出。然皆未成律詩，非絕體也。

對結者須意盡，如王之渙"欲窮千里目，更上一層樓"、高達夫"故鄉今夜思千里，霜鬢明朝又一年"，添著一語不得乃可。

王涯、張仲素、令狐楚三舍人合詩一卷，五言絕多可觀，在中、晚自爲一格。

謂七言律難於五言律，是也；謂五言絕難於七言絕，則亦未然。五言絕，調易古；七言絕，調易卑。五言絕，即拙匠易於掩瑕；七言絕，雖高手難於中的。

五言絕，尚真切，質多勝文；七言絕，尚高華，文多勝質。五言絕，昉於兩漢；七言絕，起自六朝。源流迥別，體制自殊。至意當含蓄，語務春容，則二者一律也。

王無功"眼看人盡醉，何忍獨爲醒"、駱賓王"昔時人已沒，今日水猶寒"，初唐絕句精巧，猶是六朝餘習。然調不甚古，初學慎之。

　　唐樂府所歌絕句，多節取名士篇什，如"開篋淚沾臆"，乃高適五言古首四句。又有載律詩半首者，如睦州歌取王維"太乙近天都"後半首，長命女取岑參"雲送關西雨"前半首，與題面全不相涉，豈但取其聲調耶？

　　唐妓女多習歌一時名士詩，如集異記載高適二王酒樓事，又一女子能歌白長恨，遂索值百萬是也。劉采春所歌"清江一曲柳千條"，是禹錫詩，楊用修以置神品。又五言六絕中四首工甚，非晚唐調。蓋亦諸名士作，惜其人不可考。今係采春，非也。

　　五言絕句始自二京，魏人間作，而極盛於晉、宋間。如子夜、前溪之類，縱橫妙境，唐人模倣甚繁。然皆樂府體，非唐絕也。其間格調音響，有酷類唐絕者，漫彙於左方。陸凱："折梅逢驛使，寄與隴頭人。江南無所有，聊贈一枝春。"鮑照："白日照前窗，玲瓏綺羅中。美人掩輕扇，含思歌春風。"鮑令暉："桂吐三五枝，蘭開四五葉。是時君不歸，春風徒笑妾。"陶貞白："山中何所有，所有惟白雲。祇可自怡悅，不堪持贈君。"劉瑗："仙宮寒漏夕，露出玉簾鈎。清光無所贈，相憶鳳凰樓。"劉孝綽："金鈿已照耀，白日復蹉跎。欲待黃昏後，含嬌淺渡河。"范靜妻："早信丹青巧，重貨洛陽師。千金買蟬鬢，百萬寫蛾眉。"陳後主："午醉醒來晚，無人夢自驚。夕陽知有意，偏傍小窗明。"江總："心逐南雲逝，身隨北雁來。故鄉籬下菊，

今日幾花開？"隋煬："點點愁侵骨，綿綿病欲成。欲知潘
岳鬢，强半爲多情。"孔紹安石榴："可惜庭中樹，移根逐
漢臣。祇爲來時晚，開花不及春。"侯夫人："欲泣不成淚，
悲來翻自歌。庭花方爛熳，無計奈春何。"無名氏："愁人
夜獨長，滅燭臥空房。祇恐多情月，旋來照妾牀。"之類，
皆唐絕無異。

　　唐五言絕，初、盛前多作樂府，然初唐祇是陳、隋遺
響。開元以後，句格方超。如崔國輔流水曲、採蓮曲，儲
光羲江南曲，王維班婕妤，崔顥長干行，劉方平採蓮，韓
翃漢宮曲，李端拜新月、聞箏曲，張仲素春閨曲，令狐
楚從軍行、長相思，權德輿玉臺體，王建新嫁娘，王涯贈
遠曲，施肩吾幼女詞，皆酷得六朝意象。高者可攀晉、宋，
平者不失齊、梁。唐人五言絕佳者，大半此矣。

　　七言絕，李、王二家外，王翰涼州詞，王維少年行，
高適營州歌，王之渙涼州詞，韓翃江南曲，劉長卿昭陽曲，
劉方平春怨，顧況宮詞，李益從軍，劉禹錫堤上行，張
籍成都曲，王涯秋思，張仲素塞下曲、秋閨曲，孟郊臨池
曲，白居易楊柳枝、昭君怨，杜牧宮怨、秋夕，溫庭筠瑤
瑟怨，陳陶隴西行，李洞繡嶺詞，盧弼四時詞，皆樂府也。
然音響自是唐人，與五言絕稍異。

　　後唐牛嶠柳枝詞云："吳王宮裏邑偏深，一簇柔條萬縷
金。不憤錢塘蘇小小，引郎枝下結同心。""橋北橋南千萬條，
憾伊張緒不相饒。金羈白馬臨風望，認得羊家靜婉腰。"五

代人詩亦尚有唐樂府遺韻。

五言絕，須熟讀漢、魏及六朝樂府，源委分明，逕路諳熟；然後取盛唐名家李、王、崔、孟諸作，陶以風神，發以興象，真積力久，出語自超。錢、劉以下，句漸工，語漸切，格漸下，氣漸悲，便當著眼，不得草草。

七言絕，體制自唐，不專樂府。然盛唐頗難領略，晚唐最易波流。能知盛唐諸作之超，又能知晚唐諸作之陋，可與言矣。

盛唐絕句，興象玲瓏，句意深婉，無工可見，無跡可尋。中唐遽減風神，晚唐大露筋骨，可并論乎！

中唐水調等歌，不甚類六朝語，而風格高華，似遠而實近。中唐竹枝等歌，頗效法六朝語，而辭旨凡陋，似合而實離。

五言絕，唐樂府多法齊、梁，體制自別。七言亦有作樂府體者，如太白橫江詞、少年行等，尚是古調。至少伯宮詞、從軍、出塞，雖樂府題，實唐人絕句，不涉六朝，然亦前無六朝矣。

五言古律，清和壯麗，咸足名家。必不可失之峭峻者，五七言絕也；必不可失之弱靡者，七言古律也。

七言絕以太白、江寧爲主，參以王維之俊雅，岑參之濃麗，高適之渾雄，韓翃之高華，李益之神秀，益以弘、正之骨力，嘉、隆之氣韻，集長舍短，足爲大家。上自元和，下

迄成化，初學姑置可也。〔一〕

　韓翃七言絕，如“青樓不閉葳蕤鎖，綠水回通婉轉橋”“玉勒乍回初噴沫，金鞭欲下不成嘶”“急管畫催平樂酒，春衣夜宿杜陵花”“曉月暫飛千樹裏，秋河隔在數峰西”，皆全首高華明秀，而古意內含，非初非盛，直是梁、陳妙語，行以唐調耳，人不易曉。若“柴門流水依然在，一路寒山萬木中”“寒天暮雨秋風裏，幾處蠻家是主人”，則自是錢、劉格，雖衆所共稱，非其至也。

　自少陵絕句對結，詩家率以半律譏之。然絕句自有此體，特杜非當行耳。如岑參凱歌“丈夫鵲印搖邊月，大將龍旂掣海雲”“排兵魚海雲迎陣，秣馬龍堆月照營”等句，皆雄渾高華，後世咸所取法，即半律何傷。若杜審言“紅粉樓中應計日，燕支山下莫經年”“獨憐京國人南竄，不似湘江水北流”，則詞竭意盡，雖對猶不對也。

　顧華玉云：“五言絕，以調古爲上乘，以情真爲得體。”“打起黃鶯兒，莫教枝上啼。啼時驚妾夢，不得到遼西”，調之古者；“山月曉仍在，涼風吹不絕。殷勤如有情，惆悵令人別”，此所謂情真者。

　調古則韻高，情真則意遠，華玉標此二者，則雄奇俊亮，皆所不貴。論雖稍偏，自是五言絕第一義。若太白之逸，摩詰之玄，神化幽微，品格無上，又不可以是泥也。

──────────

〔一〕晚唐絕句易入人，甚於宋、元之詩，故尤當戒。

"曲徑通幽處，禪房花木深。山光悅鳥性，潭影空人心"，五言律之入禪者。"木末芙蓉花，山中發紅萼。澗戶寂無人，紛紛開且落"，五言絕之入禪者。

帛道猷"連峰數千里，修林帶平津。茅茨隱不見，雞鳴知有人"，可謂五言絕神品，而中錯他語；孟浩然"移舟泊煙渚，日暮客愁新。野曠天低樹，江清月近人"，可謂五言律神品，而不覩全篇，皆大可恨事。然帛詩刪之即妙，孟詩續之則難。〔一〕

蘇子卿題梅四韻，亦刪作絕乃妙。杜荀鶴宮怨，佳處在"風暖""日高"一聯，不可刪也。

成都以江寧爲擅場，太白爲偏美。歷下謂太白唐三百年一人。瑯琊謂李尤自然，故出王上。弇州謂俱是神品，爭勝毫釐。數語咸自有旨。學者熟習二公之詩，細酌四家之論，豁然有見，則七言絕如發蒙矣。

盛唐長五言絕，不長七言絕者，孟浩然也；長七言絕，不長五言絕者，高達夫也。五七言各極其工者，太白；五七言俱無所解者，少陵。

楊謂杜絕句不合律，故妓女止歌"錦城絲管"一首，非也。太白、江寧妙絕千古，妓女所唱幾何？

絕句最貴含蓄。青蓮"相看兩不厭，惟有敬亭山"，亦太分曉。錢起"始憐幽竹山窗下，不改青陰待我歸"，面目

〔一〕孟詩今作絕句，非體也。

尤覺可憎。宋人以爲高作，何也？

　　盛唐摩詰，中唐文房，五六七言絕俱工，可言才矣。

　　嘉州"枕上片時春夢中，行盡江南數千里"，盛唐之近晚唐者，然猶可藉口六朝。至中唐"人生一世長如客，何必今朝是別離"，則全是晚唐矣。此等最易誤人。

　　昌黎"青青水中蒲"三首，頓有不安六朝意，然如張、王樂府，似是而非。取兩漢五言短古熟讀自見。

　　太白七言絕，如"楊花落盡子規啼""朝辭白帝彩雲間""誰家玉笛暗飛聲""天門中斷楚江開"等作，讀之真有揮斥八極，凌屬九霄意。賀監謂爲謫仙，良不虛也。

　　江寧長信詞、西宮曲、青樓曲、閨怨、從軍行，皆優柔婉麗，意味無窮，風骨內含，精芒外隱，如清廟朱絃，一唱三嘆。晉人評謝遏姊、張玄妹云："王夫人神情散朗，故有林下風氣；顧家婦清心玉映，自是閨房之秀。"竊謂得二公之似，姑識之。

　　太白諸絕句，信口而成，所謂無意於工而無不工者。少伯深厚有餘，優柔不迫，怨而不怒，麗而不淫。余嘗謂古詩、樂府後，惟太白諸絕近之；國風、離騷後，惟少伯諸絕近之。體若相懸，調可默會。

　　李詞氣飛揚，不若王之自在，然照乘之珠，不以光芒殺直；王句格舒緩，不若李之自然，然連城之璧，不以追琢減稱。

　　李作故極自然，王亦和婉中渾成，盡謝爐錘之跡；王作故極自在，李亦飄翔中閒雅，絕無叫噪之風，故難優劣。然李詞或太露，王語或過流，亦不得護其短也。

少陵不甚工絕句，遍閱其集得二首：「東逾遼水北溥沱，星象風雲喜色和。紫氣關臨天地闊，黃金臺貯俊賢多。」「中巴之東巴東山，江水開闢流其間。白帝高爲三峽鎮，夔州險過百重關。」頗與太白明皇幸蜀歌相類。

崔國輔集「金井梧桐秋葉黃」一首，薛奇童詩「下簾彈箜篌，不忍見秋月」一首，二詩又見王、李集。詳其聲調，供奉、江寧得之。

張仲素秋閨曲：「夢裏分明見關塞，不知何路向金微。」「欲寄征人問消息，居延城外又移軍。」皆去龍標不甚遠。

溫庭筠：「冰簟銀牀夢不成，碧天如水夜雲輕。雁聲遠過瀟湘去，十二樓中月自明。」杜牧之：「青山隱隱水迢迢，秋盡江南草木凋。二十四橋明月夜，玉人何處學吹簫？」此等入盛唐亦難辨，惜他作殊不爾。

盛唐絕亦有淺近者，如常建「太平天子無征戰，兵氣銷爲日月光」之類。建塞下曲五首，餘四首皆直致不文，獨此首諸家競選，故及之。

太白長門怨：「天回北斗掛西樓，金屋無人螢火流。月光欲到長門殿，別作深宮一段愁。」江寧西宮曲：「西宮夜靜百花香，欲捲珠簾春恨長。斜抱雲和深見月，朦朧樹色隱昭陽。」李則意盡語中，王則意在言外。然二詩各有至處，不可執泥一端。大概李寫景入神，王言情造極。王宮詞樂府，李不能爲；李覽勝紀行，王不能作。

太白五言絕自是天仙口語，右丞卻入禪宗。如“人閒桂花落，夜靜深山空。月出驚山鳥，時鳴春澗中”“木末芙蓉花，山中發紅萼。澗戶寂無人，紛紛開且落”，讀之身世兩忘，萬念皆寂，不謂聲律之中，有此妙詮。

太白五言，如靜夜思、玉階怨等，妙絕古今，然亦齊、梁體格。他作視七言絕句，覺神韻小減，緣句短，逸氣未舒耳。右丞輞川諸作，卻是自出機軸，名言兩忘，色相俱泯。于鱗論七言遺少伯，五言遺右丞，俱所未安。

“千山鳥飛絕”二十字，骨力豪上，句格天成，然律以輞川諸作，便覺太閟。青蓮“明月出天山，蒼茫雲海間。長風幾萬里，吹度玉門關”，渾雄之中，多少閒雅。

唐五言絕，太白、右丞爲最，崔國輔、孟浩然、儲光羲、王昌齡、裴迪、崔顥次之。中唐則劉長卿、韋應物、錢起、韓翃、皇甫冉、司空曙、李端、李益、張仲素、令狐楚、劉禹錫、柳宗元。

七言絕，太白、江寧爲最，右丞、嘉州、舍人、常侍次之。中唐則隨州、蘇州、仲文、君平、君虞、夢得、文昌、繪之、清溪、廣津，皆有可觀處。

五言絕，晚唐殊少作者，然不甚逗漏。七言絕，則李、許、杜、趙、崔、鄭、溫、韋，皆極力此道。然純駁相揉，所當細參。

中唐錢、劉雖有風味，氣骨頓衰，不如所爲近體。惟韓翃諸絕最高，如江南曲、宿山中、贈張千牛、送齊山人、寒食、調馬，皆可參入初、盛間。

七言絕，開元之下，便當以李益爲第一。如夜上西城、從軍北征、受降、春夜聞笛諸篇，皆可與太白、龍標競爽，非中唐所得有也。

江寧之後，張仲素得其遺響，秋閨、塞下諸曲俱工。

中唐五言絕，蘇州最古，可繼王、孟。寄丘員外、閶門、聞雁等作，皆悠然。次則令狐楚樂府，大有盛唐風格。

杜之律，李之絕，皆天授神詣。然杜以律爲絕，如“窗含西嶺千秋雪，門泊東吳萬里船”等句，本七言律壯語，而以爲絕句，則斷錦裂繒類也。李以絕爲律，如“十月吳山曉，梅花落敬亭”等句，本五言絕妙境，而以爲律詩，則駢胕枝指類也。

子厚“漁翁夜傍西巖宿”，除去末二句自佳。劉以爲不類晚唐，正賴有此。然加此二句爲七言古，亦何詎勝晚唐，故不如作絕也。

劉辰翁評詩，有絕到之見，然亦時溺宋人。如杜題雁“翅在雲天終不遠，力微繒繳絕須防”，原非絕句本色，而劉大以爲沉著遒深，且謂無意得之。此類是也。

裴迪“艤舟一長嘯，四面來清風”，語亦軒爽，而會孟鄙爲不佳。子厚“日午睡覺無餘聲，山童隔竹敲茶臼”，意亦幽閒，而華玉短其無味。二語皆當領略。

杜少年行：“馬上誰家白面郎，臨門下馬坐人牀。不通名姓粗豪甚，指點銀鉼索酒嘗。”殊有古意，然自是少陵絕句，與樂府無干。惟“錦城絲管”一首近太白，楊復以措大語釋之，何杜之不幸也！

王建“寥落古行宮，宮花寂寞紅。白頭宮女在，閒坐說玄宗”，語意妙絕。合建七言宮詞百首，不易此二十字也。

樂天詩世謂淺近，以意與語合也。若語淺意深，語近意遠，則最上一乘，何得以此為嫌！明妃曲云：“漢使卻回頻寄語，黃金何日贖蛾眉。君王若問妾顏色，莫道不如宮裏時。”三百篇、十九首不遠過也。

晚唐絕“東風不與周郎便，銅雀春深鎖二喬”“可憐夜半虛前席，不問蒼生問鬼神”，皆宋人議論之祖。間有極工者，亦氣韻衰颯，天壤開、寶。然書情，則愴惻而易動人；用事，則巧切而工悅俗。世希大雅，或以為過盛唐，具眼觀之，不待其辭畢矣。

汪遵詠長城：“雖然萬里連雲際，爭似堯階三尺高。”許渾詠秦墓：“一路空山秋草裏，路人惟拜漢文陵。”用意同而語格頓超。然汪詩固是學究，許作猶近小兒，盛唐必不纏繞如此。〔一〕

杜牧“南山與秋色，氣勢兩相高”，宋人亟稱。然五言古詩著此語，猶可參伍儲、韋，今乃作絕聲調，乖舛甚矣。

〔一〕李涉：“歇馬獨來尋故事，逢人惟說峴山碑。”許本模此，而以漢陵影秦墓，則尤工，然較盛唐逾遠矣。

"夜半宴歸宮漏永，薛王沉醉壽王醒"，句意愈精，筋骨愈露。然此但假借立言耳。泥者謂二王迥不同時，則癡人說夢，難以口舌爭矣。

趙昌父唐絕，大半皆中、晚作，謝注尤爲迂謬。如許渾"海燕西飛白日斜，天門遙望五侯家。樓臺深鎖無人到，落盡春風第一花"，若但詠園亭之類，未見其工。今題云"客有卜居不遂薄游汧隴者因贈"。夫以逆旅無家之客，望五侯第宅深鎖落花之內，一段寂寥情況，更不忍言。羅隱下第詩"簾捲殘陽鳴鳥鵲，花飛何處好樓臺"，意正此同。而許作全不道破，尤爲超妙，第失之太巧，故不免晚唐。謝乃謂五侯雖有第宅，而不得安享，亦猶逆旅無家者。此語一出，許詩風味索然。又少伯"閨中少婦不曾愁"，本自目前口語，謝復引入理路。此類甚多。晉人云："非惟善作者不可得，善解者亦不可得。"信哉！

樂天云："試問池臺主，當爲將相官。終身不曾到，但展畫圖看。"謝蓋因此而誤。然白自詠達官園囿，非緣羈旅作也。

王之渙涼州詞"黃河遠上白雲間"一首極工。余見不過數篇，洪景盧唐絕乃有十六首，其十二皆惆悵詩格調，惟三數近初唐，餘率中、晚人語，決非出之渙手。蓋初、盛間絕句，音節不諧，文義生強或有之，至於氣骨卑弱，詞指尖新，則中、晚無疑也。

大順中有王渙者，字群吉，惆悵詩"七夕瓊筵往事

陳”“夢裏分明入漢宮”二首，皆其作。載尤延之詩話。洪
蓋因其名偶同，遂謂之渙，鹵莽一至於此！若楊用修誚洪珉
玉無別，則又非也。洪自總集唐絕，元無銓擇，其過在牽合
萬首之數，遂至訛謬甚多。務博狗名，弊如此夫！

外編卷一

周漢

　　中古享國之悠遠，莫過於夏、商、周。近古享國之悠
遠，莫過於漢、唐、宋。中古之文，始開於夏，至商積久而
盛徵，至於周而極其盛。近古之文，大盛於漢，至唐盛極而
衰兆，至於宋而極其衰。秦，周之餘也，泰極而否，故有焚
書之禍。元，宋之閏也，剝極而坤，遂爲陽復之機。此古今
文運盛衰之大較也。

　　唐、虞之文，太羹玄酒，至禹貢而千古文機橐籥矣。
唐、虞之詩，太音希聲，至商頌而百代詩法淵涵矣。予竊謂
後世之文鼻祖於夏，而詩胎孕於商也。

　　二典三謨，淳雅渾噩，無工可見，無法可窺。禹貢紀律
森然，百代敍述之文，皆自此出。康衢、擊壤，寥寥數語；
五子之歌，篇章大衍，酬和浸開。至商頌玄鳥諸篇，閎深古
奧，實兆典刑。周末莊、列、屈、宋，無異後世詞人矣。

唐、虞以下，帝王詩歌之美者，堯卿雲、舜南風、穆東夏、項垓下、高大風、武秋風、昭黃鵠、孟德"對酒"、子桓雜詩、文皇帝京、玄宗曉發，皆非當時臣下所及。

詩與文體迥不類：文尚典實，詩貴清空；詩主風神，文先理道。三代以上之文，莊、列最近詩，後人採掇其語，無不佳者，虛故也。

"欲罷不能，既竭吾材，如有所立卓爾"，本顏回見道語，然實詩家妙境。神動天隨，寢食咸廢，精凝思極，耳目都融，奇語玄言，恍惚呈露，如游龍驚電，掎角稍遲，便欲飛去。須身詣其境知之。

九方皋相馬一節，南華本不爲詩家說，然詩家無上菩提盡具此。蓋作詩大法，不過興象風神、格律音調。格律卑陬，音調乖舛，風神興象，無一可觀，乃詩家大病。至於故實矛盾，景物汗漫，情事參差，則驪黃牝牡類也。製作誠工，即在楚言秦，當壯稱老，後世但覩吾詩，寧辨何時何地？即洗垢索瘢，可謂文人無實，不可謂句語不工。不爾，即三者纖毫曲盡，焉能有無？

蒙叟逍遙、屈子遠游，曠蕩虛無，絕去筆墨畦徑。百代詩賦源流，實兆端此。長卿上林，創撰子虛、烏有、亡是三人者，深得詩賦情狀，初非以文爲戲也。後之君子，方拘拘核其山川遠近、草木有無。烏乎，末哉！

世欲以空言駕左、史、盛唐也，則謂學古者曰：吾不有六經乎？而吾以六經斷自聖筆，不可學也，是復以空言應也。古有爲六經者矣，易則揚雄太玄、關朗洞極、衛嵩元包、志和太易之類；詩、書則王通續經、束皙補亡、毛漸三墳、崔氏演範之類；春秋則趙曄吳越、陸賈楚漢、崔鴻列國、王氏元經之類；禮、樂則不韋月令、河間考工、桓譚元起、梁武樂論之類；論語則揚雄法言、蕭衍正言、張融家語、河汾中說之類，皆燼火僅存，大則僭冒之誅，小亦贅疣之誚，果何益哉！

男女構精，萬物化生，人道之本也。太初始判，未有男女，孰爲構精乎？天地之氣也。既有男女，則以形相禪，嗣續亡窮矣，復求諸天地之氣，可乎？周之國風、漢之樂府，皆天地元聲。運數適逢，假人以洩之。體制既備，百世之下，莫能違也。今之訕學古者，動曰“關關雎鳩”，出自何典？是身爲父母生育，而求人道於空桑也。噫！

易，數也；禮、樂，制度、聲容也；詩、書、春秋，雖聖筆，然猶文與事也。左氏於春秋，離騷於詩，史、漢於書，工於變者也；太玄於易，中說於語，拙於模者也。

漢藝文志有周歌詩二篇，又周歌詩七十五篇、周歌聲曲折七十五篇，又河南周歌詩七篇、河南周歌聲曲折七篇。以上五家，與燕代諸歌詩并列，以爲漢時周地風謠耳。及觀顏師古黃公書注，以秦例之，乃知周歌謠漢尚數家，不止三百也。然隻語不可得見，惜哉！〔一〕

〔一〕班志有秦歌詩二家，顏注黃公作秦時歌詩，則周爲周時審矣。第非必風、雅，蓋民謠之類，否則注之誤也。

　　荀卿有賦十篇，今傳僅半。成相雜辭十一篇，亦不止今所傳也。蘭陵與屈、宋近，又仕楚，不傳人未敢必其能否今傳，惜哉！然荀自以子重，賦非子亦不能傳。

　　詩出於後世，而真出於三代者，岐陽石鼓是已；書出於後世，而真出於三代者，汲冢周書是已。石鼓典雅淳深，是周家大手筆。宣王中興氣象，即此可覩。在三百篇中，亦自翹楚。退之"列宿義娥"之論，雖尊題，非太過語。後人以吉日、車攻駁之，固然。然三百篇中，豈一無遜此者耶？必夫子所未見，使見，將樂觀其盛，乃刪之耶？

　　汲冢書奇奧古絕，雜以不根，而中間一二解亦有不可盡廢者，或以即七略周書，恐非也。班志注引劉向云："今存者四十五篇。"則漢世已殘闕，安得今尚完耶！

　　秦處楚、漢之間而無賦，余甚疑之。閱漢志有秦雜賦九篇，惜名氏皆不可得，坑爐之餘故也。

　　秦子書，儒家有羊子四篇，名家有黃公四篇，注皆云：秦博士也。黃公名疵，非四皓黃公。秦子書又有零陵令信一篇，注云：難李斯。斯當時孰敢難之？蓋依託也。

　　藝文志又有左馮翊秦歌詩三篇、京兆尹秦歌詩五篇，皆無注。余始疑爲漢時秦地之詩，及閱顏師古黃公下注云："爲秦博士，能歌詩。"乃知嬴世不惟有賦，亦有詩也。

　　秦朝廷銘頌可見者，嶧山、瑯琊、之罘、會稽數碑而已。其辭古質峭悍，當時政事習尚，直可想見，真秦文也。篆勒皆出斯手，銘亦必斯所作。斯逐客書妙絕今古，然彼尚

戰國之文，入秦一變頓爾，中間時錯以法令語。商、周雅厚
之風，剗地盡矣。

　　秦燔燒詩、書，獨卜筮、醫藥、種樹獲全。今卜筮傳
者，則宓羲周易之類；醫藥傳者，則黃帝內經之類。雖真贗
不侔，然皆秦以前書。獨種樹之書，傳者絕寡。班志有神農
二十篇、野老十七篇，豈秦所遺耶？

　　漢宗室向、歆最著，諸王則淮南、河間。然藝文詞賦
類，有陽丘侯劉隁賦十九篇、陽成侯劉德賦九篇、淮陽憲
王賦二篇、廣川惠王越賦五篇、趙幽王賦一篇、宗正劉辟疆
賦八篇，皆宗室也。

　　趙幽王史載詩一篇，而不言能賦。河間獻王世以爲經術
士，然藝文志有上下雍宮三篇。〔一〕淮南但傳小山，然志有淮
南王賦八十二篇，其富若此。〔二〕

　　諸王好文者，無出梁孝。無論鄒、枚，即羊勝、公孫，
皆文士也。淮南以子顯，然志有淮南群臣賦四十四篇，惜名
氏皆不傳。今傳子若鴻烈，賦若招隱，漢多才士，咸無與
匹。中遭禍患，賓客竄亡，殊可悲也。又長沙王有群臣賦二
篇，其人當亦下賢。又武帝自撰賦二篇，劉向賦三十八篇，
又臨江王歌詩四篇，又中山王文木賦一篇，〔三〕總諸劉無慮十
數家，惜傳者寂寂耳。

〔一〕子儒家類。
〔二〕又河間周制十八篇。
〔三〕載西京雜記中。

唐詩千餘家，宗室與列者不能屈全指。先秦、漢賦六十餘家，而劉氏占籍者十數人，東漢不與焉。是唐宗室能詩者，不過百之一，而漢宗室能賦者，幾得十之三，何其盛也！雖湮沒不傳，名存史籍，亦厚遇矣。

人知大風、秋風爲百代七言祖，而不知昭帝"黃鵠飛兮下建章"、靈帝"涼風起兮日照渠"。二歌皆極工麗，漢世人主，何以多才若此！

漢五言，"盧江小婦"外，文姬悲憤亦長篇敍事，猶褚先生學太史，但得其皮膚耳，精意妙語，不啻千里。讀此乃知孔雀東南飛不可及。

漢名士，若王逸、孔融、高彪、趙壹輩詩，存者皆不工；而不知名若辛延年、宋子侯樂府，妙絕千古，信詩有別才也。

唐山、韋孟，漢之初也；都尉、中郎，漢之盛也；武仲、平子，漢之中也；蔡琰、酈炎，漢之晚也。

文姬十八拍，纖弱猥近，漸啓陳、隋；文勝勵志詩，矯峻發揚，先兆魏、晉，皆遠失漢人樸茂温厚之致。不惟唐有晚，漢亦有晚也。

朱穆絕交詩，詞旨躁露，漢四言最下者；趙壹疾邪詩，句格猥凡，漢五言最下者。

漢古歌："朱火颺煙霧，博山吐微香。清尊發朱顏，四座長悦康。"終篇華粲特甚，大類子建兄弟，疑魏作也。

郊祀之精深，房中之典則，秋風之藻豔，諸如此類，蹀徑具存，不盡無意，然皆匪五言。郊祀則頌，房中則雅，秋風則騷，極盛在前，固難繼也。惟五言肇自河梁，盛於宛洛，敍致綿衷，而足以感鬼神，動天地；謳吟信口，而足以被金石，叶管絃。如孔雀東南飛一首，驟讀之，下里委談耳；細繹之，則章法、句法、字法、才情、格律、音響、節奏，靡不具備，而實未嘗有纖毫造作，非神化所至而何？

三代以前，五言非不創見，而體制未純；六朝以後，五言非不迭興，而格調彌下，故兩漢諸篇出而古今廢也。

建安以還，人好擬古。自三百、十九、樂府、鐃歌，靡不嗣述，幾於充棟汗牛。獨孔雀一篇，更千百年無復繼響，非以其難故耶！

昔人謂三代無文人，六經無文法。竊謂二京無詩法，兩漢無詩人。即李、枚、張、傅，一二傳耳，自餘樂府諸調，十九雜篇，求其姓名，可盡得乎！即李、枚數子，亦直寫襟臆而已，未嘗以詩人自命也。

兩漢詞人，知有鄒陽而不知有鄒子樂，〔一〕知有莊忌而不知有莊忽奇，〔二〕知有李陵而不知有李忠，〔三〕知有蘇武而不知有蘇季，〔四〕知有董仲舒而不知有董安國，知有公孫弘而不知有公孫乘，知有朱買臣而不知有朱建、朱宇，知有賈太傅而

〔一〕見郊祀志歌四篇，題鄒名。

〔二〕枚皋同時，從武帝至茂陵，詔造賦十一篇。

〔三〕衛士令。又李思孝有景皇帝頌，有李步昌、李息俱能詞賦。

〔四〕遼東太守，有賦四篇。

不知有賈充、賈山，〔一〕知有河間獻王而不知有淮陽憲王，〔二〕
知有河間獻王劉德而不知有陽成侯劉德，此數尚多。〔三〕

漢詞人父子相繼者，枚、劉、班、馬，世所共知。然
莊忌子莊忽奇，又助爲忌姪，此三莊者，世所罕悉。又張子
僑、張豐父子，并有著述，見漢藝文志中。〔四〕

與劉向同校讎天祿者，有長社尉杜參。見顏籀注。劉
向別錄云：“參，杜陵人，以陽朔元年病死，年纔二十餘。”
亦夭折之一也。藝文志作博士弟子杜參，有賦三篇。然則子
美前杜陵已有若人矣。

郊祀歌諸錄俱不言作者，惟郊祀志中四篇題鄒子樂作，
餘無名氏。一代大典章，湮沒至是，惜哉！〔五〕

四皓詩“燁燁紫芝，深谷逶迤”一章，高士傳所載，最
爲淳古。古今樂錄作“昊天嗟嗟”等，語殊生强，且氣脈不
貫。讀者參考，自當得之。

東園公姓唐名秉，字宣明。夏黃公姓崔名廣，字少通。
甪里先生姓周名術，字元道。綺里季姓朱名暉，字文季。按
秦、漢間人名最古樸，且字名不詳。四皓匿跡商山，亡其姓
氏，故止以東園、甪里爲號，何從并名與氏一一知之？又四

〔一〕山有賦八篇，非謂至言也。
〔二〕有賦，不知其名。
〔三〕安國書見農家，鄒子樂見郊祀志，公孫乘見西京雜記，餘俱藝文志中。
〔四〕子僑，光祿大夫，王襃同時。豐，車郎。
〔五〕青陽、朱明、西顥、玄冥。

人東南西北，原非同氣弟昆，何得懸合若此？尋其命名製字，大類六朝以後，或記者一時偶撰。[一]

讀霍去病傳，蓋武人之鷙悍者，又一任情不學年少耳。然琴歌"四夷既護"一章，典質冠冕，雍然盛世之音，當時文士代作耶？第豪傑天縱特異，未易懸斷。又衛青"郡國士馬羽林材""和撫四夷不易哉"，雄麗渾成，真大將語。他如朱虛行酒之歌，景宗競病之句，斛律金之敕勒，沈太尉之"南岡"，皆倉卒矢口，匪學而能，顧不事此耳。總之，武將能詩，當以李都尉第一，楊處道次之。郭代國、張睢陽、嚴高二節使，皆儒生習兵，非武將比。

漢、魏間，夫婦俱有文詞而最名顯者：司馬相如、卓文君，秦嘉、徐淑，魏文、甄后。然文君改醮，甄后不終，立身大節，并無足取。惟徐氏行誼高卓，然史稱夫死不嫁，毀形傷生，則嘉亦非諧老可知。自餘若陶嬰、紫玉、班婕妤、曹大家、王明君、蔡文姬、蘇若蘭、劉令嫻、上官昭容、薛濤、李冶、花蕊夫人、易安居士，古今女子能文，無出此十數輩，率皆寥落不偶，或夭折當年，或沉淪晚歲，或仇儷參商，或名檢玷闕，信造物於才，無所不忌也。王長公作文章九命，每讀卮言，輒掩卷太息。於戲，寧獨丈夫然哉！

西溪叢語備載秦氏夫婦往還詩，末引鍾嶸詩品云："兩漢五言不過數家，而婦人居二。徐淑寶釵之什，亞團扇矣。"

〔一〕梁四公傳，四人名皆古文，怪字如一，政與此同。

按嘉以寶釵寄淑，故詩有"寶釵可耀首"之語。淑惟答嘉五言，絕無所謂寶釵者，當從嶸本書，作"敍別之什"爲是。

古今婦人以醜特聞者：齊無鹽、漢孟光、晉左芬。無鹽以辯，光以德，芬以才，并許允婦以識，皆知名。獨孔明娶承彥醜女，必有過人，而寥寥不顯，史傳失載故耶？

文姬自有騷體悲憤詩一章，雖詞氣直促，而古樸真至，尚有漢風。胡笳十八拍或是從此演出，後人僞作，蓋淺近猥弱，齊、梁前無此調。

文姬悲憤詩，如"玄雲合兮翳日星，北風厲兮肅泠泠，胡笳動兮邊馬鳴"，又"兒呼母兮啼失聲，我掩耳兮不忍聽，追持我兮走嫈嫈"，狀景莽蒼，訴情委篤。較十八拍"我生之初尚無爲"等語，何啻千里！

漢自鐃歌、郊祀外，三言絕少，即間見，不過數語。若五雜俎等篇，頗無意義。獨蘇伯玉妻盤中詩二十韻皆三言，僅末數句七字耳。語意絕奇，惜時與事不可考。

漢婦人爲三言者，蘇伯玉妻；四言者，王明君；五言者，卓文君、班婕妤、徐淑；七言者，趙飛燕；八言、九言者，烏孫公主、蔡文姬。皆工至合體，文士不能過也。若唐山安世房中，自當以雅、頌目之，非漢人語。卮言以爲調弱未舒，較以商、周大篇，誠若有間，然千餘年未有繼其響者。

明君、文君以色稱，亦以色毀。班姬、徐媛皆文士，不可以詩人目之。至其行業之高，尤後世所絕覩者。

竇玄妻別夫書云："棄妻斥女，敬白竇生：卑賤鄙陋，

不如貴人。妾日以遠，彼日以親。何所控訴，仰呼蒼旻。熒
熒白兔，東走西顧。衣不厭新，人不厭故。悲不可忍，怨不
可去。彼獨何人，而居斯處？”雖尺牘語，而韻叶宛然，實
四言古體也。

　　右詩載藝文類聚，“仰呼蒼旻”下，有“悲哉竇生”四
字，而缺“熒熒白兔”二句。今據古怨歌增入，則全篇完
整，首尾較然。按本題注，玄妻以玄再娶漢公主，寓書及詩
為別。所謂詩者，僅所增八字及“衣不如新”二語，不應書
中重出。蓋即此一篇，以韻語為尺牘，故傳有詳略，題有異
同耳。其語古質，是東、西京本色，非後人擬作也。

　　秦嘉贈婦四言詩有云：“爾不是居，帷帳何施？爾不是
照，華燭何為？”蓋以妻寢疾還家，形容離索之語，非傷逝
也。題曰贈婦，甚明。近有節略淑傳者，以淑先死，嘉為此
詩傷之，大誤。按嘉又有寄內詩三首，中云：“夢寐空室中，
恍忽見姿形。”豈亦傷逝耶？兼史自有灼據，不必深辯。

　　董卓廢少帝辯為弘農王，後以山東兵起，遣李儒酖之。
王置酒與姬唐別，作歌曰：“天道易兮我何艱，棄萬乘兮退
守藩。逆臣見迫兮命不延，逝將去汝兮適幽玄。”因令姬起
舞，姬歌曰：“皇天崩兮后土頹，身為帝兮命夭摧。死生異
路兮從此乖，奈我煢獨兮心中哀。”歌竟，泣下，坐皆歔欷。
遂引酖卒。二歌意極淒慘，詳載范史后紀中，偶閱馮氏書未
及收，錄之。

　　談藝云：“孔融懿名，高列諸子，觀臨終諸詩，大類箴

銘語耳。"北海不長於詩，讀此全篇可見。至結句"生存多所慮，長寢萬事畢"，詞理宏達，氣骨蒼然，可想見其人，不容以瑕掩也。

陳大夫調孔北海云："小時了了，大未必佳。"本戲語，然不可謂無其人。如晉太子遹之類，小何嘗不佳。又如甘羅十二，智數橫出；員俶九齡，議論風生；謝貞八歲，有落花之句；路德延數歲，傳芭蕉之什，後皆沒沒。劉晏神童國瑞，壯歲製作無聞，殺身錢穀。此類頗多。亦有晚歲勵精而速就者，甯越之學、高適之詩、蘇洵之文之類是也。

東漢之末，猥雜甚矣。魏武雄才崛起，無論用兵，即其詩豪邁縱橫，籠罩一世，豈非衰運人物！然亦時有詖譎，如"何以解憂，惟有杜康"等句，信類其爲人也。

子桓"去去勿復陳，客子常畏人"等句，詩流率短其才，然此實漢人語也。他如黎陽、於譙、孟津、廣陵、玄武諸作，句格縱橫，節奏縝密，殊有人主氣象。高古不如魏武，宏贍不及陳思，而斟酌二者，政得其中，過仲宣、公幹遠甚。惜昭明皆置不錄。

古詩類多因述，然不過字句間。魏明"種瓜東井上"一篇，全倣傅毅孤竹，而襲短去長，拙於模擬甚矣。

建安中，三、四、五、六、七言，樂府、文賦俱工者，獨陳思耳。子桓具體而微，仲宣四言過五言，孔璋七言勝五言，應、劉、徐、阮五言之外，諸體略不復覯，材具高下瞭然。

詩未有三世傳者，既傳而且烜赫，僅曹氏操、丕、叡耳。然白馬名存鍾品，則彪當亦能詩。又任城武力絕人，倉舒智慧出衆。阿瞞何德，挺育多才。生子如此，孫仲謀輩詎足道哉！

魏婦人能詩，僅甄后一人，然又曹氏婦也。於戲盛矣！

今人第知魏武欲傳位陳王植，而不知其始欲傳鄧王沖也。按史，沖字倉舒，少岐嶷，五六歲屹如成人。太祖得鉅象，欲稱之，沖曰："置象舟中而刻其水痕，權物以填，可立決。"太祖大悦。太祖馬鞍在庫爲鼠齧，吏欲自陳，沖復以計脱其辜。凡應罪戮而爲沖委曲全活者數十。比卒，年纔十三。太祖數對群臣稱述，有傳後意，及亡，哀甚。文帝寬喻，太祖曰："此我之不幸，而汝曹之幸也。"魏武愛沖若此，殆數倍陳思。使長，奪嫡必矣。而夭，信天意在丕也。以沖之早慧，稍假以年，詎出二兄下？又中山王袞，十歲能屬文，所著述二萬餘言。通計魏武諸子二十五人，殤者十餘，知名者六：丕、彰、植、彪、沖、袞。彰之力，植之才，沖之智，皆古今絕出，咸萃一門，自書契來未有也。然率早亡，植最後死，得年僅四十一。至魏明僅三十六，高貴鄉公僅二十，則固操之遺殃餘孽哉！

高貴鄉公髦，少敏慧，能屬文，嘗首創九言詩。幸大學，論六經疑義，老儒莫能對。則曹氏不啻三世矣。陳思子志，亦知名。曹冏六代論載文選，尤著。〔一〕

―――――――――――

〔一〕此論初託名陳思，見志傳。

　　魏武朝攜壯士，夜接詞人，崇獎風流，鬱爲正始。然一時名勝，類遭摧折。若禰衡辱爲鼓吏，阮瑀屈列琴工，劉楨減死輸作，皆見遇伶優，僅保首領。文舉、德祖，情事稍爾相關，便嬰大戮，曷嘗有尺寸憐才之意。子桓猜忌彌深，二丁駢首，子建幾希，皆幸中之不幸也。

　　公幹坐平視甄后，幾死吏議。恒疑子桓不怒，而魏武收之。偶讀裴松之所引吳質傳云：「文帝嘗召質歡飲，酒酣，命郭后出見，謂質曰：‘卿仰諦視之。’」則知楨之平視甄后，踵跡兹言耳。質事當在楨前。若楨事發後，無論質，子桓敢爾耶？〔一〕

　　典論稱文人不矜細行，罕以名節自立，而七子之中，獨贊偉長懷文抱質，恬淡寡欲，可謂彬彬君子。幹著中論盛傳，較諸魏、晉浮華，良有異者。子桓賞鑒，故自不誣。又王昶戒子書云：「北海徐偉長不治名高，不求苟得，澹然自守，惟道是務，有所是非，則託古人以見其意。吾敬之重之，願兒子師之。東平劉公幹，博學有高才，誠節有大意，然性行不均，少所拘忌。吾愛之重之，不願兒子慕之。」昶書大放文淵，然二君操履覩矣。

　　王粲傳：七子之外，潁川邯鄲淳、繁欽，陳留路粹，沛國丁儀、丁廙，弘農楊修，河內荀緯，亦有文采而不與

<hr/>

〔一〕質傳：楨坐譴之後，質亦以與會，出爲朝歌邑長。蓋其人素縝密，郭后之言，出自子桓，未必敢當也。

列。以數稽之，適與前合。是七子之外，又有七子也。

考鄴中諸子，德祖聲名與文舉相亞。二子當時亦矯矯，而典論不及，蓋以黨翼陳思故。邯鄲淳文譽烜赫，然嘗盛稱植才，幾至奪嫡，得免殺身，斯爲幸矣。濟陰吳質，雅善魏文，論復不列，豈遠出諸子下，難於曲筆耶？繁欽詩賦并工，似在諸應上。惟荀緯製作寡傳，路粹承孟德旨劾奏孔融，乃詞場之讒賊，忠義之鴟鴞。郄慮等輩，何足道哉！〔一〕

文舉自是漢臣，與王、劉年輩迥絕，列之鄴下，其義未安。子建一書云：「仲宣獨步於漢南，孔璋鷹揚於河朔，偉長擅名於青土，公幹振藻於海隅，德璉發跡於大魏。」余意以茲五士，上系二曹，庶七子之稱，彼已無憾。建安之美，於斯爲盛。植書末稱德祖，而不及阮生，意瑀材具非諸人比。第修製作，今亦寡傳，惜也。

每讀子桓與季重書、陳思與德祖書，未嘗不欷歔太息，想見風流好尚如斯。江河百代，豈偶然哉！

曹氏弟兄相忌，他不暇言，止如揚榷藝文，子桓典論絕口不及陳思，臨淄書尺隻語無關文帝，皆宇宙大缺陷事，而以同氣失之，何也？至如魏文以文章爲經國之大業，不朽之盛事，而陳思不欲以翰墨爲勳績，辭頌爲君子，詞雖冰炭，意實塤篪。讀者考見深衷，推驗實歷可也。

〔一〕粹後竟以從魏武至漢中坐事見法，政與楊修同時。今融事但罪郄慮，漢中事但傳楊修，粹皆無聞，一幸一不幸也。

　　劉景升名義之儔，文學之士，列籍滂、膺，致書譚、尙，足概平生，而以一荊州掩之。子修季緒，亦有才藻，徒以陳思紙尾，姓字今存。太史公所云附驥，豈虛言哉！

　　魏志注引韋仲將云：“仲宣傷於肥戇，休伯都無檢格，元瑜病於體弱，孔彰實自粗疏，文蔚性頗忿鷙，故率不登大位，淪棄當時。”觀此，鄴中諸子言貌風旨宛然。然魏文亟賞偉長，不聞顯擢，何耶？一時文士，惟季重假節封侯，特爲宦達，然率以推戴謀謨，非翰墨也。[一]

　　人所最易辨者形貌。傳稱王粲體質短小幼弱，一坐盡驚，蔡中郎曰：“吾弗如也。”此猶年少故。至往依劉表，則既長立矣，而表以寢弱通脫，不甚重之。韋仲將乃謂仲宣肥戇，肥戇之與短弱通脫，何相反甚耶？

　　陳無己云：“予嘗以古文爲三等：周爲上，七國次之，西漢爲下；東漢而下無取焉。”吾以古詩爲三等：周爲上，西漢次之，魏爲下；晉氏而下無取焉。

　　樂府五言多首尾敍事，七言東、西門行等則不然。唐初四子乃盛有賦述而失之繁冗。惟少陵哀江頭、王孫、兵車、麗人、畫馬等行，大得漢人五言法，而體格復不卑，絕可貴也。

　　六朝樂府雖弱靡，然尙因仍軌轍。至太白才力絕人，古今體格於是一大變。杜陵獨得漢人遺意，第己調時時雜之。

────────────

〔一〕文蔚，路粹字。

張籍、王建頗趨平淡，稍到天成，而材質有限，兼時代壓
之，不能高古。長吉諸篇，元人舉代學其險怪，弊流國初。
李文正又本胡曾遺意，取史事斷以經語，古樂府遂亡。

應璩百一，舊謂規曹爽作，今讀之絕無此意。惟"細微
可不慎"一篇皆諫戒語，當時傳寫錯雜，互置此題耳。

昌穀謂休璉百一，微傷於媚。此詩如"下流不可處，君
子慎厥初""所占於此土，是謂仁智居"，皆拙樸類措大語，
謂之傷媚，何居？

孔明，三代之佐也，而與留侯、梁公、范文正俱為殊絕
人物。二表，三代之文也，而與陳情、酒德、歸去來俱為第
一文章。信篤論乎！"伯仲之間見伊呂，指揮若定失蕭曹"，
可與言孔明者，杜氏而已。"大哉言也，伊訓、說命相表裏"，
可與言二表者，蘇氏而已。

孔明梁父吟當不止一篇，世所傳僅此耳。寓意蓋譏晏
氏。夫三子恃功暴恣，漸固難長，藉使駕馭有方，則皆折衝
之器。既不能以是為齊景謀，又不能明正典刑，以張公室，
徒以權譎弊之。至於崔杼弒君，陳恒擅國，則隱忍徘徊，大
義俱廢。復沮景公用孔子，而甘與梁丘據輩等列亂朝。區區
補苴罅漏，何救齊亡！而後世猶以為賢，至有管、晏之目，
此梁父吟所為作也。自擬隆中，寧取樂毅而不及晏，厥有旨
哉！異時武鄉相蜀，楊儀、魏延，悉收鳴吠之效；李平、馬
謖，咸正師律之誅。正大之情，可通天地矣。

陳壽譏諸葛，不足累諸葛，適以彰父之被刑；魏收諛爾

朱，不足榮爾朱，適以徵己之納賄。且并其所善沒之，作史之大戒也。〔一〕

　　右軍帖云："譙周有孫，高尚不出，其人竟能副此志不？"按周傳：周子熙；熙子秀，字元彥。李氏僭蜀，屢辟不應。常冠鹿皮，躬耕山澤。桓温嘗表薦之。即其人也。

〔一〕史通會要云："壽爲諸葛書佐，得撻百下。"此當時惡壽之詞。壽於武鄉，恐不相及，以父被髡爲是。

外編卷二

六朝

晉、宋之交，古今詩道升降之大限乎！魏承漢後，雖浸尙華靡，而淳樸餘風，隱約尙在。步兵優柔沖遠，足嗣西京，而渾噩頓殊。記室豪宕飛揚，欲追子建，而和平概乏。士衡、安仁一變，而俳偶開矣；靈運、延年再變，而俳偶盛矣；玄暉三變，而俳偶愈工，淳樸愈散，漢道盡矣。

元亮得步兵之澹，而以趣爲宗，故時與靈運合也，而於漢離也。明遠得記室之雄，而以詞爲尙，故時與玄暉近也，而去魏遠也。

陸才如海，潘才如江，潘、陸之定品也。清水芙蓉，縷金錯采，顏、謝之定衡也。彼以子建爲繡虎而仲宣爲泥蛙，以公幹爲鉅鐘而偉長爲小梃，抑揚不已過乎？

太沖以氣勝者也，"振衣千仞岡，濯足萬里流"至矣，而"豈必絲與竹？山水有清音"，其韻故足賞也。靈運以韻勝者也，"清暉能娛人，游子憺忘歸"至矣，而"百川赴鉅海，衆星環北辰"，其氣亦可稱也。

漢、魏、晉、宋、齊、梁、陳、隋，八代之階級森如也。枚、李、曹、劉、阮、陸、陶、謝、鮑、江、何、沈、徐、庾、薛、盧，諸公之品第秩如也。其文日變而盛，而古意日衰也；其格日變而新，而前規日遠也。

行遠自邇，登高自卑，造道之等也。立志欲高，取法欲遠，精藝之衡也。世之日降而下也，學漢、魏，猶懼晉、宋也；學晉、宋，靡弗齊、梁矣。

登岱者，必於岱之麓也。不至其顚，非岱也，故學業貴成也。不至其顚，猶岱也，故師法貴上也。登龜、蒙、鳧、繹峰者，即躋峰造極，龜、蒙、鳧、繹已耳。由龜、蒙、鳧、繹而岱焉，吾未聞也。

嚴氏云："漢、魏尙矣，不假悟也。康樂以至盛唐，透徹之悟也。"此言似而未核。漢人直寫胸臆，斲削無施，嚴氏所云，庶幾實錄。建安以降，稍屬思惟，便應懸解，非緣妙悟，曷極精深？觀魏文典論，極贊文章之無窮；陳思書牘，欲以翰墨爲勳績。點竄相屬，筆削不遑，鍛鍊推敲，殆同後世，豈直曰悟而已。吾爲易曰："兩漢尙矣，不假悟也。曹、劉以至李、杜，透徹之悟也。"

漢人詩，氣運所鍾，神化所至也，無才可見、格可尋也。魏才可見、格可尋，而其才大，其格高也。晉、宋其格卑矣，其才故足尙也。梁、陳其才下矣，其格故亡譏焉。

　　士衡諸子，六代之初也；靈運諸子，六代之盛也；玄暉
諸子，六代之中也；孝穆諸子，六代之晚也。蘇、李之才，
不必過於曹、劉；陸、謝之才，不必下於公幹，而其詩不同
也，則其世之變也。其變之善也，則其才之高也。

　　當塗以後人才，故推典午。二陸、二潘、二張、二傅
外，太沖之雄才，茂先之華整，季倫之雅飭，越石之清峭，
景純之麗爾，元亮之超然；方外則葛洪、支遁，閨秀則道
韞、若蘭。自宋迄隋，此盛未覩。

　　宋、齊自諸謝外，明遠、延之、元長三數公而已。梁氏
體格愈卑，操觚頗衆，沈約、江淹、范雲、任昉、肩吾、希
範、吳、柳、陰、何，至蕭、王、劉氏，一門之中，不啻十
輩。才非晉敵，數則倍之。陳、隋，徐、庾外，總持、正
見、思道、道衡，餘不多得。故吾以合宋、齊不能當一晉，
合陳、隋不能敵一梁也。

　　詩品云：“陳思魏邦之傑，公幹、仲宣爲輔。士衡晉室
之英，安仁、景暘爲輔。康樂宋代之雄，顏延年爲輔。”亦
頗得之。然公幹、仲宣非魏文比，安仁、景暘非太沖比，延
之非明遠比。錯綜諸集，參伍群言，鍾所剖裁，似難僉允。
至嗣宗介魏、晉間，元亮介晉、宋間，品格位置，可謂天
然，無容更議也。

　　宣城在齊，遂無可作輔者。梁、陳而下，沈、范、江、
何、柳、吳、徐、庾，大概魯、衛之政，地醜德齊，莫能相
尚矣。

平原氣骨遠非太沖比。然仲默亟稱阮、陸，獻吉并推陸、謝，以其體備才兼，嗣魏開宋耳。

六代選詩者，昭明文選、孝穆玉臺；評詩者，劉勰雕龍、鍾嶸詩品。劉、鍾藻鑒，妙有精理，而製作不傳。孝穆詞人，然玉臺但輯閨房一體，靡所事選。獨昭明鑒裁著述，咸有可觀。至其學業洪深，行義篤至，殊非文士所及。自唐以前，名篇傑什，率賴此書。功德詞林，故自匪淺。宋人至以五臣匹之，何其忍也。

世但知蕭氏文選，然吟譜稱昭明彙集漢後五言，爲詩選二十卷，其中必大有五朝佳什，惜今不可見矣。

文賦云“詩緣情而綺靡”，六朝之詩所自出也，漢以前無有也；“賦體物而瀏亮”，六朝之賦所自出也，漢以前無有也。

蘇、李諸詩，和平簡易，傾寫肺肝，何有於綺靡？自綺靡言出，而徐、庾兆端矣。馬、楊諸賦，古奧雄奇，聲澀牙頰，何有於瀏亮？自瀏亮體興，而江、謝接跡矣。故吾嘗以阮、左者，漢、魏之遺，而潘、陸者，六朝之首也，未可概以晉人也。

名都、白馬諸篇，已有綺靡意，而文猶與質錯也。洛神、銅爵諸篇，已有瀏亮意，而質浸爲文掩也。故魏之詩，冢嫡兩漢，而賦魯衛、六朝也。

士衡云：“謝朝華於已披，啓夕秀於未振。”又云：“立片言以居要，乃一篇之警策。”有意乎其濯陳言而馳絕足也。然平原諸文，模擬何衆而創獲何希也？平原諸詩，藻繪何繁

而獨造何寡也？故曰：非知之艱而行之艱也，其有以自試
也。昌穀執一端以非之，非也。

潘、陸俱詞勝者也。陸之材富，而潘氣稍雄也。陶、謝
俱韻勝者也。謝之才高，而陶趣差遠也。

太沖詠史、景純游仙，皆晉人傑作。詠史之名，起自
孟堅，但指一事。魏杜摯贈毌丘儉，疊用八古人名，堆垛
寡變。太沖題實因班，體亦本杜，而造語奇偉，創格新特，
錯綜震蕩，逸氣干雲，遂爲古今絕唱。景純游仙，蓋本漢諸
仙詩及思王五游、升天諸作，而氣骨詞藻率遠遜前人，非左
敵也。

六朝小詩，有“羅敷初總髻，蕙芳亦嬌小。月落始歸
船，春眠恒著曉”，情致婉約可愛。第不知蕙芳何女子？及
讀太沖集嬌女詩云：“其妹字蕙芳。”乃知出此。

太沖集附左貴嬪詩一首。每怪此君醜絕，妹乃色稱。及
讀晉書，貴嬪名芬，姿陋無寵，以才德見禮，不覺失笑。
識之。〔一〕

嵇喜，叔夜之兄，呂安所爲題“鳳”，阮籍因之白眼者，
疑其不識一丁。及讀喜詩，有答叔夜四章，四言殆相伯仲，
五言“列仙狗生命，松喬安足齒？縱軀任度世，至人不私
己”，其識趣非碌碌者。或韻度不侔厥弟，然以凡鳥俗流遇
之，亦少冤矣。

〔一〕鮑明遠妹名令暉，絕可作對。

永和修禊，名士盡傾，而詩佳者絕少，由時乏當行耳。

蘭亭罰觥，大令首坐。今其詩存者，桃葉二歌，辭甚拙樸，與六朝不類，信知非所長也。

桃葉答大令團扇四章，甚足情致。晉人謂方回奴，但小有意，不知大令婢乃壓倒主人翁耶！一笑。

晉人能文而不能詩者袁宏，名出一時。所存詠史二章，吃訥陳腐可笑，當時亦以爲工。

世說甚重許玄度，而不謂能詩。孫興公云："一吟一詠，許當北面。"然詢詩有"青松凝素髓，秋菊落芳英"，儼是唐律。又晉人稱玄度五言妙絕，則許當亦文士，非止清談者。

兩漢之流而六代也，其士衡之責乎！六代之變而三唐也，其玄暉之責乎！

梁、陳諸子，有大造於唐者也。何也？唐之首創也，以梁、陳啓其端也。宋、元諸子，有大造於明者也。何也？明之中興也，以宋、元爲之監也。

張正見詩，華藻不下徐陵、江總，聲骨雄整乃過之。唐律實濫觴此，而資望不甚表表。嚴氏誚其雖多亦奚以爲，得無以名取人耶？

延之與靈運齊名，才藻可耳。至於丰神，皆出諸謝下，何論康樂！

宋人一代，康樂外，明遠信爲絕出，上挽曹、劉之逸步，下開李、杜之先鞭。第康樂麗而能淡，明遠麗而稍靡，淡故居晉、宋之間，靡故涉齊、梁之軌。

　　宋、齊之末，靡靡極矣。而袁陽源白馬、虞子陽北伐大有建安風骨，何從得之？

　　文通擬漢三詩俱遠，獨魏文、陳思、劉楨、王粲四作，置之魏風莫辨，真傑思也。

　　詩材稟賦，各有所近。靈運鄴中，不惟不類，并其故武失之。文通諸擬，乃遠出齊、梁上。尺短寸長，信不虛也。

　　劉坦之選詩補注，雖稍溺宋人，其論漢、魏、六代及唐，剖析深至，亦似具隻眼者。

　　古詩語意重者，如“今日良宴會”“請爲游子吟”之類，自是樸茂之過。建安諸子，洗削殆盡，晉、宋不應復蹈。嗣宗“多言焉所告，繁辭將訴誰”，士衡“迅雷中宵激，驚電光夜舒”，太沖“豈必絲與竹？何事待嘯歌”，康樂尤不勝數，皆後學所當戒。

　　“池塘生春草”，不必苦謂佳，亦不必謂不佳。靈運諸佳句，多出深思苦索，如“清暉能娛人”之類，雖非鍛鍊而成，要皆真積所致。此卻率然信口，故自謂奇。至“明月照積雪”，風神頗乏，音調未諧。鍾氏云云，本以破除事障，世便喧傳以爲警絕，吾不敢知。

　　“采菱調易急，江南歌不緩”，雖合掌猶虛字也。“揚帆採石華，挂席拾海月”，則實語矣。在康樂固爲佳句，非初學所當效顰。

　　“千慮集日夜，萬感盈朝昏”“早聞夕飆出，晚見朝日暾”，康樂此類甚夥，雖六朝人例爾，然諸謝不盡然也。休文"夕行聞夜鶴，晨征聽曉鴻"，當句自犯，尤爲語病。用修復以爲工，惟六朝故，若出宋人，不知何等掊擊矣！

嚴謂古詩不當較量重複，而引屬國數章見例，是則然矣。古人佳處，豈在是乎？觀少卿三章及兩漢諸作，足知冗非所貴，第信筆天成，間遇一二，不拘拘窶定耳。"青青河畔草"一章，六用疊字而不覺，正古詩妙絕處，不可概論，然亦偶爾，未必古人用意爲之。謝惠連以相如對長卿，幸司馬有二名，不爾，何以屬比耶？一笑。

王、謝江左并稱。諸謝縱橫文選，而王氏一何寥寥也！大令名勝風流，蘭亭數語，寧至閣筆而取適罰觥，即非才具使然，亦其好尚素乏。康樂、宣城輩當此興會，縱賦詩有禁，能自已耶？

宋、齊間王氏差著，僧達、僧儒、僧綽、僧虔、融、儉、摛、筠、微、籍輩，俱以文學顯。名勝彬彬，欲過謝氏，而詩不能十三。元長、元禮，尤號錚錚，篇什雖繁，未爲絕出。

鍾記室以士衡爲晉代之英，嚴滄浪以士衡獨在諸公之下，二語雖各舉所知，咸自有謂。學者精心體味，兩得其說乃佳。

葛稚川、陶貞白，皆文士也，寄趣鉛汞耳，其詩文筆札，自足不死。支遁、慧遠并高人韻流，託跡方外，文采不能自遏，時見一斑，便足爭衡作者。唐、宋以還，仙釋雖盛，率庸瑣不足望數君。

　　以文方金谷序而右軍大悅，以貌類劉司空而宣武甚歡，吾以皆非實錄。右軍高潔，既異季倫；蘭亭敍致，遠邁金谷。元子心非王室，越石才謝匡時。俱迥不侔，何庸豔羨？嘉賓帷幄，大是雋奇，第於苻堅，亦匪倫類。

　　嗣宗、叔夜，并以放誕名，而阮之識，遠非嵇比也。靈運、延年，并以縱傲名，而顏之識，遠非謝比也。步兵、光祿，身處危地，使馬昭、劉劭信之而不傷。中散、康樂，雖有盛名，非若夏侯玄輩爲時所急，徒以口舌獲戾。悲夫！

　　薛考功云："曰清、曰遠，乃詩之至美者也，靈運以之。'白雲抱幽石，綠篠媚清漣'，清也；'表靈物莫賞，蘊眞誰爲傳'，遠也；'豈必絲與竹？山水有清音''景昃鳴禽夕，水木湛清華'，清與遠兼之矣。"薛此論雖是大乘中旁出佛法，亦自錚錚動人。第此中得趣，頭白祇在六朝窠臼中，無復向上生活。若大本先立，旁及諸家，登山臨水，時作此調，故不啻嘯聞數百步也。

　　子美之不甚喜陶詩，而恨其枯槁也；子瞻劇喜陶詩，而以曹、劉、李、杜俱莫及也。二人者之所言皆過也。善乎鍾氏之品元亮也，千古隱逸詩人之宗也，而以源出應璩，則亦非也。

　　供奉之癖宣城也，以明豔合也；工部之癖開府也，以沉實合也。然李於謝未足青冰，杜於庾乃勝之倍蓰矣。

　　世目玄暉爲唐調之始，以精工流麗故。然此君實多大篇，如游敬亭山、和伏武昌、劉中丞之類，雖篇中綺繪間作，而體裁鴻碩，詞氣沖澹，往往靈運、延之逐鹿。後人但亟賞工麗，此類不復檢摭，要之非其全也。

唐律雖濫觴沈、謝，於時音調未適，篇什猶寡。梁室諸王，特崇此體。至庾肩吾，風神秀朗，洞合唐規。陰、何、吳、柳，相繼并興。陳隋徐、薛諸人，唐初無異矣。

宋、齊間，明遠"胡風吹朔雪，千里度龍山"、文通"日落長沙渚，層陰萬里生"，皆盛唐起語也。

王仲淹歷評六朝文士，不取康樂、宣城、文通、明遠，而極稱顏延之、王儉、任昉文約以則，有君子之心。不知延之、儉、昉所以遠卻謝、鮑諸人，正以典質有餘，風神不足耳。

六朝二江、二庾，子山氣骨欲過肩吾，而神秀弗如；總持才情差亞文通，而淵博殊遠。

休文四聲八病，首發千古妙詮，其於近體，允謂作者之聖，而自運乃無一篇。諸作材力有餘，風神全乏，視彥升、彥龍，僅能過之。世以鍾氏私憾，抑置中品，非也。

蕭齊革命而爲之佐命者，褚淵、王儉也；蕭梁革命而爲之佐命者，沈約、范雲也。跡諸人行業器度，咸有可觀，而蹭蹬至此，彼非有意功名，直高位重祿耳。余嘗謂富貴溺人，賢者不免，文士尤易著腳，而六朝爲甚。潘、陸、顏、謝諸君，往往蹈此。范曄、王融，卒以覆身敗族。若陶元亮輩，幾何人哉！

江淹之鯁亮先幾，任昉之孝友樂善，溯其歷履，可謂絕去文人浮薄之習。而淹爲齊高九錫，昉作梁武禪文。二子非汲汲功名者，直以文章致累，惜哉！

文通夢張景陽索錦而文躓，郭景純取筆而詩下。世以才盡，似也；以夢故，非也。人之才固有盡時，精力疲，志意怠，而夢徵焉。其夢，衰也；其衰，非夢也。彥升與沈競名，亦曰才盡，豈張、郭爲祟耶！

休文、彥升并以博洽稱，而任之孝義潔廉，先憂後樂，賢沈不啻倍蓰矣。總持、孝穆并以浮豔稱，而徐之公忠蹇諤，正色立朝，視江不啻薰猶矣。

温子昇之謀誅爾朱，荀濟之謀誅高澄，皆忠義激發，奮不顧身。而傳以温爲陰險，濟爲好亂，史乎？

陰、何并稱舊矣。何攄寫情素，沖淡處往往顔、謝遺韻。陰惟解作麗語，當時以并仲言，後世以方太白，亦太過。然近體之合，實陰兆端。

世謂杜詩法庾子山，不然。庾在陳、隋淫靡間，語稍蒼勁，聲調故無大異。惟述懷一篇，類杜諸古詩耳。

楊用修論發端，以玄暉"大江流日夜"爲妙絕，余謂此未足當也。千古發端之妙，無出少卿三起語，如"嘉會難再遇，三載如千秋""攜手上河梁，游子暮何之"，尋常兒女，可泣鬼神。次則子建"高臺多悲風""明月照高樓"，咳唾天仙，復絕凡俗。康樂"百川赴鉅海，衆星環北辰"，雖稍遠本色，然是後來壯語之祖，不妨并拈出也。

魏稱曹、劉，然劉非曹敵也。晉稱潘、陸，然潘非陸敵也。宋稱顏、謝，然顏非謝敵也。梁稱任、沈，然任非沈敵也。非敵而并稱何也？同時、同事又同調也。百年之後，篤而論之，則陳王在魏，自當獨步；士衡居晉，宜遜太沖；康樂之外，無先明遠；隱侯而下，寧次文通。

唐人品第最精。如楊、盧，沈、宋，王、孟，李、杜，錢、劉，元、白，即銖兩稍有低昂，大較相若，故不妨并稱也。

謝靈運"韓亡子房奮，秦帝魯連恥。本自江海人，忠義感君子"、謝世基"偉哉橫海鱗，壯矣垂天翼。一朝失風水，翻爲螻蟻食"，皆晉人五言絕。遇同、調同，雖一時口占，千載生氣。

楊用修舉貫休"晚風吹不盡，江上落殘梅"，謂猶惠休"碧雲"。不知"日暮碧雲合，佳人殊未來"，乃江淹擬休怨別詩。休本詩，起全用子建"明月照高樓"語，中云"妾心懷天末，思與浮雲長"，絕無"碧雲"二字。又秋風一章，白紵體，亦甚情致。餘楊花、明妃等曲十餘章，皆閨房意，全不類梵流，六朝氣習熏染乃爾。然休後仕至揚州刺史，或既還俗作，未可知。

何遜："燕戲還簷際，花飛落枕前。寸心君不見，拭淚坐調絃。""閨閣行人絕，房櫳日影斜。誰能北窗下，獨對後園花！"六朝絕句近唐，無若仲言者。洪景盧誤收唐絕中，亦其聲調酷類，遂成後世笑端。

宋文帝："自君之出矣，錦筍閉不開。思君如清風，曉

夜常徘徊。”顏師伯：“自君之出矣，芳帷低不舉。思君如回
雪，流亂無端緒。”二詩語甚相類，皆佳句也。

六朝句於唐人，調不同而語相似者：“餘霞散成綺，澄
江淨如練”，初唐也；“金波麗鳷鵲，玉繩低建章”，盛唐也；
“天際識歸舟，雲中辨江樹”，中唐也；“魚戲新荷動，鳥散
餘花落”，晚唐也。俱謝玄暉詩也。〔一〕

北朝句如“芙蓉露下落，楊柳月中疏”，較謝“池塘春
草”，天然不及而神韻有餘。魏收“臨風想玄度，對酒思公
榮”“尺書徵建業，折簡召長安”，不事華藻，而風骨泠然。
徐陵欲爲藏拙，文士相傾語耳。

北人謂溫子昇凌顏轢謝，含沈吐任，雖自相誇詡語，
然子昇文筆豔發，自當爲彼中第一人。生江左，故不在四
君下，惟詩傳者絕少，恐非所長。庾子山謂薛道衡、盧思
道僅解捉筆，亦孝穆之論。庾製作雖多，神韻頗乏。盧、
薛篇章雖寡，而明豔可觀。總之魯、衛之間，不堪相僕
役也。

“庭草無人隨意綠”，大似唐末五代人詞，非七言體也。
“年年歲歲花相似”，鄙淺更無足觀。二子固有佳處，以此句
死便是橫死。隋煬便是橫殺，之問未必作爾許業，人品污下
而惡歸焉，皆大苦事也。

───────────────

〔一〕王籍“蟬噪林逾靜，鳥啼山更幽”、何遜“夜雨滴空階，曉燈暗離
室”，皆類晚唐。

嚴云："玉臺集陳徐陵序，雜有漢、魏、六朝之作，今但謂纖豔曰玉臺，非也。"此不熟本書之故。玉臺所集，於漢、魏、六朝無所詮擇，凡言情則錄之。自餘登覽宴集，無復一首，通閱當自瞭然。

詩文不朽大業，學者雕心刻腎，窮晝極夜，猶懼弗窺奧妙，而以游戲廢日可乎？孔融離合、鮑照建除、温嶠回文、傅咸集句，亡補於詩，而反爲詩病。自兹以降，摹放實繁，字謎、人名、鳥獸、花木，六朝才士集中，不可勝數。詩道之下流，學人之大戒也。

卞彬之作蚤蝨、蝸蟲、蝦蟆等賦，李爲作輕、薄、暗、小及淚等賦，晚唐人作童子詩五十韻、婢僕詩一百首，皆詞場之渗魆，藝苑之幺麼也。名教中自有樂地，何必爾爾？諸人竟潦倒當世，或致禍其身，非不幸矣！

六朝人類輯諸詩，但名"詩集"，猶曰"文選"云爾。如謝靈運詩集五十卷，殆是靈運自作之詩。今驟讀殊可笑，然當時例無他名。如張徹、袁淑補靈運詩集一百卷，劉和孫詩集二十卷，顏竣詩集一百卷，皆同。其有篇目，蓋起於徐氏玉臺。〔一〕

沈約絕重謝朓，謂二百年無此詩。崔融爲武后冊，人謂二百年無此文。謝事見朓本傳，崔事出國史異纂，人罕知之。楊盈川謂："愧在盧前，恥居王後。"世共傳述。然盧范

〔一〕偶讀雜說，中有謂靈運原集五十卷，今所存無幾者，失笑。識此。

陽曰："喜居王後，恥在駱前。"二語詞相出入，意實天淵，即此足辨楊、盧優劣。裴聞喜獨以器識歸楊，鄙哉！不足議也。盧語具朝野僉載，今類太平廣記中。夫文士相輕，自古而然；英雄欺人，達者所懵。盈川蓋不免此。若范陽之說，議論既公，而意度逾下，足一刷藝苑澆漓，而後人絕無賞鑒，何行儉之衆哉！

崔集賢曰："王勃文章宏放，非常人所及，炯與照鄰可以企之。"此篤論也。盧詢祖云："見未能高飛者，假以羽毛；知逸勢沖天者，翦其翅翮。"盈川之論，得無類是乎？若照鄰之退讓沖虛，尤文士之景星，詞場之絕出也。

凡詞場稱謂，要取適齒牙而已，非必在前則優，居後為劣也。屈、宋，曹、劉之類，固云中的。詩稱蘇、李，豈蘇長於李乎？史稱班、馬，豈馬減於班乎？顏在謝先，而顏非謝比。元居白上，而元匪白儔。宋張、韓、劉、岳，明邊、何、徐、李，皆取便稱謂，非遠弗如。元虞、楊、范、揭差近，亦偶然耳。

"漢詩，堂奧也；魏詩，門戶也。入戶升堂，固其機也。而晉氏之風，本之魏焉，然而叛跡於魏者，何也？故知門戶非定程也。夫欲拯質，必務削文；欲反本，必資去末，是固曰然。然玉韞於石，豈曰無文？淵珠露采，亦匪無質。由質開文，古詩所以擅巧；由文求質，晉格所以為衰。若乃文質雜興，本末并用，此魏之失也。"以上昌穀論三代詩，絕得肯綮，以俟百世，其言不易矣。

　　昌穀之論五言古極有會，惟四言不甚究心。謂韋孟諸
篇，捃縛不蕩，弇州非之，是矣。至舉曹公“月明星稀”、
子建“來日大難”爲四言法，此尤非也。二詩雖精工華爽，
而風雅典刑幾盡。在五言古則爲齊、梁，在七言律則爲大
曆，實四言之一變也。韋孟諸作後，惟陳思責躬一首可繼，
識者知之。

　　唐子西謂三謝外，宣遠、叔源，有詩不工，非也。宣
遠子房、戲馬，格調詞藻，可坦步延之、靈運間。叔源“景
昃鳴禽夕，水木湛清華”，幾與“池塘春草”“清暉娛人”競
爽，不工詩者能爾耶？惠連自有長處，要之名下無虛。坦之
謂不逮宣遠，亦非篤論。

　　梁武纂輯諸書至二千餘卷，宇宙間日力有限，那得如
此？中或諸臣秉筆，帝總其成耳。簡文幾七百卷，湘東幾
四百卷，計亦當爾。然梁武文集百二十卷，簡文百卷，其富
亦不貲矣。惟昭明著述，皆出己裁，不過百卷，而文選自唐
迄今，指南學者。武帝、簡文、湘東製作，千不存一，似亦
不在多也。[一]

　　六朝著述之富，蓋無如葛稚川者。碑誄詩賦一百卷、移
檄表章三十卷、神仙傳十卷、良吏傳十卷、隱逸傳十卷、集
異傳十卷、五經諸史百家雜鈔三百十一卷、金匱藥方一百

[一]諸書名具載梁史，已錄卮言中，此不列。今惟元帝金樓子尚行。小
說易傳，亦一驗也。

卷、肘後秘方四卷、抱朴子內外一百一十六篇，通計殆六百
餘卷。[一]豈直六朝，漢、唐罕覯也。洪自敍十五始讀書，蓋
亦不爲早慧，其好學絕人遠矣。今惟抱朴、神仙、肘後數
書傳。[二]

顧野王玉篇三十卷、輿地志三十卷、符瑞圖十卷、顧氏
譜傳十卷、續洞冥記一卷、分野樞要一卷、玄象表一卷、通
史要略一百卷、國史紀傳二百卷、文集二十卷，近四百卷。[三]
任昉五百餘卷，徐勉七百餘卷，齊、梁製作之富如此。[四]

西京雜記世以葛稚川僞作，非也。稚川著作餘六百卷，[五]
孳孳如不及，何暇借名他人。此書後序甚備，蓋稚川據子駿
原本百卷，錄孟堅漢書所取外二萬言，另爲二卷以傳。而歆
原書腐爛脫落，其事實不存者，記皆闕之。如公孫弘答鄒長
倩書，甘泉鹵簿之類，至事實可紀而文義訛缺者，間或以意
綴屬之，故文體頗異西京。世遂以爲洪作駕名子駿，謬也。
其後序文與洪他筆，詞氣絕類，宋人以爲吳均，尤無據矣。[六]

據稚川元目，則雜記二卷、漢武禁中起居注一卷、漢
武故事二卷，并五卷爲一帙。今傳雜記六卷，而無所謂起

[一] 據上所列，實爲七○一卷。——編者注
[二] 宋王伯厚著書近七百卷，與稚川頗相當。
[三] 據上所列，實爲四○三卷。——編者注
[四] 今傳者絕希，又不若稚川之衆。王僧孺族譜近八百卷，然是類書。
[五] 據上所列，實爲七○一卷。——編者注
[六] 蓋本西陽雜俎引庾信語之誤。

居注及故事者，蓋後人鈔録唐世類書以成，此不復知其體制故耳。[一]

隋劉焯、劉炫，并博文强記，共居一室讀書，積十年不出，遂各爲世大儒，然實非兄弟也。炫河間景城人，焯信都昌亭人，二人後出處亦相類。方牛弘購求遺書，炫僞造連山等百餘卷取賞，殆是以文爲戲耳。後事露，書遂中廢。宋人以爲唐史所録連山，即炫撰者，非也。使炫書不廢，雖僞，猶當遠勝今傳三墳等書。

晉、宋以前多仙詩，唐、宋以後多鬼詩，婦人詩盛於漢，沙門詩昉自晉惠遠、道猷輩，羽士詩競於唐，若吳筠、曹唐輩。藝苑旁流，盡斯五者。大率才情之富，閨閣居多；趣致之幽，釋梵爲最；羽流不若仙詩，仙詩不若鬼詩。

惠休本釋子，還俗至晉刺史；韋渠牟本道士，還俗至唐宰相，二人皆能詩者。又劉勰本儒，而出家晚歲；劉軻本僧，而長髮中年，二人皆能文者。

漢、魏間仙詩，若王母、上元、馬明及四真、九華等作，句如出一篇，篇如出一手，豔麗浮冗，靡縟相矜，真趣既乖，玄旨殊少，大類晉、宋間語，皆當時文士假託也。惟葛仙公二章，句格頗類本詞。

唐仙家能詩者，許宣平“隱居三十載”，及“負薪朝出

〔一〕今雜說中類刻有漢武故事一卷，班固撰。馬氏通考以爲王儉，或即此書。通考所列雜記，亦云一作六卷。

郭”一絕，是初唐語；張志和“八月九月蘆花飛”，又“西塞山”一絕，是中唐語；鍾七言三絕，呂七言一律，近晚唐。今傳純陽集皆僞作也。〔一〕

凡仙、釋詩，多方外，氣骨殊寡。惟馬自然“風激水聲迷遠岫，雨添嵐氣沒高林”，殊近作者意度。又葉靜能“幽薊煙塵別九重”一首，亦昂藏有格，此外絕未覯也。

白團扇“憔悴非昔容，羞與郎相見”，王珉嫂婢謝芳姿歌也。王子敬妾桃葉，亦有團扇歌三首，其一云：“團扇復團扇，許持自障面。憔悴無復理，羞與郎相見。”與謝正同。豈王家婢妾，自相掇襲耶？然桃葉有“障面”句，意乃完足。芳姿語殊未見工。楊用修强桃葉一歌附會謝作，且云芳姿如此才而屈爲人婢，信佳人多薄命。恐大令有知，攘臂地下矣！漫識此，發一笑。

大抵六朝文士，蒐索豔題，一時閨閣傳聞，輒形楮墨，如子夜、孟珠、前溪、長樂之類。芳姿四首，固匪本辭，即桃葉三章，亦恐後人擬作也。

_____

〔一〕趙昌父唐絕取呂一首，殊鄙陋，當是贗作。

外編卷三

唐上

甚矣，詩之盛於唐也！其體，則三、四、五言，六、七、雜言，樂府、歌行，近體、絕句，靡弗備矣。其格，則高卑、遠近、濃淡、淺深、鉅細、精粗、巧拙、強弱，靡弗具矣。其調，則飄逸、渾雄、沉深、博大、綺麗、幽閒、新奇、猥瑣，靡弗詣矣。其人，則帝王、將相、朝士、布衣、童子、婦人、緇流、羽客，靡弗預矣。

宋計敏夫輯唐詩紀事八十一卷，一千一百五十家，採摭精詳，序次整密，允謂篤志之士。然芮挺章編國秀、李康成編玉臺，二人皆有己作附載集中，又殷璠英靈、高仲武間氣，品藻之語，盛見援引，而四子名士，開卷遽如。朝士如王榮，釋子如寒山，羽客如呂巖，今皆有集行世，亦皆遺漏，可謂失之耳目之前。至如蔣奇童、薛奇童、徐晶、鄭鏦、太上隱者、君山父老諸家，所選脫軼頗繁，蓋著述之難如此。余嘗欲編蒐唐三百年史傳、文集、小說、冗談以及碑誌、箴銘，雜出宋、元之後者，本計氏書，稍益其未詳而盡補其所闕，足成百卷，庶無遺恨，而力未遑，姑識其端於此。

凡著述貴博而尤貴精。淺聞眇見，曷免空疏；誇多炫靡，類失鹵莽。博也而精，精矣而博，世難其人。洪景廬萬首唐絕，文士滑稽假託，并載集中，此博之弊也。嘉靖初，有輯唐詩行世，紀者至一千四百餘家。余驟揭其目，欣然；比閱，則六朝、五季幾三之一，甚至析名與字而二之，爲之絕倒而罷。夫博而不精，以駁膚立可耳，稍近當行，訛漏百出，得不慎與！

唐人自選一代，芮挺章有國秀集，元次山有篋中集，竇常有南薰集，殷璠有河岳英靈集，高仲武有中興間氣集，李康成有玉臺後集，令狐楚有元和御覽，顧陶有唐詩類選，姚合有極玄集，韋莊有又玄集，無名氏有蒐玉集、奇章集。今惟國秀、極玄、英靈、間氣行世，類選、御覽、又玄雜見類書，餘集宋末尚傳，近則未覯。

河岳英靈不取拾遺，間氣、極玄兼遺供奉，宋人謂必有意，非也。英靈集於天寶，杜詩或未盛行。間氣俱中唐，姚大半晚唐，惟國秀盛唐頗備，而不及二公。總之，當時議論未定，如莊生道術不及仲尼，尊與？貶與？未可測也。〔一〕

〔一〕後楊伯謙選唐音，不收李、杜，則有意尊之矣。

　　唐人自選詩，英靈、國秀諸集外，孫季梁有唐正聲三卷，王正範有續唐正聲五卷，韋縠有才調集十卷，劉明素有麗文集五卷，李戡有唐選三卷，柳玄有同題集十卷，崔融有珠英集五卷，曹恩有起予集五卷，殷璠有丹陽集一卷，劉吉有續又玄集十卷，陳康圖有擬玄集十卷、詩纂三卷，鍾安禮有資吟集五卷，王仁裕有國風總類五十卷，王承範有備遺綴英二十卷，劉松有宜陽集六卷、叢玉集五卷，韋莊有採玄集一卷，陳正範有洞天集五卷。又有前輩詠題二卷、連璧集三十二卷、正風集十卷、垂風集十卷、名賢絕句一卷，不題名氏，要皆唐末、五代人所集。當宋盛時，相去未遠，存者應眾。第尤延之畜書最富，全唐詩話已無一見採。計敏夫摭拾甚詳，唐詩紀事亦俱不收。至陳、晁二氏書目，概靡譚及者，則諸選自南渡後，湮沒久矣。姑識此以資博洽。宋蘇易簡、晏同叔俱有選，今惟洪景盧、趙昌父等十餘家傳云。〔一〕

　　李氏花萼集、韋氏兄弟集、竇氏聯珠集、廖氏家藏集，皆父子伯仲一門之作，後世不易得也。〔二〕

　　唐人詩話，入宋可見者：李嗣真詩品一卷，王昌齡詩格一卷，皎然詩式一卷、詩評一卷，王起詩格一卷，姚合詩例一卷，賈島詩格一卷，王叡詩格一卷，元兢詩格一卷，倪宥龜鑑一卷，徐蛻詩格一卷、騷雅式一卷、點化秘

〔一〕鄭通志宋人詩選并不載，豈洪書亦未見耶？蓋但據唐藝文志耳。
〔二〕花萼是李乂集與兄尚一、尚正。

術一卷、詩林句範五卷，杜氏詩格一卷，徐氏律詩洪範一
卷，徐衍風騷要式一卷、吟體類例一卷、歷代吟譜二十卷、
金針詩格三卷。今惟金針、皎然、吟譜傳，餘絕不覩，自宋
末已亡矣。近人見宋世詩評最盛，以爲唐無詩話者，非也。
金針集題白樂天，宋人皆以爲僞，想當然耳。〔一〕

　　唐人好集詩句爲圖，今惟張爲主客，散見類書中，自
餘悉不傳。漫記其目：古今詩人秀句二十卷，元兢編；泉山
秀句二十卷，黃滔編；文場秀句一卷，王起編；賈島句圖一
卷，李洞編；詩圖一卷，倪宥編；寡和圖三卷，僧定雅編；
風雅拾翠圖一卷，惟鳳編。宋則呂居仁有宗派圖，高似孫有
選詩句圖，尚存。

　　唐詠題二卷，是省試詩；觀光集三卷，是先輩行卷。又
瑤池新詠三卷，俱唐婦人詩。

　　唐人倡和寄贈，往往類集成編，然今傳世絕少，以未經
刊落，故尤難遠。姑記其目於左：令狐楚斷金集一卷，元白
倡和集一卷，三州倡和集一卷，許昌詩一卷，洛陽集七卷，
彭陽倡和集三卷，裴均壽陽倡和集一卷，渚宮倡和集二十
卷，峴山倡和集八卷，荊潭倡和集一卷，荊夔倡和集一卷，
盛山倡和集一卷，劉白倡和集三卷，名公倡和集二十卷，漢
上題襟集十卷，松陵集十卷，靈徹倡酬集十卷，廣宣倡和集
一卷，五僧詩一卷，僧中十哲集一卷，贈毛仙翁詩一卷；賀

────────────

〔一〕宋梅聖俞又有金針集，亦僞作。

監歸鄉集一卷，浙東酬倡集一卷，白監東都詩一卷。右據諸
家書目備錄，宋藝文志所存，僅十之四五。至通考則僅存漢
上題襟、松陵三數種。今惟松陵行世，餘悉不存。毛仙翁詩
一卷，載唐詩紀事中。

　　唐人詩話今傳者絕少。孟棨本事詩，小說家流也。惟殷
璠、高武頗有論斷。張爲主客圖，義例迂僻，良堪噴飯。然
其所詮，亦自有意，特創爲主客之說，與鍾嶸謂源出某某
者，同一謬悠耳。無名氏有續本事詩，今不傳。盧瓌有抒情
集，亦本事詩類也。〔一〕

　　唐詩賦程士，故父子兄弟文學并稱者甚衆，而不能如
漢、魏之烜赫。至祖孫相望，則襄陽之杜，亦今古所無也，
世所共知。二賈、二蘇、三王、五竇外，他或以爵位勳名掩
之。結夏杜門，永晝如歲，呻吟之暇，漫疏其略於後。衰鈍
遺忘，挂一漏萬，姑識此，爲博雅前驅云。

　　父子則薛收、薛元超，李百藥、李安期，許叔牙、許子
儒，宋令文、宋之問，趙武孟、趙彥昭，敬播、敬之弘，陳
子昂、陳光，賈曾、賈至，蘇瓌、蘇頲，李適、李季卿，崔
日用、崔宗之，蕭嵩、蕭華，李善、李邕，張悅、張均，崔
良佐、崔元翰，杜甫、杜宗武，房融、房琯，鄭縣、鄭審，
蕭穎士、蕭存，獨孤及、獨孤郁，張毅夫、張褘，郗純、郗
士美，樊澤、樊宗師，裴倩、裴均，歸崇敬、歸登，劉禹

〔一〕會昌侯氏一詩，云載抒情集，可見。

錫、劉承雍，路泌、路隨，李懷遠、李景伯，于休烈、于
肅，張薦、張又新，李端、李虞仲，韋表微、韋蟾，韋貫
之、韋澳，段文昌、段成式，皇甫湜、皇甫松，苗晉卿、苗
發，李程、李廓、李泌、李繁，韋綬、韋温，崔群、崔亮，
楊凌、楊敬之，崔璩、崔渙，温庭筠、温憲，章孝標、章
碣，劉迺、劉伯芻，劉三復、劉鄴，李磎、李沆，鄭亞、
鄭畋。〔一〕

　兄弟則孔紹安、孔紹新，蓋文懿、蓋文達，馬敬淳、馬
敬潛，秦景通、秦煒，路紀、路皷，席豫、席晉，周思茂、
周思鈞，杜易簡、杜審言，韋承慶、韋嗣立，來濟、來恒，
崔日知、崔日用，薛曜、薛稷，王維、王縉，皇甫曾、皇甫
冉，崔敏童、崔惠童，元結、元融，蔡希周、蔡希寂，李
渤、李涉，暢當、暢諸，柳公綽、柳公權，許康佐、許堯
佐，楊虞卿、楊汝士，柳中庸、柳中行，李翰、李觀，馮
宿、馮定，李遜、李建，吳通微、吳通玄，鄭仁規、鄭仁
表，柳渾、柳識，唐臨、唐皎，周繇、周繁。

　三人者：沈佺期、沈全交、沈全宇，喬知之、喬偘、喬
備，李乂、李尚一、李尚正，楊憑、楊凌、楊凝，韋綬、韋
繟、韋純，蘇冕、蘇弁、蘇衮，白居易、白敏中、白行簡，
韋述、韋迅、韋遒，張文琮、張文瓘、張文收。

　四人者：羅隱、羅鄴、羅衮、羅虬，楊發、楊收、楊

_____

〔一〕補褚亮、褚遂良。

嚴、楊假。五人者：張知騫、張知玄、張知晦、張知泰、張知默。六人者：王勮、王勔、王勃、王助、王劼、王勸。七人者：趙夏日、趙冬曦、趙和璧、趙安貞、趙居貞、趙頤貞、趙彙貞。八人者：賀德仁、賀德基，劉知柔、劉知幾等，各號高陽里。

崔蒞、崔湜、崔澄、崔液兄弟四人，崔瑤、崔璆、崔瑰、崔瑾、崔珮兄弟五人，崔頌、崔鄲、崔郾、崔郇、崔鄯、崔鄧兄弟六人，崔琯、崔珙、崔璨、崔璵、崔球、崔珣、崔瑨、崔〔一〕兄弟八人，并載唐史。崔氏一門之盛如此，然率以爵位顯，故不列前。大抵兄弟齊名，聲實相副者三人，則已盛矣。四五以上，惟王、竇二氏庶幾。自餘張、趙諸人，雖當時并有名氏，亦未必盡然，姑以備數而已。

祖孫則孔紹安、孔日新，姚思廉、姚璹，岑文本、岑羲，員半千、員俶，杜審言、杜甫，張鷟、張薦，許敬宗、許彥伯，韋自立、韋弘景，杜佑、杜牧，鄭絪、鄭顥，唐次、唐彥謙，殷侑、殷盈孫，唐臨、唐紹，馮宿、馮涓。高士廉二孫球、瑾，〔二〕陸餘慶孫海，海孫長源。〔三〕

父子兄弟三人者：張文琮子戩、錫，韋安石子陟、彬，包融子佶、何。四人者：王景子之咸、之賁、之渙。五人

〔一〕史失。

〔二〕史不載，見紀事。

〔三〕魏徵、謨，于志寧、休烈，狄仁傑、兼謨，李敬、玄紳之類，雖紀載方册，以世次稍遠，不錄。他倣此。

者：呂渭子溫、恭、儉、讓，穆寧子質、贊、員、賞。六人者：竇叔向子常、群、牟、庠、鞏。七人者：劉知幾子貺、餗、秩、彙、迅、迥。

父子祖孫三世者：徐齊聃子堅，堅子嶠。武平一子就，就子元衡、儒衡。崔融子禹錫，禹錫子巨。李棲筠子吉甫，吉甫子德裕。柳芳子冕、登，登子璟。柳公綽子仲郢，仲郢子璞、璧、珪、玭。盧綸子弘正、簡辭、簡求、簡能，簡能子知猷。鄭餘慶子澣，澣子處誨、從讜。四世者：王播子起，子龜，子蕘。〔一〕

夫婦俱能詩者：吉中孚妻張氏、孟昌期妻孫氏、元稹妻裴氏、杜羔妻劉氏、元載妻王氏、彭伉妻張氏、李極妻盧氏。

女兄弟能詩，則徐充容婕妤及弟齊聃。宋若莘、若憲、若昭、若倫、若華，父廷芬。上官儀女孫上官昭容。

自昔兄弟齊名者衆矣，未有五人俱出仕而俱能詩者，唐竇氏是也。自昔姊妹并稱者有矣，未有五人俱入宮而俱能詩者，唐宋氏是也。而竇之父叔向、宋之父廷芬，皆以文學稱，尤異中之異也。竇四子俱登第，獨群處士官最達，幾至宰相。宋五女俱尚宮，獨一男質最下，白首編氓。事固有不可知者。

〔一〕唐人中有父子四五傳而僅收一，再有兄弟六七輩而僅錄二三者，皆專主文學，故不無去取。至於遺漏，當俟續增。大概三傳者寡，四世尤希，聊備其數云。

劉知幾兄弟八人俱有文學，而父藏器，從父廷祐，并顯名。唐史知幾父子咸富著述，二孫滋、淶，又能世其家。一門之盛，終唐世未有也。〔一〕

王勃祖通，從祖績，父福畤，亦知名，而勃兄弟六人，并以文學顯，殆古未有。今但傳勮、劜、勃三珠樹，助、劫、勸稍晚出，遂鮮知者，實六王也。〔二〕

嘗與友人戲論，唐詩人上自天子，下逮庶人，百司庶府，三教九流，靡所不備。試舉其略，供好事者一噱。

人主如文皇、明皇，宗室如越王、韓王，將相則代、晉諸公，宰輔則燕、許諸公，三省則李乂、薛稷等，六卿則齊澣、王丘等，學士則崔融、徐堅等，舍人則賈曾、蘇晉等，成均則張籍、竇常等，秘監則鄭審、姚合等，青宮則王維、薛據，朱邸則王勃、殷遙等，侍從則高適、賈至等，供奉則盧象、岑參等，給舍則佺期 沈、行言 李等，諫院則光羲 儲、元旦 韋等，諸司則崔 司勳顥、陶 禮部翰、祖 駕部詠、宋 考功之問等，諸郎則綦毋 著作潛、孟 校書雲卿、包 起居佶、錢 秘書起等，觀察則李翶、韋丹等，節度則孟簡、薛能等，郡守則平原、北海等，州牧則蘇州、隨州等，令長則盈川 楊、夏縣 劉眘虛等，丞尉則臨海 駱、龍標 王等，府佐則顧況、李端等，幕

〔一〕劉氏所居稱高陽里，故陳氏以爲兄弟八人。然新舊唐史并曰六人，不知何也。

〔二〕藝文志王助雕蟲集一卷，當即其人。勃邃於經史及數學，史備載，今但傳其文。

僚則朱放、馬戴等，武臣則郗士美、高崇文等，藩帥則張建
封、羅弘信等，宗支則李適之、李之芳等，戚畹則武平一、
武攸緒，舉子則平曾、來鵬等，徵士則秦系、朱灣等，布衣
則成紀、襄陽等，散人則鹿門、甫里等，羽流則曹唐、吳筠
等，緇流則蔡京、周賀等。他如宮苑則徐充容、宋尚宮，閨
閫則劉令嫺、鮑君徽，女郎則崔公達、張窈窕，女冠則魚玄
機、李季蘭，妾媵則步飛煙、關盼盼，娼妓則徐月英、劉采
春。又如寒山、拾得以顯化，鍾離、呂巖以神仙，殷七七以
幻，王季友以賣履，邵謁以縣胥，張志和以漁，衡岳居民以
樵，天竺童子以牧，海印以尼，香山天復諸老以年，李泌、
楊收、路德延以稚，范攄之子以殤，李賀、林傑以夭，顧飛
熊以再生，鄭虔、劉商以畫，張南史以弈，陸鴻漸以茶，飲
中八仙以酒，盧從願以富，郊、島以窮，盧照鄰以癩，李華
以風痺，宋雍以瘖，崔頲以眇，宋之問以口，方干以脣，丁
棱以吃，李紳以短，鄭昌圖以肥，歐陽更率以醜，張旭以
癲，李益以妬，唐衢以哭，張元一以詼，權龍襃以噱，薛生
以書記，野鵲灘吟者以舟師。〔一〕捧劍僕以人奴，新羅王以東
庚，楊奇鯤以南詔，蘇渙以劫，劉叉以盜，李微以虎，孫恪
妻以猿，夭桃以狐，臺城伎以妖，幽獨君以鬼。〔二〕諸如此類，

〔一〕見萬首唐絕句。本語林衡岳樵夫下一條，或即以樵夫作，非。唐詩
紀事失載。
〔二〕李微以下，唐此類甚眾，然率文士滑稽，故僅取數條。幽獨詩佳，
非贗作也。品彙臺城伎一絕，乃耿將軍青衣，高誤。

不能盡述。

　　唐人主工文詞者，太宗、玄宗尙矣。高、中二帝，豈解
此事？昏庸沉湎，假借自文，大率侍從諸臣代作耳。睿宗有
集一卷，當亦能詩，今不傳。德宗天稟猜忌，而聽政之暇，
能與宋若照等揚扢藝文，亦一快也。文、宣二主，頗稱蘊
藉。昭丁末造，高貴同艱，悲夫！

　　宣宗嘗微行遇賈島，觀其詩卷，島攘臂奪之曰：“郎君
何會此耶？”遂謫主簿長江。又嘗微行遇盧渥，渥趨避道
左，拱手自稱其名，遂賜進士及第。同一遇人主也，而遇不
遇若此。島誠脫疏，帝責以風塵識天子，則亦過矣。島方覓
句，衝京兆鹵簿且不知，況龍而魚服耶！

　　憲宗讀白居易諷諫百餘篇而善之，因召爲學士；穆宗讀
元微之歌詩百餘首而善之，立徵爲舍人。二君不以詩名而好
尙乃爾，知唐世人主，亡不喻此道也。

　　唐宗支衍溢天下，而藝苑頗覺寥寥。詩知名者，諸王
外，宰相適之，尙書之芳，僕射程，刺史廓，員外約，進士
洞十餘人而已。世以肅、代還，天下日亂，無論勳德，即諸
李詩才有如貞觀、開元二帝者乎？長吉頗自錚錚，人謂稍假
以年，可大就。要之詩格定矣，不死愈益其誕耳。

　　語林云：文宗好五言詩，品格與肅、代、憲宗同，而
古調尤清峻，常欲置詩學士七十二員。學士中有薦人姓名
者，宰相楊嗣復曰：“今之能詩，無若賓客分司劉禹錫。”上
無言。李珏奏曰：“當今置詩學士，名稍不嘉。今翰林學士

皆有文詞，陛下博覽古今，其間有疑，顧問可也。陛下昔命
王起、許康佐爲侍講，天下謂陛下好古宗儒，敦揚樸厚。臣
聞憲宗爲詩，格合前古，當時輕薄之徒，摛章繪句，聱牙崛
奇，譏諷時事，鼓扇名聲，謂之元和體。今陛下更置此官，
得無不可乎？"按此，則文、肅、代、憲四君皆工詩。唐
十八葉間，惟敬、懿數君無聞，自餘靡不精究。帝王文學之
盛，殆亘古所無也。惜史不載，諸選僅文宗一絕，他率無
傳，因備錄之。〔一〕

　　文宗欲置詩學士，固非急務，然非雅尚不能。李珏奏
罷，未爲無見，第以憲宗爲詩，釀成輕薄之風，中間聱牙崛
奇，譏諷時事，明指韓、柳、元、白諸公，此大是無識妄
人。唐一代之文，所以能與漢并，正賴數君，豈俗子所解？
乃憲宗興起之風，可與漢武、唐文相次。淮蔡之勳，尚出此
下，而史不略言，故余特詳著焉。〔二〕

　　唐著姓若崔、盧、韋、鄭之類，赫奕天下，而崔尤著。
蓋自六朝、元魏時，已爲甲族，其盛遂與唐終始。文皇首命
群臣品第諸族，時以崔民幹爲第一。嗣後達官臚仕，史不絕
書，而能詩之士彌衆，他姓遠弗如也。初唐則崔信明、崔
融、崔善爲、崔日用、崔日知、崔湜、崔液、崔禹錫、崔
沔、崔尙、崔翹、崔珪，盛唐則崔顥、崔巨、崔曙、崔興

─────────────

〔一〕文宗不答楊奏，當以劉蕡叔文故耶？
〔二〕樂天有諷諫詩，元稹、李紳有新樂府。

宗、崔泰之、崔宗之、崔國輔、崔敏童、崔惠童，中唐則崔
峒、崔琮、崔護、崔膺、崔咸、崔元翰、崔立之、崔鉉、崔
群、崔備、崔充、崔子向、崔季卿、崔涯、崔樞、崔䰂、崔
邠、崔軒、崔郊、崔滌、崔道融、崔子尚，晚唐則崔魯、崔
塗、崔安潛、崔珏、崔總、崔恭、崔庸、崔璐、崔元範、崔
公信、崔璞，女子則崔鶯、崔公遠、崔仲容。初唐之融，盛
唐之顥，中唐之峒，晚唐之魯，皆矯矯足當旗鼓。以唐詩人
總之，占籍幾十之一，可謂盛矣。他如崔蕆、崔璆、崔鄲、
崔琯，群從數十，秉銓列戟，當代所榮，而勳德文章，靡有
傑出，吾無取焉。執政玄褘、祐甫差著。自餘知溫、彥昭，
登公相者十餘輩，而浮沉史傳，後世鮮知。總之，未敵黃鶴
樓一首也。〔一〕

　　開元以前，詞人鮮弗達者；天寶以後，才士鮮弗窮者。
即間有之，然弗數見也。第今製作行世，則景龍、垂拱，百
不二三，大曆、元和，十常五六，造物乘除亦巧矣。輒據唐
人雜說，類次數條，以見其概云。

　　唐書云：太宗以海內漸平，銳意經籍，開文學館以待
四方才雋，與選者杜如晦、房玄齡、虞世南、陸德明、于志
寧、蘇世長、褚亮、姚思廉、孔穎達、李玄道、李守素、薛
允恭、顏相時、薛收、蓋文達、蘇旭、薛元敬、許敬宗。後

〔一〕唐詩人張氏亦衆，而非甲族；王、李甲族，而非一門。崔之顯著，
大率清河、博陵，自餘不過十三耳。兼三氏人數，亦無盛於崔者。第五代
至宋，遂復亡聞矣。

收卒，以劉孝孫補之。世謂十八學士，擬於登瀛洲焉。右唐初太宗世顯者。天策所收顏師古、褚遂良等，尚不止此。

又云：景龍二年，中宗於修文館置大學士四員，學士八員，直學士十二員。李嶠、宗楚客、趙彥昭、韋嗣立爲大學士；李適、劉憲、崔湜、鄭愔、盧藏用、李乂、岑羲、劉子玄爲學士；薛稷、馬懷素、宋之問、武平一、杜審言、沈佺期、閻朝隱、韋安石、徐堅、韋元旦、徐彥伯、劉允濟爲直學士。右高、中世顯者。先是武氏修三教珠英，徵天下文士二十六人，徐彥伯爲首，餘率前諸學士。張說、王無競、富嘉謨亦與焉。〔一〕

玄宗紀：開元元年夏，郭元振同三品；秋，張說爲中書令；冬，以姚崇同三品，盧懷慎同平章事。四年冬，宋璟爲黃門監，源乾曜、蘇頲同平章事。八年春，張嘉貞。十四年夏，李元紘。二十一年春，韓休；冬，裴耀卿、張九齡俱同平章事。右玄宗開元中，宰相至十數人，皆文學士也。先是又有魏知古等。古今詞人之達，莫盛此時。繼之林甫、國忠，雖天資險獪，然俱以不學稱。唐治亂判矣。

席豫傳云：豫與韓休、許景先、徐安貞、孫逖、張九齡先後掌綸誥。又蘇頲、蘇晉、賈曾、賈至、齊澣、王丘、李乂等，并以文學爲中書舍人。右二則，初、盛間詞人顯者。

〔一〕玄宗世雠校秘書尹知章等一十二人，亦馬懷素爲首。後文宗欲置詩學士七十二員，以李珏沮止之。

賀知章傳云：神龍中，知章與越州賀朝萬、齊融，揚州張若虛、邢巨，湖州包融，俱以吳越之士，文詞俊秀，名揚於上京。朝萬止山陰尉，齊融崑山令，若虛兗州兵曹，巨監察御史。融遇張九齡，引爲懷州司戶，集賢直學士。數子，人間往往傳其文，獨知章最貴。神龍中，有尉氏李澄之善五言詩，蹉跌不偶，六十餘爲參軍卒。又唐新語云：長壽中，滎陽鄭蜀賓詩知名，年老甫授一尉，之官未幾卒。二事甚類。右初、盛間窮而間有達者。

國史補云：開元以後，位卑而名著者，李北海邕、王江寧昌齡、李館陶、鄭廣文虔、元魯山德秀、蕭功曹穎士、張長史旭、獨孤常州及、崔比部、梁補闕肅、韋蘇州應物。右載唐詩紀事。崔比部、李館陶不列名。按是時，詩文有重望而不甚顯者，崔則崔顥、崔曙，李則李翰、李華，第俱不言爲比部、館陶。然四人外，無赫赫稱，必居二於此矣。

明皇雜錄云：天寶末，劉希夷、王泠然、王昌齡、祖詠、張若虛、張子容、孟浩然、常建、李白、劉眘虛、崔曙、杜甫，雖有文章盛名，皆流落不偶。右二條，盛唐詩人窮者。李、杜古今流落之魁，然置諸人中，覺猶爲顯達也。一笑。

丹陽集云：潤州延陵有包融、儲光羲，曲阿有丁仙芝、緱氏主簿蔡隱丘、監察御史蔡希周、渭南尉蔡希寂、處士張彥雄、張朝、校書郎張暈、吏部常選周瑀、長洲尉談戭，句容有殷遙、硤石主簿樊光、橫陽主簿沈如筠，江寧有左拾遺、孫處士、徐延壽，丹徒有江都主簿馬挺、武進尉申堂溝。十八人皆有詩名。右亦多盛唐間人，吳、揚所產也。殷氏敍其履歷，但一二稍顯，自餘布衣冗秩，旁午篇中，豈當時遂無貴且文者耶？

盧綸傳云：綸與吉中孚、韓翃、錢起、司空曙、苗發、崔峒、耿湋、夏侯審、李端，號大曆十才子。綸戶部郎中，起考功郎中，發都官員外，峒右補闕，湋右拾遺，審侍御史，宦俱不甚顯。獨中孚侍郎、翃知制誥差著，而端竟終杭州司馬。當是時，秦系、劉方平俱布衣，顧況司戶，于鵠從事，張南史參軍，厄尤甚焉。右中唐詩人之窮者。嗣是權、武、裴、元、韓、白諸公驟顯，元和遂以中興。繼之郊寒，島毳，籍盲，仝柱，二李（賀、觀）、歐陽并夭，其窮益又甚矣。

劇談錄云：自大中、咸通之後，每歲試春官者千餘人，其間章句有聞，亹亹不絕。如何植、李玫、皇甫松、李孺犀、梁望、毛濤、貝麻、來鵠、賈隨，以文章著美；溫庭筠、鄭澣、何涓、周鈐、宋耘、沈駕、周繁，詞賦標名；賈島、平曾、李陶、劉得仁、喻坦之、張喬、劇燕、許琳、陳覺，以律詩流傳；張維、皇甫川、郭鄩、劉延暉，以古風擅價。皆苦心文華，厄於一第。然其間數公麗藻英詞，播於海內，與虛薄叨聯名級者，殆不可同年語矣。右晚唐詩人窮者，如此其衆，又過於前。然司馬、羅隱輩，尚不止是。今製作多不傳，徒空名寄於簡册，雖頗勝當時華要，亦可悲也。

　　唐舉子不中第者，語林、劇談所紀外，又有來鵬、宋
濟、嚴惲、王璘、李洞、胡曾、張祐、汪爲、盧江、孫定、
許瑤，後爲羽流。歐陽瀚、李山甫、司馬禮等，大率皆晚
唐，而盛唐則老杜以不第獻賦。其他孟浩然等雖布衣，然非
舉子也。諸人生不成名，今失紀載，又將沒沒，余惜而詳
著之。

　　韓愈、李觀、歐陽詹、王涯、馮宿等同第，誠有唐第一
榜。然是時昌黎已數舉，觀卒時年二十九，詹卒亦有夭稱，
而涯、宿并顯。德、文際，則昌黎之齒當最高，而是時張童
子年最幼，後竟亡所聞，豈亦夭耶？昌黎嘗有序送張，而不
著其名，今遂莫可考。而尙以昌黎文，故世知其人。文士筆
端與人主名器，殆互有輕重耶？

　　陸子淵云：“開元中，有風雅古調科，李、杜皆不與，
而薛據爲首。”余謂據在盛唐爲李、杜之亞，足稱不愧科名，
而李、杜旋以布衣受知人主，未爲不遇。元、白、牛、李宗
閔諸公，俱對策名動天下，而劉蕡獨傳，亦不遇之遇也。

　　唐省試詩雖傑出者希，而清新妥切，即中、晚人尙有初
唐景色。如清明賜火等作，往往出李肱霓裳右。今人以省試
詩概加裁抑，非通論也。〔一〕

　　唐詩人千數，而吾越不能百人。初唐虞永興、駱臨海，
中唐錢起、秦系、嚴維、顧況，晚唐孟郊、項斯、羅隱、李

─────────────

〔一〕諸詩具載文苑英華，然世所傳誦，鼓瑟之外，絕無他篇。

頻輩，今俱有集行世。一時鉅擘，概得十二三，似不在他方下。獨盛唐賀知章、沈千運稍不競。明一統志復刊落其半，遂益寥寥。今類考諸書，錄之於左，文士亦并附焉。

越州：虞世南、孔紹安、孔紹新、賀德基、賀德仁、賀知章、賀朝萬、齊融、嚴維、秦系、朱邑、吳融、朱慶餘。〔一〕湖州：徐齊聃、〔二〕徐堅、包融、〔三〕沈千運、錢起、錢珝、〔四〕沈亞之、沈傳師、沈詢、孟郊、楊衡、王郊、嚴惲。杭州：褚亮、遂良、許敬宗、褚無量、羅隱、羅鄴、羅袞、羅虬。睦州：吳少微、章八元、施肩吾、章孝標、皇甫湜、皇甫松、徐凝、李頻、方干、許彬、章碣、劉蛻、〔五〕章魯封。〔六〕秀州：丘爲、陸贄、顧況、殷堯藩。衢州：徐安貞。台州：項斯。婺州：駱賓王、舒元輿、張志和、馮宿、定，五代劉昭禹。唐詩僧越中獨盛，辨才、靈一居會稽，靈澈、處默越州人。皎然吳興，貫休溆水，皆其著也。而寒山、拾得顯化台州。道士則司馬承禎居赤城，而吳筠魯人居剡中。婦人則徐賢妃姊妹湖州，而劉采春亦云越人。〔七〕

計氏紀事云：“大曆十才子，唐書不見人數。”誤也。唐

〔一〕賀知章一作明州。

〔二〕一統志作徐聃，大誤。

〔三〕諸家俱作潤州，今姑從一統志。

〔四〕起孫，唐詩紀事。

〔五〕廣記。

〔六〕見紀事 唐末羅隱下。

〔七〕蓋後居淮甸間。

書盧綸傳明言吉中孚、夏侯審、錢起、李端、苗發、司空曙、
韓翃、耿湋、崔峒與綸爲十才子。其初人數如此，惟中孚、
審製作無聞，可疑，而綸有懷中孚峒發曙端湋兼寄夏侯審侍
御七子詩，則中孚與審實在才子之列。而韓翃、錢起不與，
恐其間章句脫落，否則別有故也。或去中孚、審與翃、峒，
而益皇甫曾、李嘉祐、郎士元、李益，其人才視前雖勝，而
非實錄。余嘗歷考古今，一時并稱者，多以游從習熟，倡和
頻仍，好事者因之以成標目。中間或品格差肩，以蹤跡離而
不能合；或才情迥絕，以聲氣合而不得離，難概論也。〔一〕

　　太白於子美甚疏，子美惓惓，自是愛才之故。杜當時，
高、岑、王、賈、李、鄭等輩，靡不輸心。又王季友、孟雲
卿皆汲引如弗及，而況李也。李、杜之稱，當出身後，未必
生前。退之、李觀齊名，觀早卒，乃并子厚。樂天、微之甚
密，元沒，復遇中山。他如孔門十哲，曾氏無聞；鄴下七
才，禰生不錄。蓋曾晚傳道，禰早殞身，或以從非陳、蔡，
跡限荆、衡，不可一端，必後世論始公也。

　　唐語林云：韓文公與孟東野友善，韓公文至高，孟長於
五言，時號孟詩韓筆。元和中，後進師匠韓文公，體大變。
又柳柳州、李尚書翺、皇甫郎中湜、馮詹事定、祭酒楊公、
李公，皆以高文爲諸生所宗，而韓、柳、皇甫、李公，皆以
引接後學爲務。楊公尤深於獎善，遇得一句，終日在口，人

〔一〕紀事別條，仍載唐書原數，前說或引他書。

以爲癖。長慶以來，李封州甘爲文至精，獎拔公心，亦類數公。甘出於李相國宗閔門下，時以爲得人，然終不顯。又元和以來，詞翰兼奇者，有柳柳州宗元、劉尙書禹錫及楊公。劉、楊二人，詞翰之外，別精篇什。又張司業籍善歌行，李賀能爲新樂府，當時言歌篇者宗此二人。李相國程、王僕射起、白少傅居易兄弟、張舍人仲素，爲場中詞賦之最，言程試者宗此五人。右紀載多隱僻，世所罕傳，故備錄之。楊祭酒即敬之，語項斯者。劉、柳二公初不名能書，僅見此。"孟詩韓筆"之云，本六朝"沈詩任筆"語，今驟聽亦似駭耳也。李封州甘與杜牧齊名，載史紫微傳中。馮詹事定，余婺人，宿之弟。李祭酒尙未詳。中唐李姓顯者衆，而此又不必傑，然難以臆料也。

　　世知杜之爲拾遺，而不知李亦拾遺也。世以草堂屬杜，而李集亦號草堂也。李卒後，代宗徵拜左拾遺，見范傳正碑，碑尙稱"唐左拾遺"。

　　飮中八仙，子美詩名姓甚確，而范碑以裴周南與焉。考舊唐書，白少與魯諸生孔巢父、裴政、張叔明、陶沔、韓沔隱徂徠山，號六逸。或"周南"即"政"字，范誤爲八也。薛奇童詩眞盛唐，而名字弗傳，大爲惋惜。然國秀以爲太子司議，而薛據嘗爲此官，蓋其人耶？[一]

　　杜子宗武、李子伯禽，皆流落早卒。而宗武子嗣業，能

〔一〕杜有賀薛擢太子司議詩。

乞元碑以葬先人，孝矣。伯禽二女妻野人，當道欲爲易婚不願，而以厥祖遺言，俾卜葬青山，以成先志，亦無忝也。伯禽子先二女出游，不知所終。〔一〕

大曆十才子，當時列之圖畫，爲人慕豔乃爾。其後之顯者，惟李端、錢起、盧綸。端子虞仲至侍郎，起子徽至尚書，徽子可復、可及皆登進士，而可復至節使。然唐詩紀事載徽子珝第進士，至中書舍人，而傳不載，豈即可及耶？綸四子弘正、簡求、簡辭、簡能，孫知猷、虔灌、汝弼、嗣業，俱進士至顯官，其盛殆唐詩人未有也。

唐以詩賦聲律取士，於韻學宜無弗精。然今流傳之作，出韻者亦間有之。蓋檢點少疏，雖老杜或未能免。今稍識數條，以自警省，非曰指摘前人也。

一東　楊巨源聖壽無疆詞，王逖上武元衡七言律，王建宮詞。〔二〕劉得仁秋日，杜甫雨晴五言律。〔三〕

二冬　薛逢五峰隱者七言律。〔四〕

三江　李商隱柳枝五言絕。〔五〕

四支　杜甫北風首尾俱用四支韻，而中兩用五微，蓋古體通用，非出韻也。今諸選多作五言律，誤矣。又七言近

〔一〕或以白無孫，不然。

〔二〕俱出“宗”字。

〔三〕俱出“農”字。

〔四〕出“中”字。

〔五〕出“鴦”字。

體，劉長卿臥病官舍第二句。〔一〕

　　十一真　杜甫玉山七言律。〔二〕贈王侍御排律。〔三〕

　　十二文　張祜讀曲歌五言絕。〔四〕又十灰賀知章絕句。〔五〕

　　十五刪　李商隱贈張書記排律。〔六〕

　　八庚　李白秋浦歌五言絕。〔七〕

　　九青　僧虛中寄司空圖五言律。〔八〕

　　凡唐人詩引韻旁出，如"洛陽城裏見秋風""鶯離寒谷正逢春"之類，必東冬、真文次序鱗比，則可無遠借者。然盛唐絕少，初學當戒，毋得因循。〔九〕

　　唐小說載杜甫子宗武作詩示友人，友人以斧答之。宗武曰："欲使我斤正吾父耶？"友人云："令若自斷其臂耳。不爾，天下詩名又在杜家矣。"此事甚新，然史傳不載。宗武詩亦竟弗傳。豈三世爲將，道家所忌哉？按"斧"字從父從斤，杜嘗命宗武熟精文選，又作詩屢令其誦，友人言宜有可信者，惜無從互訂之。

〔一〕用"違"字，當作"遺"字，或謂出韻，亦非也。
〔二〕出"芹"字。
〔三〕出"勤"字。
〔四〕出"人"字。
〔五〕出"衰"字。
〔六〕出"蘭"字。
〔七〕出"屏"字。
〔八〕出"清"字。
〔九〕又唐彥謙七夕，真韻出"勤"字，見英華。

外編卷四

唐下

　　大家名家之目，前古無之。然謝靈運謂東阿才擅八斗，元微之謂少陵詩集大成，斯義已昉。故記室詩評，推陳王聖域；廷禮品彙，標老杜大家。夫書畫末技，鍾、王、顧、陸，咸負此稱；詩文大業，顧無其人？使子建與應、劉并列，拾遺與王、孟齊肩，可乎？則二者之辨，實談藝所當知也。

　　偏精獨詣，名家也；具範兼鎔，大家也。然又當視其才具短長，格調高下，規模宏隘，閫域淺深。有衆體皆工，而不免爲名家者，右丞、嘉州是也。有律絕微減，而不失爲大家者，少陵、太白是也。

　　六代則公幹之峭，嗣宗之遠，元亮之沖，太沖之逸，士衡之穠，靈運之清，明遠之俊，玄暉之麗，皆其至也；兼之者，陳思也。唐人則王、楊之繁富，陳、杜之孤高，沈、宋之精工，儲、孟之閒曠，高、岑之渾厚，王、李之風華，昌齡之神秀，常建之幽玄，雲卿之古蒼，任華之拙樸，皆所專也；兼之者，杜陵也。

清新、秀逸、沖遠、和平、流麗、精工、莊嚴、奇峭，名家所擅，大家之所兼也。浩瀚、汪洋、錯綜、變幻、渾雄、豪宕、閎廓、沉深，大家所長，名家之所短也。

詩最可貴者清，然有格清，有調清，有思清，有才清。才清者，王、孟、儲、韋之類是也。若格不清則凡，調不清則冗，思不清則俗。王、楊之流麗，沈、宋之豐蔚，高、岑之悲壯，李、杜之雄大，其才不可概以清言，其格與調與思，則無不清者。

絕澗孤峰，長松怪石，竹籬茅舍，老鶴疏梅，一種清氣，固自迴絕塵囂。至於龍宮海藏，萬寶具陳，鈞天帝廷，百樂偕奏，金關玉樓，群真畢集，入其中，使人神骨冷然，臟腑變易，不謂之清可乎！故才大者格未嘗不清，才清者格未必能大。

清者，超凡絕俗之謂，非專於枯寂閒淡之謂也。婉者，深厚雋永之謂，非一於軟媚纖靡之謂也。子建、太白，人知其華藻，而不知其神骨之清；枯寂閒淡，則曲江、浩然矣。杜陵人知其老蒼，而不知其意致之婉；軟媚纖靡，則六代、晚唐矣。

十九首後，得其調者，古今曹子建而已。三百篇後，得其意者，古今杜子美而已。元亮之高，太白之逸，自是詞壇絕步，但入此二流不得。

　　畫家最重逸格，惟書家論亦然。昔人至品諸神妙之上，乃以張顛、懷素、孫位、米芾輩當之，其能與鍾、王、顧、陸并乎？雖謂書畫無逸品可也。千古詞場稱逸者，吾於文得一人，曰莊周；於詩得一人，曰李白。知二子之爲逸，則逸與神，信難優劣論矣。

　　靖節清而遠，康樂清而麗，曲江清而澹，浩然清而曠，常建清而僻，王維清而秀，儲光羲清而適，韋應物清而潤，柳子厚清而峭，徐昌穀清而朗，高子業清而婉。

　　唐人鮮爲康樂者，五言短古多法宣城，亦以其朗豔近律耳。

　　中唐“風淪歷城水，月倚華陽樹”，晚唐“猿啼洞庭樹，人在木蘭舟”，宋人“雨砌墮危芳，風軒納飛絮”，皆句格之近六朝者。

　　初唐律，有全作齊、梁者，王翰“春氣滿林香”是也。中唐律，有全作齊、梁者，劉方平“新歲芳梅樹”是也。

　　“十五嫁王昌，盈盈入畫堂”，是樂府本色語，李邕以爲小兒輕薄，豈六朝諸人製作全未過目耶？唐以詩詞取士，乃有此輩，可發一笑。晚近紛紛競述其語，尤可笑也。

　　劉元濟“龜山帝始營”一首，爲唐五言長篇之祖，藻繪有餘，神韻未足耳。怨詩一聯云“虛牖風驚夢，空牀月壓顰”，精絕不減六朝。又上官儀“鵲飛山月曙，蟬噪野風秋”，音響清越，韻度飄揚，齊、梁諸子，咸當斂衽。

　　于鵠公子行云："少年初拜大長秋，半醉垂鞭見列侯。馬上抱雞三市鬥，袖中攜劍五陵游。玉簫金簡迎歸院，錦袖紅妝擁上樓。更向苑中新買宅，碧波春水入門流。"鵠中唐人，此作頗有古意，起結甚佳。元人"萬種閒愁"散套，全用此頷聯，何氏談叢稱爲第一，蓋未見鵠詩故。然是篇諸家不選，漫錄此。

　　巫山高，唐人舊選四篇，當以皇甫冉爲最。然劉方平"楚國巫山秀"一篇亦佳。方平中唐人，題梅花五言律，用修謂可配太白。此作於齊、梁不多讓也。

　　七言律以才藻論，則初唐必首雲卿，盛唐當推摩詰，中唐莫過文房，晚唐無出中山。不但七言律也，諸體皆然，由其才特高耳。

　　元和而後，詩道浸晚，而人才故自橫絕一時。若昌黎之鴻偉，柳州之精工，夢得之雄奇，樂天之浩博，皆大家材具也。今人概以中、晚，束之高閣。若根腳堅牢，眼目精利，泛取讀之，亦足充擴襟靈，贊助筆力。

　　東野之古，浪仙之律，長吉樂府，玉川歌行，其才具工力，故皆過人。如危峰絕壑，深澗流泉，并自成趣，不相沿襲。必薛逢、胡曾，方堪覆瓴瓴。

　　俊爽若牧之，藻綺若庭筠，精深若義山，整密若丁卯，皆晚唐錚錚者。其才，則許不如李，李不如溫，溫不如杜。今人於唐專論格不論才，於近則專論才不論格，皆中無定見，而任耳之過也。

唐人慕艷太白。晚唐張氏子，至自名碧以配之；有李赤者亦然，卒爲廁鬼所魅，皆絕可笑也。〔一〕

飛卿北里名娟，義山狹斜浪子，紫薇綠林傖楚，用晦村學小兒，李賀鬼仙，盧仝鄉老，郊、島寒衲。

芮挺章編國秀，以李嶠“月宇臨丹地”爲第一。王介甫編唐詩，以玄宗“飛蓋入秦中”爲第一。嚴滄浪論七言，以崔顥黃鶴樓爲第一。楊用修編唐絕，以王昌齡“秦時明月”爲第一。然五言律又有主“獨有宦游人”者，七言律又有主“盧家少婦”者，絕句又有主“蒲桃美酒”者，排律又有主王維送僧歸日本者。俱在甲乙間，學者當自具眼。

唐人每同賦一題，必推擅場，如錢起送劉相公、李端與郭都尉之類。今同賦多不傳，即擅場者未必佳也。若高適、岑參、杜甫同賦慈恩寺三古詩，賈至、王維、杜甫、岑參同賦早朝四七言律，宋之問、沈佺期、蘇頲同賦昆明池三排律，沈佺期、皇甫冉、李端、王無競題巫山高四五言律，皆才格相當，足可凌跨百代。就中更傑出者，則慈恩，當推杜作；早朝，必首王維；昆明，之問爲最；巫山，皇甫尤工。

嚴氏謂唐詩八百家，宋人有得五百家者。今傳不過三百餘家，而甚多猥雜，則所不傳者，未足深惜，然亦有幸不幸也。

〔一〕碧字太碧，尤可笑。子贏，亦能詩，見總龜。

　　嘉、隆類刻十二家唐詩，盛行當世。然王、楊、盧、駱格未純，體未備。余欲去四子，而易以李頎、王昌齡、儲光羲、常建，庶便初學服習。蓋常、儲之古，王之絕，李之律，皆品居神妙，多出高、岑諸子上。若四傑當合二張、二蘇、虞世南、劉廷芝、李嶠等集，首以太宗，爲初唐十二家。

　　近又類中唐諸名家，而雜以賈島、張籍等，殊謬。余細酌，當以隨州、蘇州、錢起、李端、盧綸、韓翃、李益、耿湋、司空曙、李嘉祐、皇甫兄弟爲一編。惜湋才不稱，益時稍後，曾集寥寥耳。若郎士元、竇叔向、崔峒、嚴維，雖有集，恐非諸人比。

　　王、楊、盧、駱以詞勝，沈、宋、陳、杜以格勝，高、岑、王、孟以韻勝。詞勝而後有格，格勝而後有韻，自然之理也。

　　芮挺章國秀不取李頎七言律，姚武功極玄不取王維五言絕，殷璠河岳英靈不稱龍標七言絕，當時月旦乃爾。

　　唐宮闈能詩者：徐賢妃、上官昭容、宋若照姊娣、李季蘭、魚玄機、杜羔妻、寇坦母、張窈窕、鮑君徽、薛濤、花蕊輩。然皆篇什一二，遠出當時文士下，非漢、魏婦人比也。

　　太白多率語，子美多放語，獻吉多粗語，仲默多淺語，于鱗多生語，元美多巧語，皆大家常態，然後學不可爲法。右丞、浩然、龍標、昌穀、子業、明卿即不爾，然終不以彼易此。

　　余嘗謂大家如卓、鄭之產，膏腴萬頃，輪奐百區，而磽瘠痺陋，時時有之。名家如李都尉五千兵，皆荊、楚銳士，奇才劍客，然止可當一隊。

　　古大家有齊名合德者，必欲究竟，當熟讀二家全集，洞悉根源，徹見底裏，然後虛心易氣，各舉所長，乃可定其優劣。若偏重一隅，便非論篤。況以甲所獨工，形乙所不經意，何異寸木岑樓，鈎金輿羽哉！正如"朝辭白帝"，乃太白絕句中之絕出者，而楊用修舉杜歌行中常語以當之。然則秋興八篇，求之李集，可盡得乎？他日又舉薛濤絕句，謂李白亦當叩首，則杜在李下，李又在薛下矣。甚矣，可笑也！

　　李、杜二家，其才本無優劣，但工部體裁明密，有法可尋；青蓮興會標舉，非學可至。又唐人特長近體，青蓮缺焉，故詩流習杜者衆也。

　　李、杜皆布衣受知人主，李聲價重生前，杜譽望隆身後。宋以來，評詩不下數十家，皆唶囈語耳。劃除荊棘，獨探上乘者一人，嚴儀卿氏。唐以來，選詩不下數十家，皆管蠡窺測。刊落靡蕪，獨存大雅者一人，高廷禮氏。然二君識俱有餘，才并未足，故其自運，不啻天壤。

　　唐至宋、元，選詩殆數十家，英靈、國秀、間氣、極玄，但輯一時之詩；荊公百家，缺略初、盛；章泉唐絕，僅取晚、中；至周弼三體，牽合支離；好問鼓吹，薰蕕錯雜。數百餘年未有得要領者。獨楊伯謙唐音頗具隻眼，然遺杜、李，詳晚唐，尚未盡善。蓋至明高廷禮品彙而始備，

　　正聲而始精，習唐詩者必熟二書，始無他歧之惑。楊氏極詆
之，何也？

　　正聲於初唐不取王、楊四子，於盛唐特取李、杜二公，
於中唐不取韓、柳、元、白，於晚唐不取用晦、義山，非凌
駕千古膽、超越千古識不能。用修於此四者，政不能了了，
宜其輕於持論也。

　　正聲不取四傑，余初不能無疑。盡取四家讀之，乃悟廷
禮鑒裁之妙。蓋王、楊近體，未脫梁、陳；盧、駱長歌，有
傷大雅。律之正始，俱未當行。惟照鄰、賓王二排律合作，
則正聲亟收之。至李、杜二集，以前諸公未有敢措手者，而
廷禮去取精核，特愜人心。真藝苑功人，詞壇偉識也。

　　嚴羽卿之詩品，獨探玄珠；劉會孟之詩評，深會理窟；
高廷禮之詩選，精極權衡。三君皆具大力量，大識見，第自
運俱未逮。嚴極稱盛唐，而調仍中、晚；劉其尊李、杜，而
格僅黃、陳；高稍作初唐語，亦才影響耳。然不可以是掩其
所長。如近李于鱗選唐詩，與己所作略無交涉。若并波及其
詩，則非公論也。

　　沈雲卿龍池篇用經語，不足存，而于鱗亟取之。老杜
律僅七篇，而首錄張氏隱居之作，既於輿論不合，又己調不
同。英雄欺人，不當至是。

　　花卿蓋歌伎之姓，“此曲祗應天上有”，本自目前語。而
用修以成都猛將當之，且謂僭用天子禮樂，真癡人說夢也。

　　杜諸將詩：“昨日玉魚蒙葬地，早時金盌出人間。”說者

謂杜本用茂陵“玉盌遂出人間”語，以上有“玉魚”字，遂易作“金盌”。或謂盧充幽婚自有金盌事，杜不應竄易原文。然單主盧充，又落汙漫。二說迄今紛拏，不知杜蓋以“金盌”字入“玉盌”語，一句中事詞串用，兩無痕跡。如伯夷傳雜取經子，鎔液成文，正此老爐錘妙處，而注家坐失之。淮陰侯云：“此自兵法，顧諸君不省耳。”余於注杜者亦云。

沈雲卿有答魑魅詩云：“魑魅來相問，君何失帝鄉？”中復云：“影答余他歲，恩私宦洛陽。”按遷謫流人，往往以魑魅爲言。沈詩首及帝鄉，作魑魅問亦可，然不應託影答辭。沈蓋用莊子“魍魎問影”語。“魑魅”二字，“魍魎”之誤。

“客衣筒布細，山舍荔枝繁”，韓翃詩，見本集。又高仲武中興間氣稱之。楊氏苦纏劉夢得，非也。

杜：“拭淚沾襟血，梳頭滿面絲。”崔峒“淚流襟上血，髮白鏡中絲”，全首擬杜，亦婉切可觀，而力量頓自懸絕。

陳子昂懷古詩“丘陵徒自出”，方萬里云“此句疑有脫誤”，不知用穆天子傳“白雲在天，丘陵自出”語也。

李群玉贈歌妓：“貌態祇應天上有，歌聲豈合世間聞。”蓋祖襲杜語也，證此益明。

杜“野日荒荒白，江流泯泯清”，劉評“‘荒荒’最警，‘泯泯’略稱意”，似不滿下句，誠然。第疊字最難，此又疊字中最警語，對屬尤不易工。一日偶讀杜“山市戎戎暗，江雲淰淰寒”，以下五字屬前聯上五字，銖兩既敵，而駢偶天成，不覺自爲擊節。昔人有以“雨荒深院菊”“風約半池萍”爲的對者，彼特常格常語耳。

李獻吉“層崖客到蕭蕭雨，絕頂人居淰淰寒”，張助父“蕭蕭哀鴻參斷吹，戎戎寒霧挾飛濤”，皆用杜後聯字。張又有“楮葉熒熒遙入宋，楊花冉冉獨游梁”之句，并奇。

己上人茅齋，注：“歐陽公云齊己也。”按己與貫休同出晚唐，政鄭谷輩同時，何緣與杜相值？此不必辯。但僞託六一語，聊爲洗之。

杜警句衆所膾炙外，排律中如“遠山朝白帝，深水謁夷陵”“蛟龍纏倚劍，鸞鳳夾吹蕭”，用字極工而不覺巧。此類甚衆，學者當細求。

“素練風霜起”，指所畫鷹甚明。劉以素練如霜，非是。

明詩流談漢、魏者徐昌穀，談六朝者楊用修，談盛唐者顧華玉。三君自運，大略近之。然昌穀才本麗而澄之使清，故其爲漢、魏也，間出齊、梁；用修才本穠而炫之以博，故其爲六朝也，時流溫、李；華玉持論甚當，見亦甚超，第主調不主格，又才不逮二君，故但得唐人規模，而骨力遠矣。

馮汝言古詩紀，兩京以至六代，靡不備錄，有功於古者也。計敏夫唐詩紀事，隋末以至梁初，靡不兼收，有功於唐者也。

薛君采云：“王右丞、孟浩然、韋蘇州詩，讀之有蕭散之趣，在唐人可謂絕倫。太白五言律多類浩然，子美雖有氣骨，不足貴也。”此論不爲無謂。才質近者，循之亦足名家。

然是二乘人說法，於廣大神通，未曾透入。

樊少南初唐詩敍云："詩自刪後，漢、魏爲近。漢、魏後，六朝滋盛，然風斯靡矣。至唐初，無古詩而律詩興；律詩興，古詩不得不廢。精梓匠則粗輪輿，巧陶冶則拙函矢，何況達玄機、神變化者哉！"觀此，則李于鱗前，唐古已有斯論，然李、杜大篇，前代所無，不得盡置也。

唐人語云："蘇、李居前，沈、宋比肩。"詩話謂蘇武、李陵，非也。漢蘇、李未有律詩，於沈、宋何與？蓋謂蘇味道、李嶠，與佺期、之問同輩，而年行差前。

皮日休云："謝朓詩句精者，'露滋寒塘草，月映清淮流'。"二語乃何遜詩，非謝朓也。

王之渙或作王渙之，然之渙兄之咸、之賁，皆有文名，當作之渙爲是。

段成式西陽雜俎有天咫、玉格、壺史、貝編等目，淹貫者不能得其要領。然唐人如徐彥伯，以龍門爲虬戶，金谷爲銑溪，竹馬爲篠驂，月兔爲魄兔，變易故常，求取新特，一時效倣，謂之澀體，非紀載明白，後人何自知之？成式西陽篇目，當亦此類耳。

韋蘇州："春潮帶雨晚來急，野渡無人舟自橫。"宋人謂滁州西澗，春潮絕不能至，不知詩人遇興遣詞，大則須彌，小則芥子，寧此拘拘？癡人前政自難說夢也。

又張繼"夜半鐘聲到客船"，談者紛紛，皆爲昔人愚弄。詩流借景立言，惟在聲律之調，興象之合，區區事實，彼豈暇計？無論夜半是非，即鐘聲聞否，未可知也。

蘇若蘭璇璣詩，宛轉反覆，相生不窮，古今詫爲絕唱。
余讀高達夫集，有進王氏瑞詩表云："瑯琊王氏，於天寶二
載，撰回文詩八百一十二字，循環有數，若寒暑之推遷；應
變無窮，謂陰陽之莫測。"則亦當不在蘇下，而湮滅莫傳，
殊可慨也。

蘇伯玉妻盤中詩，謂宛轉書於盤中者，則當亦回文之
類。今其詩在，絕奇古。如"空倉雀，常抱饑。吏人妻，夫
見希""黃者金，白者玉。姓者蘇，字伯玉。家居長安身在
蜀"，皆三七言。不知當時盤中書作何狀，必他有讀法，不
可考矣。〔一〕

楊盈川姪女臨鏡曉妝詩："林鳥驚眠罷，房櫳曙色開。
鳳釵金作縷，鸞鏡玉爲臺。妝似臨池出，人疑向月來。自憐
方未已，欲去復徘徊。"整麗精工，齊、梁妙詣，唐女子無
能及者。

宋若照姊娣五人，咸負時名。古今女子一門者，無盛於
此。然製作寥寥，絕無表見，豈亦名浮其實耶？

吉中孚列大曆才子，而篇什殊不經見。獨其妻張氏有拜
月七言古，可參張籍、王建間。

天寶中，李康成選輯玉臺後集，自載詩八首，如："自
君之出矣，絃吹絕無聲。思君如百草，撩亂逐春生。"又題

〔一〕或云當從中央周四角，即讀法也。

河陽女五十三韻，欲與木蘭歌方駕，末云："因緣倘會合，萬里猶同鄉。運命倘不諧，隔壁無津梁。"見劉克莊集中。今諸詩選不收，紀事、品彙號瀚博，亦不及其名姓，乃知唐人詩散佚衆矣。

品彙姓氏、年代、官職不可考者，國秀集得四人：金部員外郭良、陳王掾張愕、進士樓穎、右武衛錄事李收，皆當是初、盛唐間人。

杜常、方澤、李九齡，皆宋人，自洪景盧誤輯，趙昌父、周伯弼因之，遂爲唐人，非也。胡宿、譚用之亦皆宋人，鼓吹誤收。

洪景盧號博洽，而取何遜詩入唐絕中，此最可笑。

劉昭禹，婺州人，與李涉同時，常云："覓句如掘得玉匣子，底必有蓋，在精心求之。"時稱名喻。

宋雍初無令譽，及嬰瞽疾，詩名始彰。見雲溪友議，當在中、晚間。賈馳與李頻同時，裴交泰元、白同時，盧宗回元和進士。孫昌胤見子厚集，亦元和朝士也。

唐初王、楊、盧、駱、李百藥、虞世南、陳子昂、宋之問、蘇頲、李嶠、二張輩，俱詩文并鳴，不以一長見也。開元李、杜勃興，詩道大盛，孟浩然、沈千運等，遂獨以詩稱，而文不概見。王維、賈至，其文間有存者，亦詩之附庸耳。元和韓、柳崛起，文體復古，李習之、皇甫湜輩，遂獨以文顯，而詩不概見。李觀、歐陽，其詩間有存者，亦文之駢拇耳。

　　盛唐蕭穎士、李華、元結，文名皆藉甚當時，而湮沒異代者，前掩於王、楊，後掩於韓、柳也。中唐白居易、劉禹錫、元稹詩，皆播傳四裔，而不滿後人者，一擯於李、杜，再擯於錢、劉也。然蕭、李名浮其實，即非諸子掩之，固自難矣。劉、白時代壓之，格律稍左，其才故自縱橫。

　　柳儀曹曰：“張燕公以著述之餘，攻比興而莫能極。張曲江以比興之暇，攻著述而不克備。唐興以來，稱是選而不作者，梓潼陳拾遺。”馬端臨氏曰：“拾遺詩語高妙，至他文則不脫偶儷，未見其異於王、楊、沈、宋也。”按昌黎“國朝盛文章，子昂始高蹈”，中及李、杜而末言孟郊，其意蓋專在於詩。柳言頗過，故應馬氏有異論也。

　　子美以賦敵揚雄、相如，詩親子建，方駕屈、宋，同游陶、謝。而以庾信、鮑照、陰鏗、蘇端、薛復擬太白，一何顛倒豪傑也。“飯顆山頭”之句，苦無事實，未爲深譏。世徒以太白儇輕，而少陵尤巧矣。

　　世以供奉、拾遺皆死於酒，而皆死於水，皆非也。太白晚依宗人李陽冰，終於紫極宮；少陵將歸襄郡，終潭嶽間。采石固謬，耒陽亦未可憑。

　　唐詩之拙怪者，咸以盧玉川、馬河南，開元間任華已先之矣。唐文之軋茁者，咸以皇甫湜、樊宗師，天寶間元結已先之矣。

　　樊宗師文，詰曲聱牙，古今所駭。絳守居園外、越王樓序幾於夷語鳥音，而詩獨平暢典則，亦一異也。

唐趙驎云："裴晉公鑄劍戟爲農器文，觀其氣概，已有立殊勳、致太平意。進士李爲作輕、薄、暗、小四賦。李賀樂府，多屬意花草蜂蝶間。二子身名終不遠大，有以也。"按驎以著作覘人品，未必盡然，然大是詩家三昧。試以李、杜諸作置溫、韋、羅、鄭間觀之，興象規模，居然自見，不待智者而審矣。

司空圖云："杜子美祭房太尉文，李太白佛寺碑贊，宏拔清麗，乃其歌詩也。張曲江五言沉鬱，亦其文筆也。韓吏部歌詩驅駕氣勢，若掀雷挾電，撐決天地之垠。柳州探蒐深遠，俾其窮而克壽，抗精極意，則非瑣瑣可輕議其優劣。"蓋自唐已有詩文各擅之說，圖爲此論以破之。

圖又與王駕評詩云："沈、宋始興之後，傑出於江寧，宏肆於李、杜，極矣。右丞、蘇州，趣味澄夐，若清沇之貫達。大曆諸才子，抑又次焉。元、白力勍而氣孱，乃都邑之豪估耳。劉夢得、楊巨源亦各有勝會。閬仙、無可、劉得仁輩，時得佳致，足滌煩襟。厥後所聞，逾褊淺矣。"按唐人評騭當代詩人，自爲意見，挂一漏萬，未有克舉其全者。惟圖此論，擷重概輕，繇鉅約細，品藻不過十數公，而初、盛、中、晚，肯綮悉投，名勝略盡。後人綜核萬端，其大旨不能易也。

獨孤及云："沈、宋既沒，王右丞、崔司勳復崛起開元、天寶間。"殊不及李、杜。至元微之而杜始尊，李雖稍厄，亦因杜以重。至韓退之而光焰萬丈矣。豈二子亦有待哉！

太白始見司馬子微，遂有神游八極之賞；中偕吳筠嘯傲

剡中，賀知章傾倒白下；晚劇喜韋渠牟，要以代興。四人皆
道士也，余嘗笑此老一生與黃冠有緣。

　　賀知章素貴，晚乞黃冠，蓋不過歲餘。吳筠以薦爲翰林
承旨。韋渠牟後相德宗，傾險敗節。獨承禎應聘不屈，一代
高士也。唐世以羽流顯者甚衆，魏玄成初亦爲道士，〔一〕尹愔
至散騎常侍，吉中孚至侍郎，曹唐止從事，始終羽服不變。
惟承禎、退之兩司馬，而承禎尤偉也。〔二〕

　　唐羽流還俗，率顯榮，而緇流還俗，多偃蹇。如賈島、
周賀之類，窮厄終身，較爲僧但多髮耳。獨馬嘉運至學士，
而蔡京節使以輕躁敗名。

　　韋渠牟初學詩，既去爲道士，又去爲浮屠，又長髮還
俗，不數年至宰相。跡其變詐百出，蓋奸人之雄也，今但知
其爲道士。唐末繆島雲者，嘗爲僧，詠瀑布“白鳥遠行樹，
玉虹孤飲潭”二語甚奇，而世不甚傳。

　　武媚娘尼僧，長髮至皇后；楊太真女冠，入宮至貴妃，
皆婦人還俗者也。李季蘭後爲女冠，其始末不可考。

　　昌黎一代斗山，而文字殊不爲廟堂重。生平紀述時政，惟
平淮西碑及順宗實錄。而淮西碑以愬妻膚受，改命段文昌。順
宗錄亦以記載失實，更命史官再撰；適昌黎壻李漢、蔣系并在
經局，路隨力言於朝，因得不廢，然韋處厚竟別輯順宗錄。二

──────────────

〔一〕見唐新語。
〔二〕孫思邈品格冠代，似不專道流，軒轅集樸，弗若承禎文也。自餘張
果、葉法善、羅公遠輩，非此例。軒轅彌明即韓公，知詩者無煩多語。

事絕類，皆文字之不遇也。今韋書不傳。段碑載唐文苑，優劣固已較然。姚鉉選文粹，仍載段碑而沒韓作，何哉？〔一〕

裴晉公與人書：“昌黎韓愈，舊識其人，信美才也。近有傳其作者云，不以文爲制而以爲戲，可乎？”蓋謂毛穎、送窮等作也。五代劉昫修唐書，至以愈文爲大紕繆，亦指此類。今遍讀唐三百年文集，可追西漢者僅毛穎一篇，送窮亦出揚雄逐貧上，而當時議論如此。匪昌黎自信，戞乎難哉！

昌黎子昶，頗負不慧聲，然亦舉進士。而二壻李漢、蔣系，并爲史官，名重一時。今但知有漢而已。按系，蔣薦子，屬辭典實有父風，嘗理宋申錫之冤，舉朝稱其鯁亮，則其人尤可重也。李翱二壻皆顯，而三甥入相，子亦無聞。孟郊、賈島，咸云無嗣。〔二〕

漢稱蘇、李，唐稱李、杜，尚矣。漢之李、杜，唐之蘇、李，亦人所共知。博雅之士，引證李、杜凡數處，而有未盡者。以唐一代言之，蘇味道、李嶠外，蘇瓌、李嶠并爲宰相，蘇頲、李乂對掌絲綸，咸稱蘇、李，是唐有三蘇、李也。李白、杜甫外，杜審言、李嶠結友前朝，李商隱、杜牧之齊名晚季，咸稱李、杜，是唐有三李、杜也。又杜贈李銜有“李杜齊名真忝竊”之句，銜亦當能詩耶！

魏稱王、劉，唐亦有王、劉，王勃、劉允濟是也。宋稱

〔一〕一說謂退之順宗錄止改定韋書，而史無明證，未知孰是。
〔二〕其說互異，詳別則中。韓門諸士，惟皇甫湜子松、歐陽詹姪秬稍有聞云。

　鮑、謝，唐亦有鮑、謝，鮑防、謝良弼是也。〔一〕

　　子美又與盧象齊名，劉夢得云"高名如盧、杜"是也。
太白又與吳筠齊名，見唐史。雖擬非其倫，時亦矯矯。

　　漢有大馮君、小馮君，唐有大秦君景通、小秦君煒，魏
有大王東陽、小王東陽，〔二〕梁有大劉南郡、小劉南郡之遴、之
亨，皆切對。至漢大冠杜子夏、小冠杜子夏，已可笑。而宋
有大髯孫學士、小髯孫學士，尤可笑也。

　　蘇頲以父瓌故稱小許公。杜審權與悰，俱位將相，而悰
稍先，時稱審權小杜公。一以封，一以姓也。又杜牧亦稱小
杜。鄭絪、鄭餘慶，一南鄭，一北鄭，與阮氏同。

　　劉長卿六言二絕，本一首也。諸選以唐少六言絕，故析
爲二。舊見雜說中，亦有辯訂者，而不能詳。偶閱康駢劇談
錄，載此甚悉，因錄之：其調本名謫仙怨，明皇幸蜀，路感
馬嵬，索長笛製新聲，樂工一時競習。長卿左遷睦州，因祖
筵吹此曲，遂製詞填之，而不及馬嵬事。大率六朝及唐樂府
例如此，兼明皇新創，長卿未必知本末也。竇弘餘補之云：
"胡塵犯闕衝關，金輅提攜玉顏。雲雨此時消散，君王何日
歸還？傷心朝恨暮恨，回首千山萬山。獨望天邊初月，蛾眉
猶在彎彎。"駢又續之云："晴山礙日橫天，綠疊君王馬前。
鑾輅西巡蜀國，龍顏東望秦川。曲江魂斷芳草，妃子愁凝暮

────────────
〔一〕唐韋述、柳芳，亦號韋、柳。又初唐崔信明、蘇某，亦號崔、蘇。
皆稍僻者。
〔二〕附載儉傳。

煙。長笛此時吹罷，何言獨爲嬋娟。"觀此，則劉作非絕句
甚明。二人詞亦工麗，不及劉天然耳。竇，台州刺史。駢著
劇談錄，往往載乾符以後事，當是唐末人。二詩計氏紀事不
收，且并姓名俱不錄，因識此。又紀李賀事，謂元稹嘗以詩
謁賀，賀曰："明經擢第，何事來看？"元大怒，遂以父諱
事沮其進。按元稹與韓同輩，賀晚出最少，何應有此？蓋傳
聞之誤也。然唐明經爲世所輕，亦可見矣。

　　中宗時詞臣，世知有東方虬，然又有東方顥。玄宗時倖
臣，世知有牛仙客，然又有牛仙童。東方顥見趙冬曦傳，牛
仙童見蕭嵩傳。賀知章於尹知章，王昌齡於張昌齡，皆同有
時名，今王、賀顯而張、尹詩文不傳。然博雅士屈指瞭然，
以史傳灼灼故也。至如趙彥昭、許彥昭，徐彥伯、李彥伯之
類，明滅於殘螢斷蠧間，非老宿未易兼舉。〔一〕

　　盧仝、馬異、孟郊、賈島，并出一時。其詩體酷類，已
爲奇絕；其名皆天生的對，尤爲奇也。

　　劉軻之名軻也，以繼孟也；李赤之名赤也，以配白也；
李洞學浪仙，至範其象曰賈島佛；紹威慕羅隱，自名其集曰
偷江東，皆可笑。然律之活剝生吞，猶爲愈也。

　　竇羣性溫裕，不能持論，每議事之際，吻動而不發，白
居易目爲囁嚅翁。蘇味道遇事持兩端，號爲模棱手。二事雅

〔一〕崔宗之名成甫，紀事作二人，誤。韓偓字致堯，刻多作致光，非也。
見紀事偓下，有辯甚明，而紀事別見又作致光，錄者誤也。

堪作對。〔一〕

　　司空圖有一鳴集，而張沈有一飛集，大是笑資。一鳴猶可解說，一飛何物語耶！又盧肇有愈風集，章震有摩盾集，用陳琳、荀濟事，并足嗤也。

　　唐詩人同名甚衆，一時并起者尤易混淆，今漫記此：劉鄴、盧鄴、李鄴、于鄴、羅鄴、曹鄴。韋丹、劉丹、吳丹、丘丹、李丹、鄭丹。包融、崔融、房融、元融、吳融。劉憲、曹憲、溫憲、湯憲。崔群、盧群、竇群、呂群。崔琮、韓琮、杜琮、賈琮。張說、邵說、裴說、韋說。胡元範、崔元範、周元範、李元範。王光庭、杜光庭、裴光庭、丘光庭。郎餘慶、鄭餘慶、陸餘慶。韋建、蕭建、常建、王建。高嶠、牛嶠、徐嶠、李嶠。苑咸、竇咸、李咸、崔咸。胡皓、徐皓、袁皓、常皓。周賀、李賀、程賀。雍陶、陳陶、顧陶。竇常、鄭常、杜常。樊澤、丁澤、方澤。元載、符載、褚載。錢起、張起、王起。王翰、陶翰、李翰。丘爲、江爲、張爲。薛白、房白、李白。蕭華、李華、任華。夏鴻、楊鴻、盧鴻。〔二〕李邕、宋邕、賈邕。何扶、唐扶、魏扶。高球、康球、孟球。盧休、裴休、韓休。高駢、盧駢、胡駢。李渥、韓渥、盧渥。孟郊、崔郊、袁郊。柳彬、沈彬、朱彬。蘇渙、蔣渙、王渙。姚發、苗發、盧發。徐商、陳

〔一〕又李林宗亦謂樂天囁嚅公，豈即以樂天譏竇語耶？
〔二〕從新書，舊作盧鴻一。

商、劉商。王彎、朱彎、劉彎。彭伉、劉伉、馮伉。柳渾、許渾、張渾。邵真、劉真、盧真。賈曾、平曾、胡曾。劉象、盧象、衞象。薛收、徐收、楊收。蔣防、鮑防、閻防。楊巙、郭巙、李巙。自餘二人同名，若王維、嚴維、崔顥、鄭顥甚衆，并不錄。

　　唐輕薄子彈摘人詩句，若衞子、鷀鴣、失猫、尋母之類，至今笑端。余謂此不必泥，顧其句何如耳？數詩淺俗鄙夷，即與所譏不類，寧免大雅盧胡。如孟浩然"春眠不覺曉"二十字，清新婉約，縱輕薄姍侮萬端，亦何害其美哉！〔一〕

　　自宋有田莊牙人之說，詩流往往惑之，此大不解事者。盛唐"窗中三楚盡，林外九江平"、中唐"東屯滄海闊，南瀼洞庭寬"、晚唐"到江吳地盡，隔岸越山多"，皆一時警句。杜如"地利西通蜀，天文北照秦"，尤不勝數，何用爲嫌？惟近時作者粘帶皮骨太甚，乃反覺有味斯言耳。

〔一〕無名子以浩然"春眠"一絕爲盲子詩。

外編卷五

宋

黃、虞而上，文字邈矣。聲詩之道，始於周，盛於漢，極於唐。宋、元繼唐之後，啓明之先，宇宙之一終乎！盛極而衰，理勢必至，雖屈、宋、李、杜挺生，其運未易爲力也。

擬古於近，宋、元其陳、隋乎！古體至陳，本質亡矣。隋之才不若陳之麗，而稍知尚質，故隋末諸臣，即爲唐風正始。近體至宋，性情泯矣。元之才不若宋之高，而稍復緣情，故元季諸子，即爲昭代先鞭。

詩之筋骨，猶木之根幹也；肌肉，猶枝葉也；色澤神韻，猶花蕊也。筋骨立於中，肌肉榮於外，色澤神韻充溢其間，而後詩之美善備。猶木之根幹蒼然，枝葉蔚然，花蕊爛然，而後木之生意完。斯義也，盛唐諸子庶幾近之。宋人專用意而廢詞，若枯柿槁梧，雖根幹屈盤，而絕無暢茂之象。

元人專務華而離實，若落花墜蕊，雖紅紫嫣熳，而大都衰謝之風。故觀古詩於六代、李唐，而知古之無出漢也；觀律體於五季、宋、元，而知律之無出唐也。

　　宋室諸君雖皆留意翰墨，而篇什佳者殊寡。藝祖"未離海底千山黑，纔到天中萬國明"，俚語偶中律耳。彈壓徐鼎臣，自是貴勢，非以詩也。獨神宗挽秦國五言律，精深婉麗，字字唐人，宋世無能及者。今錄全首於後："曉發城西道，靈車望更遙。春風寒魯館，明月斷秦簫。塵入羅衣暗，香隨玉篆消。芳魂無北渚，那復可爲招！"又二首亦工，"明月留歌扇，殘霞散舞衣""蕭條會稽市，無復獻珠人"，皆有唐味。

　　高宗行幸錢塘五言古，宏壯和平，大有魏、晉遺意。今併錄於此云："六龍轉淮海，萬騎臨吳津。王者本無外，駕言蘇遠民。瞻彼草木秀，感此瘡痍新。登堂望稽山，懷哉大禹勤。"又石刻一聯"秋深清見底，雨過碧連空"，亦佳。又漁父詞三章，見說郛。

　　昭陵賞花釣魚、阜陵臨幸秘省二七言律，亦和平可誦，然是宋人格調。

　　宋人詩話，又載藝祖所詠，本長短句，謂七言是史臣潤色。末云："須臾走向天上來，趕卻殘星趕卻月。"乃詠日詩，或當得其實也。

　　庚溪詩話又兩載藝祖題月及初日詩，題月十四字與諸說同。初日詩云："太陽初出光烄烄，千山萬山如火發。一輪

頃刻上天衢，趕退群星與殘月。”蓋或藝祖原有此二篇，示
徐鉉者，自當是題月詩，以鉉本誇後主秋月詩故也。

　　太宗嘗召盧多遜賦新月詩，又詔李昉等輯三大類書，每
乙夜必進數卷，亦留意文學者。若其人天資忮克，不足道也。
真宗命楊億修元龜，屬陳彭年校核誤處，必加簽貼。今前代
遺文僻事，實賴諸書以考見云。

　　仁廟每進士放榜必賜詩。景祐元年賜進士詩，末句“寒
儒逢景運，報德合何如”，宋人咸所贊嘆。然是漢、唐後王
者語意，不若阜陵“稽古右文慚菲德，禮賢下士法前王”退
然沖挹也。“宮袍草色動，仙籍桂香浮”亦佳。

　　光堯題金山一絕云：“屹然天立鎮中流，彈壓東南二百
州。狂虜來臨須破膽，何勞平地戰貔貅！”殊不類其人。

　　徽宗宮詞一卷，今合王建、花蕊、王珪爲四家行於世。
然元豐初，宦者王紳亦賦宮詞百篇，溫公詩話尚載其二首云。

　　徽宗宮詞佳者，如：“嬌雲溶漾作春晴，繡轂清風出鳳
城。樓上紅妝爭笑語，隔簾遙聽賣花聲。”“小雨輕飛濕燕泥，
萬花零落柳垂堤。紫清宮闕人稀到，廊上雙雙孔雀棲。”“小
桃初破未全香，清晝金胥漏已長。臨罷黃庭無一事，日移花
影上回廊。”“秦娥從小學宮韶，卻愛仙音逸韻飄。應慕鳳臺
仙史伴，夜闌時按白牙簫。”“銷金花朵遍輕羅，剪作春衣
賜下多。鬬薄袛貪腰似柳，夜深無奈峭寒何！”皆可觀。孝
宗飛來峰一歌亦有格，見西湖志餘。

　　說郛載宣和帝一絕云：“徹夜西風撼破扉，蕭條孤館一

燈微。家山回首三千里，目斷天南無雁飛。”此蓋北狩時旅中作也，意殊可悲。又欽宗：“紇干山頭凍死雀，何不飛去生處樂？”當時父子情況如此，豈止令人酸鼻！“紇干山雀”詩，時或以爲昭宗。虞伯生題宣和竹雀一絕云：“染墨寫琅玕，深宮春晝間。蕭條數枝雪，不似紇干山。”翻剔殊佳，第亦不堪讀也。少帝入元一絕：“寄語林和靖，梅花幾度開？黃金臺下客，應是不歸來。”意愈悲而讀之不露，殊有唐風，然可哀愈甚矣。

五代之能詩者：王仁裕、孫光憲、皮光業、韓熙載、和凝、徐鉉兄弟。今集多不傳，散見諸小說中。李建勳、杜荀鶴、吳融、韓偓、羅隱諸詩，列唐百家，皆與梁、後唐相及者。余別蒐錄雜編中，俾不混宋初云。

自李商隱、唐彥謙諸詩作祖，宋初楊大年、錢惟演、劉子儀輩，翕然宗事，號西崑體。人多訾其僻澀，然諸人材力富健，格調雄整，視義山不啻過之，惟丰韻不及耳。九僧諸作，多在晚唐貫休、齊己上，惠崇尤傑出。如“露寒金掌重，天近玉繩低”“人游曲江少，草入未央深”之類，佳句不可勝數，幾欲與賈島、周賀爭衡。魏野、林逋亦姚合流亞也。二宋之富麗，晏同叔、夏英公之和整，梅聖俞之閒澹，王平甫之豐碩，雖時有宋氣，而多近唐人。永叔、介父，始欲汛掃前流，自開堂奧。至坡老、涪翁，乃大壞不復可理。

“疏影橫斜水清淺，暗香浮動月黃昏”，本唐詩，易二字耳。雖頗得梅趣，至格調音響，略無足取。而宋人一代尊

之，黃、陳亦無異議，何也？古今題梅，五言惟何遜，七言
惟老杜，絕句惟王適，外此無足論者。

歐盛稱聖俞“焚香露蓮泣，聞磬清鷗邁”，蘇盛稱文潛
“衆綠結夏帷，老紅駐春妝”。此等既非漢、魏，又匪六朝，
大率宋人五言古，知尊陶不知法陶，解尊杜不解習杜。作者
賞者，皆夢中語耳。

少游極爲眉山所重，而詩名殊不藉藉，當由詞筆掩之。
然“雨砌墮危芳，風軒納飛絮”，實近三謝，宋人一代所
無。諸古體尚有宗六朝處，惜不盡合，蘇、黃、陳間，故難
自拔也。

二陳五言古皆學杜，所得惟粗强耳。其沉鬱雄麗處，頓
自絕塵。無己復參魯直，故尤相去遠。大抵宋諸君子以險瘦
生澀爲杜，此一代認題差處，所謂七聖皆迷也。工部詩盡得
古今體勢，其中何所不有，而僅僅若此耶？

“青山在屋上，流水在屋下。中有五畝園，花竹秀而
野。”此樂天聲口耳，而坡學之不已。又晚年劇喜陶。故蘇
詩雖時有俊語，而失之太平，由才具高、取法近故也。

無己“主家十二樓”“葉落風不起”二首，於孟協律可
謂絕類，如曰工部，則吾不知。

子瞻極推魯直，而魯直不滿子瞻；“文章妙一世，詩句不
逮古人”，魯直語也。魯直盛稱無己，而無己時輕魯直；“過
於用奇，不若杜之遇物而奇”，無己語也。

無己溫國挽詞精絕，惟“世方隨日化，身已要人扶”，

語頗近鄙，而黃極賞之，吾所未解。

山谷以楚詞自許，當時亦盛歸之。今讀"毀璧""殞珠"等作，殊未見超。荆公寄蔡氏女，乃頗有楚風。邢居實秋風三疊，雖步趨太過，而語語天成，盡謝斧鑿，自王維、顧況皆莫及也。至明而有盧柟。

蘇長公極推秦太虛黃樓賦。謂屈、宋遺風固過許，然此賦頗得仲宣步驟，宋人殊不多見。

宋人一代，沾沾自相煦沫，讀其遺言，大概如入夜郎王國耳。惟朱元晦究心古學，於騷則注釋靈均，於賦則發揚司馬，於詩則指歸伯玉，於文則考訂昌黎，皆切中肯綮，即後世名文章家，不能易也。彼訓詁六經，業已併兼千古，弩末刃餘，復暇及此，才豈易企！

齋居感興雖以名理爲宗，實得梓潼格調。宋人非此，五言古益寥寥矣。世以儒者故爾深文，非論篤也。

六一雖洗削西崑，然體尚平正，特不甚當行耳。推轂梅堯臣詩，亦自具眼。至介甫創撰新奇，唐人格調，始一大變。蘇、黃繼起，古法蕩然。推原科斗時事，實舒王生此厲階，其爲宋一代禍，蓋不特青苗法也。

王平甫不惟論新法異乃昆，詩亦大異介甫，豐碩整麗，不作一奇字怪語，在熙寧足爲名家。禹玉、子京，亦其流也。

張文潛在蘇、黃、陳間，頗自閒澹平整，時近唐人。都官之後，差可亞之。

王禹玉好用貴重字，人目爲至寶丹；秦少游好用豔麗
字，世以爲小石調，絕是天生的對。然二君各有佳處，毋用
爲嫌。

宋人用史語，如山谷"平生幾兩屐，身後五車書"，源
流亦本少陵；用經語，如后山"呪功先服猛，戒力得扶顛"，
剪裁亦法康樂。然工拙頓自千里者，有斧鑿之功，無鎔鍊之
妙。矜持於句格，則面目可憎；架疊於篇章，則神韻都絕。

米元章潮詩，雄麗豪爽，殊不類宋七言律，而不甚傳。

歐陽自是文士，旁及詩詞。所爲廬山高、明妃曲，無論
旨趣，袛格調迥與歌行不同。驚駭俗流可耳，唐突李、杜何
也？滄浪篇、詠雪行，體制稍合，然亦退之後塵。

歐視王，才頗宏而調雜；王視歐，格頗正而調偏。

子瞻雖體格創變，而筆力縱橫，天真爛熳。集中如虢國
夜游、江天疊嶂、周昉美人、郭熙山水、定惠海棠等篇，往
往俊逸豪麗，自是宋歌行第一手。其他全篇，涉議論滑稽
者，存而不論可也。

昔人評郊、島非附寒澀，無所置材。余謂黃、陳學杜瘦
勁，亦其材近之耳。律詩主格，尙可礐鑠自矜；歌行間涉縱
橫，往往束手矣。然黃視陳覺稍勝。

張文潛磨崖碑、韓幹馬二歌，皆奇俊合作，才不如蘇而
格勝。少游梅花殊無佳語，而坡劇賞，何耶？

蔡天啓題申王畫馬圖，雄渾奇麗，抑揚步驟，無不合
節。稍異唐人者，情致不足耳。與郭功甫金山行俱七言古翹

楚，不可全以宋目之。

陳去非短歌學杜，間得數語耳，無完篇。楊廷秀月詩，自謂彷彿太白，絕可與歐作對。

劉辰翁陳去非集序云：“黃太史矯然特出新意，真欲與李、杜爭衡於一字之頃；其極，至寡情少恩，如法家者流。余嘗謂晉人語言，使一用爲詩，皆當掩出古今，無他，真故也。世間用事之妙，豈可馬尾而數，蟲魚而注哉！后山自謂黃出，理實勝黃。其陳言妙語，乃可稱破萬卷者。然外貌枯槁，如息夫人絕世，一笑自難。惟陳簡齋望之蒼然，而光景明麗，肌骨勻稱。古稱陶公用兵，得法外意，以簡齋視陳、黃，節制亮無不及。則后山比簡齋，刻削尚以矜持未盡去也。”右劉評宋三家，切中肯綮，且内多名言快語，錄之。

六一并稱聖俞、子美。梅詩和平簡遠，淡而不枯，麗而有則，實爲宋人之冠。舜欽雖尚骨力，篇什寥寥，一二偶合，豈可并論？

宋之學杜者，無出二陳。師道得杜骨，與義得杜肉；無己瘦而勁，去非贍而雄；后山多用杜虛字，簡齋多用杜實字。

李獻吉云：“黃、陳師法杜甫，號大家。今其詩傳者，不香色流動，如入神廟坐，土木骸即冠服人，等謂之人，可乎？”

何仲默云：“宋人似蒼老而實粗鹵，元人似秀峻而實淺俗。”

大曆而後，學者溺於時趨，罔知反正。宋、元諸子亦有志復古，而不能者，其說有二：一則氣運未開，一則鑒戒未備。蘇、黃矯晚唐而爲杜，得其變而不得其正，故生澀崚嶒而乖大雅。楊、范矯宋而爲唐，舍其格而逐其詞，故綺縟閨閫而遠丈夫。國初因仍元習，李、何一振，此道中興。蓋以人事則鑒戒大備，以天道則氣運方隆。

　　蘇、黃初亦學唐，但失之耳。眉山學劉、白，得其輕淺而不得其流暢，又時雜以論宗，填以故實。修水學老杜，得其拗澀而不得其沉雄，又時參以名理，發以詼諧。宋、唐體制，遂爾懸絕。

　　宋之爲律者，吾得二人：梅堯臣之五言，淡而濃，平而遠；陳去非之七言，渾而麗，壯而和。梅多得右丞意，陳多得工部句。

　　宋初諸人，九僧輩尚多唐韻。惠崇詠鷺云：“曝翎沙日暖，引步島風清。照水千尋迴，棲煙一點明。”置之盛唐，那可復辨？然是一時偶合。寇萊公“野水無人渡，孤舟盡日橫”，乃詞中語。

　　南渡諸人詩，尚有可觀者。如尤、楊、范、陸，時近元和；永嘉四靈，不失晚季。至陳去非宏壯，在杜陵廊廡；謝皋羽奇奧，得長吉風流，尤足稱賞，以其才，則遠不如王、蘇、黃、陳。

　　宋之學陳子昂者，朱元晦；學杜者，王介甫、蘇子美、黃魯直、陳無己、陳去非、楊廷秀；學太白者，郭功父；學韓退之者，歐陽永叔；學劉禹錫者，蘇子瞻；學王右丞者，梅聖俞；學白樂天者，王元之、陸放翁；學李商隱者，楊大年、劉子儀、錢思公、晏元獻；學李長吉者，謝皋羽；學王建者，王禹玉；學晚唐者，九僧。林和靖、趙天樂、徐照、翁卷、戴石屏、劉克莊諸人，亦自有近者，總之不離宋人面目。

諸家外，又有魏仲先、宋子京、王平父、張文潛、呂居仁、韓子蒼、唐子西、尤延之等，大概非崑體，則晚唐、江西耳。

宋五言律近杜者，"地盤三楚大，天入五湖低""萬國車書會，中天象魏雄""夜雨黃牛峽，秋風白帝城""關河先壠遠，天地小臣孤""獨乘金厩馬，遙領鐵林兵""地鄰夔子國，天近穆陵關""峽長深束渭，路險曲通秦"，此得杜之正，盛唐所同者也。

"相逢楚天晚，卻看蜀江流""乾坤德盛大，盜賊爾猶存""爛傾新釀酒，飽載下江船""宵征江夏縣，睡起漢陽城""末路驚風雨，窮邊飽雪霜""輟耕扶日月，起廢極吹噓"，此得杜之偏，宋人酷尚者也。

"令嚴鐘鼓三更月，野宿貔貅萬竈煙""萬馬不嘶聽號令，諸蕃無事樂耕耘""登臨吳蜀橫分地，徙倚湖山欲暮時""四野凍雲隨地合，九河清浪著天流""天開雲霧東南碧，日射波濤上下紅"，此雄麗冠裳，得杜調者也。

"多事鬢毛隨節換，盡情燈火向人明""蕭條寒巷荒三徑，突兀晴空聳二樓""九日清尊欺白髮，十年爲客負黃花""四

壁一身長客夢，百憂雙鬢更春風""五年天地無窮事，萬里
江湖見在身"，此瘦勁沉深，得杜意者也。然調近者不失唐
風，意近者遂成宋格，得失判矣。

去非句，如"湖平天盡落，峽斷海橫通""搖楫天平渡，
迎人樹欲來""風斷黃龍府，雲移白鷺洲""亂雲交翠壁，細
雨濕青林""一時花帶淚，萬里客憑闌"，皆宏麗沉雄得杜體，
且多得杜字法。

無己句，如"百姓歸周老，三年待魯儒""丘原無起日，
江漢有東流""事多違謝傅，天邊奪楊公""公私兩多事，災
病百相催""精爽回長夜，衣冠出廣廷"，皆典重古澹得杜意，
且多得杜篇法。

無己"梅柳春猶淺，關山月自明"、去非"春生殘雪外，
酒盡落梅時"，卻自然有唐味，然不多得。

聖俞如"山邑臨關險，河聲出地長""隴雲連塞起，渭
水入關流"，皆去盛唐不遠。歐"人醒風外酒，馬度雪中關"
之類，亦自軒爽。

宋子京"春邑依林動，晨煙傍戍浮"、劉子儀"雨勢宮
城闊，秋聲禁樹多"，亦頗近盛唐。

宋人語，如"雪消池館初晴後，人倚闌干欲暮時""寒
食園林三日近，落花風雨五更寒""小樓一夜聽春雨，深巷
明朝賣杏花"之類，時咸膾炙，不知已落詩餘矣。

老杜吳體，但句格拗耳。其語如"側身天地更懷古，回
首風塵甘息機""落花游絲白日靜，鳴鳩乳燕青春深"，實皆

冠冕雄麗。魯直"黃流不解浣明月，碧樹爲我生涼秋""蜂房各自開戶牖，蟻穴或夢封侯王"，自以平生得意，遍讀老杜拗體，未嘗有此等語，獨"盤渦鷺浴底心性，獨樹花發自分明"稍類。然亦杜之僻者，而黃以爲無始心印。"天下幾人學杜甫，誰得其皮與其骨"，其魯直謂哉！

　　宋人作拗體者，若永叔"滄江萬古流不盡，白鳥雙飛意自閒"、文潛"白頭青髮有存歿，落日斷霞無古今"，尚覺近之。

　　周尹潛"斗柄闌干洞庭野，角聲淒斷岳陽城"、陳去非"晚木聲酣洞庭野，晴天影抱岳陽樓"，二君同時，二聯語甚相類，皆得杜聲響，未易優劣。

　　七言律，壯者必麗，淡者必弱。唐孟襄陽、張曲江，明徐迪功、高觀察詩，皆以淡爲宗，故力皆屈於七言。古今七言律，淡而不弱者，惟陳無己一家。然老硬枯瘦，全乏風神，亦何取也？

　　宋人五言古，"雨砌風軒"外，可入六朝者無幾，而近體顧時時有之。摘列於左，掩姓名讀之，未必皆別其爲宋也。

　　楊仲猷："新霜染楓葉，皓月借蘆花。"徐鼎臣："落月依樓閣，歸雲擁殿廊。"楊大年："度海鯨波息，登山豹霧清。"林君復："雪竹低寒翠，風梅落晚香。"劉子儀："萬年宮省樹，五色帝家禽。"王禹玉："塔疑從地湧，棟擬入雲飛。"梅聖俞："暮雪懷梁苑，朝雲識楚宮。"石曼卿："寒逾博望塞，春燕隗囂城。"王介甫："梅殘數點雪，麥漲一川雲。"又集

句：“風定花猶落，鳥鳴山更幽。”秦少游：“江河霜練淨，池
沼玉奩空。”〔一〕黃魯直：“呵鏡雲遮月，啼妝露著花。”張文
潛：“幽花冠曉露，高柳颭和風。”朱仲晦：“神女羞捐珮，蛟
人罷獻綃。”〔二〕姜特立：“雪消殘臘外，春到早梅邊。”韓仲
止：“鳥飛晨氣外，蟬噪晚涼初。”劉潛夫：“山頭雲似雪，陌
上樹如人。”郝子玉：“暗螢依露草，驚雀繞風枝。”酈元興：
“疏星涵積水，缺月墮遙山。”皆陳末、唐初遺響也。

宋初僧詩，如希晝“花露盈蟲穴，梁塵墮燕泥”、悟清
“鳥歸花影動，魚沒浪痕圓”，儼是齊、梁。南渡翁卷：“輕
煙分近郭，積雪蓋遙山。”雖陰、何弗過也。〔三〕

宋初及南渡諸家，亦往往有可參唐集者，世率以時代置
之。今摘其合作之句，列於左方。〔四〕

楊仲猷：“雲歸萬年樹，月滿九重城。”姚鉉：“疏鐘天
竺曉，一雁海門秋。”楊諤：“山川百蠻國，雨露九天書。”
陳堯佐：“風樵若耶路，霜橘洞庭秋。”林逋：“夕寒山翠重，
秋淨鳥行高。”徐鉉：“井泉分地脈，砧杵共秋聲。”劉筠：
“日駕方明御，雲旗太乙神。”錢惟濟：“曉陌壺漿滿，春城
騎吹長。”丁謂：“梅花過嶺路，桃葉度江船。”宋祁：“漢樹
臨關密，胡泉入塞流。”權審：“曉霜浮碧瓦，初日上朱欄。”

────────────────

〔一〕東風解凍。
〔二〕雪詩。
〔三〕“分”字余欲易爲“紛”，尤覺本色。
〔四〕凡宋調當時所稱者，大抵不錄。

黃庶：“浪平天影接，山盡樹根回。”歐陽修：“西風酒旗市，
細雨菊花天。”梅堯臣：“地蒸蠻雨接，山潤海雲交。”晁君
成：“驚風時墮笠，零露暗沾衣。”勝甫：“寒日邊聲斷，春
風塞草長。”石曼卿：“玉虹垂地色，銀漢落天聲。”王安石：
“眠分黃犢草，坐占白鷗沙。”蘇軾：“峰多巧障日，江遠欲
浮天。”張耒：“雪意千山靜，天形一雁高。”唐庚：“山轉
秋光曲，川長暝色橫。”朱熹：“日月東西見，湖山表裏開。”
歐陽鈇：“詩成虁子國，人在仲宣樓。”張晉彥：“雲藏岳麓
寺，江入洞庭湖。”文天祥：“雲濕山疑動，天低雨欲垂。”

　　七言如楊仲猷：“雲生萬壑投龍去，月滿千山放鶴歸。”
李昉：“一院有花春晝永，八方無事詔書稀。”錢惟演：“日
上廢陵煙漠漠，春歸空苑水潺潺。”鄭瀣：“水光翠繞九重
殿，花氣濃熏萬壽杯。”宋祁：“草色引開盤馬地，簫聲催暖
賣餳天。”丁謂：“鶯鶯鳳輦穿花過，魚畏龍顏上釣遲。”歐
陽修：“道左旌旗諸將列，馬前弓劍六蕃迎。”王安石：“淮
岑日對朱欄出，江岫雲齊碧瓦浮。”王安國：“朝日衣冠辭魏
闕，春風旗鼓過秦淮。”梅堯臣：“吳娃結束迎新守，府吏趨
蹌拜上官。”蘇軾：“分光御燭星辰爛，拜賜宮壺雨露香。”
秦觀：“照海旌幢秋色裏，激天鼓吹月明中。”張耒：“幽花
避日房房斂，翠樹含風葉葉涼。”王安禮：“陪祠已冠三公
位，分陝猶爲百辟師。”楊萬里：“四川全國牙旗底，萬里長
江羽扇中。”姜光彥：“萬頃秋光天上下，兩山秋色月東南。”
陸游：“小聚數家秋靄裏，平坡千頃夕陽西。”范至能：“燭

天燈火三更市，搖月旌旗萬里舟。"呂居仁："江回夜雨千崖
黑，霜著高林萬葉紅。"趙汝愚："江月不隨流水去，天風常
送海濤來。"朱淑真："水光激浪高翻雪，風力吹沙遠漲煙。"
皆七言近唐句者，此外不多得也。

宋初九僧：一希晝、二保暹、三文兆、四行肇、五簡
長、六惟鳳、七惠崇、八宇昭、九懷古。五言律固皆晚唐
調，然無一字宋人也。盛宋若梅聖俞，雖學王、岑；晚宋若
趙師秀，雖學姚、許，然不無宋調雜之。今摘錄諸人佳句於
左，希晝、惠崇，尤傑出也。

"樹勢分孤壘，河流出大荒""春生桂嶺外，人在海門
西""微陽生遠樹，殘雪下中宵""玉繩天闕近，金柝海城
秋""卷衣城木落，尋寺海山遙""苦霧沉山郭，寒花漲隰
田""禽聲沉遠木，花影動回廊""茶煙逢石斷，棋響入花深"，
希晝句也。〔一〕"陰井生秋早，明河徹曉遲""河冰堅度馬，塞
雪密藏雕""曉風飄磬遠，暮雪入廊深""遺偈傳諸國，留真
在一峰""探騎通番壘，降兵逐漢旗""劍戟明山雪，旌旗
濕海雲""雪多秦水迥，雲盡漢山孤""地遙群馬小，天闊一
雕平""古戍生煙直，平沙落日遲""春淺冰生井，宵分月上
檐""雪殘僧掃石，風動鶴歸松"，惠崇句也。〔二〕"馬放降來
地，雕間戰後雲"，宇昭句也。"海客傳遺偈，鄰僧寫病容"，

〔一〕希晝，蜀人，凡九僧詩須全篇讀之，乃見其異於宋。惜本集不傳，
今略具方氏律髓云。
〔二〕惠崇，楚人。

惟鳳句也。“振錫林煙斷，添瓶澗月分”，簡長句也。“塔古懸圖認，碑荒背燒尋”，行肇句也。“草際沉雲影，杉西露月光”，保暹句也。〔一〕“水邊成半偈，月下了殘經”，懷古句也。“草堂僧語息，雲閣磬聲沉”，文兆句也。

　　諸僧外，浮屠能詩者并錄後：“空林驚墜雪，雨澗咽飛湍。”〔二〕“山光晴後見，瀑響夜深聞。”〔三〕“雪暝迷歸鶴，春寒誤早花。”〔四〕“日暮長安道，秋深太白峰。”〔五〕“久雨寒蟬少，空山落葉深。”〔六〕“笠重吳天雪，鞋香楚地花。”〔七〕又“雲影亂鋪地，濤聲橫在空”“虹收千障雨，潮展半江天”，并佳。

　　宋初諸人學晚唐者，寇平仲“江樓千里月，雪屋一龕燈”，許渾語也；林君復“片月通蘿徑，幽雲在石牀”，姚合語也；潘逍遙“深洞懸泉脈，懸崖露樹根”，賈島語也；魏仲先“妻喜栽花活，兒誇鬥草贏”，王建語也。又五代末皮光業句云：“燒平樵路出，潮落海山高。”晚唐調甚工。

　　宋末諸人學晚唐者，趙師秀“野水多於地，春山半是雲”、徐道暉“流來天際水，截斷世間塵”、張功父“斷橋斜取路，古寺半關門”、翁靈舒“嵐蒸空寺壞，雪壓小庵清”，

─────────────

〔一〕保暹，婺人。
〔二〕道潛。
〔三〕遵式。
〔四〕善珍。
〔五〕休復。
〔六〕秘演。
〔七〕可士。

世亦稱之。然率淺近，不若惠崇輩之精深也。至戴式之、劉克莊輩，又自作一等，晚宋體益下矣。[一]

王禹玉元宵云："雪消華月滿仙臺，萬燭當樓寶扇開。雙鳳雲中扶輦下，六鼇海上駕山來。鎬京春酒霑周燕，汾水秋風陋漢材。一曲昇平人共樂，君王又進紫霞杯。"楊公濟金山云："試上蓬萊第幾洲，寒雲漠漠鳥飛愁。海山亂點當軒出，江水中分繞檻流。天遠樓臺橫北固，夜深燈火見揚州。回船卻望金陵月，獨倚牙旗坐浪頭。"米元章潮詩云："怒氣號聲迸海門，州人傳自子胥魂。天排雲陣千家吼，地擁銀山萬馬奔。勢與月輪齊朔望，信如壺漏報晨昏。吳亡越霸成何事，一唱漁歌過遠村。"蘇子美長橋云："月晃長江上下同，畫橋橫截冷光中。雲頭灧灧開金餅，水面沉沉臥彩虹。佛氏解爲銀世界，仙家多住玉華宮。地雄景勝言難盡，但欲追隨乘曉風。"右四詩皆全篇可觀，雖不純唐調，而冠裳偉麗，宋詩最合作者。因備錄之。

南渡游儀伯莊題岳陽樓云："長川鉅浪拍天浮，城郭參差萬景投。漢水北吞雲夢入，蜀江南繞洞庭流。角聲交送千家月，野邑橫分兩岸秋。黃鶴樓中人不見，卻尋鸚鵡下滄洲。"[二]

西崑倡和今不傳，其詩尙散見宋人詩話及諸選中。世

〔一〕謝翱五言律亦然。

〔二〕此詩渾雄豪麗，有全盛氣，宋世不多見者，而人罕稱述，錄之。

但知楊、劉、錢、晏數子，不知宋初諸名家，往往皆同。蓋一時氣運使然。雖門徑自玉溪生，而才富力强，終是摹隆人物。所恨者刻削未融，筋骨太露耳。今類聚當時所稱，列其佳者以備一體。昔釋迦文與外道角，皆習其道而勝之，然後大衆翕然，咸吾役使，惟詩亦然。

楊大年："風來玉宇烏先覺，露下金莖鶴未知。"錢思公："立候東溟邀鶴駕，窮兵西極待龍媒。"劉子儀："行厨爨蠟雕胡熟，永垾鋪金汗血驕。"晏元獻："秦聲未覺朱絃潤，楚夢先知薤葉涼。"宋景文："風經禦寇仙游外，墅識裨諶草創餘。"〔一〕楊黎州："人歸漢后黃金屋，燕在盧家白玉堂。"宋宣獻："江涵帝子鼂飛閣，山際真君鶴馭天。"丁晉公："乞珠泉客通關市，種玉仙翁寄版圖。"劉師道："金谷路塵埋國豔，武陵溪水泛天香。"徐鼎臣："蘭橈破浪城陰直，玉勒穿花苑樹深。"李宗諤："一溪曉綠浮鸂鶒，萬樹春紅叫杜鵑。"胡武平："雕戈夜統千廬衛，緹騎秋盤五柞宮。"右諸人詩，雖時傷晦僻，而句格多整麗精工，其用事亦時時可取，世咸以擂搳義山，非也。

七言律詠物，盛唐惟李頎梵音絕妙。中唐錢起題雪，雖稍著跡，而聲調宏朗，足嗣開元。晚唐"鸂鶒""鷓鴣"，往往名世，而格卑不足取。宋人詠物雖乏韻，格調頗不卑也。

"千里暮雲山已黑，一燈孤館酒初醒"，楊萬里梧桐夜

〔一〕過鄭國詩。

雨詩也。"一斑早寄湘川竹，萬點空餘峴首碑"，楊黎州題淚
詩也。"妝殘玉枕朝醒後，繡倦紗窗晝夢時"，張文潛題鶯詩
也。"花間語澀春猶淺，江上飛高雨乍晴"，無名氏詠燕詩也。
"平沙千里經春雪，廣陌三條盡日風"，劉子儀題柳詩也。"斜
拖闕角龍千丈，淡抹牆腰月半棱"，孔平仲題雪詩也。"十萬
青條寒挂雨，三千粉面笑臨風"，劉子翬荼蘼詩也。"人間路
到三峰盡，天下秋隨一葉來"，錢昭度華山詩也。他如楊契
玄簑衣："蒹葭影裏和煙臥，菡萏香中帶雨披。狂脫酒家春
醉後，亂堆漁舍晚晴時。"晁無咎雙頭牡丹："二喬新獲吳宮
怯，雙隗初臨晉帳羞。月底故應相伴語，風前各是一般愁。"
二宋落花："漢皋珮冷臨江失，金谷樓危到地香。""將飛更
作回風舞，已落猶成半面妝。"皆全篇可觀者。古詩，則蘇
子瞻海棠；絕句，則張文潛菡萏，咸佳作也。

　　凡用事用語，雖千鎔百鍊，若黃金在冶，至鑄形成體之
後，妙奪化工，無復絲毫痕跡，乃爲至佳；藉讀之少令人疑
似，便落第二義；況頡蒐隱僻，巧作形模，此崑體之所以失
也。然本唐遺法，故格調風致，種種猶在。熙寧諸子，負其
才力，一變而爲議論，又一變而爲簿牒，又一變而爲俳優，
遂令後世詞壇，列爲大戒。元人而下，此義幾亡。明至嘉、
隆，始復吐氣云。

　　宋人用事，雖種種魔說，然中有絕工者，如梅昌言：
"亞夫金鼓從天落，韓信旌旗背水陳。"冠裳偉麗，字字天
然，此用事第一法門也。惜其語與開元不類，蓋盛唐法稍寬

耳。若元和諸子，劉中山伎倆最高，亦未見精嚴若此。而梅絕不以用事名，宋道所以弗競也。

胡武平："西北浮雲連魏闕，東南初日滿秦樓。"上句用"西北有高樓，上與浮雲齊"語，下句用"日出東南隅，照我秦氏樓"語，聯合成句，詞意天然，讀之絕不類引用昔人者。而興象高遠，優入盛唐。蓋梅句雖極精嚴，而猶若有意，此則無跡可尋矣。高氏因鼓吹誤收，列晚唐末，不知咸通後安得此調耶？〔一〕

岳忠武詩，世但傳其送張紫微北伐，及滿江紅一詞而已。余讀趙與時賓退錄得一絕云："雄氣堂堂貫斗牛，誓將直節報君仇。斬除元惡還車駕，不問登壇萬戶侯。"又楊用修摘其"潭水寒生月，松風夜帶秋"，以爲唐名家不能過，信佳句也。〔二〕

蘇子由律詩不能佳，而楊用修所錄五言絕四首，殊可採。瓔珞巖云："泉流逢石缺，脈散成寶網。水神瓔珞看，山是如來想。"雨花巖云："巖花不可攀，翔蕊久未墮。忽下幽人前，知子觀空坐。"白龍潭云："白龍晝飲潭，修尾挂石壁。幽人欲下看，雨雹晴相射。"陳彭漈云："蒼壁立積鐵，懸泉寫天紳。行山見已久，指與未來人。"大有輞川餘韻，後二首尤工。

〔一〕宿詩尙散見宋諸選，"飛將""少年"二律俱工。
〔二〕又宗忠簡"坡側杏花溪上柳，分明摩詰輞川圖"，亦佳。

　　劉原父喜雨詩云："涼風響高樹，清露泫明河。雖復夏夜短，已覺秋氣多。豔膚麗華燭，皓齒揚清歌。臨觴不肯醉，奈此粲者何！"此首楊謂無愧唐人，在劉尤不易也。

　　文與可五言律，楊所取八首，如"前壑已重靄，遠峰猶落暉""青林隨遠岸，白水滿平湖"，全首不作宋人語，但不甚警拔耳。文之書畫，劉之學術，蘇之文章，岳之忠烈，人所共知，而詩或未悉也。楊散錄各卷，余彙而一之。

　　范文正詩，世所傳二絕句，似非留意聲律者。而與滕宗諒、歐陽永叔作劍、鶴聯句，精鍊奇警，殊不在退之、東野下，信古人未易窺也。今摘其合作者數聯於後："聖人製神兵，以定天下厄范。南帝輸火精，西皇降金液歐。雷霆助意氣，日月渝精魄滕。直淬靈溪泉，橫磨泰山石歐。提攜風雲生，指顧煙塵寂滕。青蚊渴雨瘦，素虬蟠霜瘠歐。祥輝貫吳越，殺氣騰燕易同上。功成不可留，延平空霹靂范。"以上皆題劍詩。其題鶴聯句云："上清降靈氣，鍾此千年禽范。幽閒靖節操，孤高伯夷心歐。騰漢雪千仞，照溪霜半尋范。纖喙礪青鐵，修脛雕碧琳歐。巖棲小雞樹，澤飲卑牛涔滕。獨翹聳璚枝，群舞傾瑤林歐。金精冷澄澈，玉格寒蕭森滕。乘軒乃一芥，空籠仍萬金同上。片雲伴遙影，冥冥越煙岑范。長飆送逸響，亭亭出秋砧歐。"二詩皆祖韓昌黎。前篇用鬥雞體，後篇用石鼎體，豪勁偉麗，幾欲亂真，惜不入詩家正果。然工力斵模，固已至矣。歐古詩如此甚少。文正品格之高，其詩亡論工拙，皆當改觀，況若此耶！滕蓋巴陵守，亦俊快士也。

黃、陳律詩法杜，可也，至絕句亦用杜體，七言小詩遂成突梯謔浪之資。唐人風韻，毫不復覿，又在近體下矣。

介甫五七言絕，當代共推，特以工緻勝耳，於唐自遠。六言“水泠泠而北出”四語，超然玄詣，獨出宋體之上，然殊不多見。五言“南浦隨花去，回舟路已迷。暗香無處覓，日落畫橋西”，頗近六朝。至七言諸絕，宋調坌出，實蘇、黃前導也。

宋絕句共稱者，子美“春陰垂野草青青”、介甫“金爐香燼漏聲殘”、子瞻“臥看溪南十畝陰”、平甫“萬頃波濤木葉飛”，諸作雖稍有天趣，終自宋人聲口。

陳去非諸絕，雖亦多本老杜，而不爲已甚。悲壯感慨，時有可觀處。

王維“遙知兄弟登高處，遍插茱萸少一人”、岑參“遙憐故園菊，應傍戰場開”，皆佳句也。去非重九二絕七言云：“龍沙北望西風冷，誰折黃花壽兩宮？”五言云：“菊花紛四野，作意爲誰秋？”雖用前人之意，而不襲其語，殊自蒼然。

南渡諸人絕句，乃有一二風致者。緣才力非前宋大家比，故趨步唐人，間得音響。然識者讀之，政自了了也。

康伯可：“玉輦宸游事已空，尚餘奎藻繪春風。年年花鳥無窮恨，盡在蒼梧夕照中。”[一]黃子厚：“玉簫吹徹北樓寒，明月蒼茫起萬山。一夜霜清不成寐，曉來春意滿人間。”[二]

〔一〕題御畫。
〔二〕梅花。

嚴羽卿："湘江南去少人行，瘴雨蠻煙白草生。誰念梁園舊詞客，桄榔樹下獨聞鶯。"〔一〕陳去非："舍南舍北草萋萋，原上行人路欲迷。已是春寒仍禁火，楝花風急子規啼。"〔二〕喻汝楫："白骨茫茫散不收，朔風吹雪度瓜洲。斜陽欲落未落處，照盡行人今古愁。"〔三〕劉武子："乳鴉啼散玉屏空，一枕新涼一扇風。睡起秋聲無覓處，滿階梧葉月明中。"〔四〕易文中："森森夜氣落寒欄，閒把離騷酒正酣。忽憶梅花不成語，夢中風雪在江南。"〔五〕周子充："綠槐夾道集昏鴉，敕使傳宣坐賜茶。歸到玉堂清不寐，月鈎初上紫薇花。"〔六〕嚴坦叔："萬戶煙銷餘塔身，還家迢遞訪情親。舊時巷陌今何處？卻問新移來住人。"〔七〕右諸絕皆宋人近似者，然率中、晚唐語耳。

凡唐絕，高者大類漢人古詩，調極和平而格絕高。宋諸人絕句，議論俳諧者，既不必言，間有一二佳致，非音節失之淺促，則氣象過於軒舉。其有語意逼近者，又格調萎薾卑弱，僅作晚唐耳。此自宋至元及國初皆然，至弘、正始漸復云。

〔一〕寄友。
〔二〕春晚。
〔三〕征夫。
〔四〕秋夕。
〔五〕夜坐。
〔六〕入直。
〔七〕兵後還鄉。

外編卷六

元

　　宋人調甚駁，而材具縱橫，浩瀚過於元；元人調頗純，而材具局促，卑陬劣於宋。然宋之遠於詩者，材累之；元之近於詩，亦材使之也。故蹈元之轍，不失爲小乘；入宋之門，多流於外道也。

　　元五言古，率祖唐人。趙子昂規陳伯玉，黃晉卿倣孟浩然，楊仲弘、滕玉霄、薩天錫誦法青蓮，范德機、傅與礪、張仲舉步趨工部。虞文靖學杜，間及六朝；揭曼碩師李，旁參三謝。元選體源流，略盡於此。然藩籬稍窺，閫域殊遠，碎金時獲，完璧甚稀。蓋宋之失，過於創撰，創撰之内，又失之太深；元之失，過於臨模，臨模之中，又失之太淺。

　　盧彥威送鄧文原十首，雖格調規倣唐人，而氣骨成就，意象老蒼。其中合作數篇，足爲元五言翹楚，而不甚知名。吴立夫學杜，大篇氣骨可觀，而多奇僻字。

七言律最難結構，五言古差易周旋。元人則不然，七言律韻稱者多，五言古完善者寡，致力與不致力耳。

勝國歌行，盛時多法供奉、拾遺，晚季大倣飛卿、長吉。蘇、黃體制，間亦相參。全篇可觀者，趙子昂題桃源春曉圖、虞伯生金人出獵圖、貢泰父山水圖、范德機能遠樓、楊仲弘陽明洞、揭曼碩琵琶引、陳剛中銅雀臺、胡汲仲雪石、李季和大星、吳正傳戲馬臺、楊廉夫海涉行、薩天錫楊妃圖、林彥華戲馬臺、歐陽原功征婦嘆、傅與礪混沌石、張仲舉螢苑曲、段惟德岳陽樓等作，皆雄渾流麗，步驟中程。然格調音響，人人如一。大概多模往局，少創新規，視宋人藻繪有餘，古澹不足。

宋末盛傳謝皋羽歌行，雖奇邃精工，備極人力，大概李長吉錦囊中物耳。林德暘七言古不多見，而合處勁逸雄邁，視謝不啻過之。如讀文山集云：“黑風夜撼天柱折，萬里飛塵九冥竭。誰欲扶之兩腕絕，英淚浪浪滿襟血。龍庭戈鋋爛如雪，孤臣生死早已決。綱常萬古懸日月，百年身世輕一髮。苦寒尙握蘇武節，垂盡獨存杲卿舌。膝不可下頭可截，白日不照吾忠切。哀鴻上訴天欲裂，一編千載虹光發。書生倚劍歌激烈，萬壑松聲助幽咽。世間淚灑兒女別，大丈夫心一寸鐵。”可謂元初絕唱。

宋近體人以代殊，格以人創，鉅細精粗，千歧萬軌。元則不然，體制音響，大都如一。其詞太綺繡而乏老蒼，其調過勻整而寡變幻，要以鑒戒前車，不得不爾。至於肉盛骨衰，形浮味淺，是其通病。國初諸子尙然。

元人力矯宋弊，故五言律多草草無復深造。虞、楊間法王、岑，而神骨乏；范、揭時參韋、孟，而天韻疏。新喻、晉陵二子，稍自振拔，雄渾悲壯，老杜遺風，有出四家上者。

宋、元排律少大篇，獨高子勉上黃太史三十韻、傅與礪壽陳都事四十韻，風骨蒼然，多得老杜句格。

“百戰健兒”，悍而蒼也。“三日新婦”，鮮而麗也。“唐臨晉帖”，近而肖也。“漢法令師”，刻而深也。

右四家評語，元人所載亦互異。一云：清江漢法令師。一說又云：人問虞公楊、范、揭，虞既歷加評品，其人復問：“公自擬云何？”虞笑曰：“集如漢廷老吏。”何子元記揭文安聞此評，大不喜，因特舉似虞。虞曰：“此非集言，乃天下公言也。”楊文貞序杜律虞注亦云：“虞自擬漢廷老吏，蓋謂深於律者。”則當從後說爲得。然杜律一謂張氏注。觀其意致膚淺，尙不如范注李詩，非文靖也。

元五言律可摘者，元裕之：“千山分晚照，萬籟入秋風。”“雨入秦川黑，雲開楚岫青。”“時危頻虎穴，路絕更羊腸。”“露涼驚夜鶴，風細咽秋蟬。”楊仲弘：“落日波濤壯，晴天島嶼孤。”“風塵惟短褐，江漢自扁舟。”“磧迥沙如雪，河窮浪入天。”“山開棧越跡，水溯入吳程。”虞伯生：“對竹聽湘雨，開簾看岳雲。”“春雲山對屋，夜雨水平橋。”“挂冠俄去國，連舸總盛書。”“天光臨閣道，雲風轉蓬萊。”薩天錫：“海瘴連雲起，江潮入市流。”“故廬南雪下，短褐北風前。”

“夜臥千峰月，朝餐五色霞。”“朔風吹野草，寒日下邊城。”
范德機：“不眠聽戍鼓，多病憶歸舟。疏雨從昏過，繁星達曙
流。”揭曼碩：“大舸中流下，青山兩岸移。鴉啼木郎廟，人
祭水神祠。”趙子昂：“雲端雙鳧冷，花底一琴閒。”陳剛中：
“亂山空北向，大火已西流。”楊煥然：“孤城晴雪底，雙塔暮
雲間。”程彥明：“地吞南極盡，波撼北溟回。”鄧文原：“平
生修月斧，萬里御風翰。”鮮于樞：“鳥飛青嶂裏，人語翠微
中。”薛玄卿：“臂鷹過雁磧，走馬上龍堆。”吳立夫：“塵飛
馳馬埒，雪擁讀書壜。”柳道傳：“大暑無蒙絨，輕寒已御
貂。”皆句格閎整，在大曆、元和間，第殊不多得也。

　　元七言律深監蘇、黃，一時製作，務爲華整。所乏特蒼
然之骨、浩然之氣耳。較大中則格調有餘，擬大曆則神情不
足，要非五代、晚宋傖語可及也。

　　七言律難倍五言，元則五言罕覯鴻篇，七言盛有佳什。
如趙子昂萬歲山、飛英塔，虞伯生岳陽樓、環翠亭，馬伯
庸駕發，范德機早朝，鄧蓋之南山，袁伯長宮怨，楊仲
弘宗陽玩月、大明早朝，成廷珪送余應奉、贈無住師，陳
剛中題金山寺、鳳凰山、安慶驛，揭曼碩送唐尊師、王留
守、張真人，宋誠夫大都，李子構西海，吳正傳月桂，馮
子振塔燈，丁仲容游昭亭、歸廬山，吳子高游玉泉、朝興
聖，張志道長蘆度江、梧州即景，柯敬仲送黃鍊師、贈黃
誠夫，俞子俊楚州夜泊，黃誠性讀文山集，薛宗海萬歲
山，顧仲瑛唐宮詞，傅與礪登南岳、次早朝，薩天錫謝惠

茶、題海舌，李子飛宿朝元宮、宴秦公子、寄壽陽師，張仲舉登吞海亭、賦小瀛洲、題石門院，貢泰父送劉彥明，甘允從和宋學生，張雄飛岳陽樓，張伯雨隱真館，楊廉夫無題，鄭明德游仙，皆全篇整麗，首尾勻和，第深造難言，大觀未極耳。

　　趙子昂："千里湖山秋色淨，萬家煙火夕陽多。"鄧文原："客舍張燈浮大白，禁鐘和漏隔華清。"虞伯生："雲橫北極知天近，日轉東華覺地靈。""帆檣星斗通南極，車蓋風雲擁豫章。"馬伯庸："吳娃蕩槳潮生浦，楚客吹簫月滿樓。"范德機："黃河西去從天下，華岳東來拔地高。"楊仲弘："風雨五更雞亂叫，關河千里雁相呼。""窗間夜雨銷銀燭，城上春雲動彩旗。"揭曼碩："星臨翼軫南陲闊，神降虛危北極遙。""蒼山斜入三湘路，落日平鋪七澤流。"陳剛中："櫓聲搖月過巫峽，燈影隨潮入漢陽。""僧榻夜隨蛟室湧，佛燈秋隔蜃樓昏。"吳成季："渭城朝雨歌三疊，湘水秋風賦九疑。""錦水東流江月白，潼關西擁蜀山青。"李子飛："花迎玉殿紅千樹，柳拂金沙翠萬條。""層嵐蔽日雲當戶，陰瀑含風雪滿牀。"雅正卿："梅花路近偏逢雪，桃葉波平好度江。""一聲鐵笛千家月，十幅蒲帆萬里風。"危太樸："三省甲兵勞節制，八蠻煙雨入封提。雕弓曉射崖雲裂，畫角寒吹海月低。"甘允從："皂雕孤捩凌雲翮，紫燕雙翻蹋雪蹄。"貢泰父："紅蓮日湧神仙幕，翠柏霜飛御史臺。""千金海上求騏驥，五色雲間下鳳凰。""貔貅萬竈新趨幕，虎豹千門舊直廬。""小雨挾雲行斷岸，亂山排浪入孤城。"柯敬仲：
"雲飄五鳳層樓矗，日繞群龍法駕來。""鴛序久陪蒼水使，
鳳池曾賦紫薇郎。"余廷心："野人籬落通潛口，賈客帆檣出
漢陽。"薩天錫："河漢入樓天不夜，江風吹月海初潮。"薛
玄卿："明月夢回夔子北，長風吹度夜郎西。"李子構："天
入五溪無雁到，地經三峽有猿啼。"王尙志："西風曠野孤城
出，落日空江白浪回。"吳楚望："平野北連鍾阜遠，大江東
抱石城流。"丁守中："彈琴夜和鳴皋鶴，持鉢朝降度海龍。"
涂守約："西北窮陰連莽蒼，東南鉅浸接微茫。"等，皆句格
莊嚴，詞藻瑰麗，上接大曆、元和之軌，下開正德、嘉靖之
途。今以元人，一概不復過目，余故稍爲拈出，以俟知者。

宋五言律勝元，元七言律勝宋。歌行絕句，皆元人勝。
至五言古，俱不足言矣。

唐人詩如初發芙蓉，自然可愛。宋人詩如披沙揀金，力
多功少。元人詩如縷金錯采，雕繢滿前。——三語本六朝評
顏、謝詩，以分隸唐、宋、元人，亦不甚誣枉也。

元人先達者，無如元好問、趙子昂。元，金遺老；趙，
宋宗枝也。元體備格卑，趙詞雅調弱，成都諸子，乃一振
之。伯生典而實，仲弘整而健，德機刻而峭，曼碩麗而新，
至大家逸格，浩蕩沉深之軌，概乎未聞也。同時傅若金、張
仲舉不甚知名，而近體特多宏壯。傅如"國蟠蝸角小，地接
犬牙深""雨暗蛟龍出，天晴鸛鶴回""江路篁猶篠，山田稻
始苗""黃歸幽徑犢，青聚古祠鴉""灑竹啼宮女，持弓泣野

臣”“雨蒸歸日路，雲合去時山”；張如“半生縣磬室，萬事
缺壺歌”“積陰霾日月，愁色滿江湖”“露花迎夕斂，風樹借
秋涼”“寧爲伏劍死，不作倒戈攻”“四郊多壁壘，萬里半煙
塵”“詞人歌蟋蟀，軍士嘆蟏蛸”。七言律，傅如“衡廬樹入
青天盡，章貢波翻白日來”“中天日月回金闕，南極星辰繞玉
衡”“交龍擁日明丹扆，飛鳳隨雲繞書車”“載筆舊登天祿閣，
將書還到大明宮”“百粵雲山連楚大，六朝煙樹入隋荒”“焚
香鳳閣春開宴，鳴玉龍墀午散朝”；張如“龍伯衣冠藏下府，
梵王臺殿起中流”“露下遠山皆落木，風來滄海欲生潮”“千
嶂晚雲原上合，兩河秋色雁邊來”“雲移雁影沉江樹，雨帶龍
腥出海濤”“方驚掘地雙鵝起，即見浮江五馬來”“金波夜永
浮鵁鶄，玉樹春濃下鳳凰”，皆高華雄暢，得杜陵句格，特
變態差少耳。而詩流不能舉其姓氏，良可嘆也。

　　“舊河通瓠子，新浪漲桃花”，張仲舉詩也。嘉靖中河決
徐、沛，司空萬安朱公，排眾議，改築新渠，百年河患，一
旦屏息，海內名士咸有頌章，李于鱗一聯云：“春流無恙桃
花水，秋色依然瓠子宮。”最爲精絕。然實用張語，而意稍
不同。

　　元婺中若黃文憲、柳文肅，皆以文名，而詩亦華整。黃
如“揮毫風雨傾三峽，聽履星辰接兩朝”“扶老未須蒼玉杖，
行春聊過赤闌橋”“北尋海瀆瞻恒岳，南涉江淮上會稽。山
下靈風吹桂棹，雲邊仙樹拂丹梯”；柳如“羲和白日經天近，
敕勒陰山度幕遙”“雪華遙映龍旗動，日色纔臨鳳蓋間”，置

之作者奚讓！

　　婺中黃、柳同輩吳立夫、胡長孺、戴九靈、王子充、宋
潛溪諸子，皆以文章顯，而詩亦工，當時不在諸方下。元末
國初之才，吾郡盛矣。

　　趙子昂："溪頭月色白如沙，近水樓臺一萬家。誰向夜
深吹玉笛，傷心莫聽後庭花。"虞伯生："高秋風起玉關西，
踏鐵歸朝十萬蹄。貌得當時第一匹，昭陵風雨夜聞嘶。"范
德機："中年江海夢靈皇，夜半聞鐘似上陽。一百八聲猶未
已，更兼雲外雁啼霜。"楊仲弘："四面青山擁翠微，樓臺相
向闢天扉。夜闌每作游仙夢，月滿瓊田萬鶴飛。"陳衆仲：
"東華塵土滿貂裘，芍藥闌邊繫彩舟。二十四橋春似海，教
人腸斷憶揚州。"李季和："西風烏帽鬢鬙鬙，拂袖長吟倚暮
酣。得句不衝京兆尹，蹇驢行遍大江南。"薩天錫："道人
已跨龍潭鶴，童子能烹雀舌茶。一夜山中滿林雪，客來無處
覓梅花。"郝伯常："祇見星簾挂月鈎，銀河依舊隔牽牛。遙
憐玉雪佳兒女，淚滿西風乞巧樓。"陳剛中："老母粵南垂白
髮，病妻燕北倚黃昏。瘴煙蠻雨交州客，三處相思一夢魂。"
潘子素："江上青山日欲晡，幽花小紙墨模糊。華清宮殿生
秋草，零落滕王蛺蝶圖。"張仲舉："雲巖巖下聘君家，長
記宵談到曙霞。今日隴頭誰灑飯，鷓鴣啼老白桐花。"等作，
皆元絕妙境，第高者不過中唐，平者多沿晚宋耳。

　　自義山、牧之、用晦開用事議論之門，元人尤喜模倣。
如"夜深正好看明月，又抱琵琶過別船""如何十二金人外，

猶有當年鐵未銷”“卻愛曹瞞臺上瓦，至今猶屬建安年”“中
郎有女能傳業，傳得胡笳業不如”，皆世所傳誦。晚唐尖巧
餘習，深入膏肓。弘、正前尙中此，嘉、隆始洗削一空。

元人絕句，莫過虞、范諸家，雖與盛唐遼絕，尙不墮晚
唐窠中。至樂府體絕少，惟元好問塞上曲、梁園春、征人
怨，差有唐味。然他作殊蹐駁，太半宋人。

王叔明宮詞云：“南風吹斷採蓮歌，夜雨新添太液波。
水殿雲廊三十六，不知何處月明多？”高華神俊，太白、江
寧之後，僅見此篇。元末國初，俱堪第一。而世但知其畫，
技之累人如此。又王元章世但知其梅，王孟端世但知其竹，
前哲以藝爲諱，良不虛也。

黃晉卿偶成一絕：“漢室需材訪隱淪，販繪屠狗各求伸。
豈知風雪南山下，別有當年射虎人。”吳正傳和云：“一壑風
煙自可留，十年湖海漫曾游。短衣射虎眞堪樂，莫恨將軍老
不侯。”二作皆有深致，第稍涉議論耳。

宋樂府小詩殊寡，元酷尙傳奇，諸大手集中亦罕覯。惟
楊廉夫才情縹緲，獨步當代，名下士信無虛也。如“郎贈玉
鏡臺，挂妾菱花盤。安得咸陽鏡，照郎心肺肝”“同生願同
死，死葬清冷窟。下作鎖子藕，上作雙頭華”，酷是六朝。
又洞庭曲：“道人鐵笛響，半入洞庭山。天風將一半，吹度
白銀灣。”“桂水五千里，瀟湘雲氣空。衡山七十二，望見女
英峰。”“海上雙雷島，渾如灧澦堆。乘龍拔山腳，飛渡海
門來。”“仙橘大於斗，浮之過洞庭。江妃渾未識，喚作楚王

萍。"率超異神俊，追蹤謫仙，非宋、元語。

　　楊七言絕，如西湖、吳下竹枝歌及春俠宮詞、續香奩、游仙等作，本學夢得、致光，而筆端高爽處，往往逼李供奉。漫興學杜，亦略近之。其才情實出趙、揭諸家上。至歌行則太溺綺靡，古詩大著議論，五七近體句格平平，殊無足採。才各有近，不可強也。

　　老鐵詠史，如"買妾千黃金，許身不許心。使君自有婦，夜夜白頭吟""生爲仲卿婦，死逐仲卿棲。廬江同樹鳥，不過別枝啼"，此類甚衆，亦大是伎倆人。然惟二十字可耳，更八字便入晚唐。自餘大篇，議論愈工，格調愈遠。

　　元五言絕，自廉夫樂府諸篇外，一代寥寥，即虞、楊諸氏集中，罕覯佳者，遠不如七言絕也。

　　勝國諸名勝留神繪事，故歌行絕句，凡爲渲染作者，靡不精工。其源實出老杜王宰、韋偃諸篇，特才力懸殊，變態差乏耳。至登山臨水，真景目前，卻不能著語形容。如謝康樂五言古、王中允五言絕，皆閒遠幽深，讀之如畫。乃元世無一篇近者，殊可笑也。

　　元題畫五言小詩，虞伯生柯氏山水圖、揭曼碩瀟湘八景圖、丁鶴年長江萬里圖等篇，皆頗天趣。然意調淺促，句格未超。五言絕二十字，須飛動奇逸若數百千言，乃稱上乘。古今擅此，獨太白、獻吉、元美，宋、元諸子殊不解，老鐵較錚錚耳。

　　楊員外云："五言絕即五言古末四句，所以包涵無限。"

此亦大是三昧語，第元人談之甚晰，踐之甚希。

虞伯生題宣和雪竹："灑墨寫琅玕，深宮春晝閒。蕭條數枝雪，不似紇干山。"盧處道題夷齊採薇："服藥求長年，孰與孤竹子？一食西山薇，萬古猶不死。"雖語意新警，然已落議論關，初學最易傳染，當切戒之。

元裕之他詩不習杜，獨五言絕學少陵，殊可笑。後平湖曲中得四句："秋風拂羅裳，秋水照紅妝。舉頭見郎至，低頭採蓮房。"殊有六朝風致。余爲刪作五言絕，可稱元初第一。然亦太白"舉頭見山月"語也。

楊煥然錄大梁宮人語十九絕，殊得仲初格調。如"怕見黃昏月，殷勤上玉階""驀地羊車至，低頭笑不休"之類。

宋承旨詩五卷，世不甚傳。萬曆初喻邦相宰吾邑，雅意文獻，得刻本，捐俸梓之。王長公柬余云："聞方校太史集，此公何幸？第不免足下神瞀耳。"蓋此集皆元作也。

宋以前詩文書畫，人各自名，即有兼長，不過一二。勝國則文士鮮不能詩，詩流靡不工書，且時旁及繪事，亦前代所無也。

鮮于、趙、鄧，詩爲書掩；虞、楊、范、揭，書掩於詩。他如姚公茂父子、胡長孺、周景遠、程文海、元復初、盧處道、袁伯長、歐陽原功、張仲舉、傅與礪、陳眾仲、王繼學、薛宗海、黃晉卿、柳道傳、柯敬仲、危太樸、貫雲石、薩天錫、貢泰父、杜原功、倪元鎮、余廷心、泰兼善，皆以書知名，詳陶宗儀書史會要。

　　趙承旨首倡元音，松雪集諸詩何寥寥，卑近淡弱也。然體裁端雅，音節和平，自是勝國濫觴，非宋人末弩。

　　元右丞好問，才力頗宏，而格調多雜。古詩歌行勝趙，近體絕句弗如。樂府如天門引、飛龍篇，間亦可觀。

　　劉夢吉古選學陶沖淡，有句無篇；歌行學杜，龍興寺、明遠堂等作，老筆縱橫，雖間涉宋人，然不露儒生腳色。元七言蒼勁，僅此一家。至律絕種種頭巾，殊可厭也。

　　虞奎章在元中葉，一代斗山。所傳道園集，渾厚典重，足掃晚宋尖新之習。第其才力不能遠過諸人，故製作規模，邊幅窘迫，宏逸沉深之軌，殊自杳然。

　　楊仲弘視虞骨力伉健有加，才具閎通不及。范應奉、揭文安抑又次之。大抵四家古詩歌行伯仲，楊五言律、排律勝，揭七言律勝，范七言絕勝，虞差兼備。至於樂府，俱缺如也。

　　楊廉夫勝國末領袖一時，其才縱橫豪麗，亶堪作者。而耽嗜瑰奇，沉淪綺藻，雖復含筋吐賀，要非全盛典刑。至他樂府小詩，香奩近體，俊逸濃爽，如有神助。余每讀未嘗不惜其大器小成也。

　　李孝光季和，東甌人，古詩歌行豪邁奇逸，如驚蛇跳駿，不避危險。當時語云：“前有虞、范，後有李、楊。”謂廉夫也。至近體多澀拗，短長得失，正與楊同。大概視前人瑰崛過之，雅正則遠。

　　薩天錫俊逸清新，歌行近體，時有佳處。而才力淺綿，格調卑雜。如“山村猿索飯，竹塢鶴聽棋”，晚唐語也；“浙

江潮似雪，閩上臘如春”，晚宋語也。他名士如歐陽原功以
文稱，貫雲石以曲著，雖有篇什，皆非所長。

元人製作，大概諸家如一。惟余廷心古詩近體，咸規
倣六朝，清新明麗，頗自足賞。惜中厄王事，使成就當有可
觀。泰兼善絕句，温靚和平，殊得唐調。二人皆才藻氣節兼
者。元初則郝伯常。

元方外鮮能詩者，道則句曲張雨，釋則來復見心。張
以雅游，故聲稱藉藉，其詩實不如復，然復入本朝矣。

元五言古作者甚希，七言古諸家多善。五言律，傅與
礪爲冠，楊仲弘、張仲舉次之。七言律，虞伯生爲冠，揭曼
碩、陳剛中次之。五言絕，楊廉夫爲冠。七言絕，名篇頗
衆，樂府體亦無出楊，第總之不離元調耳。

夢得竹枝、長吉錦囊、飛卿金荃、致光香奩，唐人各
擅。至老鐵乃奄四家有之。如“勸郎莫上南高峰，勸儂莫上
北高峰。南高峰雲北高雨，雲雨相催愁殺儂”之類，其婉麗
夢得靡加；“麻姑今夜過青丘，玉體催斟白玉舟。莫向外人
矜指爪，酒酣爲我擘空侯”之類，其瑰崛長吉莫過。至春俠
詞：“美人遺我崑溪竹，未寫雌雄雙鳳曲。愛惜長竿繫釣絲，
釣得西江雙比目。”鞦韆曲：“齊雲樓外紅絡索，是誰飛下
雲中仙？剛風吹起望不極，一對金蓮倒插天。”無論温、韓，
即子建、太白降格揮毫，未知孰勝。惜以彼其材，沿此之
調也。

廉夫香奩八詠：“收乾通德言難盡，點濕明妃畫莫加。聚

得斑斑在何處？軟綃題寄薄情家。"〔一〕"索畫未成京兆譜，欲
啼先學壽陽妝。蕭郎忽有歸期報，喜色添長一點黃。"〔二〕"銅
仙盤滿添香露，玉女盆傾拾翠鈿。攏得雲鬟高一尺，紫冠
新上玉臺前。"〔三〕"翠點柳尖春未透，紅生櫻顆落初乾。好風
與我開羅幕，一朵芙蓉正面看。"〔四〕皆精工刻骨，古今綺辭
之極。然是曲子語約束入詩耳。句稍參差，便落王實甫、關
漢卿。

　　盱江胡布子申集十卷，中有與方方壺往還題，又有寄
倪元鎮詩，蓋勝國末人。其詩頗能爲古樂府及六朝、唐人
語，第全篇佳者絕寡，又近體抵邌耳。然元人遂無一齒及
者。余於書肆敝楮中得之，太半漫滅。惜而摘其數聯，如
"斧斲雲根木，瓢探石竇泉""旭日千門曉，春花萬樹明""穴
深留禹跡，松古受秦封""夕嶂兼空淨，秋江得月多"，咸自
成語。至七言歌行，佳處往往出元諸名家右，而全篇亦寡稱
勻。行且湮沒腐草，余甚惜之，故著其名字焉。〔五〕

　　子申五七言絕，亦頗有佳者。墨菊云："彭澤歸來後，
緇塵點素絲。烏紗漉酒後，挂在菊花枝。"七言如刻竹、題
梅諸絕，殊濃麗可觀。同時劉紹者，有聯句見其集，惜不覯

〔一〕右淚。
〔二〕右眉。
〔三〕梳髮。
〔四〕勻面。
〔五〕胡集七言古詩，題畫數篇爲最，第全篇中時發傖語，似未減劉靜修。

全篇。〔一〕

　　陶宗儀九成，越天台人，晚居會稽。生平著述甚富，
今說郛、書史會要、輟耕錄等俱行世，勝國博雅士也。其
詩，余所見滄浪棹歌僅數十首，頗有氣骨，不類元諸人，間
傷儉鄙耳。然世殊無稱。又吾鄉黃文憲，爲楊仲弘作墓志，
而絕不道其詩，未易解也。

　　吳禮部師道，字正傳，吾邑人。邃經史，饒著述，嘗校
補戰國策，大行於世。尤喜蒐獵里中文獻，所輯敬鄉二錄、
禮部詩話等編。與同郡柳道傳、黃晉卿、吳立夫，切劘酬
倡。今集四十卷及他書皆傳。子沉，能世其業。

　　正傳五言古，清新峭拔，一洗議論纖靡之習，第字句
間有離去者，較之當行，不甚合耳。七言古最長，十臺懷古
詩，氣骨錚錚，時咸膾炙。其他句如大水云：“三月雲愁百
里陰，太湖浪激三州白。”觀潮云：“浙江亭遠亂帆飛，西興
渡暝千花濕。”秋山圖云：“千年絕藝洪谷子，身在太行秋色
裏。萬里雲飛木落時，遙寫闌干半空起。”紅玉杯云：“小槽
新壓真珠滴，擎向碧桃花下吸。惟餘赤日并光輝，未許妖姬
比顏色。”長篇如南城紀游、修河道中等作，老筆縱橫，殊
得工部敍事體。五言律如“長天孤鳥沒，落日大江深”“水
夾徐邳去，河兼汴泗來”“一掃苛秦法，重恢大漢風”“飛
雲浮畫棟，旭日麗高牙”“懸空飛萬瀑，拔地立千峰”“落花

────────────

〔一〕胡有寄林子羽詩，豈國初尚存耶？

縈劍佩，高柳映帆檣”，皆整麗有格，惜全首完善者稀。近代吾里言詩，足充案祖。今但知于介翁輩，以新巧故，不知愈工愈遠也。

　　勝國吾鄉詩人若于介翁、李坦之，皆新拔多奇句。于在元頗知名，如紫霞洞詩云：“洞門相對是吾家，朝看煙雲暮看霞。鐵笛一聲山石裂，老松驚落半巖花。”白雲洞云：“一局殘棋雙鶴去，石枰空倚白雲寒。”雖自是元人語，亦豪爽可觀。第五七言古多議論，雜宋調，律詩不脫晚唐耳。坦之名殊沒沒，而吳正傳詩話載其詩數首甚佳。太白酒樓歌，全篇合作。白鷴子歌：“天寒日暮望不見，北風萬里吹瑤花。”語甚雄峭。又“落日中原小，悲風易水寒”“芙蓉水碧雙鳧冷，苜蓿秋高萬馬肥”，大類近日嘉、隆語。而世無傳者，元諸家詩選亦絕不收，良可慨嘆！東陽陳樵君采、浦江陳森茂卿，俱學李長吉，歌行間或近之。

雜編卷一

遺逸上　篇章

　　楚詞自屈原外，宋玉、唐勒、景差，并著名字。今屈原存者雜騷詞二十五篇，宋玉九辯、招魂諸賦一十二篇，景差大招一篇，而勒賦絕無傳者。據漢藝文志，原賦二十五篇，與今傳合。玉賦一十六篇，似缺其四；按九歌例，析九辯爲九，則反溢其四篇外。仍列勒賦四篇，而差著作不錄。東漢初，去戰國近，勒賦宜有存者，不應至王逸世并沒不傳。差賦既不列藝文，又不應大招一篇至逸始出。朱元晦常定大招差作，亦以絕無左驗爲疑。余以大招屬差，誠無證據；勒賦四篇，志於藝文，此其左驗之大者，蓋大招即此四篇中之一篇。況逸所注楚詞，本劉向校定，而班固藝文志一做劉氏七略舊文，使大招果差作，詎容并置弗錄！兼固敍詩賦，但舉宋玉、唐勒，絕不及差，大招出勒審矣。

　　或謂古文苑六賦，除大、小言外，餘四篇不類玉，當是藝文所志勒賦四篇，而大招自爲差作，則藝文之數既合，而王逸之說亦全。併識此，第其說終有可疑。

宋玉賦高唐、神女、登徒及風，皆妙絕今古。古文苑於選外，更出六篇：小言也、大言也、笛也、諷也、釣也、舞也，以爲皆玉賦，昭明所逸者。余始以或唐、景之徒爲之，細讀多有可疑。笛賦稱宋意送荊卿易水之上，按玉事楚襄王，去始皇年代尙遠，而荊軻刺秦在六國垂亡際，不應玉及見其事。諷賦即登徒好色篇，易以唐勒，唐、景與玉同以詞臣侍從，顧謂勒讒。而所賦美人亡一佳語，亂云：“吾寧殺人之父，孤人之子，誠不忍愛主人之女。”殊鄙野不雅馴。釣賦全放國策射烏者對。舞賦王長公固以傅毅爲疑，及讀宋人章樵注云：“舞賦，文選已載全文。唐人歐陽詢簡節其詞，編之藝文類聚，此篇是也。好事者以前有宋玉問答之詞，遂指玉作。”正與厄言意合。然則古文苑所載六篇，惟大、小言辭氣滑稽，或當是一時戲筆，餘悉可疑，而舞賦非玉明甚。昭明裁鑒，詎可忽哉！〔一〕

今據漢志一十六篇之數定之，九辯九篇并神女、高唐、登徒、招魂、大、小言、風七篇，正合原數。屈賦二十五篇俱完。勒賦四篇，大招其一，亡其三篇。景氏未有徵也。

宋玉賦，昭明選外，古文苑所收六篇，已大半可疑。陳氏文選補遺，乃有微詠賦一篇，題宋玉撰。余驟覩其目，驚

〔一〕諸篇皆當是漢、魏間淺陋者擬作，唐人誤收。

喜，亟閱之，怪其詞迥不類。又"微詠"名義殊不通，細考
乃知宋王微所作詠賦。微有傳，見宋書及南史，不載此賦，
蓋見於他選中，首題宋王微詠賦。陳氏不熟其人，遂以意
加點作"玉"，而以"微"字下屬於詠，謂爲宋玉所撰，可
笑也。弘、正間編廣文選，亦以此賦爲玉，楊用修大譏之，
不知其誤自是承藉前文。噫！一賦耳，作者、選者、考核
者，註誤糾紛乃爾，可不慎哉！

　　文木賦，漢中山王作，見西京雜記及古文苑等書，明
甚；文選補遺亦作中山王。近廣文選乃作木賦，而題中山王
文撰，似以中山爲地，而王文姓名者，其誤又甚於宋之王
微。信天下未嘗無對也！中山王名勝，見文苑注中。〔一〕

　　自屈原九歌、九辯後，續爲其體者，九懷、九嘆、九
思、九愍，并載諸選。然古文苑有蔡邕九惟，僅存第八一
章，亦匪全篇也。今中郎集又併此不收，世罕知者。識其名
以備考。

　　世率稱楚騷漢賦，昭明文選分騷、賦爲二，歷代因之，
名義既殊，體裁亦別。然屈原諸作，當時皆謂之賦。漢藝文
志所列詩賦一種，凡百六家，千三百一十八篇，而無所謂騷
者。首冠屈原賦二十五篇，序稱楚臣屈原離讒憂國，作賦以
風，則二十五篇之目，即今九歌、九章、天問、遠游等作，

〔一〕按詠賦賦中，絕無"微"字，而文木賦序文，"木"字甚明，編選者
概不省，大疏略矣。

明矣。所謂離騷，自是諸賦一篇之名。太史傳原，末舉離騷
而與哀郢等篇并列，其義可見。自荀卿、宋玉，指事詠物，
別為賦體。楊、馬而下，大演波流，屈氏諸作，遂俱係離騷
為名，實皆賦一體也。

易未濟："高宗伐鬼方。"說者以鬼方楚地，而絕無明
證。惟竹書紀年載高宗伐鬼方，其下有次荊之文，則鬼方屬
楚可據。及讀離騷、天問、九歌、招魂、大招等篇，荊楚
風俗，宛然在目，益信鬼方之為是域，昭昭矣。世多以楚
辭解山海、淮南。紫陽獨謂二書悉放楚詞而作，真千古卓
識。第屈子問意自寬，二書因特恣為曼衍無稽之說，遂致後
世紛紛，咎其端於屈氏。不知靈均本以悒鬱無聊之念，筆之
於詞，他說則皆無病而呻吟者。嗟乎，千古風人之義，惟靈
均、子美為得其正也哉！

王伯厚云："後漢西羌傳：'武丁征西羌鬼方，三年乃
克。'竹書紀年：'武丁三十五年，周王季伐西落鬼戎。'然
則鬼方即鬼戎與？詩殷武：'奮伐荊楚。'朱子集傳云：'易
曰高宗伐鬼方，三年克之，蓋謂此。'愚按大戴禮'陸終氏
娶於鬼方氏'，楚世家'陸終生子六人，六曰季連，楚其後
也'，可以證集傳之說。"按伯厚引陸終之娶為證，尤明切。
第竹書高宗世自有伐鬼方及次荊之文，王季伐西落鬼戎，
又一事也。後漢書誤引王季事為高宗，故以入西羌傳云。

伯厚又云："三閭，楚昭、屈、景三族也。屈原為三
閭大夫，序其譜屬，率其賢良，以屬國士。漢興，徙楚昭、

屈、景於長陵，則三姓至漢猶盛也。"麟謂三氏皆楚最著族，故稱三閭。蓋即秦閭左之意。景差，亦三閭之景。楚將有景翠、景鯉、昭睢、昭陽、昭常等，皆其人也。

朱子語類云："楚'些'，沈存中以爲呪語，如今釋子念娑娑訶三合聲，而巫人之禱，亦有此聲。此卻說得好。蓋今人祇求之於雅，而不求之於俗，故下一半都曉不得。"按楚聲率用"兮"字，獨招魂用"些"，故謂巫呪，極得之。

揚子雲反離騷，蓋深悼三閭之淪沒，非愛原極切，不至有斯文。長沙、龍門先已并有此意。班孟堅獨載此於雄傳，其義可知，第子雲命名太過，又莽世不能遠引，故爲後人所持藉。如賈生賦弔屈原，子雲但以此命名，亦何不可？本其情，出於慕說傷痛，豈薰蕕岐趣者？紫陽之抨擊，似亦未悉其由。今隨班逐例，學明經語言，三尺童子盡解辦，此豪傑士要自當有獨覺。若前人已悉，則不必過求也。〔一〕

按雄傳有廣騷、畔牢愁等篇，意率與反離騷亡異，以班氏刊落，今皆不傳。當時子雲第目反離騷爲廣騷，則後人決不攻之如彼，惟其好立異名，故紛紛人口不已。昔人謂子雲老不解事，信然。然昌穀反反騷，亦贅也。

揚子雲反離騷，似反原而實愛原，與女嬃之罵同。莊子休敍道術，似尊孔而實外孔，與楚僕之箠異，何也？子雲賦家，子休道家也。知義玄、文偃之呵佛，與小白、重耳之尊

────────────

〔一〕紫陽雖誚雄反騷，至論屈，卒不能異其說也。

王，乃得之。

劇秦美新，或以爲谷子雲者近之。焦氏筆乘載其辯甚
詳，不備錄。〔一〕

十九首之目，漢世無之，第以名氏不詳，總曰古詩。
梁鍾嶸詩品稱陸機舊擬十四首，外四十五首，頗爲總雜。
今士衡集擬古止十二章，昭明又去其一，益以他作，爲十九
首。如“去者日以疏”“客從遠方來”，皆鍾氏所稱，則“凜
凜歲云暮”“孟冬寒氣至”“生年不滿百”“回車駕言邁”等
六首，亦當在四十五首之內。外陸所擬“蘭若生朝陽”與
“橘柚垂華實”等九篇，別爲章次，較鍾所稱原數，今世僅
存十五，大半失亡。然“冉冉孤生竹”“驅車上東門”又載
樂府，則“飲馬長城窟”之類，舊亦鍾氏數中，未可知也。

鍾氏謂古詩，士衡擬外四十五首，頗爲總雜，疑出建
安諸子，而取“客從遠方來”“橘柚垂華實”二首爲優。今
讀“去者日以疏”“生年不滿百”等篇，已列十九首者，詞
皆絕到，非“行行重行行”下。外九首，“上山採蘼蕪”一
篇，章旨渾成，特爲神妙，第稍與古詩不同，是當時樂府
體；“四坐且莫喧”，中四語極工；惟“悲與親友別”“蘭若
生朝陽”七篇，奇警略遜，疑鍾氏所謂總雜者，足覘昭明
鑑裁。然詞氣溫厚，非建安所及，謂出曹、王，非也。

蘇、李錄別逸詩十餘章，皆東漢、魏人擬作者。昭明

〔一〕當時杜子夏有歸藏易，後世遂譌爲卜子夏，安知劇秦美新非此類耶？

所選少卿三章，和平清遠，一唱三嘆。今所錄諸篇，矯峻參錯，體殊不倫。昭明裁鑒洞精乃爾，然亦非建安後所辦也。

鍾嶸詩品云："王、楊、枚、馬之徒，詞賦競爽，而吟詠靡聞。從李都尉至班婕好，將百年間，有婦人焉，一人而已。"按蘇、李同見文選，詩品標李爲五言宗，而蘇絕不入品。又古詩或謂枚乘，而嶸以枚、馬之徒，吟詠靡聞。蓋嶸與昭明同世，文選未盛行，而玉臺爲後出故也。

古詩十九首并逸姓名，獨玉臺新詠取"西北有高樓"八首，題枚乘，差可據。以諸篇氣法例之，概當爲乘作。然鍾嶸詩品已謂王、楊、枚、馬，吟詠靡聞；文選、文心，亦無明指，不知玉臺何從得之？至"兩宮雙闕"語，誠類東京，而"凜凜歲雲暮""孟冬寒氣至""客從遠方來""冉冉孤生竹"，玉臺皆別錄，則他篇非乘作明甚。宜昭明通係之於古也。劉彥和云"孤竹一篇，傅毅之辭"，而玉臺了無作者；飲馬長城窟，玉臺題蔡邕，而文選無復撰人，咸似未有定說云。〔一〕

漢人賦冠絕古今，今所共稱，司馬、揚、班十餘曹而已。余讀漢志，西京以賦傳者六十餘家，而東漢不與焉。總之當不下百家。范史不志藝文，東漢諸人製作，遂概湮沒無稽，志之所係如此。然班氏本七略而芟之者也，志之於略僅三之一，則西漢諸詞賦家，亦僅半存而已。如司馬相如友盛覽，梁孝王客路喬如、公孫詭乘、鄒陽、羊勝、韓安國，又

〔一〕玉臺枚乘九首，"蘭若生春陽"，非文選中者。

慶虬之有清思賦，中山王文木賦，并載稚川雜記，志皆不收，則知西京之賦，已不啻百家，不必東漢也。然無可參考，姑按志盡錄之：

莊夫子賦二十四篇_{吳人}

賈誼賦七篇

枚乘賦九篇

趙幽王賦一篇

司馬相如賦二十九篇

淮南王賦八十二篇

太常蓼侯孔臧賦二十篇

陽丘侯劉隁賦十九篇

吾丘壽王賦十五篇

蔡甲賦一篇

兒寬賦二篇

光祿大夫張子僑賦三篇

陽成侯劉德賦九篇

劉向賦三十三篇

王襃賦十六篇

陸賈賦三篇

枚皋賦百二十篇

朱建賦二篇

常侍郎莊忽奇賦十一篇

嚴助賦三十五篇

朱買臣賦三篇

宗正劉辟彊賦八篇

司馬遷賦八篇

遼東太守蘇季賦一篇

蕭望之賦四篇

河內太守徐明賦三篇

揚雄賦十二篇

給事黃門侍郎李息賦九篇

待詔馮商賦九篇

博士弟子杜參賦二篇

車郎張豐賦三篇

驃騎將軍朱宇賦三篇

廣川惠王越賦五篇

衛士令李忠賦二篇

李步昌賦二篇

侍郎謝多賦十篇

平陽舍人周長孺賦二篇

雒陽錡華賦九篇

別栩陽賦五篇

眭弘賦一篇

王商賦十三篇　　　　侍中徐博賦四篇

黃門書者王廣 呂嘉賦五篇　　漢中都尉丞華龍賦二篇

左馮翊史路恭賦八篇　　漢武帝賦二篇

張偃賦二篇　　　　　張仁賦六篇

臣說賦九篇　　　　　臣吾賦十八篇

臣嬰齊賦十篇　　　　魏內史賦二篇

淮南王群臣賦四十四篇　　長沙王群臣賦二篇

賈充賦四篇　　　　　秦充賦二篇

淮陽王賦二篇　　　　魏內史賦二篇

臣延年賦七篇　　　　長沙王群臣賦二篇

右漢藝文志共賦四十六家，四百十篇。〔一〕外又有無名氏雜賦一十二家，二百三十四篇。蓋當時類輯者，後世總集所自始也，并錄於後：

雜行出及頌德賦二十四篇　雜四夷及兵賦二十篇

客主賦十八篇　　　雜思慕悲哀死賦十六篇

雜鼓琴劍戲賦十三篇　　雜山陵冰雹雲氣雨旱賦十六篇

雜禽獸六畜昆蟲賦十八篇　雜器械草木賦三十三篇

大雜賦三十四篇　　成相雜詞十二篇

隱書十八篇　　　　雜中賢失意賦十二篇

〔一〕據上所列，以漢書藝文志校之，衍一魏內史賦和長沙王群臣賦，而缺臣昌市賦六篇、臣義賦六篇。四十六家四百十篇之數，亦係胡氏誤計。——點校者注

　　今考漢諸賦存者，賈誼三篇：旱雲、鵩鳥、虛賦是也。
枚乘二篇：菟園、忘憂館柳是也。司馬相如賦六篇：長門、
大人、美人、子虛、上林、二世是也。淮南王一篇：屏風賦
是也。孔臧賦四篇：諫格虎、楊柳、蓼蟲、鴞賦是也。劉向
賦一篇：請雨是也。司馬遷賦一篇：悲士不遇是也。揚雄賦
七篇：甘泉、河東、長楊、羽獵、逐貧、太玄、蜀都是也。
漢武帝賦一篇：李夫人是也。凡存者七家，三十篇而已。〔一〕

　　又按漢志無離騷楚詞類，而屈原、宋玉皆列賦中，則今
載離騷中者皆賦也。考之得莊夫子哀時命一篇、王褒九懷
九篇、趙幽王拘幽詞一篇、〔二〕淮南小山一篇。〔三〕又賈誼惜誓、
弔屈二篇，劉向九嘆九篇，揚雄反離騷一篇。〔四〕三家已見
前，合之得七家二十四篇。然東方七諫七篇，亦騷詞，當入
賦中，而漢志不列，未詳。〔五〕

　　又董仲舒有士不遇賦，直致惋忿，殊不類江都平日語。
且漢志無仲舒賦，偽無疑。太史亦有此賦，尤可笑。遷雖將
略非長，不應至是。〔六〕

　　藝苑卮言云：“兔園或謂乘子皋作。據末婦人先歌而無

────────────

〔一〕據上所列，乃九家二十六篇。七家三十篇云者，當係胡氏誤計。——
點校者注
〔二〕幽王賦無可考，蓋即史記所載。
〔三〕即淮南群臣賦。
〔四〕漢書本傳。
〔五〕又丹鉛錄載劉向雁賦中四語，蓋得之類書者，全篇不傳。
〔六〕二賦蓋六朝淺陋者因陶序引之，贋作玩世耳。

和者，亦似未完之篇。余考此賦，亂云：'陽春生兮萋萋，
不才子兮心哀。見嘉客兮不能歸，桑萎蠶饑中人望奈何。'
味其詞意，絕與長卿美人賦末女子歌類。蓋其後必有和歌，
無遂訖於此者。謝希逸月賦，亦此類也。"

　　古文苑兔園賦注云："乘有二書諫吳王濞，通亮正直，
非詞人比。是時梁王宮室逾制，出入警蹕，使乘果爲此賦，
必有以規警之。詳觀其詞，始言苑囿之廣，中言林中禽鳥之
富，繼以士女游觀之樂，而終之以郊上採桑之婦人，略無一
語及王，氣象蕭索。蓋王薨乘死後，其子皋所爲，隨所覩
而筆之。史言皋詼笑類俳倡，爲賦疾而不工，後人傳寫誤爲
乘耳。"

　　西京雜記云："枚皋文章敏疾，長卿製作淹遲。"今考漢
志，皋賦之多爲兩京冠，至百二十篇。長卿蕩思一生，賦不
滿三十首，蓋遲速之故。然皋賦今遂亡一存者，長卿六賦，
古今以聖歸之。後之作者，可以鑒矣。

　　東京班、張雖富碩，王延壽靈光特高古。延壽夢賦用
"斯""批""擣""扼"等字，退之李皋碑全祖之。

　　諸賦漢志外，尚有遺者。今據昭明文選、古文苑、文
苑英華、文選補遺、廣文選，考列姓名；東京諸作，并續
志焉。

　　中山王賦一篇文木。

　　鄒陽賦二篇酒，又代作几賦一篇。

　　羊勝賦一篇屏風。

公孫乘賦一篇_月。

路喬如賦一篇_鶴。

公孫詭賦一篇_{文鹿}。以上皆西京賦。

劉歆賦二篇_{遂初、甘泉宮}。

班彪賦二篇_{北征、游居}。

班婕妤賦二篇_{自悼、擣素}。以上并西京賦。外，慶虬之清思、盛覽二

賦，俱不傳。

馮衍賦一篇_{顯志}。

傅毅賦二篇_{舞賦，又琴}。見古文苑末。

班固賦五篇_{兩都、幽通、終南、竹扇}。

班昭賦二篇_{東征、針縷}。

張衡賦九篇_{西京、東京、南都、思玄、歸田、觀舞、髑髏、冢、溫泉}。

梁竦賦一篇_{悼騷}。

崔篆賦一篇_{慰志}。

馬融賦二篇_{長笛、圍棋}。

崔寔賦一篇_{大赦}。

黃香賦一篇_{九宮}。

楊乂賦一篇_雲。

李尤賦一篇_{函谷關}。

邊讓賦一篇_{章華}。

蔡邕賦八篇_{述行、漢津、彈棋、短人、筆賦}。又古文苑末有琴胡栗、協

和、昏賦三篇。

趙壹賦二篇_{窮鳥、疾邪}。

　　杜篤賦二篇論都，又首陽山。

　　張超賦一篇誚青衣。按超見後漢文苑傳，雖東京末，非邈弟也。古文苑
注有青衣賦，稱蔡邕。

　　王延壽賦三篇靈光、王孫、夢賦。東京文字崛奇，無若文者。夢賦用
字，韓李皋碑實出此。

　　右諸賦雜見衆選，然亦往往有僞撰錯其中。蓋范史既缺
藝文，而六朝好學兩漢，如江淹兔園、陶潛不遇之類，賴
名姓瞭然，不爾，後世便謂漢人作。惟昭明所選，略無可
疑。即東漢賦自兩京、三都、靈光、東征、北征、思玄、歸
田、幽通、長笛諸篇外，餘存者非詞義寂寥，章旨斷缺，即
淺鄙可疑，未有越軼文選之上者。西京雖作者衆多，亡從
悉考，律以選外所存，亦概可知。世人自大蘇不滿，百犬吠
聲，今較其衡鑑若斯，庸可輕忽！以蘇武、李陵之作，子瞻
且喋喋焉。“黃鶴”一篇，即非盡美，然何至不及豁達李老？
其言若此，庸可據以爲實然哉！〔一〕

〔一〕禰衡、王粲以涉三國，故不錄。然漢賦終於此，而賦亦盡於此矣。

雜編卷二

遺逸中　載籍

宋晁公武曰："昔屈原作離騷，雖詭譎不概諸聖，而英辨藻思，閎麗演迤，發於忠正，蔚然爲百代詞章之祖。衆士慕向，波屬雲委，自時厥後，綴文者接踵於道矣。然軌轍不同，機杼亦異，各名一家之言。學者欲矜式焉，故別而聚之，命之爲集。蓋其原起於東京，而極於唐，至七百餘家。當晉之時，摯虞已患其凌雜難觀，嘗自詩賦以下彙分之，曰文章流別。後世祖述之而爲總集，蕭統所選是也。至唐亦且七十五家，嗚呼，盛矣！雖然，賤生於無所用，或其傳不能廣，值水火兵寇之厄，因散失者十八九。亦有長編鉅軸，幸而得存，而屬目者幾希。此無他，凡以其虛辭濫說，徒爲觀美而已，無益於用故也。今錄漢迄唐，附以五代、本朝作者，其數亦甚衆。其間格言偉論，可以扶持世教者，爲益固多。至於虛詞濫說，如上所陳，知其終當泯泯無聞，猶可以自警，則其無用亦有用也，是以不加銓擇焉。"右見文獻通考，談藝之士，有不可不知者，因錄之。

古今別集當自離騷爲首，荀卿、宋玉，以及漢世董、賈、馬、楊諸集，存於宋世者，僅僅數卷。諸藏書家，率謂後世好事鈔合類書成帙，非其本書。然班史藝文原不著錄，隋史始見篇名，其卷帙已與後世無異，則其亡逸固不始於宋、唐矣。

西漢前無集名，文人或爲史，或爲子，或爲經，[一]或詩賦，各專所業終身。至東漢而銘頌疏記之類，文章流派漸廣，四者不足概之，故集之名始著。今漢人集傳於世者，惟蔡中郎當是本書，其集十卷，亦獨富於諸家。即漢人集不始中郎，今世所傳，故應以蔡爲首。然隋志蔡集本二十卷，又外文一卷，而獨斷不與。今合獨斷僅十卷，雜文不滿百篇，與通考數目正同。則今所傳乃宋時本，視隋、唐又逸其半矣。

漢文集自中郎外，無過十卷。獨孟堅集十七卷，而通考已絕無其目。班外，司空李固集十二卷，長岑長崔駰集十卷，南郡太守馬融集九卷，少府孔融集十卷，河間相張衡集十二卷。自餘隋志所列百餘家，皆數卷而已。

繁欽、陳琳、王粲皆有集十卷，通志以列漢末，實皆魏作也。

〔一〕經解如董、毛類。

　　自漢而下，文章之富，無出魏武者，集至三十卷，又
逸集十卷，新集十卷。古今文集繁富，當首於此。陳思集亦
五十卷，魏文二十三卷，明帝十卷。吁，曹氏一門，何盛
也！今惟陳思十卷傳。武、文二主集僅二三卷，亡者不可勝
計矣。〔一〕

　　高貴鄉公最聰穎有文，隋志集四卷，今亡久矣。凡鄭
氏通志所錄，第據隋、唐舊文，非宋世所存書也。

　　隋志漢有車騎司馬傅毅集二卷，即與孟堅同時伯仲者
也。而晉又有鎮東從事中郎傅毅集五卷，蓋名姓偶同，非一
人也。

　　管幼安龍臥一代，似不以文章著者，而隋志有集三卷，
有德必有言也，惜世亡一傳。六朝處士有集者：呂安二卷，
皇甫謐二卷，楊泉二卷，閔鴻三卷，江淳三卷，范宣十卷，許詢
三卷，殷叔獻四卷，戴逵十卷，薄蕭之十卷，周元之一卷，宗炳
二十卷，雷次宗三十卷，陶潛集二十卷，陶弘景集四十五卷，魏道
微三卷，謝敷五卷，劉許一卷。今若閔、薄、周、魏數子，世
罕知姓名矣。

　　諸葛武侯集，隋志二十五卷，宋世藝文志、文獻通考俱
無其目。蓋武侯遺文存於隋世者尚富，至宋悉不傳矣。余家藏
二刻本，蓋國朝人鈔錄諸史類書爲之者。又有武侯心書二卷，
乃近世僞爲，不足譏也。今遺言往事，揭如日星，固不以是

〔一〕魏又有曹羲集三卷，見隋志。又曹志集六卷，陳思子也。

輕重，而殘珠剩玉，淪沒淵海，能亡三嘆！因識其目於茲云。

　　蜀文人有集存於隋者，僅司徒許靖二卷，而譙周輩俱無之。征北將軍夏侯霸集二卷，霸，玄之子，固宜有文。又魏有新城太守孟達集三卷，三國志稱達容止才觀，甚爲魏人所重，然叛臣不足道也。晉有巴西太守郤正集一卷，正本蜀人，終於晉，豈晉嘗以爲巴西守與？

　　吳有丞相陸凱集一卷，非折梅之陸凱也。然有集傳於隋，則詩文固非所短矣。晉有著作郎胡濟集五卷。蜀將胡濟嘗與姜維期會而不至者，或其人，或否，未可知也。吳又有陸景集一卷，即水軍都督爲晉人所殺者。二陸之前固已有其人。晉又有光祿大夫劉毅集一卷，非滅桓玄者，然滅玄者亦有文也。

　　劉穆之謂宋武帝云："戰勝攻取，劉毅固以此服公；至招合浮華，吟詠風月，此不爲公下也。"據此，毅之有文可見。隋志光祿大夫毅乃論九品者，晉史別有傳，非以功名著者也。六朝以功名著，而文有集者，杜預、劉琨世所共知外，錄其僻者於左。古率文武相資，非若後世判而爲二也。

太傅羊祜集二卷　　　　　輔國將軍王濬集二卷

侍中王峻集二卷　　　　　大司馬陶侃集二卷

酒泉太守謝艾集七卷　　　大司馬桓溫集四十三卷

秦丞相王猛集九卷　　　　中書郎郗超集十卷

征虜將軍沈林子集七卷　　大將軍王敦集十卷

驃騎將軍卞壺集二卷　　　車騎將軍庾翼集二十二卷

太傅謝安集十卷　　　　　僕射王坦之集七卷

臨川王劉道規集四卷　　揚州刺史殷景仁集九卷

武陵太守袁覬集八卷

漢有魏相集二卷、陳湯集二卷、張敞集二卷、師丹集五卷、皇甫規集五卷、張奐集二卷、士孫瑞集二卷。其人皆顯著，而不以文名者。今惟奏、疏、啓、劄，間見漢書云。

漢以下婦人能文甚衆，而有集行世，則六朝爲多，惜皆不傳。今自三數知名之外，無論篇什，并姓氏不得而詳矣。乃唐、宋以來女子，往往以隻字之工，紀於簡冊，遇不遇豈特士哉！因據諸家書目所存者，類而錄之：

晉武帝左貴嬪集四卷　　　太宰賈充妻李扶集一卷

司徒王渾妻鍾氏集五卷　　都尉陶融妻陳窈集一卷

都水使者妻陳玢集五卷　　海西令劉麟妻陳珍集一卷

劉柔妻王邵之集十卷　　　常侍傅伉妻辛蕭集一卷

成公道賢妻龐馥集一卷　　松陽令鈕滔母孫瓊集二卷

太守何殷妻徐氏集一卷　　王凝之妻謝道韞集二卷

宋婦人牽氏集一卷　　　　后宮司儀韓蘭英集四卷

梁武帝臨安公主集三卷　　記室范靖妻沈氏集三卷

洗馬徐悱妻劉氏集二卷　　陳後主沈后集十卷

隋劉子政母祖氏集九卷　　漢惟班婕妤、曹大家二集，魏婦人無傳集者。

右俱六朝間婦人集。晉最盛，至十餘家，唐能詩者雖衆，而集自上官、魚、李外，不多見。帝女有集，古今惟臨安主一人。世但知梁武諸子，不知更有此女也。陳主沈后能

文詞，而不聞張、孔同事，將限於邑耶？〔一〕

　　唐詩之盛，無慮千家，流傳至宋，半已亡逸。渡南而後，諸家所畜，僅三百餘，蓋五百之中，又逸其半矣。今世傳百家唐詩、十二大家、二十六名家，益以單行別刻，纔百數十而已。余夙嗜藝文，至於拮据唐業，頗極苦心。購募殘編，鈔謄秘錄之外，凡散見諸書，附載群集，稍堪卷軸，靡不窮蒐，總之不盈三百之數。間閱宋人書目，有製作至繁，而字裏行藏邈無可考者。嗟夫！昔之文人學士，平生精力，咸萃茲途。當其馳驟名場，飛揚藝苑，隻辭之懿，半簡之工，咸以紙貴雞林，價傾洛下，孰不懸精結念，宇宙自期。詎意零落異時，遽同草木，鴻函鉅櫝，散若晨星，充棟盈車，鞠爲黃壤。此太史所以躑躅於名山，元凱所以欹戲於片石者也。夫一綫尙延，千秋如在，義存後死，忍沒前規。因據三史藝文，五家經籍，以及列傳野記之中，凡遇編名，輒加捃拾，芟除複雜，融會有無，具列兼收，以貽同好。夫載籍云亡，姓氏昭灼，後之君子，披覽斯文，興言曩哲，倘可以慰作者於九京，溯遺風於百代。如曰踳駁淆亂，速朽爲宜，則杜、李以還，例應焚擲，余固亡所容余喙矣。

　　按唐宋藝文志及遂初堂尤氏、通考、晁陳二氏書目，凡詩文集，俱以世相承，不爲疆限，而宋藝文志顛倒錯亂，次序難憑。尤氏素稱博洽，類例亦頗混淆。惟馬、鄭二家，

〔一〕徐悱妻唐世尙存，故唐選亦收。

紀律森然，燁如指掌，而通志整齊時代，綜核篇帙，尤爲
詳明。計鄭與諸家後先相望，不應紀載特繁，蓋但據新、舊
唐書，一概纂集，非如尤、晁、陳氏，但錄宋世存者，以
故多寡懸殊。然亡逸書名，往往具在，亦達士之博觀也。
鄭略唐人總集三百四十六部、別集一百六十九部，合於嚴
氏所謂五百家之數。宋史所錄，則又缺三之一，而他集鄭略
未收者，亦間載焉。馬氏通考大概不出二書，而亡者幾又半
之。蓋史官所據崇文總目，當宋盛時；而通考所據晁、陳二
氏，丁宋末造，戎馬勌勤之際，疑其散軼愈衆也。遂初載說
郛中，第記書名，而無卷帙。今并鳩集，參會異同，仍酌取
近例，以初、盛、中、晚分列左方。〔一〕

　　按唐藝文志、鄭經籍略，并不分詩文，中間容有單行
文字，不錄詩歌者。然唐以茲取士，即間有之，不過千百之
一，今集既亡，無從考證，姑從前例，備載篇中。

　　初唐：睿宗一卷，陳叔達十五卷，竇威十卷，褚亮十卷，薛
收十卷，蕭瑀一卷，庾抱一卷，孔穎達五卷，王勣五卷，包融一卷，
劉希夷四卷，郎楚之十卷，任敬臣十卷，崔融十卷，于志寧四十
卷，上官儀三十卷，劉孝孫三十卷，李義府四十卷，顏師古六十卷，
溫彥博二十卷，孔紹安五十卷，岑文本六十卷，蕭德言二十卷，崔
君實十卷，劉子翼二十卷，武平一一卷，殷聞禮一卷，崔湜一卷，

〔一〕王、楊、韋、柳等集二百餘家，世有行本不列。劉令嫻等係六朝，
李建勳等係五代，今并正之。

陸士季一卷，高季輔二十卷，謝偃二十卷，沈叔安二十卷，陸楷二十卷，曹憲三卷，潘求仁三卷，殷芊三卷，徐鴻一卷，袁朗十四卷，楊續十卷，王約一卷，任希古十卷，凌敬十四卷，王德儉十卷，徐孝德十卷，杜之松十卷，宋令文十卷，陳子良十卷，顏頵十卷，蕭鈞三十卷，劉穎十卷，司馬僉十卷，鄭秀二卷，耿義褒七卷，楊元亨五卷，劉剛二卷，馬周十卷，王歸一十卷，薛元超二十卷，鄭世翼八卷，唐觀五卷，劉褘之七十卷，郝處俊十卷，崔知悌五卷，李安期二十卷，張太素五卷，劉允濟二十卷，鄧元挺十卷，李懷遠八卷，盧受采二十卷，王適二十卷，盧光容二十卷，薛耀二十卷，閻鏡機十卷，郎餘慶十卷，喬備六卷，元希聲十卷，徐彥伯二十卷，谷倚十卷，張柬之十卷，桓彥範三卷，富嘉謨十卷，吳少微十卷，魏知古二十卷，閻朝隱五十卷，韋承慶六十卷，閭丘鈞二十卷，蘇瓌十卷，員半千十二卷，劉子玄三十卷，李乂十卷，姚崇十卷，丘悅十卷，上官昭容二十卷，盧藏用三十卷，劉洎十卷，來濟三十卷，杜正倫十卷，李敬玄三十卷，許彥伯十卷，裴行儉二十卷，崔行功六十卷，張文琮二十卷，麴崇裕二十卷，宋璟十卷，劉憲三十卷，許子儒十卷，蔣儼五卷，趙寵智二十卷，賀德仁二十卷，張昌齡二十卷，杜易簡二十卷，濮王泰二十卷，蔡允恭二十卷，令狐德芳三十卷，顏元孫三十卷，姚璹七卷，杜元志十卷，楊仲昌十五卷，崔液十五卷，徐堅三十卷，元海十卷，王瀚十卷，權若訥十卷，白履忠十卷，鮮于向十卷，康玄辨十卷，康希銑二十卷，康國安十卷，狄仁傑三卷，王助一卷。

　　右初唐一百三十餘家。宋藝文僅存任敬臣、崔融、徐

鴻、劉希夷、趙彥昭、崔湜、武平一十餘家；通考惟錄王
績東皋子，餘并缺，蓋宋末無一存矣。

　　盛唐：李適十卷，郭元振二十卷，孫逖二十卷，李翰一卷，梁
蕭二十卷，張均二十卷，嚴從三卷，蘇源明二十卷，張孝嵩十卷，
樊澤十卷，盧象十二卷，崔國輔十卷，綦毋潛一卷，裴情五卷，蕭
穎士十三卷，楊貴十五卷，李華十卷，元載十卷，蘇渙一卷，邵說
十卷，元結十卷，于休烈十卷，武就五卷，劉迴五卷，張薦十卷，
王季友一卷，劉彙三卷，吳筠十卷，邱爲一卷，毛欽一三卷，崔良
佐十卷，陶翰卷亡。

　　右盛唐三十餘家。宋史尚存其半，通考僅三之一，而間
溢小集數家。豈後人從類書錄出，前此未行耶？

　　中唐：崔祐甫三十卷，常袞十卷，楊炎十卷，歸崇敬二十卷，
羊士諤一卷，樊宗師二百九十一卷，劉太真二十卷，韋渠牟十卷，
竇叔向一卷，竇羣一卷，李峴一卷，吉中孚一卷，暢當二卷，鄭常
四卷，朱灣四卷，劉方平一卷，麴信陵一卷，于邵四十卷，柳潭十
卷，鮑溶五卷，齊抗二十卷，章八元一卷，劉商十卷，竇常十八卷，
鄭絪三十卷，鄭餘慶五十卷，崔元翰三十卷，楊凝二十卷，李觀三
卷，呂溫十卷，穆員十卷，符載十四卷，張登六卷，郗純六十卷，
陸迅十卷，姚南仲十卷，柳冕一卷，李吉甫二十卷，韋貫之三十卷，
令狐楚一百三十卷，孫元晏一卷，韋武十五卷，武儒衡二十五卷，李
道古三十卷，董侹一卷，白行簡二十卷，張仲方三十卷，鄭澣三十
卷，李絳二十卷，馮宿四十卷，劉伯芻三十卷，段文昌三十卷，韋
處厚七十卷，劉棲楚二十卷，沈亞之九卷，王起一百二十卷，崔咸

二十卷，王涯十卷，張南史一卷，羅讓三十卷，柳仲郢二十卷，歐陽袞二卷，張仲素一卷，李紳三卷，顧況十五卷，李冶一卷，温造八十卷，牛僧孺二卷，魏謩十卷，戎昱十卷，靈徹十卷，靈一一卷，玄範二十卷，法琳三十卷，惠頠八卷，皎然十卷。

　右中唐七十餘家。宋史所缺過半，通考僅十數家。

　晚唐：張碧一卷，劉言忠六卷，施肩吾十卷，汪遵一卷，薛能十卷，李廓一卷，陳羽一卷，陸暢一卷，盧肇三卷，陸鸞一卷，袁皓一卷，裴說一卷，許經邦一卷，雍裕之一卷，趙搏一卷，李敬方一卷，裴夷直一卷，孟遲一卷，崔珏一卷，公乘億一卷，王貞白一卷，吳仁璧一卷，陸希聲一卷，唐彥謙三卷，聶夷中一卷，翁承贊一卷，朱景玄一卷，崔道融一卷，王德輿一卷，羅浩源一卷，鄭良史一卷，譚藏用一卷，鄭雲叟三卷，陸元皓一卷，楊復恭一卷，譚正夫一卷，朱朴四卷，王駕六卷，褚載一卷，周曇一卷，王轂三卷，陳光一卷，湯緒三卷，韋靄一卷，薛瑩一卷，謝蟠一卷，嚴郾二卷，任翻一卷，喬舜一卷，沈彬一卷，劉蛻十卷，楊夔五卷，顧雲一卷，陸扆七卷，陳陶十卷，鄭賓一卷，齊夔一卷，羅袞二卷，鄭準一卷，黃滔十卷，陳黯三卷，李嵩三卷，黃璞十卷，來鵬一卷，林藻一卷，王秉一卷，林蘊一卷，韋說一卷，丁棱一卷，陳詡十卷，李郢三卷，朱鄴一卷，楊夼一卷，王振一卷，李磎四卷，韋鼎一卷，鄭畋五卷，林嵩一卷，劉昭禹一卷，段成式七卷，李群玉四卷，費冠卿一卷，袁不約一卷，劉綺莊十卷，劉得仁一卷，陳商十七卷，盧延讓一卷，倪明基一卷，杜荀鶴一卷，主父果一卷，高駢一卷，馮涓三卷，蔡融一卷，謝璧四卷，劉鄴四卷，吳融四卷，趙賜一卷，

韓偓一卷，孫魴三卷，江爲一卷，崔頤一卷，尙顏一卷，自牧一卷，
無願一卷，處默一卷，虛中一卷，智暹一卷，子蘭一卷，齊已十卷。

　　右晚唐百二十餘家。〔一〕宋史缺三之一，而外益二十餘家，
通考僅半而已。〔二〕

　　通計七家書目，世所不傳者近四百部。當南渡末，已亡
十之七八。今即一二間存，率好事鈔集類書，非其舊也。合
以余所藏板行及傳錄諸本，大都六百餘家，蓋唐人詩集姓名
可見僅此。或耳目之外，尙有所遺，然決不能過三百，則截
長補短，七百極矣。餘遂并其姓名失之，良可慨也。〔三〕

　　今世傳大家，惟李、杜、韓、柳、元、白諸集差全。
王、楊、燕、許集動四十餘卷，至高、岑、盧、賈卷亦不下
十餘，今皆寥寥染指。蓋全集已亡，好事者從諸類書中鈔
錄，以備一家耳。惟晚唐人才委瑣，大半當是本書。

　　唐集篇帙多者，無若令狐楚一百三十卷、王起一百二十
卷、元稹一百卷。至樊宗師幾二百卷，而古今獨盛矣。考令
狐、王、元三氏，歷踐華要，著作之富，地位致然。獨怪樊
創造艱深險絕之文，而浩繁若此，殆有不可曉焉。〔四〕

　　五代諸人率與唐末亂，今據志別錄，傳者尤罕覯矣。

────────────

〔一〕據上所列，實爲一〇九家。——編者注
〔二〕舊唐書藝文志止初唐文集，李、杜以下俱不錄。新史乃備載諸家，
鄭析其唐末入五代者，餘皆仍其舊也。
〔三〕唐詩品彙不及七百之數。紀事雖千餘家，中多詩話連及，不皆作者。
〔四〕按昌黎墓志，樊子三十卷外，雜文止二百九十三篇，或藝文誤篇爲
卷也。

杜光庭集三十卷見通志　　　　韋莊 浣花集二十卷

王超 洋源集二卷見宋文志　　　楊九齡 要錄十卷

馮涓 龍吟集三卷　　　　　　　又長樂集十卷

游恭集一卷　　　　　　　　　又小東里集三卷

又廣東里集四卷　　　　　　　湯文圭 登龍集十卷

又冥蒐集二十卷　　　　　　　周延禧 百一集二十卷

沈顏 聱書十卷　　　　　　　　又解聱書十五卷以上俱同

李後主集十卷又集十卷　　　　李昊集二十卷見宋世家

宋齊邱集六卷　　　　　　　　郭昭慶 芸閣集十卷同上

李爲先 斐然集五十卷　　　　　成文幹 梅嶺集五卷同上

馮延巳集一卷　　　　　　　　孟拱辰集三卷見宋藝文志

孫晟集五卷　　　　　　　　　徐鍇集十卷見本傳

潘舍人集二十卷　　　　　　　僧彙征集七卷

章震詩十卷　　　　　　　　　孫魴詩三卷以上并同

廖光凝詩七卷見通考　　　　　李建勳詩二卷

又鍾山公集二十卷　　　　　　李叔文詩一卷通考李九齡恐即此

李存詩四集　　　　　　　　　郭鵬詩一卷以上并見宋藝文志

江爲集一卷　　　　　　　　　李明集五卷

羅紹威 政餘集五卷　　　　　　高輦 丹臺集三卷

羅隱集二十卷　　　　　　　　江東後集三卷又見宋史

吳越掌記集三卷　　　　　　　李琪 金門集十卷

崔拙集二卷　　　　　　　　　賈緯集二十卷以上雜見諸史

又續草堂集一卷　　　　　　　梁震集一卷以上并見通志

公乘億 珠林集一卷　　　張況 一飛集一卷

王仁裕 紫閣集十一卷　　乘軺集一卷

熊皦 屠龍集五卷　　　　李愚 白沙集十卷

孫光憲 荊臺集四十卷　　王仁裕 西江集一百卷見史

韓熙載集五卷以下并見宋史　李氏 應歷小集十卷又見金史

和凝 演編集五十卷　　　又游藝集五十卷

酈炎集一卷　　　　　　孫光憲 鞏湖編玩三卷

薛廷珪集一卷　　　　　孫開物集十六卷

王朴集三卷　　　　　　馮道詩十卷

丘光業詩一卷　　　　　劉昭禹詩一卷

按右諸人集，今存者惟韋莊、羅隱、李建勳諸家，僅百中一二。而南唐伍喬、孟蜀花蕊各傳集，則志所列缺焉。

諸家目錄，又有李琪集三卷，嚴虔崧集五卷，李崧集五卷，林鼎集二十卷，朱濤集三十卷，李洪皋集一卷，庾傳昌集十卷，趙仁集二卷，毛文晏集五卷，羅貫集二卷，鄭準集二卷，黃台集一卷，湯筠集五卷，李慎儀集二十卷，湯昭儉集一卷，王紹顏集二卷，白巖集五卷，蓋皆軍書表啓四六之文。又丘明賦一卷，沈顏賦一卷，江之蔚賦一卷，侯圭賦一卷，馮涓賦一卷，羅隱賦二十卷，徐寅賦一卷，倪曉賦一卷，郭賁賦一卷。雖總之不必可觀，然亦非全無製作。況今僅存其目，不可沒也。通考又有集數家，而舊目止孫晟、潘佑、和凝、馮道十餘家云。

雜編卷三

遺逸下　三國

　　晉陳壽以魏、蜀、吳爲三國，唐丘悅以江南、鄴下、關中爲三國，咸總南北名之。余所稱三國，則皆北朝也，蓋拓拔魏、高齊、宇文周氏云。或曰昌黎氏誚齊、梁、陳、隋作等蟬噪，六代諸人且爾，矧三氏區區乎？然芙蓉、楊柳，宋人舉以難韓者，實高齊詩。彼謂温子昇吐任含沈，鑠謝凌顏，誠匪篤論。徐孝穆寒山片石，亦寧免於迂譚。余既詳扨六代諸人篇什，以三氏詩家者流率存而弗論者，因稍差次其品流，品題其撰述，而馮氏所收，間有遺逸，亦附見焉。

　　李延壽云：“永明、天監之際，太和、天保之間，洛陽、江左，文雅尤盛，彼此好尚，互有同異。江左宫商發越，貴於清綺；河朔詞義貞剛，重乎氣質。氣質則理勝其詞，清綺則文過其意。理深者便於時用，文華者宜於詠歌。此其南北詞人得失之大較也。若能掇彼清音，簡兹累句，各去所短，合其兩長，則文質彬彬，盡美盡善矣。"右北史文苑傳序。

又云："魏定鼎沙朔，南包河、淮，西吞關、隴，當時之士，則有許謙、崔宏、崔浩、高允、高閭，聲實俱茂，有永嘉之遺烈焉。太和在運，銳情文學，固以頡頏漢徹，跨躡曹丕。明皇御曆，文雅大盛，陳郡袁翻、袁曜，河東裴敬憲、莊伯、伯茂，范陽盧觀、仲宣，頓丘李諧，渤海高肅，河間邢臧，趙國李騫，樂安孫彥祖，濟陰溫子昇，咸能博綜繁縟，興屬清華，比於建安。齊氏云啟，廣延髦俊，邢子才、魏伯起、盧元明、魏景季、崔長孺、邢子明、祖孝徵、杜輔玄、暢子烈、盧洪勳。天保中，李愔、陸卬、崔瞻、陸元規，并在中書。李廣、樊遜、李德林、盧詢祖、思道，以文章著。又王晞、杜基卿、劉逖、魏騫、蕭愨、顏之推等，并稱述於時。周氏創業，運屬陵夷，纂遺文於既喪，聘奇才如弗及，是以蘇亮、蘇綽、盧柔、唐瑾、元偉、李昶之徒，咸奮鱗翼，自致青紫。"云云。

右北史所錄三朝名士，今篇什傳者無幾，因備存姓氏，用闡遺逷。大抵元魏之才，子昇獨步；高齊之譽，邢、魏齊肩。周雖寥落，而王、庾二子，實冠前流。序弗列者，豈以本皆南產耶？

六朝前，人主謚"文"者凡四：漢、宋、二魏也。子桓無論，漢文稱其仁，魏文稱其孝，然二帝實皆有文。漢文不見賈生，自擬過之，胸中蘊藉，概可想見，惜製作不甚傳。魏文史稱其雅好讀書，史傳百家，無不該涉，善談莊、老，尤精釋義，才藻富贍，好爲文章詩賦銘頌等。太和十年已後詔册，皆帝文也，自餘著述百有餘篇。蓋元魏文人，無能及者。宋文景陽樓一首，宏壯麗密，時亦寡儔。然則四君謚文皆無忝，而孝文在夷狄，則尤難也。

孝文竹堂饗侍臣聯句云："白日光天兮無不曜，江左一隅獨未照。"群臣和無及者，非推避故，自是當時咸出其下。惟邢巒"皇風一鼓兮九地匝，戴日依天清六合"差稱。巒起經生，爲大將，稱文武全才而不云能詩，觀此，謂戎狄無人，可乎？〔一〕

周明帝過舊宮詩云："玉燭調秋氣，金輿歷舊宮。還如過白水，更似入新豐。秋潭漬晚菊，寒井落疏桐。舉杯延故老，今聞歌大風。"整齊工密，儼似唐初諸人五言詩。

北朝諸王，絕無習文事者，惟彭城王勰，差見翹楚。所賦銅鞮松詩，時以方曹子建，謂幾於七步而成也。今詩存云："問松林，松林知幾冬？山川何如昔，風雲與古同。"先是，孝文賦此詩，亦僅十許步，今不傳。

陳思"煮豆"雖七步而成，第小詩耳，不足盡所長也。唐人有日賦萬言者二，皆用吏十餘口授，亭午而成七千，其事甚類，余已別錄。然二人雖平生製作亦無一傳，得非以拙而速耶？果爾，即日課萬篇，曾不若賈島三年而得十字也。詩話總龜載：開元初，有史青者，零陵人，上表以陳思七步

〔一〕以經術顯武功者，惟杜當陽及巒。

成詩尚爲遲澀，請五步成之。明皇試以除夜，應聲云："今歲今宵盡，明年明日催。寒隨一夜去，春逐五更來。氣色空中改，容顏暗裏摧。風光人不覺，已入後園梅。"此篇甚佳，宜其言之誇大，乃唐詩人中記事、品彙諸書，絕無史青名姓，因以類附志於左。〔一〕

宇文招，周宗室，封趙王，與弟滕王逌并好文學，今各存詩一首。二王與庾信、王褒酬答，頗有梁孝、魏文之風，北人中不多見也。

企喻歌四首，六代時北人歌謠，僅此及瑯琊王、鉅鹿公主數題，見郭氏樂府。此則元魏先世風謠也。其詞剛猛激烈，如云"男兒欲作健，結伴不須多。鷂子經天飛，群雀兩向波"等語，真秦風小戎之遺。其後卒雄據中華，幾一寓內，即數歌詞可徵。舉六代、江左之音，率子夜、前溪之類，了無一語丈夫風骨，惡能衡抗北人！陵夷至陳，卒併隋世。隋文稍知尚質，而取不以道，故煬復爲春江、玉樹等曲。蓋至是南風漸漬於北，而六代淫靡之音極矣。於是唐文挺出，一掃而汛空之，而三百年之詩，遂駸駸上埒漢、魏。文章關係氣運，昭灼如此。今人率以一歌之微，忽而不省，余故詳著其說，俟審音者評焉。

瑯琊王歌八曲，其音較企喻稍嘽緩，蓋在南北之間。第

〔一〕此詩諸選多載，或以爲明皇，英華又作他名氏，俱不言史青作。恐五步之內，未易辦斯也。

五首云："長安十二門，光門最妍雅。渭水從隴來，浮游渭橋下。"蓋是時姚興都關中，頗饒樂，寡兵爭，此歌必其時作。長安雖詞家通用，至渭水渭橋，則斷爲關中無疑。或又以爲姚萇時歌。按萇都關中，事屬草創，旋即病殂，非也。

　　瑯琊王歌諸家咸無解。考姚氏貴戚大臣，惟姚緒封晉王，姚碩德封隴西王，皆興叔父，且勳望優崇，故自餘雖親子弟率封公，如廣平、東平之類，殊無所謂瑯琊王者。而是時晉有瑯琊王司馬德文，見興傳，然不云入秦也。〔一〕

　　此歌末章云："憐馬高纏鬃，遙知身是龍。誰能騎此馬，惟有廣平公。"按晉史載記，廣平公弼，姚興子，泓弟也，有武幹。赫連勃勃難起，秦諸將咸敗亡，獨弼率衆與戰龍尾堡，大破之。據歌足可想見其人。然貪殘好亂，欲殺泓而篡之。興病革聞變，因力疾臨殿前，賜弼自盡。此歌正猶鄭人之歌叔段，第亦可見其非姚萇及泓時作矣。

　　慕容垂歌三首，其一云："慕容攀牆視，吳軍無邊岸。我身自分當，枉殺牆外漢。"後二首語意略同。諸家但注垂履歷，而此歌出處懵然。按垂與晉桓溫戰於枋頭，大破之。又從苻堅破晉將桓沖，堅潰，垂衆獨全，俱未嘗少衄。惟垂攻苻丕，爲劉牢之所敗，秦人蓋因此作歌嘲之，則此歌亦出於苻秦也。〔二〕

〔一〕晉書瑯琊王伷傳，司馬道子改會稽王，時國已除，而姚興時復有德文，不可曉。
〔二〕楊用修謂垂自作，尤誤。

　　蕭慤“芙蓉露下落，楊柳月中疏”，足爲北朝第一。顏之推賞之，可稱具眼，而盧思道不以爲然。又臨高臺云：“崇臺高百尺，迥出望仙宮。畫栱浮朝氣，飛梁照晚虹。小衫飄霧縠，豔粉拂輕紅。笙吹汶陽篠，琴奏嶧山桐。舞逐飛龍引，花隨少女風。臨春今若此，極宴豈無窮！”此篇整峭特甚，惟第三聯失粘，且與下聯句法相犯。余欲爲除去此十字，則上下粘帶，音節格調，亡不完美，足與陰鏗安樂宮競爽，入唐初皆爲第一。書俟識者評之。

　　又上之回云：“發軔城西時，回輿事北游。山寒石道凍，葉下故宮秋。朔路傳清警，邊風卷畫旒。歲餘巡省畢，擁杖返皇州。”此篇亦全合唐律者。楊用修律祖取慤“芙蓉露下落”一首，而反遺此，并錄之。

　　顏之推：“馬邑迷關吏，雞鳴起戍人。”玄宗“馬邑分朝景，雞聲逐曉風”本此。“朝”“曉”稍犯，不若顏句穩健云。

　　馮淑妃入周，賜代王建，建甚嬖之。馮彈琵琶絃斷，作感琵琶云：“雖蒙今日寵，猶憶昔時憐。欲知心斷絕，應看膝上絃。”王維“莫以今時寵，難忘舊日恩”本此。

　　宋劉昶入魏，作斷句詩云。按此即今絕句也。絕句之名當始此。以倉卒信口而成，止於四句，而篇足意完，取斷絕之義，因相沿爲絕句耳。或謂漢、魏已有絕句者，不然。蓋漢、魏自有小詩四句者，後人集詩，以其體相類，故以此名之，非本名絕句也。

　　韓延之，宋義士也。司馬休之起兵，劉裕以延之有幹用，密招之。延之復書斥裕，詞絶壯憤，司馬氏通鑑採之。入魏有贈李彪詩。惜南史不列之忠義，而置北史雜傳中，因表而出之。〔一〕

　　劉孝標本名法武，年八歲，爲魏兵所掠，轉徙入代都，貧不自立，寄人廡下讀書。後歸南朝，居金華洞中，有山棲志，今傳。龍城錄云：“金華山北有仙洞，俗呼爲劉先生隱身處，以松炬照之，石刻云：‘劉巖字仲卿，漢室射聲校尉，當恭顯之際，極諫，被貶於東陬，隱跡於此，莫知所終。’即道士蕭至玄所記也。山口人時得玉篆碑，傳劉仲卿每至中元日，來降洞中。”按，此說吳正傳謂王性之僞撰，所謂劉仲卿，蓋即孝標也。世知孝標爲梁人而不知入北，故識此。〔二〕

　　劉孝標晚居吾郡，遂爲婺人。今紫薇巖是其讀書處。孝標本以文學烜赫齊、梁間，篇什殊寡知者。今所傳二古詩，宏麗緻密，遠薄宣城，即同時任、沈，不無慚色。惜他作不甚傳，因詳錄於後，俾不以文學沒其實焉。自江州還入石頭云：“鼓枻浮大川，延睇洛城觀。洛城何鬱鬱，杳與雲霄半。前望蒼龍門，斜瞻白鶴館。槐垂御溝道，柳綴金堤岸。迅馬晨風趨，輕輿流水散。高歌梁塵下，緪瑟荆禽亂。我忘淮海游，曾無朝市玩。忽寄靈臺宿，空軫及關嘆。仲子入南楚，

〔一〕昶及韓詩并見詩紀。
〔二〕又山棲詩，見下條。

伯鸞出東漢。何能棲樹枝，取斃王孫彈。”始營山居云：“自
昔厭喧囂，執志好棲息。嘯歌棄城市，歸來事畊織。鑿戶窺
嶕嶢，開軒望嶄峛。激水檐前溜，修竹堂陰植。香風鳴紫
鶯，高梧巢綠翼。泉脈洞杳杳，流波下不極。髣髴玉山隈，
想像瑤池側。夜誦神仙記，旦吸雲霞色。將馭六龍輿，行從
三鳥食。誰與金門士，撫心論胸臆。”

又出塞一首云：“薊門秋氣清，飛將出長城。絕漠衝風
急，交河夜月明。陷敵搢金鼓，摧鋒揚旆旌。去去無終極，
日暮動邊聲。”右梁詩，而響亮嚴整，王、楊極意無以加也。

北朝人五言合唐律者，惟王劭冬晚對雪云：“寒更傳
唱晚，清鏡覽衰顏。隔牖風驚竹，開簾雪滿山。灑空深巷
靜，積素廣庭閒。借問袁安舍，翛然尚閉關。”此詩不但體
格合唐，其興象標韻，無非唐人者。楊用修五言律祖乃不
列，馮汝言詩紀亦遺之。近閱文苑英華雪類得此，因亟錄。

按隋書，劭太原人，字君懋。弱冠好讀書，家人竊所
食盤中肉不之覺。祖珽、魏收等論古事有所遺忘，討閱不能
得，呼劭問之，劭具陳出處，取書驗之，一無舛訛。時人咸
稱其博物。齊滅入周，遂爲隋文帝知遇。在著作二十年，採
摘經史謬誤，爲讀書記三十卷，世推精核云。據史，則劭不
特能詩，其嗜學洽聞，皆北士所罕覯，以修隋書多蕪雜，故
聲譽不甚振。然此詩風華奕奕，非劉書等比也。[一]

――――――――――――

〔一〕劭雖列隋史，實生齊周世，故類此。

　　庾開府世但重其大篇，視孝穆、總持，但略以氣骨勝，然不甚流轉。五言小詩，特有佳者，合處往往類盛唐。

　　王子淵玄圃詩："石壁如明鏡，飛橋類飲虹。"太白"兩水夾明鏡，雙橋落彩虹"全祖之。〔一〕

　　魏收"尺書招建業"及"臨風想玄度"二聯，詩紀不錄，蓋皆無全篇也。

　　李騫、崔劼使梁，席上作"蕭蕭風簾舉""燈花寒不結"，見西陽雜俎語資類。二子他作湮沒，此亦可推。

　　崔光答李彪百三郡國詩一卷，見唐藝文志。蓋二子皆能詩，今他什亦不傳矣。

　　楊用修記王無功云："吾往見薛收白牛溪賦，韻趣高奇，詞義曠遠，嵯峨蕭瑟，真不可言。壯哉！邈乎揚、班之儔也。高人姚義嘗語吾曰：'薛生此文，不可多得，登太行，俯滄海，高深極矣。'吾近作河渚獨居賦，爲仲長先生所見，以爲可與白牛連類，因寫爲一本。"〔二〕

　　西陽雜俎云："歷城縣魏明寺中有韓公碑，太和中所造也。魏公曾令人遍錄州界石碑，言此碑詞義最善，常藏一本於枕中，故家人名此枕爲麒麟函。"〔三〕

　　雜俎記庾信曰："我江南才士，今日亦無舉世所推，如溫子昇獨擅鄴下，常見其詞筆，亦足稱是遠名。近得魏收數

〔一〕王、庾皆南士，故不備論，附見此。
〔二〕今此二賦俱不傳。
〔三〕韓麒麟，見北史。

卷碑，製作富逸，特是高才也。”按子山推魏若此，正與孝
穆相左。然收碑頌，今亦罕見云。〔一〕

　　古今文人，險惡如郄鴻豫、息夫躬，邪佞如許敬宗、宋
之問，皆詞塲讟言者，然未有如北齊祖珽之甚也。珽傳載
其履歷，蓋市井負販小人，無賴之尤，薄行不足以言之。然
自昔類書，劉孝標、何承天等悉不傳，惟珽修文御覽特傳
於宋。詩載文苑英華凡三首，亦綽約有南朝風。珽雖屢嘗奇
辱，竟死牖下，而其子君彥，復以文知名隋末。小人有天幸
如此！要之實古今沴氣所獨鍾也。

　　北齊文士，著者三人：邢劭、魏收、祖珽。珽凶惡汙
賤，爲古今詞人之冠，收亦亞焉。其才實有可觀，挾瑟歌
云：“春風宛轉入曲房，兼送小苑百花香。白馬金鞍去未返，
銀裝玉筯下成行。”無論格調爲唐七言絕開山祖，其風致亦
不減太白、龍標。但音節未盡諧，蓋時代然也。

　　邢子才差爲長厚，亦不能無疵。其詩乃稍事冲淡，與
梁、陳諸家不類。如夜直史館、冬日傷志等篇，輸寫情愫，
往往可觀。至“風音響北牖，月影度南端”“折花步淇水，
撫琴望叢臺”等句，標致亦不乏也。北朝文士節行，必以溫
子昇爲最。楊遵彥謇諤匪躬，而相業掩之。

　　詩紀有盧詢中婦織流黃詩一首、蕭慤野田黃雀行一首。
二人絕無可考。蓋詢即詢祖，慤即蕭慤也。古今同姓名者最

〔一〕溫寒陵亦不見傳。

衆，然北朝詞客素寡，安得一時人偶同如此，又絕不見於他書耶？馮慎於闕疑，故并存之。

北周文士，王襃、庾信爲冠，然皆南人也。西漢王襃同姓名，同以才學顯，世所共知。以余考之，古今有五王襃。一唐人，字士元，亦能文，即補傳亢倉子者。一見漢郊祀志，一見神仙通鑑。餘文士同姓名者甚衆，詳見別編。因子淵漫發於此。若蕭轂之訛，盧詢之脱，則余灼見其然，非鹵莽也。

漢王襃字子淵，周王襃傳云字子深，非也。必襃以名同漢人，故遂襲稱其字。傳作於唐人，淵，高祖諱也，如陶淵明改稱深明，而蕭淵明但稱蕭明云。

詩紀隋陳子良後，又有陳良，亦脱“子”字。文苑英華誤字甚衆，見周必大表，蓋宋已然。〔一〕

詩紀有魏人袁曜，馮氏疑爲“躍”字誤。按躍，翻弟，字景騰，以字義及兄名律之，決當爲躍無疑。且北史文苑傳及序，皆止有躍而無所謂曜者，此類直改正之可也。

北朝人亦多有集，今錄其存於唐者，惟觀其目可也。

後魏孝文帝集四十卷	司空高允集二十卷
司農卿李諧集十卷	太常卿盧元明集十七卷
司空祭酒袁躍集十三卷	著作佐郎韓顯宗集十卷
散騎常侍温子昇集三十九卷	太常卿陽固集三卷
薛孝通集六卷	宗欽集二卷

〔一〕子良集三十卷，乃載唐志，蓋隋末人。

魏季景集一卷　　　　　　　少傅蕭撝集十卷

北齊特進邢子才集三十卷　　尚書僕射魏收集七十卷

儀同劉逖集二十六卷　　　　楊休之集三十卷

後周明帝集五十卷　　　　　趙平王集十卷

滕簡王集十二卷　　　　　　儀同宗懍集十二卷

沙門釋亡名集十卷　　　　　小司空王褒集二十一卷

開府儀同庾信集二十一卷　　又衡集三卷略集三卷

今考諸人詩，存馮氏紀者：魏文、韓顯宗、宗欽、盧文明、袁躍、趙王招、滕王逌各一首，陽固二首，周明帝三首，高允、宗懍、劉逖、楊休之各四首，蕭撝五首，釋亡名六首，邢邵八首，溫子昇十一首，魏收十三首，王褒四十七首。

庾信詩居北朝之半，而李諧、薛孝通無詩，蕭愨、顏之推無集。記此以俟續考。

北朝集存於宋者，惟庾開府二十卷，此外盡亡。余近所收庾集外，乃有王褒一二家，蓋後人從類書中錄出者，非本書也。

諸人著集者，考北史，高允、溫子昇、蕭撝、邢子才、魏收、王褒、庾信各有傳。李諧見崇傳下，盧元明見玄傳下，袁躍見翻傳下，韓顯宗見麒麟傳下，陽固及子休之俱見尼傳下。魏孝景當作季景，與收同族，亦有傳相聯。薛孝通見辯傳下，劉逖見芳傳下，大率皆名下士也。

詩紀有韓延之贈中尉李彪詩云：“賈生謫長沙，董儒詣臨江。愧無若人跡，忽尋兩賢蹤。追昔渠閣游，策駑廁群龍。如何情願奪，飄然事遠從。痛哭去舊國，銜淚屆新邦。哀哉無援民，嗷然失侶鴻。"馮注："延之，字顯宗，事晉司馬休之，休之敗入魏，作此詩。"誤也。按北史，韓麒麟子顯宗，字茂親，以才學節概，傾動一時。晚遭張彝奏免謫，白衣領諮議，以展後效。顯宗既失意，遇信向洛，乃爲五言詩，贈御史中丞李彪，以申憤結。所撰馮氏燕志及孝友傳十卷。北史洎魏書載其履歷甚詳，緣附父麒麟傳後，故覽者不遑精究。此詩正其被謫時作，載傳中甚明者也。詩紀注末亦謂"一云韓顯宗，字茂親"，而不復定爲其作，蓋偶未讀此傳也。第以爲韓延之亦有由。延之既謝絕劉裕，以裕父名翹，字顯宗，因以顯宗爲己字，而名子曰翹，示不爲裕臣也。二人節概剛挺頗類，而延之見採通鑑，稍稍有聞。又詩中有"去舊國""屆新邦"，及"無援""失侶"等詞，意亦恍忽相近。故詩紀斷以爲延之，而不審起句賈生、董儒語迥不類。且傳明言向洛贈彪，"去舊國"二言，乃爲向洛發也。當延之入魏，在魏太武時，而顯宗及李彪俱顯孝文時，其世迥不相及。彪傳載彪疏稱漁陽傅毗、北平陽尼、河間邢產、廣平宋弁、昌黎韓顯宗，并以文才見舉，注述是同，而享年弗永，弗終茂績云云，則彪與顯宗交契可見。考延之及彪傳，絕無游往之跡，詩紀之誤無疑。余舊亦以爲延之，及讀麒麟傳，乃知因字而誤，忻然自快，不啻獲一真珠船。此卷前則尚仍詩紀之文，今不復追改，以志余讀書之未至，且兩存以俟精史學者。

北朝學士當世所共推崔、劉、王、魏諸人，今製作無復傳。酈道元殊不以此名，而所注水經淹洽之工，足冠千古。

北史道元有傳，其人精吏治而上刻核，竟死於亂兵。然是書
實可傳，非他著述比也。

　　北齊斛律金敕勒歌世共知者，然同時高敖曹亦能詩，
今尚數首傳。當魏、齊、周三國紛拏際，敖曹獨以雄武甲天
下，時人至擬之項籍，其威略可想見。詩雖不工，頗似有意
捉筆者，非若景宗慶之率口成也。崔延伯每入陣，必使田僧
超歌壯士曲，余甚詫其有詩情。

雜編卷四

閏餘上　五代

古風兩漢，近體三唐，能事畢矣。宋、元以降，世謂無詩，乃其盛時鉅擘，旁午簡編，詩家者流，稍名涉獵，咸指掌上。獨自梁迄周五代，戎馬劻勷，文章否極。韋莊、羅隱諸人，既繫籍於唐末；徐鉉、陶穀等輩，又接軫於宋初。自餘二三雋流，或以詞見，或以學稱，歷數十百年中，遂若兹道中絕，無復一綫之存者。近楊用修詩話，旁蒐僻隱，不遺餘力，此特未遑。余暇讀五代小說雜談，覺其間人雖微，尚有足述；句雖陋，時或可觀。悼彼生之不辰，將泯泯偕腐草木。因悉採彙爲一編，亡論雲門、大呂，即方回、阿段，例掇弗遺。庶異時博雅君子，上下千秋，於斯無憾。於戲，詩至五季，溲勃之用，亡當詞壇；乃風雅大明之日，猶有若余之藻飾而品題之者，士誠志於不朽，奚以後世爲患哉！

大率五代詞人，與南、北朝絕類，中原最寥落，覺江、

淮爲盛，楚、蜀次之。自歐氏不立文苑傳，世率以馮瀛王輩
俚語爲五代詩，不知亦頗有工細者，聊撮錄之。

南唐中主、後主，皆有文。後主一目重瞳子，樂府爲宋
人一代開山祖。蓋温、韋雖藻麗，而氣頗傷促，意不勝辭，
至此君方是當行作家，清便宛轉，詞家王、孟。其詩今存者
四首，附鼓吹末，與晚唐七言律不類，大概是其詞耳。凡詞
人以所長入詩者，其七言律，非平韻玉樓春，即襯字鷓鴣天
也。後主兄弘茂、弟從謙各能詩。宋人小說記煜題扇詩“揖
讓月在手，動搖風滿懷”，又“鬢從今日添新白，菊是去年
依舊黃”，率無全篇。嘗著雜說百篇，時以方典論云。〔一〕

孟後主昶，世以荒淫不道，然實留心文藝。嘗與花蕊夫
人納涼作詞云：“冰肌玉骨清無汗，水殿風來暗香滿。簾開
明月獨窺人，欹枕釵橫鬢雲亂。起來瓊戶啓無聲，時見疏星
渡河漢。屈指西風幾時來，祇恐流年暗中換。”按昶詞，蘇
長公洞仙歌全隱括之。元人琵琶記“新篁池閣”亦出此，而
花間集不載。近吳興補刻，復遺之，因錄此。昶又嘗書石刻
五經。當唐末，海內各畫士咸入益州。昶子玄寶甫齔，誦萬
言，七歲卒。先是，王蜀主衍，亦能文。〔二〕

錢忠懿王俶，亦能詩，汝帖載其七言一律云：“廊廡依
稀翠幕遮，禁林深處絕喧譁。界開日影憐窗紙，穿破笞痕惡

〔一〕見江南別錄。又後山詩話，徐鉉稱煜秋月篇，今不傳。
〔二〕見蜀檮杌等書。吳越後主亦能詩，見後山詩話。

筍芽。西第晚宜供露茗，小池寒欲結冰花。謝公未是深沉量，猶把輸贏局上誇。"詩不能大佳，然五代時李重光最有文，詩律亦僅爾爾。此載石刻中，又將湮沒，故錄。又後山詩話記其"金鳳欲飛遭掣搦"一詞，是俶不但能詩，并解長短句也。至宋而錢惟演輩，子孫咸以文鳴矣。

五代諸後主，南唐、孟蜀，各以詞翰聞。吳越雖不甚表著，即帖中可窺一臠，皆遠勝創業者。又王蜀後主衍，亦能詩詞，所輯有煙花集。又李後主弟從謙、兄弘茂，并知名，見南唐書、蜀檮杌等錄。

後唐莊宗，世知其勇略及俳優戲劇而已，然實於文藝留心者。史稱其幼好學，通春秋大義，又嘗手抄春秋，曰："我於十指上得天下。"見高季興傳中。五代優伶傳云："莊宗知音能度曲，至今汾晉間，往往能歌其聲。"樂府所傳如夢令一詞，殊不在李、王父子下。第以沙陀能此，尤不易云。

王仁裕，孟蜀學士，嘗夢人以刀剖腹，引西江水洗其腸胃，因名集曰西江詩。平生殆萬首，今不傳。宋藝文志有仁裕他集而無所謂西江者。惟玉堂閒話尚行世，中載七言律數首，皆清雅，特格卑弱耳。登麥積山絕頂云："踏遍懸空萬仞梯，等閒身共白雲齊。窗中下見群山盡，堂上平分落日低。絕頂路危人少到，古巖松健鶴長棲。天邊為要留名姓，拂石殷勤手自題。"仁裕又有賀王溥一律，載總龜。世所傳

開元遺事，非其撰也。〔一〕

　和凝，字成績，生平撰述共分爲六種，香奩集其一也，今獨此傳。其句多浮豔，如"仙樹有花難問種，御香聞氣不知名""鬢鬌香頸雲遮藕，粉著蘭胸雪壓梅""靜中樓閣春深雨，遠處簾櫳夜半燈"，皆見瀛奎律髓。方氏以爲韓偓，葉少蘊以爲韓熙載，大概晚唐、五代，調率相似。第偓當亂離際，以忠鯁幾殺身，其詩氣骨有足取者，與香奩殊不類，謂凝及熙載則意頗近之。詩話總龜又載凝"桃花臉薄難成醉，柳葉眉長易覺愁"之句，可證云。〔二〕

　劉昭禹，婺人，少師林寬，後爲湖南宰，終桂府幕官，蓋當在陳陶、羅隱輩後。又有經費冠卿舊居詩，紀事乃列之嚴維、李泌前，大誤。紀事最精詳，而亦有譌甚當改正者。如呂溫、呂恭皆呂渭子，今乃溫、恭列前，而渭在五卷後，此類是也。〔三〕

　昭禹題經費冠卿舊居云："節高終不起，死戀九華山。聖主情何切，孤雲性本閒。名傳中國外，墳在亂松間。依約曾棲處，斜陽鳥自還。"懷隱者云："先生入太華，杳杳絕良音。秋夢有時見，孤雲無處尋。神清峰頂立，衣冷瀑邊吟。應笑干名者，六街塵土深。"又有句云："句向夜深得，心從

────────────

〔一〕五代史獨仁裕、和凝有傳。仁裕，字德輦，天水人。仕蜀歷唐、晉、漢，至少保。與凝集合至百卷。
〔二〕凝仕唐、晉、漢，封魯公。
〔三〕紀事云劉嘗爲睦州刺史，恐未然。

天外歸。”

　　品彙有劉昭屬送休上人之衡嶽詩一絕，此必昭禹作，“禹”與“屬”文相亂耳。休上人即貫休，事楚圓，嘗居衡嶽間。〔一〕

　　曹崧，衡陽人。贈陳先生云：“讀太玄經秋醮罷，注參同契夜燈微。”羅大夫故居云：“鹿眠荒圃寒蕪白，鴉噪殘陽敗葉飛。”見詩話總龜。按唐有曹松，即“一將功成萬骨枯”者，非此也。

　　孫光憲竹枝詞云：“門前春水白蘋花，岸上無人小艇斜。商女經過江欲暮，散拋殘食飼神鴉。”柳枝詞云：“閶門風暖落花乾，飛遍江城雪不寒。獨有晚來臨水驛，游人多憑赤欄干。”二詩見郭氏樂府，品彙已收之。按三楚新錄云：“光憲，蜀人。高氏辟爲書記，表章文檄，皆出其手。最好聚書，以兵革難致，每發使諸道，必重價募得之，蓄書至萬餘卷。然自負史才，以藩服恒鬱鬱。每吟昔人詩曰：‘一生不得文章力，百口空爲飽暖家。’”品彙取其詩入唐，亦未當。如曰凡五代悉係之唐，則王仁裕等皆不得遺。必仕宦唐世，或撰述聲名已著唐時者，乃可。光憲北夢瑣言尙傳。

　　韓熙載，相南唐，有文名，詩之傳者獨寡。惟“他年蓬島音塵絕”一絕見詩話。熙載亦諡文，江南人呼爲韓文公。

―――――――

〔一〕詩云：“草履初登南嶽船，銅瓶猶貯北山泉。衡陽舊事春風晚，門鎖寒潭幾樹蟬。”

世所傳昌黎像，皆熙載也，見筆談。又江南別錄云："韓熙載、徐鉉兄弟爲當代文宗。繼以潘佑、張洎，以才名顯。故江左三十年文物，有貞觀、元和之風。"按潘佑文今尚存送人一篇，見晁文元道院集要。江南別錄，陳彭年撰。彭年以博洽聞於宋初，南唐人也。

　　李建勳，父德誠，已爲楊行密將。後尙主入相，至江南垂亡始沒。於唐世亡毫髮干與，計氏紀事不錄，良是。近以其集存，乃列百家詩中，大可笑。品彙因之亦誤。今五代詩集傳者，僅建勳一家而已。集中佳句頗多，雖晚唐卑下格，然模寫情事殊工，漫摘數聯於後。

　　毆伎云："當時心已悔，徹夜手猶香。"夏日云："池映春篁老，檐垂夏果新。"寄僧云："杉松新夏後，雨雹夜禪中。"闕下云："鳳翔雙闕曉，蟬噪六街秋。"宮詞云："簾垂粉閣春將盡，門掩梨花日漸長。"故壇云："舊碑經亂沉荒澗，靈篆因耕出故基。"殘牡丹云："失意婕妤妝漸薄，背身西子病難扶。"望廬山云："雲暗半空藏萬仞，雪迷雙瀑在中峰。"皆有思致。聽笛及批牒二絕句，見南唐近事，今集中所遺者，并識之。

　　伍喬詩一卷，類刻唐百家僅七言律二十首，蓋類書鈔合者。有詩上杜牧，疑唐末人。然唐餘錄："江南垂亡，命喬放進士榜。"又集有寄史虛白詩，南唐人無疑也。其句如"登閣共看彭蠡浪，圍爐同憶杜陵秋""石樓待月橫琴久，漁

浦驚風下釣遲”，亦有風韻。〔一〕

廖凝，字熙績，隱居南岳。江南後，仕爲彭澤令，遷連州刺史。與李建勳爲詩，有集行世。詠中秋月與聞蟬爲絕唱。中秋月云：“九十日秋色，今宵已半分。孤光吞列宿，四面絕微雲。衆木排疏影，寒流疊細紋。遙遙望丹桂，心緒正紛紛。”聞蟬云：“一聲初應候，萬木已西風。偏感異鄉客，先於離塞鴻。日斜金谷靜，雨過石城空。此處不堪聽，蕭條千古同。”初宰彭澤有句云：“風清竹閣留僧話，雨濕莎庭放吏衙。”江左學詩者，競造其門。

廖融，字元素，隱衡山，與逸人任鵠、王正己、凌蟾、王元游。贈天台逸人云：“移檜託禪子，攜家上赤城。拂琴天籟寂，欹枕海濤生。雪白寒峰晚，鳥歌春谷晴。又聞求桂楫，載月十州行。”題檜云：“何人見植初，老對梵王居。聲高秋漢迥，影倒月潭虛。”夢仙云：“翠鳳引游三島路，赤龍飛駕五雲車。”退宮妓云：“神仙風格本難儔，曾從前皇翠輦游。紅躑躅繁金殿暖，碧芙蓉笑水宮秋。寶車鈿剝陰塵覆，錦帳香銷畫燭愁。一旦色衰歸故里，月明猶夢按梁州。”右見郡閣雅談。二廖并居南岳，當是兄弟，調亦相類，皆晚唐之幽緻者。〔二〕

翁宏，字大舉，桂嶺人，寓居韶、賀間。中秋月云：

────────────

〔一〕瀛奎律髓取喬二首，今存。
〔二〕又句：“雲穿搗藥屋，雪壓釣魚舟。”

"寒侵萬國土，冷浸四維根。"送人云："萬木殘秋裏，孤舟半夜猿。"曉月云："漏光殘井甃，缺影背山椒。"塞上云："風高弓力滿，霜重角聲枯。"又宮詞"落花人獨立，微雨燕雙飛"最佳。〔一〕

張子明，攸縣人，居鳳巢山。孤雁詩云："雖逢夜雨迷深浦，終向晴天著舊行。"

伍彬，邵陽人，初仕馬氏，後入宋。喜雨云："稚子出看莎徑沒，漁翁來報竹橋流。"解官云："蹤跡未辭鴛鷺侶，夢魂先到鷓鴣村。"又劉章亦事馬氏，有蒲鞋詩。〔二〕

路振，唐相巖玄孫。贈彬云："庭樹鳥頻啄，山房人未眠。寒巖落桂子，野水過茶煙。"

王元，字文元，桂林人。登祝融峰云："勢疑撞翼軫，翠欲滴瀟湘。"贈廖融云："伴行惟瘦鶴，尋寺入深雲。"悼李韶云："雅句僧鈔遍，孤墳客弔稀。"答史虛白云："飯僧春嶺蕨，醒酒雪潭魚。"後終於長沙。〔三〕

卞震，蜀人。即事云："雨壁長秋菌，風枝落病蟬。"又："茶香解睡磨鐺煮，山色牽懷著屐登。"

裴諧，說弟。說見唐詩紀事，諧終於桂嶺。湘江吟云："風回山火斷，潮落岸冰高。"杜甫墳云："名終埋不得，骨任朽何妨。"

〔一〕二句或以爲晏叔原作，見郡閣雅談。
〔二〕見丹鉛新錄。
〔三〕虛白見唐餘隱逸傳，奇人也。

馮延巳，相南唐，以詞顯，今傳，見花間集。嘗有句云："鴛瓦數行曉日，龍旂百尺春風。"

陸蟾，居攸縣。題子規云："花殘斑竹廟，雨歇峴山亭。樹罅月欲落，窗間酒正醒。"〔一〕

夏寶松，廬陵人，與劉洞唱和。李德誠贈詩曰："建水舊傳劉夜坐，〔二〕螺川新有夏江城。"寶松江城詩云："雁飛南浦鐘初斷，月滿西樓酒半醒。曉來羸駟依然去，雨後遙山數點青。"〔三〕

蜀王義方春日詩："海邊紅日半離水，天外暖風輕到花。"又蜀王廷珪詩："十字水中分島嶼，數重花外見樓臺。"

潘天錫，南唐人，仕至員外。與沈彬分題云："風便磬聲遠，日斜樓影長。"彬詩云："松欹晚影離壇草，鐘撼秋聲入殿廊。"〔四〕

九華山人熊皎早行云："山前猶見月，陌上未逢人。"山居云："果熟秋先落，禽寒夜未棲。"〔五〕

李範，關中人。題王山人故居云："鶴歸秋漢遠，人去草堂空。"秋日云："清猿啼遠木，白鳥下前灘。"

楊鸞，字鳥之。山中云："背日流泉生凍早，逆風歸鳥赴

〔一〕并詩話總龜。
〔二〕洞有夜坐詩。
〔三〕江南野錄。
〔四〕彬入唐人中，然仕南唐甚顯。
〔五〕并郡閣雅談。

巢遲。”又<u>皮光業</u>句：“行人折柳和輕絮，飛燕銜泥帶落花。”

　　<u>陳誼</u>，<u>吉州</u>人。題<u>螺江廟</u>云：“廟裏杉松蕭颯風，廟前
江水碧溶溶。憑欄不見當時事，落日遠山千萬重。”

　　<u>孟賓于</u> <u>蟠溪</u>云：“松根盤蘚石，花影臥沙鷗。”

　　<u>徐休雅</u>，<u>長沙</u>人。宮詞云：“内人曉起怯春寒，輕揭珠
簾看牡丹。一把柳絲鈎不住，和風搭在玉欄干。”

　　<u>任鵠</u> 送<u>王正己</u>云：“五峰青拄天，直下挂飛泉。琴鶴
同歸去，煙霞到處眠。貜跳霜葉徑，虎嘯夕陽川。獨酌應
懷我，排空樹影連。”又<u>邵拙</u>詩：“萬國未得雨，孤雲猶
在山。”

　　<u>陸蟾</u>，居<u>攸縣</u>。題<u>石頭城</u>云：“蒹葭侵壞壘，煙霧接
<u>滄洲</u>。”

　　<u>孟碫</u> 贈<u>史虛白</u>云：“詩酒獨游寺，琴書多寄僧。”

　　<u>陳甫</u>，字<u>惟嶽</u>，<u>吉水</u>人。感懷云：“一雨洗殘暑，萬家
生早涼。”村居云：“暮鳥歸巢急，寒牛下隴遲。”

　　<u>高元矩</u>，<u>宣城</u>人。贈<u>徐學士</u>云：“燕掠琴絃穿靜院，吏
收詩草下閒庭。”〔一〕

　　<u>歙州</u> <u>問政山</u>，<u>聶道士</u>所居。嘗有人陟險攀蘿至絕壁，於
巖下嵌空處，見題詩一首。雖苔蘚昏蝕，而文尚可辨，末云
<u>黃台</u>作。其詞云：“千尋練帶<u>新安水</u>，萬仞花屏<u>問政山</u>。自
少雲霞居物外，不多塵土到人間。溪童乞火朝敲竹，山鬼聽

─────────────

〔一〕并郡閣雅談。

琴夜撼櫳。草暗碧潭思句曲，松昏紫氣度函關。龜成淺甲毛猶綠，鶴化幽翎頂更殷。阮洞神仙分藥去，茅家兄弟寄書還。黃精苗倒眠青塵，紅杏枝低掛白鷳。容易煮茶供客用，辛勤栽果與猿攀。常尋靈穴通三島，擬過流沙化百蠻。新隱漸開侵月窟，舊林猶稅枕沙灣。手疏俗禮慵非傲，肘護靈方秘不慳。海上使頻青鳥黠，篋中藏久白鷴頑。筇枝健杖菖蒲節，筍櫛高簪玳瑁斑。花氣薰心香馥馥，澗聲聆耳冷潺潺。高墳自掩浮生骨，短晷難窮不死顏。早晚重逢蕭塢客，願隨芝蓋出塵寰。"右載青緗雜記。末云："台，國初任屯田員外。"蓋五代人仕宋者。此篇整練宏富，非大才力不易到，押險韻尤工密，因稍節略錄左方。余考宋七言排律遂亡一佳，唐惟女子魚玄機酬唱二篇可選。諸亦不及云。〔一〕

　　陳希夷，生唐懿宗世，歷五代至宋初。嘗與毛女游，贈詩云："有時問著秦時事，笑撚仙花望太虛。"〔二〕

　　羽流舒道紀題赤松宮云："松老赤松原，松間廟宛然。人皆有兄弟，誰共得神仙？雙鶴沖天去，群羊化石眠。至今丹井水，香滿北山田。"雖晚唐體而句語渾成，足爲佳什。與李頻"四皓東西南北人"一首絕類。又題浩然觀云："澄心坐清境，虛白生林端。夜靜嘯聲出，月明松影寒。絳霞封藥竈，碧寶濺齋壇。海樹幾回老，先生棋未殘。"舒，五代

〔一〕施肩吾百韻在二作下。
〔二〕翰府名談。

人，名見貫休集。浩然觀在吾邑，今不存。〔一〕

許堅題幽棲觀云：“仙翁上昇去，丹井寄晴壑。山邑接天台，湖光照寥廓。玉洞絕無人，老檜猶棲鶴。我欲挈青蛇，他時沖碧落。”後不知所終。〔二〕

伊用昌留題皂閣觀云：“雨吹山腳毒龍起，月照松梢孤鶴回。”〔三〕

沈廷瑞，彬子，南唐人。有句云：“金鼎鎖紅日，丹田老白雲。”

李夢符，梁開平初人。漁父詞云：“林寺鐘聲渡遠灘，半輪殘月落前山。徐徐撥棹卻歸灣，浪疊明霞錦繡翻。”

李昇受禪初，忽夜半有僧撞鐘。執至，將殺之。僧曰：“適吟中秋月詩。”命誦之，曰：“徐徐出東海，漸漸上雲衢。此夜一輪滿，清光何處無？”昇喜，遂釋之。右見江南野錄，然或以爲貫休。

西山與滕閣對峙，留題遍寺中。有僧至，言詩總不佳，何不撤去？守問僧能乎，即吟曰：“洪州太白方，積翠滿蒼蒼。萬古礙新月，半江無夕陽。”按末聯或以爲陳希夷，今讀此前兩句，氣勢相應，信僧作也。宋人以爲切西山，故盛傳。第以此意釋之，反覺纖巧，祇泛然看，自渾成。〔四〕

〔一〕見吳正傳詩話。
〔二〕唐餘紀傳。
〔三〕以下并郡閣雅談。
〔四〕此又見劉貢父詩話，曰宋初僧所題。

湘南僧文喜失鶴詩："一向亂雲尋不得，幾臨流水待歸來。"〔一〕

茅山老僧詩："一池荷葉衣無盡，數畝松花食有餘。剛被傍人相問訊，老僧今日又移居。"〔二〕

蜀僧遠國感懷云："丹禁夜涼空鎖月，後亭春老亂飛花。"

唐末僧齊己、虛中皆居楚，貫休後入蜀。"滿堂花醉三千客，一劍霜寒十四州""雁宕經行雲漠漠，龍湫燕坐雨濛濛"，皆無全篇。又蜀僧有蒸豚詩，見總龜。又湘南乾康有詠雪詩。

女狀元，王蜀黃崇嘏也。崇嘏，臨邛人，作詩上蜀相周庠，庠首薦之。屢攝府縣，吏事精敏，胥徒畏服。庠欲妻以女，黃以詩辭之曰："一辭拾翠碧江湄，貧守蓬茅但賦詩。自服藍衫居郡掾，永拋鸞鏡畫蛾眉。立身卓爾青松操，挺志堅然白璧姿。幕府若容為坦腹，願天速變作男兒。"庠大驚。具述本末，乃嫁之。傳奇有女狀元春桃記云云。按右詩不類嘗為狀頭。一說謂黃為郡掾，郡守欲以女妻之，黃上詩自述，守大驚，詢之，知本黃使君女，所居惟一老嫗，遂嫁之。蓋後人因此演繹為傳奇，而以狀元附會。用修據為事實，恐未然。〔三〕

〔一〕見雅談。

〔二〕見撫遺。元人易末二句，作隱者詩。

〔三〕見太平廣記。

花蕊夫人，費姓，或云徐氏。按郎瑛類稿，以蜀有兩花蕊，皆能詩，皆亡國，皆徐氏也。王蜀徐妃二人，亦各知爲詩，見蜀檮杌，一號花蕊。孟蜀花蕊宮詞一卷，今傳。又“君王城上樹降旗”絕句，載後山詩話。嘗供事故主像，宋主問之，以張仙對，信慧黠女子也。

盧絳，字晉卿，夢一婦人贈詩云：“清風明月夜深時，箕帚盧郎恨已遲。他日孟家陂上約，再來相見是佳期。”

江南伶人李家明、王感化，亦各能詩，蓋唐所無云。

五代諸人詩傳後世者，惟花蕊宮詞差著，所謂有婦人焉，一人而已。余讀其詞百篇，雖不越仲初前軌而冠裳明麗，時近大方，即唐諸閨閣名流未見倫比。詩話但稱“御廚進食”數首，其他過此甚衆，聊摘錄之。“東內斜穿紫禁通，龍池鳳苑夾城中。曉鐘聲斷嚴妝罷，院院紗窗海日紅。”一“梨園子弟簇池頭，小樂攜來候燕游。旋炙銀笙先按拍，海棠花下合梁州。”二“金畫香臺出露盤，黃龍雕刻繞朱盤。焚修每過三元節，天子親簪白玉冠。”三“春日龍池小燕開，岸邊亭子號流杯。沉香刻作神仙女，對捧金尊上水來。”四“翡翠簾前日影斜，御溝春水浸成霞。侍臣向晚隨天步，共看池頭滿樹花。”五“金碧闌干倚岸邊，卷簾初聽一聲蟬。殿頭日午搖紈扇，宮女爭來玉座前。”六“會真廣殿約宮牆，樓閣相扶倚太陽。淨甃玉階橫水岸，御爐香氣撲龍牀。”七“三清臺近苑牆東，樓檻渾渾映水紅。白

畫綺羅人度曲，管絃聲在半天中。"〔一〕

　　宋宮詞惟王禹玉高華，足繼花蕊。禹玉子亦有宮詞，嘗合和凝、宋白、張公庠、周彥質五家行世。禹玉子名仲修。

　　唐詩人仕宦五代及流寓隱遁諸藩，人與事可考見者，漫記其略。〔二〕

　　沈彬，唐末舉進士不第，晚仕南唐貴顯。次子亦能詩，宋初尚存。見南唐近事。

　　孫魴，與沈彬、李建勳友善，亦終於南唐。

　　陳陶，晚居江南，本楚中人。嚴尚書宇鎮豫章，遣小妓號蓮花者，往西山侍陶，陶殊不顧。妓爲詩曰："蓮花爲號玉爲顋，珍重尚書遣妾來。處士不生巫峽夢，虛勞神女下陽臺。"陶答之云云。今作陳圖南，誤。

　　羅隱，嘗爲錢鏐判官，晚終魏博。羅紹威師事之，稱叔父。紹威亦能詩，有"樓前灩灩雲頭日，簾外蕭蕭雨腳風"之句。以隱集名江東，自名其集偷江東。紹威父弘信有題櫃七言律，今傳唐武臣父子能詩，僅此。

　　杜荀鶴，嘗上詩朱全忠，溫賊以秀才呼之，見太平廣記。品彙列陸龜蒙輩前，恐誤。〔三〕

　　李山甫，爲樂彥禎從事，公乘億同。今詩集列五代。

〔一〕五代間絕句愈卑，乃花蕊諸篇氣韻獨濃厚，婦人尤難。
〔二〕徐鉉、張洎、陶穀、梁周翰、孫光憲、陳誼、伍喬皆入宋。李九齡，五代人，今列唐，非也。
〔三〕杜後爲田頵客。

皮日休，晚終南粵。一說謂造讖文，黃巢殺之，非也。
辯見兩山墨談。〔一〕

張蠙，晚仕蜀中。"白日地中出，黃河天外來"，蠙句也。
唐詩之壯渾者，終於此。〔二〕

韋莊，爲蜀相。晚唐詩人之顯者，莊其最也。

江爲，居南唐，以讒死。宋文鑑有爲詩，疑品彙所考未
確。然宋人有哭江處士詩，意與品彙合，蓋文鑑之誤也。

牛嶠，仕王蜀，柳枝詞二首見樂府，頗工。

路德延，作孩兒詩五十韻，爲樂彥禎所殺。宋張師錫步
其韻，作老兒詩五十韻，尤可笑。二作今皆傳。〔三〕

馮涓，仕王蜀，爲翰林學士。〔四〕張泌，宋初尚存。

歐陽氏史不立文苑傳，以五代無文也。雜傳以詞學稱
者，李琪、李愚、馬胤孫、馬縞、崔居儉、李懌、盧質、薛
融、李崧、王延、裴皞諸人；而獨稱王仁裕、和凝爲文章宗
匠，以饒著作故。第五代兼長詩文者，實僅僅二子。考凝詩
詞，概多猥褻；仁裕敘述，亦萎苶無大過人，自餘可見。劉
昫、賈緯并以史稱，緯書不傳，而昫舊唐書近頗行世，或以
勝新史，余不敢知。然唐事亡徵者，賴以參考云。又胡嶠陷
虜記，今附載五代史契丹末；嶠，石晉人。

─────────────

〔一〕又通考載陸放翁引皮光業辯，光業是襲美後人，俟考。
〔二〕又"水向昆明闊，山通大夏深"，見瀛奎律髓，亦壯，而今集不收。
〔三〕總龜。
〔四〕見紀事。

歐陽炯，花間集今尚傳。自温庭筠、皇甫松外，皆五代人也。韋莊等已見外，薛昭蘊、牛希濟、毛文錫、魏承班、鹿虔扆、毛熙震、李洵、閻選、顧敻、尹鶚凡十人，其集世多有，不具論。其詞評鷟別編頗詳之。

煙花集五卷，蜀主衍輯。洞天集五卷，漢王貞範輯。才調集十卷，蜀韋縠輯。續本事詩二卷，吳處常子輯。皆五代人總集諸家詩也，并識於末簡。

雜編卷五

閏餘中　南渡

　　宋人詩最善入人，而最善誤人，故習詩之士，目中無
得容易著宋人一字。此不易之論也。然博物君子，一物不
知，以爲己愧。矧二百年間聲名文物，其人才往往有瑰瑋
絕特者錯列其中，今以習詩故，概捐高閣，則詩又學之大
病也。矧諸人製作，亦往往有可參六代、三唐者，博觀而
慎取之，合者足以法，而悖者足以懲，即習詩之士，詎容
盡廢乎！今蒐諸詩話，考列姓名，并銓擇其篇句之可觀者
於後。渡南而後，世所厭薄，此特詳焉。要以爲考見古今
助，而不顓備詩家也。

　　楊文公談苑云：自雍熙初歸朝，迄今三十年，所閱士大
夫多矣，能詩者甚鮮。如楊徽之、徐鉉、梁周翰、范宗、黃
夷簡，皆前輩；鄭文寶、薛映、王禹偁、吳俶、劉師道、李
宗諤、李建中、李維、姚寶臣、陳堯佐，悉儕流。後來著聲

者，如路振、錢熙、丁謂、錢易、梅詢、李拱、蘇爲、朱嚴、陳越、王魯、李堪、陳詁、呂夷簡、宋綬、邵煥、晏殊、江任、焦宗古、錢惟演、昭度、楊牧之、林逋、周啓明、劉筠，并工詩者也。

“浮花水入瞿塘峽，帶雨雲歸粵雋州。”楊徽之“三朝恩澤馮唐老，萬里江山賀監歸。”徐鉉“宿雨一番蔬甲坼，春山幾焙茗旗香。”梁周翰“失意慣中遷客酒，多年不見侍臣花。”鄭文寶“黃鶴晨霞傍樓起，頭陀青草繞碑荒。”薛映“晨瞻北斗天何遠，夢斷南柯日漸沉。”劉師道“山程授館聞鴻夜，水國還家欲雪天。”李建中“謫去賈生身健否，秋來潘岳鬢斑無。”李維“鶴歸已改新城郭，牛臥重尋舊墓田。”錢熙“梅無驛使飄零盡，草怨王孫取次生。”呂夷簡“奇材劍客當前隊，麗賦騷人託後車。”宋綬“南陽客自稱龍臥，東魯人應嘆鳳衰。”焦宗古“東北風吹大庾嶺，西南日映小寒天。”錢昭度“青鳥不傳王母信，白鵝曾換右軍書。”楊南鄭“雪意未成雲著地，秋聲不斷雁連天。”錢惟演“梨園法部兼胡部，玉輦長亭復短亭。”劉子儀“金鑾後記人爭寫，玉署新碑帝自書。”李宗諤“部吏百函通爵里，後軍千騎屬櫜鞬。”陳堯佐“九萬里鵬重出海，一千年鶴再歸巢。”丁謂

右楊大年所紀，慶曆以前人才略備。内李西臺以書顯，宋宣獻以學稱，呂許公以業著，皆不名能詩，今摘其句，誠有過人處。徐鼎臣、鄭文寶本南唐人；王元之、林君復非西

崑體，亦與列者，蓋通一代計之，不專同调同事也。〔一〕

劉綜學士出鎮并門，兩制、館閣皆以詩餞，因進呈。章聖深究風雅，時方競尚西崑體，親以御筆選其平淡者得八聯。“夙駕都門曉，涼風苑樹秋。”_{晁回}“秋聲和暮角，膏雨逐行軒。”_{李維}“置酒軍中樂，聞笳塞上情。”_{錢惟演}“塞垣古木含秋色，祖帳行塵起夕陽。”_{朱巽}“汾水冷光搖畫戟，蒙山秋色鎖層樓。”_{孫僅}“極目關河高倚漢，順風雕鶚遠凌秋。”_{劉筠}按談苑外，又有諸人，其盛如此。

晏同叔自以“梨花柳絮”取稱，然實西崑之一也。“冰從太液池邊動，柳向靈和殿裏看。”“靈和”字面稍僻，又於柳不切，遂落西崑。余爲易作“長楊”，便了無痕跡。蓋太液切冰，長楊切柳，本天生的對。彼嫌其熟，稍進鰲毫，頓成千里。此西崑與老杜分界處，初不在用事間，學者當細酌也。

熙、豐以還，亦有作崑調者，歐陽公“組甲光寒圍夜帳，彩旗風暖看春畊”、介甫“初學水仙騎赤鯉，竟尋山鬼從文狸”、子瞻“凍合玉樓寒起粟，光搖銀海眩生花”是也。

古今詩人，窮者莫過於唐，而達者亡甚於宋。漢蘇、李，魏劉、王，晉阮、左，北魏溫、邢輩，皆阨窮摧折，顧未至飢寒也。唐世則飢寒半之。宋諸名公僅梅聖俞、陳無己以窮著，自餘雖處士，亦泰然終身。漫錄烜赫於左：

〔一〕朝貴前不及李文正，後不及寇惠愍；處士楊朴、魏野、郭震、潘閬俱不錄，似亦有遺。

李文正、張忠定、呂文穆、晏元獻、陳文惠、錢文僖、宋宣獻、宋元獻、呂許公、寇萊公、陳參公、王沂公、龐穎公、韓魏公、范蜀公、司馬公、范文正、歐文忠、王岐公、王文公、韓持國、胡文恭、呂忠穆、趙忠簡、陳去非、葉少蘊、趙忠定、周益公、文信公，皆執政能詩者也。

按右宋諸鉅公，李明遠、晏同叔、陳希元、錢思公、宋公序、寇平仲、韓稚圭、歐文忠、王禹玉、胡武平、王介父、陳去非，世多悉其能詩者。呂文穆未第時，人稱其詩於胡秘監。陳執中題柳一絕見詩話，甚佳。張乖崖高廟二絕頗豪。呂文靖夷簡、王沂公曾在西崑派，見文公談苑。司馬、范二文正并大儒，然涑水有詩話，而希文篇什時爲好事播傳。龐穎公、范蜀公并見溫公詩話。呂忠穆、葉少蘊詩見方氏律髓。忠定、忠簡二聯，雜見諸說。持國、平園，咸負聲稱。信公雖氣誼赫赫，詩律實工。

盧多遜、丁公言、夏英國、蔡持正、元厚之，皆執政能詩。然品格邪詭，不得入前流。就中若丁晉國謂，其才情足上下寇忠愍，當時不入相，居然宋初一雅士，惟不忘富貴，遂至不敢望魏野、林逋。惜哉！二陳、〔一〕禹玉，亦似未能盡免。夏文莊最稱才美，今傳者寥寥云。

次則王元之、楊大年、梁周翰、楊仲猷、趙師民、李建中、宋景文、余希古、晁文元、劉子儀、錢希白、曾子

〔一〕堯佐、執中。

固、子開、梅昌言、劉原父、蔡君謨、鄭毅夫、蘇文忠、文定、曾公袞、張芸叟、王安中、曾吉父、呂居仁、汪彥章、尤延之、范至能、洪景盧等，皆侍從清顯。大抵熙、豐前詞人多達，景德前達者彌衆；紹述後藝士多窮，淳熙後窮者愈繁。

仕不甚達并名不甚傳者：陳亞、權審、黃庶、黃台、滕白、李絢、楊諤、王琪、司馬池、才仲、才叔、寇國寶、周知微、俞汝尚、杜默、鮑當、陳克、王鑑、杜常、耿仙芝、張子厚、蔡天任、〔一〕楊備、〔二〕盧載、崔鷃、魯交等，別見者不備錄。

南渡前隱居不仕，則郭震、楊朴、魏野、林逋、李樵、种放、徐積、邵雍、曹汝弼、黃知命、王嵩、王初等諸人。南渡後，江湖流派，斗量筲計，風軌蕩然矣。〔三〕

宋世人才之盛，亡出慶曆、熙寧間，大都盡入歐、蘇、王三氏門下。今略記其灼然者，魯直自爲江西初祖矣。

韓稚圭、宋子京、范希文、石曼卿、梅聖俞、蔡君謨、蘇明允、余希古、劉原父、丁元珍、謝伯初、孫巨源、鄭毅夫、江鄰幾、蘇才翁、子美等，皆永叔友也。〔四〕

王岐公、王文公、曾子固、蘇子瞻、子由、王深父、容

〔一〕天啓弟。
〔二〕億弟。
〔三〕右皆有句什遺事，散見群書者。
〔四〕歐於錢文僖爲僚屬，晏元憲爲門人。

季子直、李清臣、方子通等，皆六一徒也。

王平甫、王晉卿、米元章、張子野、滕元發、劉季孫、文與可、陳述古、徐仲車、張安道、劉道原、李公擇、李端叔、蘇子容、晁君成、孔毅父、楊次公、蔣穎叔等，皆與子瞻善者。

黃魯直、秦少游、陳無己、晁無咎、張文潛、唐子西、李芳叔、趙德麟、秦少章、毛澤民、蘇養直、邢惇夫、晁以道、晁之道、李文叔、晁伯宇、馬子才、廖明略、王定國、王子立、潘大觀、潘邠老、姜君弼，皆從東坡游者。

荆國所交，則劉貢父、王申父、俞清老、秀老、楊公濟、袁世弼、王仲至、宋次道、方子通。門士則郭功父、王逢原、蔡天啓、賀方回、龍太初、劉巨濟。葉致遠二弟一子，俱才雋知名，妻吳國及妹、諸女，悉能詩，古未有也。

呂居仁以詩得名，自言傳衣江西，嘗作宗派圖，自豫章以降，列陳師道、潘大臨、謝逸、洪芻、饒德操、僧祖可、徐俯、洪朋、林敏修、洪炎、汪革、李錞、韓駒、李彭、晁沖之、江端本、楊符、謝薖、夏倪、林敏功、潘大觀、何顒、王直方、僧善權、高荷，合二十五人，以爲法嗣，本其源流，皆出豫章也。其宗派圖序數百言，大略云：“唐自李、杜之出，焜耀一世。後之言詩，皆莫能及。元和以後至國朝，歌詩之作，多依倣舊文，未盡所趣。惟豫章始大出而力振之，抑揚反覆，盡兼眾體，而後學者同作并和。雖體制或異，要皆所使者一。予故錄其名字，以遺來者。”胡元任云：“豫章自出機杼，別成一家，清新奇巧，是其所長；若言‘抑揚反覆，盡兼衆體’，則非也。元和至今，騷翁墨客，代不乏人，卓然成立者甚衆；若言‘多依效舊文，未盡所趣’，又非也。所列二十五人，其間知名之士，詩句傳於世，爲時所稱者，止數人而已，餘無聞焉。”

右呂氏所列，皆江西涪老派也。陳師道足配享外，潘、徐、韓、謝、洪、高、晁、李、江、饒、權、何差見詩話，餘罕稱者。然當時率有集，今考列左方。〔一〕

文獻通考江西詩派至一百三十七卷，又續十三卷，富矣。世所傳，何寥寥也！劉潛夫云：“何人表顒、潘仲達大觀，有姓名而無詩。王直方無可採。陳后山彭城人，韓子蒼陵陽人，潘邠老黃州人，夏均父、二林蘄人，晁叔用、江子立開封人，李商老南康人，祖可京口人，高子勉京西人，不皆江西產也。同時曾文清贛人，又與紫微詩往還而不入派，當時無人叩之。”

今考派中諸人，有集見馬氏通考者：謝無逸溪堂集五卷，謝幼槃竹友集七卷，李彭日涉園集十卷，洪朋清非集一卷，洪芻老圃集一卷，洪炎西度集一卷，高荷還還集二卷，徐俯東湖集二卷，晁沖之具茨集三卷，汪革青溪集一卷，林敏功高隱集七卷，林敏修無思集四卷，潘大臨柯山集二卷，韓子蒼陵陽集三卷，夏隗遠游堂集二卷，祖可、

〔一〕凡元祐後、靖康前詩流，亦大概盡此，遺者無幾云。

饒節、善權各有集，皆浮屠云。〔一〕

又居仁詩話載晁詠之西池詩"旌旗太乙三山外，車馬長楊五柞中""柳外雕鞍公子醉，花邊紈扇麗人行"，精鍊宏整，足稱宋人佳句第一。惜全篇不可見，并識此。晁氏最多才，說之、詠之、沖之、補之，皆兄弟也。

唐中葉後，詩文異驅。宋文人乃無弗工詩者。王元之、楊大年、歐陽永叔、王介甫、蘇子瞻、黃魯直、陳無己、張文潛等輩，烜赫亡論；王禹玉、宋子京、蘇子美、晏同叔、唐子西、楊廷秀、陸務觀輩，皆其人也。明允、子由、子固，亦俱有篇什，非漠然者。

晁補之在六君子中獨不以詩名，而詩特工，詞亦可喜。又世絕不名其書，今褚枯樹賦有其跋，字盡雄放，信名下士也。秦少游當時自以詩文重，今被樂府家推作渠帥，世遂寡稱。

宋諸人詩掩於文者，宋景文、蘇明允、曾子固、晁無咎；掩於詞者，秦太虛、張子野、賀方回、康與之；掩於書者，石延年、蔡君謨；掩於畫者，王晉卿、文與可；掩於儒者，朱仲晦、呂伯恭；掩於佛者，晁文元、饒德操；掩於學者，徐鼎臣、劉原父；掩於行者，徐仲車、魏仲先；掩於勳者，寇平仲、韓稚圭；掩於節者，胡邦衡、文信國；掩於奸者，丁朱崖、蔡特正；掩於佞者，夏文莊、曾子宣；掩於兄

〔一〕諸人集無一傳，獨王直方詩話存。說易行，集難久，蓋古今然也。

者，王平甫；掩於弟者，蘇才翁；掩於詼者，陳亞；掩於謔者，劉邠；掩於誕者，惠洪；掩於顛者，米芾。[一]

惠洪詩話譏蘇明允、曾子固皆不能詩。然明允“晚歲登門最不才”一篇，典實豪宕，實佳作也。子固如方氏律髓所收“明月滿街流水遠，華燈入望衆星高”，足爲佳句。方氏舍之，而取“金地夜寒消美酒，玉人春困倚東風”及“風吹玉漏穿花急，人倚朱欄送目勞”二聯，此皆詞耳。然則謂二君不能詩，豈公論哉！

子由亦有篇什，然不甚當行，如前所稱明允一律絕未覯。而宋人有以爲勝子瞻者，方氏律髓取其說，大謬也。

甲秀堂坡一帖云：“邁往宜興，迨、過隨行。迨論古今事廢興成敗，稍有可觀。過作詩楚辭，亦不凡也。”陳無己送迨詩：“真字飄揚今有種，清談絕倒古無傳。”過颶風賦、鼠鬚筆詩，各奇偉，可謂過得坡筆，迨得坡舌，不知邁何所得也。[二]

黃門長子遲，建炎中知婺，因家吾郡。二子籥、簡皆能詞，籥有雙溪集，簡有山堂集，見吳正傳詩話。餘多仕顯。至明蘇伯衡，遂以文著一代，而詩亦工。蘇氏之盛，易世猶昌如此。

李定、舒亶，世知其爲凶狡亡賴，而不知皆留意文學

〔一〕諸人皆實有篇章，採諸衆論，非漫指者。

〔二〕續考坡集有與邁聯句，自擬杜氏父子云。

者。亘有賦，載呂伯恭 文鑑；又梅花二律，見方萬里 律髓，如“橫笛樓頭三弄夜，前村雪裏一枝香”，頗自成調。李定，宋有四人，其一晏元獻甥，字仲求，洪州人，文亦奇。蘇子美爲賽神會，李欲與，蘇以其任子也，卻之；李慚憤，致興大獄。梅聖俞所謂“一客不得食，覆鼎傷衆賓”是也。然則二豎非懵然筆墨，不識一字之流，徒以忮害名流，姓滅字毀，郄慮、路粹，蓋亦同然，可不戒哉！又李定，字資深，元豐御史中丞，即興大獄害蘇子瞻者，與劾蘇子美 李定相望後先。數十年中事，二人同名姓，同爲朝士，同誣陷文章士，所陷同蘇姓，同兄弟齊名者；〔一〕又同以書名一代，同置獄，同貶竄，古今奇特有此。然嘉祐中，又有李定，濟南人，嘗巡歷天下諸路，老於正卿。〔二〕又神宗時，有夷將李定。〔三〕百年内同姓名四人，古今奇特更若此。又漢書李通傳、蜀 先主紀，各有李定。是古今有六李定也。世人第熟其一二三則駴，庸知宇宙間大自糾紛。余閱諸史傳，茲類彌衆，於同姓名考詳之。

楊廷秀云：“自隆興以來，詩名世者：林謙之、范至能、陸務觀、尤延之、蕭東夫。近時後進有張鎡、趙蕃、劉翰、黃景說、徐仰道、項安世、鞏豐、姜夔、徐賀、汪經、方翥云。”

〔一〕舜欽與兄才翁，亦稱二蘇。
〔二〕見詩話總龜辨疑門首條。
〔三〕見沈存中 筆談。

右楊氏所敍南渡詩人，後惟列尤、楊、范、陸爲四大家。蕭東夫似不稱，林謙之絕無傳。今四家詩存，覺延之亦非三君敵也。餘子趙昌父、黃景說差著，他率卑卑。然南渡作者，殊不止此，今博考於下方。〔一〕

陳去非、胡邦衡、李泰發、朱少章、喬年、逢年、仲晦、王民瞻、劉彥沖、歐陽鈇、康伯可、劉改之、姜特立、周尹潛、姜光彥、游伯莊、張孝祥、馬莊父、韓元吉、張澤民、戴復古、劉潛夫、王武臣、高九萬、黃子厚、喻汝楫、李大方、曾景建、王從周、葉清逸、孫季蕃、武允蹈、于去非、徐思叔、危逢吉、甄龍友、杜小山、路德章、敖陶孫、蕭彥毓、游寒巖、嚴坦叔、黃孔暘、方巨山、周公謹、伯弼、方萬里、胡元任、嚴羽卿、劉會孟、謝皋羽、永嘉四靈、杜氏五高。

大抵南宋古體當推朱元晦，近體無出陳去非。此外略有三等：尤、楊四子，元和體也；徐、趙四靈，大中體也；劉、戴諸人，自爲晚宋。而謝翶七言古，時有可採焉。

歐陽公云：“九僧詩集已亡。元豐元年秋，余游萬安山玉泉寺，於進士閔交如舍得之。所謂九詩僧者：劍南希晝、金華保暹、南越文兆、天臺行肇、沃州簡長、貴城惟鳳、淮南惠崇、江南宇昭、峨眉懷古也。直昭文館陳充集而序之。其美者，亦止於世人所稱數聯耳。”右見涑水詩話。

〔一〕已見顯達中者不備錄。

余前考九僧，不能盡得其地，今并列於此。諸人蓋皆與寇平仲、楊大年同時，其詩律精工瑩潔，一掃唐末、五代鄙倍之態，幾於升賈島之堂，入周賀之室，佳句甚多，溫公蓋未深考。第自五言律外，諸體一無可觀，而五言絕句亦絕不能出草木蟲魚之外，故不免爲輕薄所困，而見笑大方。然詩固不當泥此。歐、蘇禁體，元、白唱酬，疲竭才力，何與風雅？乃束縛小乘者，又不可不知許洞公案，漫兩發之。〔一〕

　慶曆間，與歐、石交者秘演；熙寧間，與蘇、黃交者道潛及仲殊、契嵩，而善權、祖可列江西派。惠詮詩見和子瞻，惠洪詩見賞魯直，志南詩受知元晦。宋初則潘逍遙，元豐則饒如璧，皆士人也。又懷璉、景淳、清順、圓悟、遵式、善珍、可士等，各散見詩話中。〔二〕

　南渡之末，忠憤見於文詞者，閩謝皋羽、甌林德暘，皆有集行世。然當時義士甚衆，不僅僅二子也。余嘗於里中吳正傳遺裔家，得手錄谷音二卷，乃杜本伯原輯宋遺民之作，凡二十三人，詩百首。杜皆紀其行略，率豪俠節介，有大志而不遂者。當元并海內日，或上書，或伏劍，或浮海，或自沉，其不平之鳴，往往洩於翰墨，所傳諸古選歌行近體，大半學杜，時逼近之。以詩道否於宋世，而國亡之日，乃有才志若諸子，亦一時之異也。余恐遂湮沒不傳，因節錄大概於此。其詩之合作者，若程自修痛哭行、冉琇宿金口、

〔一〕許爲禁體，諸僧咸閣筆云。
〔二〕宋詩僧大概盡此，餘詳胜編。

元吉夜坐、王翥秋漲、嚴道立酬藺五、張琰出塞、丁開歲暮、虞天章宿峽口等篇，氣骨咸自錚錚，不能備錄。

陸放翁一絕："老去元知世事空，但悲不見九州同。王師北定中原日，家祭無忘告乃翁。"忠憤之氣，落落二十八字間。林景熙收宋二帝遺骨，樹以冬青，爲詩紀之。復有歌題放翁卷後云："青山一髮愁濛濛，干戈況滿天南東。來孫卻見九州同，家祭如何告乃翁？"每讀此，未嘗不爲滴淚也。

周密公謹所著齊東野語等書，今并傳。宋末逸事，多賴以考證，修宋史亦多採之。余殊不知其能詩，邇歲見其集於余比部處，鈔本也，題曰草窗，中甚有工語，不類宋晚諸人詩，但氣格卑弱耳，詠琵琶一首尤可觀。周嘗爲賈似道客，賈悅生堂法書名畫悉見之，所著雲煙過眼錄，亦鈔本，余從詹東圖得之。

韻語陽秋云："郭子學作小詩，嘗賦梅花云：'玉屑裝龍腦，濃香覆麝臍。那堪夜來雪，香色兩淒迷。'"按陽秋，葛立方撰，郭其子也。此郭少作，殊佳，惜後不復著。

谷音所錄三十人，筆其名氏於後：王澮、程自修、冉琇、元吉、孟鯁、安如山、王翥、師嚴、張琰、汪涯、詹本、皇甫明子、丁開、鮑輗、崔璆、魚潛、柯芝、柯茂謙、邵定、熊與和、晏義、孫璉、楊應登、楊雯、魯漦外、番易布衣、瀟湘漁父、閩清野人、羅浮狂客不知名氏，大概奇流也。

諸人外，復載古碑二十八字："乾淳老人氣岳岳，破冠敝履行帶索。撐腸挂腹書百卷，臨風欲言牙齒落。"杜伯原云："幽人隱士之作，不合於時，沉諸水以俟知者，或漁於潭得之。"詩家鼎臠二卷，亦宋末江湖人作。

程克勤所編宋遺民錄，凡十一人：王鼎翁、謝皋羽、方韶卿、唐玉潛、林景熙、汪大有、龔聖予、張毅父、吳子善、梁隆吉、鄭所南。鼎翁嘗爲文生祭文信國，毅父即函致信國首者。聖予爲文、陸二公作傳，而汪嘗以琴訪信國獄中。梁、鄭皆義不仕元。方、吳二子并吾婺人，與謝翶善。翶慟哭西臺，實相倡和。景熙、玉潛收故主遺骨，世所共知。諸人率工文詞，不但氣節之美。今林、謝詩集尙傳，汪、鄭二子詩附見集中，咸足諷詠。然同時劉會孟、黃東發，亦以宋遺民不仕元，學行尤卓卓云。

甚矣，南渡義士之衆也。吳正傳詩話載史蒙卿一律云："宮花攢曉日，仙鶴下雲端。自是傷心極，那能著眼看？風沙兩宮恨，煙草八陵寒。一掬孤臣淚，秋霖對不乾。"絕與谷音諸作相類。又孫應時一聯云："秋聲搖落日，野邑蕩寒雲。"

龔開聖予善畫馬，吳正傳記其數詩，末一絕云："一從雲霧降天關，空盡先朝十二閒。今日有誰憐瘦骨，夕陽沙岸影如山。"皆宋遺民錄所不載。又李玨贈汪大有云："淚傾東海盡，愁壓北邙低。"[一]

林景熙，字德暘，東甌人。宋亡，入元不仕。遺集二卷，今傳。其戀戀宗國之意，蓋未嘗頃刻舍也。五言律如：

〔一〕方鳳、吳思齊詩，亦散見禮部詩話，皆婺人。

“老淚遺陵木，鄉山出海雲。”“煙深凝碧樹，草沒景陽鐘。”
七言如：“衣冠洛社浮雲散，弓劍橋山落照移。”“鶴歸尙覺
遼城是，鵑老空聞蜀道難。”雖不甚脫晚宋，亦自精警。集
中大半此類，忠義氣概，落落簡編，有足多者。

　　林收二帝遺骨，或謂唐玨玉潛，紀載紛紛，頗難懸斷。
第以冬青詩唐作則未然，此詩在林集，與他歌行絕類。蓋二
家同創此舉，遂以林作附會於唐耳。

　　吾邑唐詩人，惟舒元輿、釋貫休二家。當南渡則杜氏
五人：旟，伯高；旒，仲高；斿，叔高；旐，季高；旜，幼
高。才氣烜赫一時。歌行近體雖沿溯宋習，而奇思湧疊，非
劉改之輩下。惜時方崇尙議論，莫能自拔，才則不可掩也。

　　伯高白頭吟云：“長安春風萬楊柳，新人妖妍舊人醜。
貧賤相從富貴移，舊時犢鼻今存否？長門作賦價千金，不知
家有白頭吟。”仲高金谷行云：“君因妾死莫嗔怨，妾死君前
君眼見。高樓直下如海深，白玉一碎沙中沉。平時感君愛妾
貌，今日令君知妾心。”語意皆警。

　　宋人詩話，歐、陳雖名世，然率紀事，間及諧謔，時得
數名言耳。劉貢父自是滑稽渠帥，其博洽可覘一班。司馬君
實大儒，是事別論。王直方拾人唾涕，然蘇、黃遺風餘韻，
賴此足徵。葉夢得非知詩者，億或中焉。呂本中自謂江西衣
鉢，所記甚寥寥。唐子西錄不多，其中頗有致語，亦不可盡
憑。葛常之二十卷獨全，頭巾疊疊，每患讀之難竭。高似孫
小兒強作解事，面目可憎。許彥周迂腐老生。朱少章湮沒無

考。洪覺範浮屠談詩，而誕妄垒出，在彼法當墮無間獄中。陳子象掇拾遺碎，時廣見聞。張表臣獨評自作詩，大堪抵掌。自餘竹坡、西清等種種脞蕪。惟楊大年談苑，紀載差博核可採。

南渡人才，遠非前宋之比，乃談詩獨冠古今。嚴羽卿崛起燼餘，滌除榛棘，如西來一葦，大暢玄風。昭代聲詩，上追唐、漢，實有賴焉。惟自運不稱，故諸賢略之。劉辰翁雖道越中庸，其玄見邃覽，往往絕人，自是教外別傳，騷場鉅目。劉坦之雖識非高邈，風雅一編，大本卓爾，初學入手，所當亟知。三家皆唐世未有。胡元任議論時佳。若阮氏總龜、黃氏玉屑，但類次前聞而已。

劉辰翁評詩有妙理，如杜："日月低秦樹，乾坤繞漢宮。"劉云："此語投贈中有氣，若登高覽勝則俗矣。"按杜登覽詩，如"山河扶繡戶，日月近雕梁"類，何嘗不佳，第彼是本色分內語。惟投贈中錯此，則句調尤覺超然。此當迎之意外，未可以蹊徑論也。

早朝詩："九天閶闔開宮殿，萬國衣冠拜冕旒。"劉云："帖子語，頗不癡重。"秋興詩："雕闌繡柱圍黃鵠，錦纜牙檣起白鷗。"劉云："對偶耳，不足爲麗。"皆有深致。余每謂千家注杜，猶五臣注選；辰翁解杜，猶郭象注莊，即與作者語意不盡符，而玄言玄理，往往角出，盡拔驪黃牝牡之外。昔人苦杜詩難讀，辰翁注尤不易省也。

杜："委波金不定，照席綺逾依。"劉云："金波綺席，如此破碎，謂之不謬不可。"至王禹玉用其格云"雙鳳雲中扶輦下，六鼇海上駕山來"，頓覺新奇。後來述者益衆，實杜爲開山祖。第劉評尤不可不知。

張文潛以杜"娟娟戲蝶過閒幔"爲"開幔"，"曾閃朱旗北斗閒"爲"殷"，皆非是。論詩最忌穿鑿，當觀古人通篇語意文勢，庶得之。惟"恐濕漢旌旗"，劉從"失"字爲近。

老杜："無復隨高鳳，空餘泣聚螢。"劉注云："謂鳳飛於高，何物小兒，政是人名戲筆，如李白桃紅類。"余以高鳳不作人名亦自可，第杜本意用聚螢，故引高鳳作對。不然，則聚螢全不相關。此惟深於詩，又深於杜者得之。諸家何解會此？然以爲警句，則非也。蓋聚螢本趁韻，高鳳又趁聚螢。總之，非出經意，必欲對聚螢，何患無佳事佳語耶！

"讀書破萬卷，下筆如有神"，本自眼前語，劉嫌其誇，注云："'破'字猶言近萬。"非也。下"賦料揚雄敵，詩看子建親"，言自料雄敵植親耳。劉以爲他人不能敵雄，惟有子建近之，皆求取太深，失其本意。

杜課伐木，語多難解而令宗武誦，又作詩催宗文樹雞柵。劉云："宗武誦前詩，宗文樹此柵，皆苦事。"殊可發一笑也。

"文章一小技，於道未爲尊"，劉注："此甫謙詞以答柳侯尊己，本涉用意而今爲名言，由世之談道者借甫自文，不可不辨。"每閱劉注，必含蓄遠致，與杜詩互相映發，令人意消。

南渡時天彝少章者，吾郡人，嘗評唐百家詩，多切中語，而詩流罕見稱述，今節錄於左方。

"高常侍詩有雄氣，雖乏小巧，終是大才。岑嘉州與工部游，皆唐人鉅擘也。王昌齡尤所寶玩。李頎於諸人中尤有古意。沈千運、王季友尤老成。自儲光羲而下，常建、崔顥、陶翰、崔國輔，皆開元、天寶間人。元和而後，雖波瀾闊遠，動成奇偉，而求如此邃遠清深，不可得也。"

"楊巨源清新閒麗，有元、白所不能至者。武元衡、令狐楚，皆以將相之重，聲蓋一時，其詩宏毅闊遠，與灞橋驢子上者異矣。錢起屢擅場，盧綸、李益中表酬唱，大曆十才中號爲翹楚。司空文明結思尤精。二皇甫亦鐵中錚錚。戎昱多軍旅離別之思，語益工，意益淺矣。"

"盧仝奇怪，賈島寒澀，自成一家。張祜、趙嘏集多律詩，蓋小才也。于鵠、曹唐，候蟲自鳴耳。許用晦工七言，然格律卑近。陳雍二陶、薛逢、崔塗，皆慕爲組織，百菽一豆，時或見之。三劉二曹，如負版升高，竭智畢力，要自有限。玄英、荀鶴卑陋已甚，退之所謂蟬噪，非耶？"

右時氏諸評，在嚴羽卿前，往往符合，詳載吳正傳詩話中。宋一代惟知學老杜瘦勁、晚唐纖靡，時獨推轂盛唐，而於晚唐諸子，直目以小才。又李頎、王昌齡，近方大顯，而時先亟賞之。其識故未易及，第自運不稱耳。

正傳詩話又記時於洪景盧萬首唐絕外，更集得千二百篇，名續唐絕句。其學該洽又如此，惜今不傳。

雜編卷六

閏餘下　中州

　　語詩於宋、元，卑卑甚矣，即以亡詩，夫孰曰不然？完顏氏國宋、元間，夷而閏者也，謂完顏氏有詩，亡論詩流大駭，通古之士，且重疑之。雖然，語其極，十五國風外，皆駢拇也。要以全舉宇宙之詩，則言兩漢不得舍六朝，言三唐不得舍五代，言宋、元不得置遼、金。大河清洛之都，四帝所培植良厚，完顏入而有其氓黎，而重之大定之治。衣冠之渡南而未盡，薦紳之留北而思歸，豪儁之崛興而靡賴者，正史所傳，雜談所錄，蓋班班焉。格調則中州一集，恍忽大都，雖殘膏絕響，而篇什具在，必以無詩，弗可也。余束髮治詩，上距成周，下迄蒙古，備矣，則金百年內不得獨遺。以世所尤略也，因特詳其人，頗採其語，而耶律氏有可捃拾，亦附姓名焉。

　　王長公云："元好問有中州集，皆金人詩也。如宇文太學虛中、蔡丞相松年、蔡太常珪、党承旨懷英、周常山昂、趙尚書秉文、王内翰庭筠，其大旨不出蘇、黄之外。要之直於宋而傷淺，質於元而少情。"

宇文虛中，字叔通，蜀人。高士談，字季默。俱有集，見金史。〔一〕

蔡松年，字伯堅，文詞清麗，尤工樂府，與吳激齊名，號吳、蔡，俱有集行世。子珪，字正甫，亦能詩。〔二〕

吳激，字彥高，建州人，米元章壻也。工詩能文，字畫俊逸，尤精樂府，造語清婉。有東山集十卷。〔三〕

馬定國，字子卿，茌平人。初學詩，夢其父與方寸白筆，遂大進。有集行世。

任詢，字君謨，易州人。書爲當時第一，畫亦妙品。評者謂畫高於書，書高於詩。

趙可，字獻之，高平人。詩歌樂府尤工，號玉峰散人。有集。

郭長倩，字曼卿，文登人。有崑崙集。

王競，字無競，彰德人。博學能文，善草隷，工大字，兩都宮殿榜題，皆手書，士林推爲第一。楊氏丹鉛錄嘗稱之。

〔一〕以下并節略金史原文及宋、元雜說。諸人集概無傳者，故不復評其得失云。

〔二〕有南北史志等書十餘種。

〔三〕通考又有詞一卷。

鄭子聃，字景純，英俊有直氣，詩文亦然，所著二千餘篇。

李獻甫，字欽用，獻能弟。有天倪集。

党懷英，字世傑，宋太尉進十一代孫。能屬文，工篆籀，當時稱爲第一。

趙渢，字文孺，東平人。能詩，尤工書。党懷英小篆，李陽冰以來罕及，時人以渢配之，號党、趙。有黃山集行於世。

王庭筠，字子端，河東人。〔一〕暮年詩律深嚴，七言長篇尤工險韻，有叢辨十卷，文集四十卷。書法學米元章，與趙渢、趙秉文俱以名家。庭筠尤善山水墨竹。子曼慶，亦能詩并書。

劉昂，字之昂，興州人。天資警悟，律賦自成一家，作詩尤工絕句。

李經，字天英，錦州人。作詩極刻苦，喜出奇語，不襲前人。李純甫見之曰：“今世太白也。”

劉從益，字雲卿，渾源人。博學強記，長於詩，五言尤工。有蓬門集。

呂中孚，字信臣，冀州人。張建，字吉甫，蒲城人。皆有詩名。中孚有清漳集。

龐鑄，字才卿，遼東人。工詩，奇健不凡。

〔一〕楊用修丹鉛錄以庭筠爲南宋人，誤也。金史傳甚明。

李純甫，字之純，弘州人。幼穎悟異常，以諸葛孔明、王景略自期。所著老、莊、中庸、鳴道集解數十萬言。今鳴道集解尚散見釋氏書。宋太史景濂云："金李純父亦能言士也。"

王鬱，字飛伯，大興人。文法柳宗元，歌詩俊逸效李白。同時詩鳴者，雷琯、侯册、王元粹。

宋九嘉，字飛卿，夏津人。爲文有奇氣，與雷淵、李經相伯仲。

李獻能，字欽叔，河中人。作詩有志風雅，又刻意樂章，與趙秉文、李純父游。

王若虛，字從之，有慵夫集。

王元節，字子元，有遯齋集。

麻九疇，字知幾，博通五經，尤長易、春秋。文精密奇健，詩亦工。明昌以還，稱神童者五，太原常添壽四歲能詩；劉滋、劉微、張漢臣，後皆無稱；獨知幾能自立，晚尤邃於醫。

元德明，好問之父，太原人。有東巖集三卷。

德明女爲女冠，亦能詩，見元人小說。〔一〕

趙秉文，字周臣，磁州人。幼穎悟，自壯至老，未嘗一日廢書。所著滏水集三十卷。七言長歌筆勢放縱，近體壯麗，小詩絕精。五言沉鬱頓挫，字畫遒勁。與楊雲翼代掌文

〔一〕以上諸人見金史文苑傳中。

柄，人號楊、趙，爲金士鉅擘焉。〔一〕

　　元好問，字裕之，七歲能詩，奇崛而絕雕鏤，巧縟而謝綺靡。五言高古沉鬱，七言樂府不用古題，特出新意。歌謠慷慨，挾幽、并之氣，蔚爲一代宗工。所著詩若干卷，杜詩學、東坡詩雅十餘種。所撰金源實錄百餘萬言。〔二〕

　　辛願，字敬之，福昌人。博極群書，流離顛踣，一假詩以鳴。〔三〕

　　雷淵，字希顏，爲文章、詩喜新奇，飲酒數斗不亂。與友人高廷玉、李純父號中州三傑。

　　劉昂霄，字景玄，聰敏絕人，學無不窺。細瘦不勝衣，幅巾奮袖，詞鋒如雲。

　　雷琯，字伯威，坊州人。博學能詩文，與李汾同在史館，汾得罪，琯送之信陵，以酒酹公子無忌墳，痛哭大呼。汾，字長源，太原人。工詩，雄健有法，皆骯髒士也。

　　中州集五言律句可讀者：“葵荒前日雨，菊老異鄉秋。”宇文叔通“煙塵榆塞迥，風雨麥秋寒。”吳彥高“喬木蒼煙外，孤亭落照間。”“綠漲他山雨，青浮近市煙。”張德容“退飛嗟宋鷁，畏暑甚吳牛。”“少時過桂嶺，壯歲出榆關。”劉鵬南

〔一〕秉文著述甚富，詳金史傳中。
〔二〕好問金亡不仕，其品格特高。余有其集二十卷，已詳論於元世，此但據金史云。以上并金史列傳。
〔三〕以下五人，見宋景濂哀辭。雷淵、李汾，金史亦有傳。元裕之集又有傳叔獻、李周卿等，皆云能詩。

"向人如惜別，入戶更低飛。"李致美題燕"高臺平竹杪，幽徑入花陰。"喬君章"屬樓春作市，鼉鼓暮催衙。"劉無黨"乾坤雙鬢老，風雪數聲來。"趙周臣雁"暗蛩侵壞壁，低雁落寒郊。""設燎彤庭敞，懸燈玉殿深。"周德卿"白首留他郡，歸心繞故山。"王賓"溥沱春水渡，瀛海夕陽樓。""雪照潘郎鬢，塵侵季子裘。"趙文孺"曉煙明遠纛，暮雪暗歸樵。"閻子秀"夜風喧馬櫪，秋露冷雞棲。"史舜元"高風梧墮砌，久雨竹侵廊。"張子玉"長風催雁北，衆水避潮西。"刁晉卿"地傾濰水北，山斷穆陵東。"党世傑

　　排律如吳彥高雞林書事、李之純贈高仲常，亦頗有格。大抵金人詩纖碎淺弱，無沉逸偉麗之觀，間採一二，欲以備當時之體而已。或以諸子趙宋遺黎，漠然於宗國之感，而從事詩歌者。然中原淪沒已久，而勃興戎馬間，俾腥膻之氣一洗而驟空之，其功有足紀也。

　　七言律如："春風碧水雙鷗靜，落日青山萬馬來。"元好問"地形西控三秦險，河勢南吞二華秋。"馮叔獻"繡被暫同巫峽夢，銀鞍多負景陽鐘。"元鼎"連昌庭檻惟栽竹，罨畫溪山半是梅。"劉致君"萬里山川愁故國，十年風雪老窮邊。"劉無黨"山邑逼秋渾作雨，海聲迎暮欲吞潮。"同上"積玉未平鸂鶒瓦，飛花先滿鳳凰城。"楊之美"征雁久疏河朔信，小梅重見汝南花。"王仲澤"木落高城初過雁，霜飛幽館乍聞砧。"王子正大概七言律全篇絕無佳者，遺山集亦然。諸句猶郊方回家僕，小有意耳，然其時故不易也。

李汾 長源在諸人中，稍有氣格，如"紫禁衣冠朝玉馬，青樓阡陌暾銅駝""汴水波光搖落日，太行山色照中原""日晚豺狼橫路出，天寒雕鶚傍人飛""崑崙劫火驚人代，瀛海風濤撼客查"，皆頗矯矯。年未四十而卒，不爾，當出元裕之上。

劉無黨差有老成意，如"客裏簿書慚老子，詩中旗鼓避元戎"一首，全不粘景物，而格蒼語古，即宋世二陳不能過。蓋金人雖學蘇、黃，率限籬塹，惟此作近之。

金人七言絕，亦頗有篇什，苦不落勝國後，在諸體中差爲佼佼。今錄數篇，餘可例推。

李公度 楚宮云："離宮樓閣與天通，暮雨朝雲入夢中。回首舊時歌舞地，女蘿山鬼泣秋風。"呂唐卿 李白醉歸圖云："青風醉袖玉山頹，落魄長安酒肆回。忙殺中官尋不得，沉香亭北牡丹開。"馬子卿 村居云："籬落牽牛作晚花，西風吹葉滿貧家。閉門久雨青苔滑，時見雙鳧下白沙。"李長源 下第云："學劍攻書漫自奇，回頭三十六年非。春風萬里衡門下，依舊并州一布衣。"呂信臣 春月云："柳塘漫漫暗啼鴉，天鏡高懸玉有華。好是夜闌人不寐，一簾疏影上梨花。"高子文 對雪寄友人云："簌簌天花落未休，寒梅疏竹共風流。江山一色三千里，酒力消時正倚樓。"劉鵬 南宮詞云："暖入金溝細浪添，津頭楊柳綠纖纖。賣花聲動天街曉，十二珠樓盡捲簾。"周德卿 即事云："楊花顛倒入簾櫳，睡鴨香消碧霧空。盡日尋詩尋不得，鵓鳩聲在夢魂中。"吳彥高 秋興云：

“後園雜樹入雲高，萬里長風夜怒號。憶向錢塘江上寺，松窗竹閣瞰秋濤。”皆薄有唐人遺響。

金人五言古，如党世傑、王仲澤、吳彥高諸人，大抵陶、杜、蘇、黃影響耳。王元粹一篇，頗似曾讀文選者。

七言歌行，時有佳什，蔡正甫醫無閭、任君謨觀潮、趙德明秋山平遠圖、王飛伯折楊柳、雷希顏昆陽元夜、高獻臣飛將軍，皆具節奏，合者不甚出宋、元下。

侯丹君澤，在金不知名，短歌二章，其醉中一首，宛有大人之作。

党懷英趙飛燕寫真一首甚工，又金山一章，亦宋體之佳者。

大抵金諸人才具無出元好問者，第格調亦不能高。金諸家詩集，僅此尚傳。趙秉文、楊雲翼，號金鉅擘，製作殊寡入殼。李之純深研佛學，王無競精於題署，王庭筠妙於丹青，博雅之士，間染指焉。党世傑才力英英，覺在諸子右。吳彥高、劉無黨、趙文孺、李長源次之。

金人一代製作，不過爾爾，故宋氏餘分閏位。然戲曲實爲古今正始。所謂董解元者，迄不知其州里名字，嘗怪元裕之蒐獵雋髦殆盡，此獨棄遺。豈當時未崇此道，或董視元稍後出，未之覩耶？

金世諸主，章宗於興起學士最有功，然不聞製作。惟海陵數篇見桯史，今錄以資談柄。題軟屏云：“萬里車書合渾同，江南那有別提封。移兵百萬西湖上，立馬吳山第一

峰。”又有題巖桂、驛竹、述懷三絕，過汝陰一律，亦奸人
之雄也。〔一〕

　　翟欽甫者，金人也。衆飮清庵賦詩，翟故拙起云：“爲
問清庵何以清？”衆大笑。續曰：“霜天明月照蓬瀛。”衆駭
然。連賦“廣寒宮裏琴三弄，白玉樓頭笛一聲”云云，衆延
之上坐。〔二〕

　　元裕之妹亦能詩，爲女冠。朝貴有欲娶之者，元曰：
“可問吾妹。”其人即訪之。方刺繡，朗吟曰：“補天手段暫
施張，不許纖塵落畫堂。傳語新來雙燕子，移巢他處覓雕
梁。”其人自失而去。〔三〕

　　靖康之變，中原爲虜地，當時高人勝士，陷沒者不少。
紹興間，關、陝暫復，有於驛舍得二絕云：“鼙鼓轟轟聲
徹天，中原廬井半蕭然。鶯花不管興亡事，裝點春光似去
年。”〔四〕又陳郁話腴錄梁仲卿遼東一篇、史舜元昆陽一篇，
皆歌行，史作尤悲憤可觀也。〔五〕

　　朱弁少章，世知其節行而不知其能詩，詩亦罕傳，惟元
好問所選，諸體略備。蓋弁羈虜中歷歲，詩皆中州所作，元
取以鄭重其集耳。五言律多整峭，忠義之氣勃鬱篇章，匪直

〔一〕亮又有詞數篇，并見桯史。又金將紇石烈子仁詞一篇，見齊東野語。
〔二〕見說郛。後四句亦清雅，迥不類中州諸作，以稍冗，故不錄。
〔三〕見說郛，并下則同。
〔四〕又一絕不錄。
〔五〕史舜元亦見中州集。

中州諸子，即南渡不數見。其句如："已負秦庭哭，終期漢
節回。""霜清穫稻日，風急授衣天。""朔晦中原隔，風煙上
已疑。""山藏千疊秀，雲結四垂陰。""黃雲縈晚塞，白露下
秋空。""輪仄初經漢，光分半隱城。""不知垂老眼，何日覯
龍顏。""誰知度江夢，日夜繞行宮。"皆可取，惜諸體非所
長也。

　　"嘆馬角之不生，魂消雪窖；攀龍髯而莫逮，淚灑冰
天"，弁祭徽宗文也。用修誤爲洪忠宣。忠宣松漠紀聞所載
韓昉諸制詞，頗皆典厚可觀。昉，南人，金史文苑傳昉首
列。詩似非所長，至夏國、高麗等表文，亦各成語者。蓋紀
聞出洪适手錄，記憶之間，不無潤色也。

　　滕茂實，字秀穎，吾婺人。使金割三鎮不酬，留雁門。
臨歿作哀詩，遺命刻石墓上，書宋使者東陽滕茂實。元以爲
吳人，非也。詩絕酸楚，以宋調不錄，然其人可重也。〔一〕

　　楊用修詩話載施宜生含笑花詩云："百步清香透玉肌，
滿堂皓齒轉明眉。褰帷跋客相迎處，射雉春風得意時。"讀
者多不知宜生何人。按桯史，宜生，福州人，少游鄉校不
利，有僧鑑其相，當大貴。然毛皆逆生，法必合此乃驗。因
從范汝爲，范敗，亡命入金。金主亮校獵國中，一日獲熊
三十六，宜生獻賦，有"雲屯八百萬騎，日射三十六熊"之

_____

〔一〕中州集又有滕七言律三首，吳正傳謂是滕元發。元發本東陽人，葬
姑蘇。

語。亮大喜，擢第一。驟拔至禮部尙書，來使宋，漏亮南侵策，歸而被烹。其爲人蹤跡奇甚，且於宋世事有關，而史逸之，故節錄於左，此詩亦頗佳。

“萬里鑾輿去不還，故宮風物尙依然。四圍錦繡山河地，一片雲霞洞府天。空有遺愁生落日，可無佳氣起非煙。古來亡國皆如此，誰念經營二百年？”此毛麾過龍德故宮詩也。麾，字叔達，平陽府人。有平水老人詩集十卷，行於虜境。榷商或攜至者，余偶得一帙，可觀者頗多。序稱其父當宋大觀三年上舍及第，後中宏詞科，季年嘗任給事中。按登科記，大觀三年榜中毛安節者，蓋其父也。右見趙與時賓退錄。詩不能佳，然黍離之感具焉，錄之。

庚溪詩話載，陳相之使虜，於燕山驛壁間，得一詞云：“書劍憶游梁。當時事，底處不堪傷？念蘭楫嫩漪，向吳南浦；杏花微雨，窺宋東牆。禁城外，燕隨青步障，絲惹紫游韁。曲水古今，禁煙前後，綠楊樓閣，芳草池塘。　回首斷人腸。流年去如電，雙鬢如霜。欲遣當年遺恨，頻近清商。聽出塞琵琶，風沙淅瀝；寄書鴻雁，煙月微茫。不似海門潮信，猶到潯陽。”右詞乃風流子，必中原士大夫淪異域者所作，惜其後不題名氏。其寓旨有足悲者。

洪景盧云：先公在燕山，赴北人張總侍御家，出侍兒佐酒，中一人意狀摧抑可憐，叩其故，乃宣和殿小宮姬也。坐客翰林學士吳激賦長短句紀之，聞者揮涕。其詞曰：“南朝千古傷心事，還唱後庭花。舊時王謝，堂前燕子，飛向誰家？恍然相遇，仙姿勝雪，宮鬢堆鴉。江州司馬，青衫淚濕，同在天涯。”此詞載容齋隨筆，佳作也。玉林詞選亦採之。激爲米元章壻，能書及詩文，金史有傳。按芾有壻段拂，字去塵，米喜其名字與己合，以子妻之。激字彥高，米之壻激，不知亦有取義否耶？

遼太祖阿保機二子：長曰突欲，[一]次曰堯骨。[二]唐明宗天成元年丙戌，遼主滅渤海，[三]改爲東丹國，以倍爲東丹王。其後述律后立次子德光，東丹王曰：“我其危哉，不如適他國以成泰伯之名。”遂立石海上，刻詩曰：“小山壓大山，大山全無力。羞見故鄉人，從此投外國。”遂越海歸中國。唐明宗長興六年也。明宗賜予甚厚，賜姓李，名贊華，以莊宗妃夏氏妻之，拜懷化軍節度使。東丹王有文才，博古今，其泛海歸華，載書數千卷。尤好畫，世傳東丹王千角鹿圖，李伯時臨之，董北苑有跋，宣和畫譜列其目焉。[四]

丹鉛錄又云：契丹太祖初立，即祀孔子，從其太子倍之請也。祀孔子而黜佛，尤爲高識。又繪古直臣象爲招諫，亦可嘉也。右俱見楊用修集。夷中有人若此，在中國不多見者。然余讀遼史，倍知太后意，乃率群臣讓位於德光，德光反疑

〔一〕遼史名倍。
〔二〕後改名德光。
〔三〕渤海，北海之地，今哈密扶餘。凡中國之滄州、景州，名渤海者，蓋僑稱，以張休盛。
〔四〕東丹王事見遼志及宣和畫譜、董逌畫跋、陳樫通鑑續編等書。

之，遂因唐明宗招，浮海至中國。常思其母，問安不絕。其器識高遠而行誼純至乃爾。用修未能盡述，并志之。[一]

史又載倍居國日，市書至萬卷，藏於醫巫閭絕頂之望海堂。通陰陽，知音律，精醫藥砭炳之術。嘗譯陰符經，善畫本國人物，俱入祕府。其才藝多方又如此，足爲五代人物第一。世但知保機、德光輩，惜哉！

平王隆先，聰明博學，有閬苑集行於世。[二]

耶律屋質，博學知天文。

耶律良，讀書醫巫閭山，進秋游賦，又進捕魚賦，上嘉之。

耶律資忠，博學工辭章，著兔賦、寤寐歌，爲世所稱。

耶律八哥，幼聰慧，書一覽，輒成誦。

耶律學古，穎悟好學，工譯鞮及詩。

耶律庶成，幼好學，書過目不忘。善遼、漢文字，於詩尤工，有詩文行於世。進四時逸樂賦，遼主嘉之。

耶律庶箴，庶成弟，亦善屬文。

耶律蒲魯，庶箴子。幼聰悟好學，甫七歲，能誦契丹文字。習漢文未十年，博通經籍。父庶箴嘗寄戒諭詩，蒲魯答以賦，衆稱其典雅。

耶律韓留，工爲詩，應詔進述懷詩，上嘉嘆之。

〔一〕楊謂董北苑有跋，亦誤，北苑乃董源，非董迪也。

〔二〕以下并據遼史原文。

耶律唐古，廉謹，善屬文。

耶律儼，儀觀秀整，好學，有詩名，經籍一覽成誦，修遼實錄七十卷。

耶律官奴，沉厚多學，於本朝世系尤詳。不仕，以觴詠自娛，與蕭哇稱二逸。見卓行傳。

道宗后蕭氏，工詩，善談論，自製歌詞，尤善琵琶。

天祚文妃蕭氏，字瑟瑟，善歌詩。女真難作，作歌諷天祚云："勿嗟塞上兮暗紅塵，勿傷多難兮畏夷人，不如塞奸邪之路兮選賢臣。直須臥薪嘗膽兮，激壯士之捐身，可以朝清漠北兮夕枕燕雲。"云云。

鐸盧幹，幼警悟，沉毅好學，善屬文，作雉鳴古詩三章見志。當時名士，稱其高情雅韻，不減古人。

劉伸，少穎悟，長以詞翰聞。

劉輝，好學，善屬文，對策遇時病能直言。

楊佶，幼穎悟異常，讀書自能成句，舉進士第一。任學士，文章得體，與宋使梅詢輩唱酬，咸稱賞之。有登瀛集。

張孝傑，侍遼主秋獵，賦雲上於天詩，遼主甚寵異之。

楊晳，幼通五經大義，聖宗聞其穎悟，詔試詩，授秘書郎。

劉景，資端厚，好學能文。孫六符，有志操，世其家。

遼史文學傳四人，製作不可得聞也，錄其姓名於後。

耶律韓家奴，字休堅，有六義集十二卷行於世。

李澣，仕晉爲中書舍人，晉亡入遼。遼主欲建太宗功德

碑，曰：“非李澣無可秉筆者。”文成以進，上悅，加禮部尚
書。按通志略有李氏應曆集十卷，即澣作傳中國者。晉張礪
亦入遼，見五代史。〔一〕

　　王鼎，字虛中，涿州人。時馬唐俊有文名，適上巳被禊
水濱，鼎偶造席，唐俊置下坐，欲以詩困之，鼎援筆立成。
唐俊訝其敏妙，遂定交。

　　耶律孟簡，字復易。六歲，父出獵，命賦曉天星月詩，
應聲而就，父大奇之。

　　耶律昭，字述寧，博學善屬文。

　　耶律谷欲，字休堅，沖澹有禮法，工文章。

　　耶律氏，小字常哥，幼秀爽有成人風，長操行修潔，自
誓不嫁。能詩，嘗作文以述時政。樞密使耶律乙辛愛其才，
屢求詩，常哥遺以回文風之。

　　楊文公談苑載契丹通事舍人劉經一聯云：“野韭寒猶長，
沙泉晚更清。”〔二〕

　　歐陽詩話載西南夷人以梅聖俞詠雪詩織弓衣。又總龜載
某夷人請王平甫詩百篇歸國。余謂元、白傳詩雞林，本騷壇
常事，但此二夷，當永叔、介甫、蘇、黃盛時，舍彼取此，
其識似高出趙宋一代之談詩者，不可沒也。因書編末云。〔三〕

────────────────

〔一〕應曆，遼年號。又胡嶠有陷虜記，附五代史契丹末。
〔二〕又談苑載遼人一聯：“父子并從蛇陣沒，弟兄空望雁門悲。”見總龜。
〔三〕又高麗使贈葉夢得絕句，見夢得詩話。

續編卷一

國朝上　洪永　成弘

　　自三百篇以迄於今，詩歌之道，無慮三變：一盛於漢，再盛於唐，又再盛於明。典午創變，至於梁、陳極矣，唐人出而聲律大宏。大曆積衰，至於元、宋極矣，明風啓而製作大備。

　　國初稱高、楊、張、徐。季迪風華穎邁，特過諸人。同時若劉誠意之清新，汪忠勤之開爽，袁海叟之峭拔，皆自成一家，足相羽翼。劉崧、貝瓊、林鴻、孫蕡，抑其次也。

　　國初文人，率由越產，如宋景濂、王子充、劉伯溫、方希古、蘇平仲、張孟兼、唐處敬輩，諸方無抗衡者。而詩人則出吳中，高、楊、張、徐、貝瓊、袁凱，亦皆雄視海內。至弘、正間，中原、關右始盛；嘉、隆後，復自北而南矣。

　　徐氏詩評曰："金華胡仲申之雄壯，蘇平仲之豐腴，宋景濂、王子充之純雅，太牢之味，藜藿自別。"弇州筆記曰：

“宋、王二氏雖以文名，而詩亦嚴整妥切。”則婺中諸君子，冠冕國初，不獨其文也。他如方希古、張孟兼、唐處敬，皆篇什不乏，劉伯溫又文掩於詩矣。

　　大概婺諸君子沿襲勝國二三遺老後，故體裁純正，詞氣充碩，與小家尖巧全別。惟其意不欲以詩人自命，以故丰神意態，小減當行，而吳中獨擅。今海內第知其文矣。

　　國初吳詩派昉高季迪，越詩派昉劉伯溫，閩詩派昉林子羽，嶺南詩派昉於孫蕡仲衍，江右詩派昉於劉崧子高。五家才力，咸足雄據一方，先驅當代，第格不甚高，體不甚大耳。

　　高太史諸集，格調體裁不甚逾勝國，而才具瀾翻，風骨穎利，則遠過元人。昭代初雅堪祇禰，而弘、正諸賢，揚摧殊不及之。用修詩鈔始加蒐輯，至兩琅琊咸極表章，衆論遂定。然高下便應及楊、徐、張二子遠矣。

　　楊孟載結客少年行用沈君攸體，如“豪名獨擅秋千社，俠氣平欺蹴踘場。白璧一雙酬劍客，明珠千斛買胡娘。金丸挾彈章臺左，寶騎聞箏太液旁。梅子隔牆羞擲果，桃花深院笑求漿”等語，視沈作遠過之。又岳陽一首，壯麗欲亞孟浩然，其末句“何人夜吹笛，風急雨冥冥”，尤爲膾炙。然元調未除，正坐此音節迫促故也。

　　季迪下，劉青田才情不若楊孟載，氣骨稍減汪忠勤，以較張、徐諸子，不妨上座。絕句小詩特多妙詣，但未脫元習耳。旅興等作，有魏、晉風，足爲國朝選體前驅。

仲默於國初特推袁海叟，其詩氣骨出高、楊上，才情大弗如也。閩林員外子羽，諸體皆工，五言律尤勝，合處置唐錢、劉，不復辨別。甘瑾、浦源、藍智皆有可觀。

高廷禮擬早朝大明宮及送王李二少府詩，如"旌旗半捲天河落，閶闔平分曙色來""清川雨散巴山出，大澤天寒楚樹微"，殊有唐風。國初襲元，此調罕覯。

子羽七言律，如"珠林積雪明山殿，玉澗飛流帶苑牆""諸天日月環龍袞，九域山河拱象筵""衲經雁宕千峰雪，定入峨眉半夜鐘""雲邊夜火懸沙驛，海上寒山出郡樓"，皆氣色高華，風骨遒爽。而諸選諸家，例取其"堤柳欲眠鶯喚起，宮花乍落鳥銜來"等句，乃其下者耳。

國初三張：以寧、光弼、仲簡。以寧氣骨豪上，國初寡儔，藻繪略讓耳；光弼、仲簡亦有佳處，然率與元人唱酬。故明風當斷自高、楊作始。若廉夫、太樸輩，俱鼎盛前朝，無聞當代，掠其餘剩，尤匪所宜。

吾邑與諸公同時者，吳正傳禮部子大學士沉最爲太祖眷遇，然初不以詩名，余往甚忽之。近得其遺集，雖儒生本色時露，而高華整肅，體格天成，合處詎出當時名家下！惜全篇完善差寡。輒句摘之，以俟賞音。其讀史十詠，如黃石履云："躡劉舒國步，蹴項立炎基。"中郎節云："窖中同臥雪，海上共驅羊。"子陵裘云："大澤垂綸夜，東都繪象時。"諸葛扇云："白旄麾牧野，赤幟指咸陽。"太白靴云："遠游觀宇宙，高舉躡星辰。"中散琴云："新聲鳴廣廈，雅曲奏閒房。”皆用事精切。神州十詠，北闕雲云：“縈風細作千行紫，捧日高騰一朵黃。”居庸翠云：“春雲映處屏如畫，御輦來時邑欲流。”内苑花云：“萬年枝上紅雲擁，五邑屏前繡幕開。”都門柳云：“萬樹連營春細細，千條夾岸雨絲絲。”禁城鐘起句“華鯨飛舞出滄溟，直上中天望闕鳴”，上林鶯結句“飛飛更向高枝語，三十六宮春晝長”，尤爲俊爽。他若：“風清霧捲明東壁，野迥天垂出太行。”“星環太乙尊黃道，日麗層霄映翠華。”“九成殿上飛金雀，萬歲山中舞碧鸞。”“視草玉堂蓮炬絳，紬書金匱竹編青。”國初殊自錚錚，而諸選絕不及之。

宋承旨不喜作六朝語，而思春曲十韻，如“南浦沉書傳素鯉，東風將恨與新鶯”“物華半老胭脂苑，春霧輕籠翡翠城”“因彈別鶴心如剪，爲妬文鴛繡懶成”“陽臺樹密朝霞迥，巫峽潮回暮渚平”等句，特精工流麗，與孟載詩，皆七言排律妙唱，第稍異唐調耳。[一]

國初婦人，僅金華宋氏一篇，自云太史同宗。其詩甚長贍，雖格不能高，頗真樸濃至，脫元習。至處境之逆，殉夫之誠，奉姑之孝，咸備厥躬，蓋前代未覯者。

孫仲衍驪山老妓行，濃麗繁富，殆過千言，而中多猥冗。蓋歌行雖極長贍而精嚴不失，逸宕之内而紀律森然，乃爲可貴。不然，即萬言易與耳。孫同時，嶺南黃哲亦長七言

〔一〕仲珩春夜詞、採桑曲皆工。

古，才情少劣，氣骨勝之。

自方正學死事，海內諱言其文，近始大行褒顯，而祠廟尙缺。萬曆中，侍御蕭公廩、督學滕公伯輪、郡守吳公自新，合策創宇臨安，四方忠義大快。當時死事諸臣，若練子寧、周是修、程本立、茅大方、黃叔英、顏伯瑋、黃觀、卓敬、姚善、胡閏輩，皆工句律，篇什傳者往往氣格崢嶸，足覘夙負。世動訕文人無行，余不敢謂然也。

永樂中，姚恭靖、楊文貞、文敏、胡文穆、金文靖，皆大臣有篇什者，頗以位遇掩之，詩體實平正可觀。

宣廟好文，海內和豫，雖大手希聞，而名流錯出。若曾子啓、劉孟熙、張靜之、李昌祺及閩中諸王輩，皆浸潤明風，鮮脫元習，然才俱不甚宏鉅，非國初比。

成化以還，詩道旁落，唐人風致，幾於盡隳。獨李文正才具宏通，格律嚴整，高步一時，興起李、何，厥功甚偉。是時中、晚、宋、元諸調雜興，此老砥柱其間，故不易也。

國朝詩流顯達，無若孝廟以還，李文正東陽、楊文襄一清、石文隱瑤、謝文肅鐸、吳文定寬、程學士敏政，凡所製作，務爲和平暢達，演繹有餘，覃研不足。自時厥後，李、何并作，宇宙一新矣。

觀察開創草昧，舍人繼之，迪功以獨造驂乘其間，考功以通方繼躅其後。一時雲合景從，名家不下數十，故明詩首稱弘、正。然崔、康但以文名，敬夫獨長樂府，自餘邊、顧、朱、鄭諸公，遺集具在，余備讀之。總之，派流甚正，

聲調未舒；歌行絕句，時得佳篇；古風律體，殊少合作。與
嘉、隆諸羽翼，大概互有短長也。

　　李獻吉詩文山斗一代，其手闢秦、漢、盛唐之派，可謂
達磨西來，獨闡禪教；又如曹溪卓錫，萬衆歸依。至品藻人
倫，則尙有不愜人意者。如序徐昌穀集云：“大而未化，故
蹊徑存焉。”何元朗謂獻吉詩比之昌穀，蹊徑尤甚。王長公
謂昌穀所未至者，大也，非化也。世以何、王爲篤論，則獻
吉非至言。駁何仲默書云：“君詩如風螭鉅鯨，步驟雖奇，
不足爲訓。”然仲默詩溫雅和平，動合規矩，與李評殊不類。
又誚何“百年”“萬里”，層見疊出。今李集此類尙多於何。
所極稱張光世詩，讀伎陵集亦殊未見超，遠非何、徐比。

　　獻吉送徐昌穀詩，“金華數子眞絕倫”，謂宋、王諸公也；
“偉哉東里廊廟珍”，楊文貞也；“我師崛起楊與李”，京口、
長沙二相也。弘、正以前鉅擘，大概盡之。但送昌穀而不及
其本郡高、楊輩，豈謂尙存元調耶？

　　古今才人早慧者多寡大成，大成者未必早慧，兼斯二
者，獨魏陳思，次則唐王子安、明何仲默。二子風華神秀，
絕自相當。然子安尙沿六代綺靡，仲默一掃千秋茅塞，其識
與功，不可同日語也。

　　自昔文人厄運，位遇通顯百不二三，至以勳業自見者千
古寥寥。劉元海恥絳、灌無文，隨、陸無武；歐陽氏慨元、
劉事業，姚、宋篇章。蓋造物乘除，大數應爾。惟國朝勳業
才名兼者頗不乏人，帷幄則劉文成，密勿則楊文貞，靖難則

于蕭愍，出塞則王威寧，戡亂則王新建，平盜則林司寇，行邊則楊太保，禦虜則唐文襄，治水則朱司空，定變則張司馬，皆文武兼該，聲實咸備，前代所罕覯者。

弘、正間，宗工鉅擘，若李獻吉、何仲默、羅景鳴，皆文人兼氣節者；崔子鍾、王子衡、薛君采，皆文人兼學行者。

弘、正并推邊、何、徐、李，每怪邊品第懸遠，胡得此稱？及讀獻吉送昌穀詩"是時少年誰最文？太常邊丞何舍人"，仲默贈君采亦有"十年流落失邊李"之句，則李、何於邊，正自不淺。余細閱當時諸家，若仲鳧、德涵、敬夫、子衡，詩皆非長；華玉、繼之、升之、士選輩，或調正格卑，或格高調僻；獨邊視諸人，差爲諧合，不得不爾。若君采、子業，年宦稍後，元非同列。今總挈群集，篤而論之，李、何、徐外，偏工獨造，亡先觀察；具體中行，當屬考功。

國朝詩僧，無出來復見心者。宗泐有盛名，而詩遠不逮。弘、正以後，緇流遂絕響。若羽流則全未覯，他旁流亦俱不競也。

楊用修格不能高，而清新綺縟，獨掇六朝之秀，合作者殊自斐然。如題柳七言律云："垂楊垂柳挽芳年，飛絮飛花媚遠天。金距鬥雞寒食後，玉蛾翻雪暖風前。別離江上還河上，拋擲橋邊與路邊。游子魂銷青塞月，美人腸斷翠樓煙。"風流蘊藉，字字天成，如初發芙蓉，鮮華莫比。第此等殊不多得，大概錯彩縷金，雕繢滿眼耳。滇中作如春興八首，語亦多工。

　　楊五言律"高柳分斜月，長榆合遠天""新水催飛鷁，微霜度早鴻"等句，置齊、梁不復可辨。厄言盛稱王稚欽"花月可憐春"一首，亦六朝語，非盛唐也。

　　用修才情學問，在弘、正後，嘉、隆前，挺然崛起，無復依傍，自是一時之傑。第詩文則餖飣多而鎔鍊乏，著述則剽襲勝而考究疏。大概議論太高者力常不副，涉獵太廣者業苦不精，此古今通病，匪獨用修也。

　　楊滇中最善張愈光。張才與學，遠非楊比，特以調合。

　　自信陽有筏諭，後生秀敏，喜慕名高，信心縱筆，動欲自開堂奧，自立門戶。詰之，輒大言三百篇出自何典，此殊爲風雅累。余請得備論之：夫燧人遐邈，聲詩蔑聞；尼父刪修，製作斯備。夷考國風、雅、頌，非聖臣名世之筆，則田畯紅女之詞。大以紀其功德，微以寫厥性情，曷嘗刻意章句，步趨繩墨？而質合神明，體符造化。猶夫上棟下宇，理出自然。此道既開，後之作者即離朱、墨翟，奚容措手！東、西二京，人文勃鬱。韋、孟諸篇，無非二雅；枚乘衆作，亦本國風。迨夫建安、黃初，雲蒸龍奮。陳思藻麗，絕世無雙。攬其四言，實三百之遺；參其樂府，皆漢氏之韻。盛唐李、杜，氣吞一代，目無千古。然太白古風，步驟建安；少陵出塞，規模魏、晉。惟歌行律絕，前人未備，始自名家。是數子者，自開堂奧，自立門戶，庸詎弗能？乃其流派根株，灼然具在。良以前規盡善，無事旁蒐，不踐茲途，便爲外道。故四言未興，則三百啓其源；五言首創，則十九詣其極。歌行甫遒，則李、杜爲之冠；近體大暢，則開、寶擅其宗。使枚、李生於六代，必不能舍兩漢而別構五言；李、杜出於五季，必不能舍開元而別爲近體。盛唐而後，樂選律絕，種種具備，無復堂奧可開，門戶可立。是以獻吉崛起成、弘，追師百代；仲默勃興河、洛，合軌一時。古惟獨造，我則兼工，集其大成，何忝名世。上下千餘年間，豈乏索隱弔詭之徒，趨異厭常之輩？大要源流既乏，蹊徑多紆，或南面而陟冥山，或褰裳而涉大海，徒能鼓聲譽於時流，焉足爲有亡於來世！其僅存者，若唐李長吉之歌行、樊紹述之序記，堂奧門戶竟何如哉！

今人因獻吉祖襲杜詩，輒假仲默舍筏之說，動以牛後雞口爲辭。此未覯何集者。就仲默言，古詩全法漢、魏；歌行短篇法杜，長篇王、楊四子；五七言律法杜之宏麗，而兼取王、岑、高、李之神秀，卒於自成一家，冠冕當代。所謂門戶堂奧，不過如此。古今影子之說，以獻吉多用杜成語，故有此規，自是藥石，非欲其盡棄根源，別安面目也。今未嘗熟讀其詩，熟參其語，徒執斯言，師心信手，前人棄去，拾以自珍，一時流輩，互相標鵠，將來有識，渠可盡誣？譬操一壺以涉溟渤，何岸之能登？

馬軾者，不知名，而詩鈔載其送岳季方詩，如“五嶺瘴高煙蔽日，兩孤雲濕雨鳴秋”“豐城劍氣東南起，合浦珠光晝夜浮”，格特高華雄峻，足爲嘉、隆前驅，不可以名取也。

陳約之高子業集序云：“洪武初沿襲元體，頗存纖詞，

時則高、楊爲之冠。成化以來，海内穌豫，縉紳之聲，喜爲
流暢，時則李、謝爲之宗。及乎弘治，文教大起，學士輩
出，力振古風，盡削凡調，一變而爲杜詩，則有李、何爲之
倡。嘉靖改元，後生英秀，稍稍厭棄，更爲初唐之體，家相
凌競，斌斌盛矣。夫意制各殊，好賞互異，亦其勢也。然而
作非神解，傳同耳食，得失之致，亦略可言。何則？子美有
振古之才，故雜陳漢、晉之詞，而出入正變。初唐襲隋、梁
之後，是以風神初振，而縟靡未刊。今無其才，而習其變，
則其聲粗厲而畔規；不得其神，而舉其詞，則其聲闒緩而無
當。彼我異觀，豈不更相笑也？"論國初及弘、正而下格調
之變，無如此序之精當者。

續編卷二

　　洪、永以至嘉、隆，國朝製作，又四變矣。吳郡、青田，
纖穠綺縟，一變也。長沙、京口，典暢和平，一變也。北地、
信陽，雄深鉅麗，一變也。婁江、歷下，博大高華，一變也。

　　永樂以後諸子，變高、楊者也。見謂汰尖纖而就平實，
其流也庸冗厭觀。嘉靖以前諸子，變何、李者也。見謂略粗
重而掇精華，其弊也弱靡不振。

　　初唐詞藻豐饒，而氣象宏遠。中唐格調流宛，而意趣悠
長。嘉靖之爲初唐者，豐饒差類，宏遠未聞；爲中唐者，流
宛頗親，悠長殊乏。藉使學之酷肖，不過沈、宋、錢、劉，
能與開元、天寶競乎！故取法不可不上也。

　　自北地宗師老杜，信陽和之，海岱名流，馳赴雲合。而
諸公質力，高下强弱不齊，或强才以就格，或困格而附才。
故弘、正自二三名世外，五七言律，往往剽襲陳言，規模變

調，粗疏澀拗，殊寡成章。嘉靖諸子見謂不情，改創初唐，斐然溢目，而矜持太甚，雕繢滿前，氣象既殊，風神咸乏。既復自相厭棄，變而大曆，又變而元和，風會所趨，建安、開、寶之調，不絕如綫。王、李再興，擴而大之，一時諸子，天才競爽，近體之工，欲無前古，盛矣。

高子業視李、何後出，而其五言古律之工，不欲作今人一字，在唐不減張曲江、韋蘇州矣。孫山人五言律，晚唐之卑弱者；七言律，晚宋之疏慢者；僅歌行一二。王稚欽才高一時，而製作遂無入彀；五言律稍成篇，亦非上乘；中年潦倒，不能盡其才耶？

嘉、隆并稱七子，要以一時製作，聲氣傅合耳。然其才殊有逕庭。于鱗七言律絕，高華傑起，一代宗風。明卿五七言律，整密沉雄，足可方駕。然于鱗則用字多同，明卿則用句多同，故十篇而外，不耐多讀，皆大有所短也。子相爽朗以才高，子與森嚴以法勝，公實縝麗，茂秦融和，第所長俱近體耳。

長興，商也；廣陵，師也；迪功，夷也；歷下，尹也；信陽，顏也；北地，武也。

弘、正之後，嘉、隆之前之爲律詩者，吾得二人：曰皇甫子循之五言，清鎔瀟灑，邑相盡空，雖格本中唐，而神韻過之；曰嚴唯中之七言，鍊鍛精工，鑪錘盡泯，雖格本中唐，而氣骨過之。

弘、正五言律，自李、何外，如薛君采之端麗溫淳，高子業之精深華妙，置之唐人，毫無愧色。然二君俱不能七言律。高蓋氣局所限，薛由工力未加。

于鱗七言律所以能奔走一代者，實源流早朝、秋興、李頎、祖詠等詩。大率句法得之老杜，篇法得之李頎。屬對多偏枯，屬詞多重犯，是其小疵，未妨大雅。

"紫氣關臨天地闊，黃金臺貯俊賢多""萬里悲秋長作客，百年多病獨登臺"，少陵句也。"九天閶闔開宮殿，萬國衣冠拜冕旒""雲裏帝城雙鳳闕，雨中春樹萬人家"，王維句也。"秦地立春傳太史，漢宮題柱憶仙郎""南川秔稻花侵縣，西嶺雲霞色滿堂"，李頎句也。"三山半落青天外，二水中分白鷺洲""瑤臺含霧星辰滿，仙嶠浮空島嶼微"，青蓮句也。"萬里寒光生積雪，三邊曙色動危旌""沙場烽火侵胡月，海畔雲山擁薊城"，祖詠句也。"千門柳色連青瑣，三殿花香入紫微""花迎劍佩星初落，柳拂旌旗露未乾"，岑參句也。凡于鱗七言律，大率本此數聯。今人但見黃金、紫氣、青山、萬里，則以于鱗體，不熟唐詩故耳。中間李頎四首，尤是濟南篇法所自。

弇州四部稿，古詩枚、李、曹、劉、阮、謝、鮑、庾以及青蓮、工部，靡所不有，亦鮮所不合。歌行自青蓮、工部以至高、岑、王、李、玉川、長吉，近獻吉、仲默，諸體畢備。每效一體，宛出其人，時或過之。樂府隨代遣詞，隨題命意，詞與代變，意逐題新，從心不逾，當世獨步。五言律宏麗之內，錯綜變化，不可端倪。排律百韻以上，滔滔莽莽，杳無涯際。五七言絕句，本青蓮、右丞、少伯，而多自出結構，奇逸瀟灑，種種絕塵。七言律高華整栗，沉著雄深，伸縮排蕩，如黃河溟渤，宇宙偉觀；又如龍宮海藏，萬怪惶惑。王太常云：“詩家集大成手，古惟子美，今則吾兄。”汪司馬云：“上下千載，縱衡萬里，其斯一人而已。”

　　弘、正之後，繼以嘉、隆，風雅大備，殆於無可著手。而敬美王公，特拔新標，異於四家七子之外。古詩歌行，勁逸遒爽，宗、吳、李、謝，方之蔑如，以配哲昆，誠無愧色。五言律，氣骨雖自老杜，旨趣時屬右丞。至七言律，即右丞不能脫穠麗，而獨以清空簡遠出之，詞直而意婉，語淡而致濃，此格古未覿也。唐人稱樂天廣大教化主，李益清奇雅正主，二子不足當，謂兩瑯琊可耳。

　　余與友人拈二王律詩，長公有“花裏鳴絃千嶂色，月明飛舄萬家春”，次公則“飛舄夜懸天姥夢，栽花春映赤城標”；長公有“悲歌碣石虹高下，擊筑咸陽日動搖”，次公則“星近長安多聚散，雲深碣石易浮沉”，真勍敵也。

　　盧次楩詩，華藻不如謝而氣勝之，世但知其賦耳。

　　七言律大篇，于鱗華山四首，元美詠物六十首，皆古今絕唱。然于鱗四首之內，軌轍已窘；元美百篇之外，變幻未窮。

　　獻吉、仲默，各有秋興八章。李專主子美，何兼取盛唐，故李以骨力勝，何以神韻超。學何不至，不失雕龍；學李不成，終類畫虎。

李以氣骨勝，微近粗；何以丰神勝，微近弱。濟南可謂兼之，而古詩歌行不競。

宗子相以歌行自負，雖超忽飛動，而嗑決相半。人多惜宗早夭未成，余謂不然。昌穀三十三，仲默三十九，年纔與宗上下，皆卓然名家，何得以未成論？

徐子與七言律，閎大雄整，卓然名家，惜少沉深之致耳。品格在明卿左，子相右。公實於諸子最早成，律尤溫厚縝密，但氣格微弱。茂秦雖流暢，然自是中唐，與諸公大不同。

少嘗見雜刻中子與七言律數篇，工甚過晚年，今集皆不載。

仲默、昌穀外集殊不佳。仲默是後人集其幼時未成之作，昌穀是後人集其初年未變之作。于鱗遺集不多，卻有絕佳者。

中原自李、何輩先達，高子業以沖遠繼之。嗣是作者，雖篇什間存，終非炳赫。嘉靖中，張助父最爲傑出，諸公後當首稱。

宋文憲子璲、王忠文子紳，并工詩，婺中一時之盛。國初如宋潛溪文章學問，宋仲珩書名，不直婺中三絕，皆可爲海內第一。王司寇稱承旨雲蒸龍變，天下共歸；豐人翁謂舍人威鳳沖霄，當代獨步。即異時定論可知。而自其父子得之，尤前代罕見也。

高自標致，前無古人，論學問無如鄭漁仲，論書畫無如米元章，而後人卒莫之許也。二子氣質傲誕相近，觀其著述，無論是非，可爲絶倒。本朝楊用修論詩論學亦然，而疏漏尤甚。三子者不同道，其趨一也。

杜之和賈，大減王、岑；李之岳陽，遠慚孟、杜。信陽、北地，并賦無題，而獻吉偏工；歷下、瑯琊，俱詠雙塔，而于鱗特勝。皆一日之短長，非終身之優劣。

國朝學杜者：獻吉歌行，如龍跳天門；明卿近體，如虎臥鳳閣。獻吉得杜之神，明卿得杜之氣。皆未嘗用其一語，允可爲後學法。

使事自老杜開山作祖，晚唐若李商隱深僻可笑，宋人一代坐困此道。後之作者，鑒戒前規，遂爲大忌。國朝諸公，間有用者，束而未暢。惟弇州信手匠心，天然湊泊，千秋妙解，獨擅斯人。觀察系興，尤得三昧，極盛之後，殆難繼矣。

皇甫子循以六朝語入中唐調，而清空無跡；楊用修以六朝語作初唐調，而雕繢滿前。故知詩有別才，學貴善用。

嘉、隆一振，七言律大暢。邇來稍稍厭棄，下沉著而上輕浮，出宏麗而入膚淺；巧媚則託之清新，纖細則借名工雅。不知七言非五言比，格少貶則卑，氣少媈則弱，詞少淡則單薄，句稍緩則沓拖。國朝惟仲默、于鱗、明卿、元美妙得其法，皆取材盛唐，極變老杜。近以百年、萬里等語，大而無當，誠然。彼白雲、芳草，非錢、劉剩言乎？紅粉、翠眉，非溫、李餘響乎？去此取彼，何異百步笑五十步哉！

信陽之俊，北地之雄，濟南之高，瑯琊之大，足可雄視千古。然仲默爲大家不足，于鱗爲名家有餘。

獻吉章法多縱橫，才大不欲受篇縛也；于鱗對屬多偏倚，才高不欲受句縛也。其故于鱗以易，獻吉以避，故二君詩格高絕，而無卑弱之病。然以是言律，終非本色當行。遍讀杜集，即排律百韻，未有不整儷者，近唯仲默、元美、伯玉、明卿，體既方嚴，而格復雄峻。學者熟讀，當無此病。

李饒幻化而乏莊嚴，何極整秀而寡飛動。鳳質龍變，弇州其自謂耶！

汪司馬伯玉以文章名天下，中歲尤刻意詩歌。五七言近體，盡刷鉛華，獨存天骨，雄深渾樸，壁立嘉、隆諸子間，自爲一家，非俗眼所易識也。其格調精嚴，句律整峭，斲削鍛鍊之工，幾於毫髮亡遺恨，深於少陵者當自得之。弟仲淹、仲嘉，并工詩競爽，世稱二仲云。

自北地、濟南以峭峻遇物，古人握沐之風，幾於永絕。嘉、隆間吳郡、新都，相繼崛起。兩公德望位遇，震曜一世，而皆下士急才，後生一善，必獎披陶鎔，孜孜若弗及。當代知名之士，靡不出其門者。司寇起任南都，賓客走白下，歲數千人。司馬奉太公家居，車騎填委，鉷中幾滿。余於兩公俱通家子，以蹤跡迥絕，又懶慢不能自通，兩公曲加推引，遂并辱國士之遇，他可概見云。〔一〕

————————————

〔一〕原司馬嘗偕余過弇園，途中贈余七言律四章，極爲長公所推，余別有紀。

中州李、何一盛，邇後浸微。張中丞特起新蔡，周旋琅琊、歷下間，其天才絕出，如龍泉太阿，鋒不可犯。王次公絕推重之，謂出宗、徐上。然不妄交游。一日邂逅朱山人館，讀余詩大擊節見賞，余亦極意應酬，遂爲旁觀側目，至徵邑發聲。追思頓成往事，可一慨也。

穆廟時，寓内承平，薦紳韋布，操觚命簡，家驪人璧，雲集都下。余所獲游處者：嶺南則黎惟敬、歐楨伯、梁思伯，吳下則文壽承、周公瑕、曹子念、殷無美、吳文仲，信陽則何啓圖，燕市則劉仲修，江右則楊懋功，楚中則陳玉叔、劉子大、丘謙之，就李則戚希仲、沈純父，東越則童子鳴、康裕卿，晉陵則朱在明、安茂卿，濠梁則朱汝修，吾里則祝鳴臯。每花朝月夕，文酒雍容，窮極勝事，今半化異物矣。

國朝武臣，希習文事。獨李臨淮惟寅，崛起勳胄中，恂恂折節，海内人士，宗附如歸。王次公序其詩"郭定襄後一人"，咸謂實錄。余以惟寅文雅，尚當過之。

近日詞場，自吳、楚、嶺南外，江右獨爲彬蔚。與余交最久者，喻邦相、胡孟弢、朱可大。喻如浙江觀潮、雁宕、天台等作，胡如天津望海、匡廬、彭蠡諸篇，朱如泰岱、嵩高、兩岳游稿，皆高華雄邁，與嘉、隆相表裏。

明宗室攻古文詞者，嘉、隆間惟灌父最博洽，饒著述。余髫歲即與交。豫章用晦、先鳴諸子勃起，貞吉、宗良與余酬復持久，一時競爽，名家未易屈指盡也。

陳京兆玉叔，温良樂易，海内稱其長者。尤善汲引後學，即閭巷巖穴，有片善必孜孜稱述不容口，所至戶屨恒滿。詩文清婉典飭，居然漢、唐間名家。所著二酉園集，製作甚富，兩司馬咸有序，盛行於時。

康裕卿山人與余最善。余髫歲從家君寓都下，裕卿自李臨淮處見余詩，輒擊節矜賞，因盡徵夙昔所撰讀之，每疵病必爲指摘。自是定交，歷二十載如一日。裕卿詩尤長近體，七言律閎壯豪麗，翩翩布衣之雄。爲人爽朗俠烈，片諾可寄死生。兩瑯琊皆酷重之，今尤不易得也。

周公瑕以書名一代，詩五言律沉婉有致，七言律尤工，合作處高華整麗，足上下嘉、隆諸子，而世率以書名掩之。如游燕諸作，毘盧閣、觀象臺等篇，皆必傳於後世者，異時自當有定論也。朱司空、汪司馬、王長公、次公，咸嘔稱其詩。以公瑕不近名，故其語罕傳云。

延陵鄧欽文詩，素不知名。戊辰春，余同黎惟敬諸子游西山，歸各賦詩，鄧所作八首，特精工冠一時。今其人已歿，并識此。

詩至七言律，八句之中，往往冗弱，況衍之十韻以上，其難可知。唐老杜外，作者絕少。惟近王次公壽長公十五韻，豐勻整密，字字精工，足爲此體作祖。且盡刷鉛華，獨存風骨，尤排律所難也。

凡詩，初年多骨格未成，晚年則意態橫放，故惟中歲工力并到，神情俱茂，興象諧合之際，極可嘉賞。如老杜之入蜀，仲默、于鱗之在燕，元美之伏闕三郡，明卿藏甲西征，敬美襜帷蘭省，皆篇篇合作，語語當行，初學所當法也。

老杜夔峽以後，過於奔放。獻吉江西以後，漸失支離。仲默秦中之作，略無神彩。于鱗移疾之後，大涉刻深。元美郎臺之後，務趨平淡。視其中年精華雄傑，往往如出二手。蓋或視之太易，或求之太深，或情隨事遷，或力因年減，雖大家不免。世返以是爲工者，非余所敢知也。

詩之晚年彌工者，惟張肖父、汪伯玉二司馬。黎惟敬、歐楨伯亦不失故步，皆嶺南鉅擘也。

獻吉學杜，趨步形骸，登善之模蘭亭也；于鱗擬古，割裂餖釘，懷仁之集聖教也。必如獻吉歌行，于鱗七言律，斯爲雙雕并運，各極摩天之勢。

張助父五七言律，高華雄爽，類宗子相而精密過之。黎惟敬五七言律，深靚莊嚴，類梁公實而老健過之。

“重臣分省出臺端，賓從威儀盡漢官。四塞河山歸版籍，百年父老見衣冠。函關月落聽雞度，華岳雲開立馬看。知爾西行定回首，如今江左是長安。”右季迪送沈左司入關作，壯麗和平，句句大體，可爲國初七言律第一。

吾婺景濂文、仲珩書，皆國初第一，而七言律亦盛有佳篇。如承旨送張仲藻畢姻：“紅錦裁雲朝奠雁，紫蕭吹月夜乘鸞。從此梅花消息好，青綾不似玉堂寒。”舍人題水簾洞：“雲屋潤含珠網密，月鈎涼沁玉繩低。鮫人夜織啼痕濕，湘女晨妝望眼迷。”皆精工華整，國初似此有幾。

弘、正前，七言律數篇外，惟危素送人之嶺右有中唐風，王直西湖、高棟早朝得初唐調。此外或句聯工而全篇不稱，或首尾稱而氣格太卑，不足多論。

七言律，唐人名家不過十數篇，老杜至多不滿二百，弇州乃至千數，誠謂前無古人。然亦最不易讀。其總萃諸家，則有初唐調，有中唐調，有宋調，有元調，有獻吉調、于鱗調。其游戲三昧，則有巧語，有諢語，有俗語，有經語，有史語，有幻語。此正弇州大處，然律以開元軌轍，不無泛瀾。讀者務尋其安身立命之所，乃爲善學。不然，是效羅什吞針，踵夸父逐日也。

李于鱗以詩自任，若“微吾竟長夜”等語，誠有過者，至今爲輕俊指摘。然亦出於古人。如杜子美獻書，自謂揚雄、枚皋，臣可企及。又“李邕求識面，王翰願卜鄰”，又“賦料揚雄敵，詩看子建親”“讀書破萬卷，下筆如有神”“九齡書大字”“七歲詠鳳凰”之類，不可勝道。太白尤自高，如“大雅久不作，吾衰竟誰陳”“自從建安來，綺靡不足珍”“女媧弄黃土，摶作愚下人。散在六合間，茫茫若埃塵”。退之“齊梁及陳隋，衆作等蟬噪”，亦是此意。至如杜“許身一何愚，自比稷與契”，李“希聖如有立，絕筆於獲麟”，韓“世無孔子，則已不當在弟子之列”，其言尤大，意尤遠。初學目不覩往籍，輕於持論，何損作者？

退之“我願身爲雲，東野身作龍”，蓋戲語耳。獻吉因之云：“子昔爲雲我作龍。”抑又甚矣。

仲默氣質絕溫雅，亦有“文靡於隋，韓力振之，然古文

之法亡於韓；詩溺於陶，謝力振之，然古詩之法亡於謝"之
語，遂開一代作者門戶。彼身繫百千年運數，豈容默默以沽
長厚？至與獻吉書，評駁不少恕，詎有毫忽勝心，所謂古之
益友。而李答書暗嗚叱咤，形於楮墨，雖言皆藥石，彼此用
意瞭然。至再書以激之而何直受不答，有以見其量也。

　　桑民懌高自稱許，今覯其集，體格卑弱之甚，可謂大言
無當。吳中昌穀同時祝希哲、唐伯虎、沈啓南、王履吉，才
皆高出一代，而皆以書畫掩之，亦以偏工書畫，不能致力
耳。履吉諸作特高朗，非三君比，使稍加以年，可亞昌穀。
嘉、隆間周公瑕近體殊精詣，亦書掩之。

　　當弘、正時，李、何、王號海內三才外，如崔仲鳧、康
德涵、王子衡、薛君采、高子業、邊廷實、孫太初，皆北人
也。南中惟昌穀、繼之、華玉、升之、士選輩，不能得三之
一。嘉、隆則惟李于鱗、謝茂秦、張助父北人，而南自王、
汪外，吳、徐、宗、梁不下十數家，亦再倍於北矣。

　　嘉靖初，爲初唐者，唐應德、袁永之、屠文升、王汝
化、任少海、陳約之、田叔禾等；爲中唐者，皇甫子安、華
子潛、吳純叔、陳鳴野、施子羽、蔡子木等，俱有集行世。
就中古詩沖淡，當首子潛；律體精華，必推應德。

　　同時爲杜者，王允寧、孫仲可；爲六朝者，黃勉之、張
愈光。允寧於文矯健，勉之於學博洽，皆勝其詩。

　　詠物七言律，唐自"花宮仙梵"外，絕少佳者。國初季
迪梅花、孟載芳草、海叟白燕，皆膾炙人口，而格調卑卑，

僅可主盟元、宋。獻吉題竹、仲默鱏魚、于鱗雙塔，始爲絕到。元美至六十餘篇，則前古所無也。

　　弘、正間，詩流特衆，然皆追逐李、何。士選、繼之、升之、近夫，獻吉派也；華玉、君采、望之、仲鷁，仲默派也。昌穀雖服膺獻吉，然絕自名家，遂成鼎足。

　　隆、萬詠物之妙者，若黎惟敬賦月“掖中青桂隱團團”，歐楨伯賦雪“禪堂邀客酒如霞”，極爲精工宏麗，而二結句尤出人意表，皆傑作也。

　　以唐人與明并論，唐有王、楊、盧、駱，明則高、楊、張、徐；唐有工部、青蓮，明則弇州、北郡；唐有摩詰、浩然、少伯、李頎、岑參，明則仲默、昌穀、于鱗、明卿、敬美，才力悉敵。惟宣、成際無陳、杜、沈、宋比，而弘、正、嘉、隆羽翼特廣，亦盛唐所無也。

　　唐歌行，如青蓮、工部；五言律、排律，如子美、摩詰；七言律，如杜甫、王維、李頎；五言絕，如右丞、供奉；七言絕，如太白、龍標，皆千秋絕技。明則北郡、弇州之歌行，仲默、明卿之五言律，信陽、歷下、吳郡、武昌之七言律，元美之五言排律、五言絕，于鱗之七言絕，可謂異代同工。至騷不如楚，賦不及漢，古詩不逮東、西二京，則唐與明一也。